HEYNE
HARD
CORE

W0198126

BERNI MAYER

Black Mandel

Kriminalroman

WILHELM HEYNE VERLAG
MÜNCHEN

FSC
www.fsc.org
MIX
Papier aus verantwortungsvollen Quellen
FSC® C014496

Verlagsgruppe Random House FSC-DEU-0100
Das für dieses Buch verwendete FSC®-zertifizierte Papier
Holmen Book Cream liefert Holmen Paper,
Hallstavik, Schweden.

Originalausgabe 12/2012

Printed in Germany 2012
Redaktion: Heiko Arntz
Umschlagillustration und -gestaltung: Eisele Grafik Design, München
Satz: Greiner & Reichel, Köln
Druck und Bindung: GGP Media GmbH, Pößneck
ISBN 978-3-453-40952-1

www.heyne-hardcore.de

Für Ludwig und Barbara

BANDS

DARK REICH
Cristian »Baalberith« Hallberg – Gesang
Jonas »Abbadon« Anderssen – Gitarre
Espen »Balrog« Krog – Bass
Ragnar »Nergal« Nagell – Schlagzeug

GODFUCK
Thorstein »Hades« Motzfeld – Schlagzeug, Gesang
Aksel »Therion« Raske – Bass
Jan »Grave« Ungdom – Gesang
Sven Per »Necronomicon« Stubbe – Gitarre

DØD
Aksel »King Therion« Raske – Gesang, Gitarre, Bass
Gunarr »Ujak« Aasen – Schlagzeug

UTGANG
Anders »Jörmungandr« Myklebust – Bass, Gesang
Olaf »Grimnir« Sandman – Gitarre
Ragnar »Neofenrir« Nagell – Schlagzeug

Heißer brennt als Feuer der Bösen
Freundschaft fünf Tage lang;
Doch sicher am sechsten ist sie erstickt
Und alle Lieb' erloschen

Die Ältere Edda, Des Hohen Lied

The barbecue has just begun
Deathcrush – deathcrush – deathcrush

Mayhem, Deathcrush

And when I awoke, I was alone, this bird
had flown.
So I lit a fire, isn't it good, Norwegian wood.

The Beatles, Norwegian Wood

1: KRAFTBLUES

Ich träume von einem Hotel in der Petersburger Straße, wo wir uns alle versammelt haben. Die Idee ist ein bisschen verrückt, in der eigenen Stadt in einem Hotel zu übernachten, aber wir wollten das immer schon tun. Den Abend verbringen wir an der Hotelbar und betrinken uns mit überteuerten Cocktails. Ich entschuldige mich kurz, weil ich aufs Klo muss. Ich möchte zum Scheißen nicht auf die Toilette in der Lobby, also fahre ich mit dem Aufzug ganz nach oben, um das Klo in meinem eigenen Zimmer zu benutzen. Als ich das Zimmer wieder verlasse und zurück zum Aufzug gehe, bemerke ich, dass noch eine kleine Treppe nach oben führt. Ich steige die Treppe hinauf bis zu einer kleinen Stahltür, die nur angelehnt ist. Ein unendlich geräumiger Dachboden liegt dahinter, ein regelrechtes Labyrinth. Die Hoteleinrichtungen von Jahrhunderten werden hier aufbewahrt. Überall stehen alte Schränke und Sessel, hängen Kleidungsstücke, die Gäste aus vergangenen Zeiten in dem Hotel vergessen haben. Überall liegt Staub, überall riecht es nach Ewigkeit. Das Alte ekelt mich an, diese Bewahrungsmanie der Leute, dieser panische Historismus, diese zwanghafte Angst vor dem Neuanfang. Selbst der letzte Scheißdreck wird noch aufgehoben, weil man ihn ja irgendwann noch mal brauchen könnte. Ich nehme das Streichholzbriefchen, das ich unten in der Bar zu meinem Cocktail bekommen habe, zünde ein Streichholz an und werfe es in eine offene Holzkiste mit alten Kleidungsstücken. Dann gehe ich, ohne mich umzudrehen, wieder zurück in mein Stockwerk und nehme den Aufzug nach unten. An der Bar sitze ich mit den anderen und warte, bis der Feueralarm einsetzt.

Lang ging das nicht mehr gut mit uns.

»Hast du dir schon überlegt, ob du heute Abend mitkommst?«, fragte der Mandel.

»Ja, hab ich. Und zwar schon letzte Woche«, sagte ich.

»Und?«, fragte der Mandel.

»Ich komm nicht mit«, sagte ich.

»Na gut«, sagte der Mandel und zündete sich eine Zigarette an, während er die Beine auf den Doppelschreibtisch legte, sodass seine italienischen Lederstiefeletten in meine Tastatur hineinragten.

»Ich sag dir auch, warum ich nicht mitkomme«, sagte ich, aber der Mandel starrte bereits wieder rauchend aus der breiten Ladenfront zum Nordufer hinaus. Wir hatten ausgemacht, dass wir uns jede Woche mit dem Schreibtischplatz abwechseln. So schaute jeder eine Woche lang raus aufs Nordufer. Der Mandel saß jetzt schon die dritte Woche in Folge auf dem Platz mit der besseren Aussicht.

»Ich komme nicht mit, weil ich so einen Spleen nicht unterstütze«, sagte ich.

»Was meinst du mit Spleen?«, fragte der Mandel, ohne den Blick von der Uferpromenade abzuwenden. Mittlerweile gab es auch hier junge, gut aussehende Mütter, die mit Kinderwagen an der schäbige Uferpromenade patrouillierten, deshalb war der Platz mit dem Norduferblick auch so begehrt. Wie sie so gelangweilt in völlig austauschbaren Kleidungsstücken über die Schlaglöcher dahinliefen, ihres Frauseins völlig beraubt, das hatte eine wahnsinnige Erotik.

»Den Bluesrock-Spleen. Den meine ich«, sagte ich.

»Das ist kein Spleen. Mit Bluesrock hat überhaupt alles angefangen«, sagte der Mandel.

»Mit dem Urknall hat alles angefangen«, sagte ich.

»Was regst du dich denn so auf?«, fragte der Mandel und holte einen Schokoriegel aus seiner Schreibtischschublade, die eigentlich diese Woche meine Schreibtischschublade hätte sein sollen. Und wenn er schon wieder fragt, warum ich mich so aufrege, obwohl ich mich gar nicht aufrege, dann rege ich mich noch viel mehr auf.

»Ich reg mich überhaupt nicht auf. Ich finde es nur merkwürdig, sich an einem Mittwochabend, mitten im Winter, die zweieinhalb Stunden bis nach Stralsund raufzuquälen, um irgendeine halb verweste DDR-Bluesrock-Band in einem heruntergekommenen Gasthaus anzuschauen. Das deutet alles auf einen Spleen hin.«

»Nicht irgendeine. Monokel. Das ist Kraftblues. Das hatte eine totale Brisanz damals. War vielleicht nicht ganz so brisant wie Freygang, aber doch brisant. Außerdem haben wir schon Frühling.«

»Wer ist bitte *Freygang*?«, sagte ich.

»*Der Blues muss bewaffnet sein, sonst glaubt dir kein Schwein*, das sind Freygang«, sagte der Mandel, als handle es sich um das Allgemeinwissen schlechthin. Er fuhr sich mit beiden Händen sanft durch die gegelte Frisur, als genieße er die Konsistenz seines Haars.

»Kennt keine Sau«, sagte ich und dachte, dass er wirklich langsam alt wird. Immer grauer und merkwürdiger wird er.

»Monokel spielen dieses Jahr nur noch einmal, und zwar in Stralsund«, sagte der Mandel und biss von dem Schokoriegel ab.

»Spleen«, sagte ich.

Der Mandel drehte die Musik aus seinem Computer lauter. Er hatte sich nach dem Auftrag von der Malleck letztes Jahr sofort einen neuen Laptop gekauft und zwei völlig überteuerte High-End-Lautsprecher dazu und hatte sich damit endgültig zum musikalischen Usurpator im Büro aufgeschwungen. Wir hörten jetzt viel zu laut »Das Monster vom Schilkinsee«. Ich kannte den Text beinahe auswendig, so oft hatte der Mandel das diese Woche schon abgespielt.

»Machst du ein bisschen leiser? Ich bin noch längst nicht durch mit der Steuererklärung«, bat ich den Mandel, und er benutzte seinen alten Trick, bei dem er am Lautstärkeregler herumnestelt, aber in Wirklichkeit gar nicht leiser macht.

»So besser?«, fragte er scheinheilig.

»Nein«, sagte ich.

Der Mandel nahm die italienischen Schuhe vom Schreibtisch und ging in unsere kleine Kaffeeküche. Die Lautstärke ließ er unverändert. Es war Mitte April, und ich saß vor der Steuererklärung vom letzten Jahr, in dem wir gar nicht schlecht verdient hatten. Da war der sehr gut bezahlte Auftrag von der Malleck gewesen, und auch der fette Urbaniak hatte uns vermutlich aus lauter schlechtem Gewissen noch fünftausend Euro mehr überwiesen, und dann kam der ganze Kleinkram dazu, den wir über Josef Windisch, den Kumpel vom Mandel, zugeschustert bekommen hatten. Der Windisch war damals direkt nach der Schließung vom *Rock'n'Roll Express* zu einem Boulevardblatt umgesiedelt, weil der Chefredakteur dort mit seinem Schwager befreundet war. Der Windisch wollte Fotos von Reese Witherspoon beim Abendessen im Poschardt, Fotos von dem Abgeordneten, dessen Namen ich nicht sagen soll, auf seiner neuen Joggingstrecke am Straßenstrich vorbei, Fotos vom Schürmann, diesem Jungschauspieler, beim Koksen auf dem Klo vom Sägewerk, und dann noch das Meisterstück vom Mandel, als er dem Defensivspieler von den Hertha-Amateuren den Peilsender untergejubelt hat und der Windisch dadurch seinem Kollegen vom Sport eine Reportage über die Charlottenburger Wettmafia verkaufen konnte. Diesen Zweig unseres Gewerbes nannte man »die dunklen Künste«, und er ist zuletzt ein wenig ins Gerede gekommen, aber ich kann versichern, für einen Privatdetektiv ist das heutzutage eine ganz herkömmliche Möglichkeit, an Geld zu gelangen. Unterm Strich war dann auch so viel zusammengekommen, dass wir den Schlaganfall vom Windisch letzten November erst mal gut verkraften konnten. Dieses Jahr hatte sich leider noch nicht viel getan, obwohl wir diverse Anzeigen in allen großen Tageszeitungen der Stadt geschaltet hatten.

New-Media-Detektei »Mandel und Singer«.
Technik und Recherche auf neuestem Stand.
Die Internet-Experten

Während ich überlegte, in welcher Spalte ich die Prüfungsgebühren für das IHK-Zertifikat »Fachkraft Detektiv in Ausbildung an der Sicherheitsakademie« eintragen musste, kam der Mandel mit einem Kaffee zurück an den Schreibtisch und zündete sich eine Zigarette an.

»Wir wollten das mit dem Rauchen doch nur noch draußen machen«, sagte ich.

»Draußen ist mir zu kalt«, sagte der Mandel. »Ist ja praktisch noch Winter.«

»Hast du für mich auch einen Kaffee?«, fragte ich.

»Du hast nichts gesagt. Wie viel Gewerbesteuer müssen wir eigentlich nachzahlen?«, fragte der Mandel.

Mein Telefon klingelte. Es war Maria.

»Mach die Musik aus«, sagte ich zum Mandel und stand gleichzeitig auf.

»Mach doch nicht immer so einen Stress, Sigi«, sagte der Mandel.

Es herrscht immer eine gewisse Anspannung, wenn Maria anruft, weil auch immer irgendwas ist, wenn sie anruft, selbst wenn nichts ist. Dieses Mal ging es um den Zulauf von der Waschmaschine. Als ich wieder aufgelegt hatte, schaute der Mandel konsterniert. Im ersten Moment hielt ich es für Anteilnahme und fing an zu reden.

»Sie hat halt diese Ängste. Und das überträgt sich dann auf so simple Alltagsgegenstände wie die Waschmaschine. Das ist eine Lebenspanik. Da können Kleinigkeiten wie der defekte Zulauf das Weltbild erschüttern. Außerdem kann das wirklich die ganze Pumpe kaputt machen. Deshalb braucht sie jetzt die Gewissheit, dass ich da bin.«

»Bitte was?«, sagte der Mandel und schaute immer noch konsterniert, aber jetzt merkte ich, dass sich das nicht auf mich bezog, sondern auf etwas, das er auf seinem Bildschirm entdeckt hatte.

»Die spinnen doch. Seit anderthalb Jahren hab ich keinen Satz mehr über Musik geschrieben, und die laden mich immer noch zu ihren Konzerten ein«, sagte er.

»Promoverteiler bestehen für die Ewigkeit. Hat man sich einmal eingetragen, ist das wie eine Verbeamtung. Kommt man zu Lebzeiten nicht mehr heraus«, sagte ich und gab das Maria-Thema wieder auf, denn der Mandel fand immer eine andere Ausrede, um sich aus der Sache herauszuhalten.

Er klickte mit einer genussvollen Ausholbewegung auf seine Maus, weil er das immer machte, wenn er Mails löschte, die er für besonders überflüssig hielt.

»Um welches Konzert geht es denn?«, fragte ich.

»Dark Reich gibt's wieder.«

»Dark Reich? Echt?«, sagte ich, während ich überlegte, wer Dark Reich waren.

»Die mit den Schafsköpfen und den Gekreuzigten. Norwegischer Black Metal halt«, sagte der Mandel.

»Weiß ich doch. Ich leb doch nicht hinterm Mond. Da würde ich übrigens deutlich lieber mit dir hinfahren als zu Monokel nach Stralsund.«

»Das ist aber noch weiter als Stralsund. Dark Reich spielen übernächstes Wochenende in Bergen. Bergen in Norwegen. Großes Revival-Konzert, bei dem sie angeblich ihre legendäre Show von damals noch übertreffen wollen.«

»Cool«, sagte ich.

»Überhaupt nicht. Das ist doch jetzt gerade ein Trend. Liest du keine Zeitung?«

»Doch«, sagte ich und hatte in keiner Zeitung etwas von einem Black-Metal-Trend gelesen. »Jetzt lies trotzdem vor.«

Der Mandel holte missmutig die Mail aus dem elektrischen Papierkorb und las laut:

DIE PFORTEN DER HÖLLE STEHEN WIEDER OFFEN

Dark Reich sind zurück

Als Dark Reich 1995 ihr legendäres Konzert *Last Black Mass* in Bergen gaben, stockte der Welt der Atem. Es war tatsächlich eine schwarze Messe in Konzertform. Verkehrt herum gekreuzigte, splitternackte, blutbesudelte Frauen und aufgespießte Ziegenköpfe waren das Bühnenbild für vier wie Leichen geschminkte Musiker, deren Musik sich jeder Konvention entzog und die mit ihrem infernalischen Lärm wie ein tödlicher Eisregen auf ihr Publikum hinabfuhren. Dark Reich hatten sich Anfang der Neunziger durch ihre brutalen Bühnenshows an der Spitze der skandinavischen Metal-Bewegung positioniert, zu einer Zeit, als in Norwegen die Kirchen brannten und der Staat in Black Metal und dem sogenannten satanischen Terrorismus einen neuen Erzfeind ausgemacht hatte. Black Metal war damit aus seiner finsteren regionalen Nische heraus ins grelle Licht der Weltöffentlichkeit getreten: Baalberith, Balrog, Abbadon und Hellzombie waren für ein paar Wochen so bekannt wie U2. 1995 waren sie mit der Bergener schwarzen Messe auf dem Zenit ihrer zweifelhaften Berühmtheit angekommen, doch die geplante DVD wurde aufgrund einer Klage wegen Gewaltverherrlichung vom Markt genommen. Diverse Tonträger der Band wurden in ihrer Heimat Norwegen, in Deutschland und in anderen Ländern auf den Index gesetzt. Die Ablehnung der Zensurgremien wurde der Band zum Verhängnis. Zu zermürbend waren die Versuche, sich gerichtlich gegen den Medienboykott aufzulehnen. Sänger Baalberith verschwand spurlos von der Bildfläche, kurz darauf löste sich auch der Rest der Band auf. Niemand in ihrer Heimatstadt Bergen konnte oder wollte sagen, was aus den legendären Dark Reich geworden war.

»Was für ein Schwachsinn. 1995 war die Bewegung schon längst wieder vorbei. Die *Last Black Mass* war doch nur noch ein letztes Aufbäumen, bevor der Laden endgültig dichtgemacht hat«, sagte der Mandel, und ich hatte keine Ahnung, wovon er redete.

»Jetzt lies weiter«, sagte ich.

Doch ohne eine Vorwarnung oder ein Raunen aus dem Untergrund tauchte plötzlich ein neuer Eintrag auf der stillgelegten Website der Band auf: *»Dark Reich will perform live in their home town of Bergen, Norway, this Easter Sunday celebrating the 20th anniversary of their first album* Ave Versus Christus.«

»Stopp, das reicht«, sagte ich. »Wie lange fährt man nach Bergen?«

»Einen ganzen Tag. Du musst ja durch Schweden oder durch Dänemark und dann noch die Fähre und dann noch durchs halbe Norwegen.«

»Warst du schon mal in Norwegen?«, fragte ich.

»Natürlich«, sagte der Mandel, als wäre jeder Depp schon einmal in Norwegen gewesen.

»Was hast du da gemacht?«, fragte ich, aber ich hätte mir die Antwort auch selbst geben können.

»Leute interviewt. Auf Festivals.«

»Und das hat damals der *Express* bezahlt, oder was?«, fragte ich und dachte darüber nach, wie oft ich für den *Express* auf Reisen gewesen war. Ich kam auf zweimal.

»Nein, nein, das hat meistens die Plattenfirma bezahlt, damit wir einen Bericht über die Bands abdrucken.«

»Dann sollen die das doch jetzt auch bezahlen, ich könnte einen Urlaub gut gebrauchen. Bei uns ist ja eh nichts los, mal abgesehen von deinem Zonenrock.«

»Wie stellst du dir das vor? Ich bin seit über einem Jahr kein Musikjournalist mehr. Ich glaube nicht, dass man sich da auch als Privatdetektiv akkreditieren kann«, sagte der Mandel.

»Das weiß doch keiner, dass du Detektiv bist. Und wenn doch, könntest du nebenbei immer noch schreiben. Quasi im

Erstberuf Ermittler, im Zweitberuf Musikjournalist. Ruf einfach mal bei der Plattenfirma an und schau, was du herausschinden kannst. Zwei Flüge, zwei Tickets fürs Konzert. Hotel natürlich auch.«

»Heutzutage haben die Plattenfirmen nicht mehr die Spendierhosen an, das weißt du doch. Und am Ende werden sie ein Belegexemplar von der Geschichte wollen.«

»Dann sag halt, du bist grade dabei, die Reportage ans *Iron Fist* zu verkaufen. Wenn's am Schluss nichts wird, werden sie dich ja kaum den Flug zurückzahlen lassen. Du kannst dir maximal den Ruf in einer Branche versauen, in der du nicht mehr arbeitest. Und wenn du das nicht willst, können wir ja wirklich eine Reportage schreiben«, schlug ich vor.

»Ich möchte aber keine Reportage schreiben.«

»Ich kann das ja machen«, sagte ich.

»Du?«, sagte der Mandel.

Ich überhörte die unterschwellige Gehässigkeit, weil der Mandel mir schon damals nie zugetraut hat, ich könne auch mal was für die Druckausgabe vom *Express* schreiben. Für ihn war ich als Online-Redakteur immer ein Journalist zweiter Klasse gewesen. Wenn überhaupt ein Journalist. Ich stand auf und ging in die Küche, um mir auch einen Kaffee zu machen. Ich befüllte den Siebträger mit Espresso, drehte ihn fest und schaltete die Maschine ein. Ein Geräusch ertönte, als ob sich brodelnde Lava in der Maschine befände.

»Was ist denn das für ein Krach?«, rief der Mandel vorwurfsvoll vom Schreibtisch her.

Es fing an zu zischen. Besorgt entfernte ich den Siebträger aus seiner Halterung, und eine braune Soße schoss wie eine Naturgewalt an die Küchenwand und auf mein Hemd.

»Ich glaub, die Kaffeemaschine ist kaputt«, schrie ich in Richtung Mandel, während ich mit der Hand die Kaffeelava auf meinem Hemd verteilte, damit sie mir wenigstens symmetrisch die Haut von den Knochen schmolz.

»Unsinn. Mein Kaffee ist perfekt«, sagte der Mandel.

»Ich komm übrigens nicht mit nach Stralsund«, sagte ich und hielt meine Hände unter den eiskalten Wasserstrahl der Spüle.

Als ich abends zu Hause in meiner Wohnung saß und mich fragte, was Maria wohl mit der Waschmaschine gemacht hatte, die vorher immer tadellos funktionierte, ging mir das Black-Metal-Konzert nicht mehr aus dem Kopf. Maria war Gott sei Dank für zwei Tage zu ihrer Mutter nach Chemnitz gefahren, und so schüttete ich mir einen Ouzo mit Eiswasser in ein Glas und schaute mir im Internet diverse Videos von Dark Reich an. Da gab es vor allem die Ausschnitte aus dem Bergen-Konzert. Die aufgespießten Schafschädel sahen in dem mattroten Bühnenlicht aus wie Stofftiere, und einer umgedreht gekreuzigten Frau hingen die Brüste nach oben beziehungsweise nach unten, also in Richtung Gesicht auf jeden Fall. Dazu die überdimensionale Nietenausstattung des Sängers und die Leichenschminke – auf den ersten Blick fand ich es zum Lachen. Ich mochte so Sachen wie Slayer, Exodus und Death, aber zum Begriff Black Metal fiel mir eigentlich nur Venom ein. Und für die war der ganze Satanismus-Kram ja nur eine passable Effekthascherei gewesen, um mehr Weiber zu vögeln als die Konkurrenz. Das waren Party-Satanisten und damit dem Credo des Satanismus *Tu, was du willst* deutlich näher als die verkrampften Harlekins in dem Video. Aus reiner Langeweile schaute ich weiter ein Video nach dem anderen von dem Bergen-Konzert durch. Ab dem fünften Song, *The Ancient Moon*, fühlte ich mich unwohl. Es lag nicht an den Schafsköpfen oder den gekreuzigten Frauen, es lag tatsächlich an der Musik. Die Band raste sieben Minuten lang durch ein und dasselbe Schema, geführt von einer für die Musikrichtung ungewohnt hochtonig gespielten Gitarrenlinie, die sich andauernd wiederholte. Dazwischen schrie der Sänger in scheinbar von Raum und Zeit befreiten Intervallen etwas, das ich nicht verstand. Für meine Ohren klang es zunächst wie der nicht enden wollende Schluss eines Songs, aber die Band trug ihn vor wie eine Sinfonie. In dieser Zermalmung der herkömmlichen Songstruktur lag eine gewisse Anmut, das musste ich zugeben. Es hatte wenig mit dem Black Metal von Venom zu tun. Riffs und Refrains waren zweitrangig beziehungsweise nicht vorhanden, und auch das Handwerk stand – für Metal untypisch – nicht an erster Stelle. Alles ordnete sich der Atmosphäre des Songs unter, wenn man diesen endlosen Wutausbruch Atmosphäre nennen wollte. Nachdem der Song zu Ende war, sah ich mir das Video noch einmal an. Und noch einmal. Ab dem dritten Mal las ich den Text mit, den ich auf einer Website gefunden hatte, weil man verstand ja bei der Aufnahme kein einziges Wort davon.

Arduous dreams arrive
At the deep sleep of your life
As I watch the pale moon rise
I can hear the ancient cries.

A forest clearing dimly lit
From a distance I will follow
The chosen one draws near
The ground beneath is hollow.

Echo of the past
From northern fields of wrath
Chaos heads down south
Killing false gods in its path.

Das war vielleicht nicht das idiomatischste Englisch und vielleicht auch kein ordentlicher Jambus, aber Dark Reich beschrieben hier ein Erweckungserlebnis, eine komplette Umwälzung der Verhältnisse, und das in einem fast sehnsuchtsvollen Ton, dass einem ganz warm ums Herz werden konnte. Nun fand ich auch die Bühnenshow nicht mehr so albern, besonders die Leichenbemalung war doch ganz passend, weil sie jeden dieser längst zerblödeten Rockmusik-Gesichtsausdrücke gnadenlos unterdrückte. Die Band betrieb ihre Musik mit einer bewundernswerten Ernsthaftigkeit. Die wollten gar nicht in den *NME*, dachte ich noch. Dann schlief ich auf der Couch ein.

Der Mandel und ich fahren mit einem uralten Ford über eine holprige Landstraße durch Irland. Aus irgendeinem Grund hat der Mandel das Licht ausgeschaltet, sodass man überhaupt nicht sieht, wohin er fährt. Der Mandel sitzt am Steuer und lenkt den Wagen über eine Straße, die man nicht sehen kann, nur hören. Jeden Stein, der von unten gegen das Bodenblech schlägt. Ich versuche angestrengt, draußen etwas zu erkennen, aber es ist so stockfinster, dass wir noch nicht einmal einen Baum sehen können, außer wir fahren dagegen. Das einzige Licht kommt von den Armaturen und erhellt einen Teil vom Gesicht vom Mandel. Wie seine eigene Leiche sieht der Mandel aus, bis auf den Umriss ganz dunkel und zugleich schneeweiß im Gesicht. In dem bleichen Licht der Armaturen. Vielleicht ist er auch längst tot und krallt sich nur noch in einer Totenstarre am Lenkrad fest. Aber für einen Toten fährt er recht gut, muss man sagen. In der Ferne taucht ein Licht auf. Bald sind es zwei, und sie reißen die Dunkelheit auseinander und teilen sie unter sich auf. Ein Auto kommt uns entgegen. Der Mandel fährt unbeirrt weiter. Das fremde Auto kommt kurz vor uns zum Stehen, und auch der Mandel bremst. Anscheinend ist der Mandel doch noch nicht ganz tot, oder sein leichenstarrer Fuß ist auf die Bremse gerutscht. Die grellen Scheinwerfer des anderen Autos schießen in unseren Ford hinein. Der Mandel starrt in das gleißende Licht, und sein rechter Nasenflügel bebt. Er ist also nicht tot. Ich betrachte wieder das andere Auto und werde das Gefühl nicht los, dass ich den Fahrer kenne, obwohl ich natürlich nichts sehe in dem weißen Licht. Der Mandel hat die Hand am Türgriff, aber ich sage: »Nicht aussteigen. Das geht uns gar nichts an.« Der Mandel zieht seine Hand zurück. Plötzlich erlöschen die Scheinwerfer des anderen Autos. Ich sehe überhaupt nichts mehr, aber dann schält sich ein Bild aus der Schwärze hervor, als die Augen sich an die Dunkelheit gewöhnen. Das Auto gegenüber ist auch ein Ford, auch ein alter Taunus, es ist, als hätten wir vor einem Spiegel geparkt. Blasses weißes Licht strömt aus der Fahrerkabine des spiegelverkehrten Taunus. Man kann nicht genau erkennen, wer am Steuer sitzt, aber ich bin mir ziemlich sicher, dass da noch ein Beifahrer ist. Ich kenne die Leute irgendwoher, kann ich nicht aufhören zu denken.

»Fahr!«, dränge ich den Mandel, aber der sitzt nur regungslos da. Sein rechter Nasenflügel bebt nicht mehr. Irgendwo in der Nähe muss die Küste sein, denke ich noch, wahrscheinlich ein Übersprungsgedanke, weil ich so eine panische Angst vor dem anderen Taunus habe. Dann lässt der Mandel endlich den Motor an und fährt dem anderen Taunus davon, der hinter uns in der Dunkelheit zurückbleibt wie eine unangenehme Erinnerung.

2: NORDLAND

»Die zahlen keinen Flug«, sagte der Mandel zur Begrüßung am nächsten Tag im Büro. Ich war mit der U-Bahn gekommen und durch den schwarzen Schnee und die Hundescheiße zum Nordufer gelaufen, weil der Mandel das Auto mit nach Hause genommen hatte. Ich war trotz der Kälte nass geschwitzt, weil es in der U-Bahn zu heiß war.

»Guten Morgen erst einmal«, sagte ich.

»Die würden sich aber über eine Berichterstattung freuen und uns das Hotel für drei Tage zahlen. Aber keinen Flug. Damit ist es gestorben, oder?«, sagte er.

»Gehen wir erst mal in den Deichgraf. Unsere Kaffeemaschine ist kaputt«, sagte ich.

»Unsinn«, sagte der Mandel und hielt triumphierend seine Tasse hoch, in der sich offensichtlich frischer Kaffee befand. Ich zog meine Jacke aus und setzte mich. Als hätte er nur darauf gewartet, dass ich endlich ins Büro kam, machte der Mandel seinen Bluesrock an und rauchte eine Zigarette dazu. Lang ging das nicht mehr gut mit uns.

»Kann ich dein Detektiv-Zertifikat haben?«, fragte ich durch den Bluesrock und den Rauch hindurch zur anderen Seite des Schreibtischs, von wo aus der Mandel aufs Nordufer schauen konnte.

»Wozu?«

»Ich wollte eine Kopie an den Winter schicken. Er meinte doch, wenn wir Arbeit brauchen, kennt er einen beim Gericht, der hin und wieder Recherchearbeiten anfordert. So ähnlich wie bei *Ein Fall für zwei*. Aber man muss sein Zertifikat vorlegen.«

»Als ob der Winter uns jemals freiwillig einen Gefallen tun würde«, sagte der Mandel.

»Du warst doch dabei, als er's uns angeboten hat.«

»Das war vor einem Kühlregal in der Metro. Auf mich hat er verwirrt gewirkt«, sagte der Mandel.

»Ich hatte den Eindruck, er hat sich gefreut, uns zu sehen. Nach seinem Erfolg mit dem Buch ist er nicht mehr so angespannt wie früher«, sagte ich, aber der Mandel schüttelte nur kurz den Kopf und tippte auf seiner Maus herum. Der Winter war der Leiter der achten Mordkommission in der Keithstraße.

»Fahren wir doch mit dem Auto nach Norwegen. Hier ist eh nichts los«, sagte ich.

»Ich weiß nicht«, sagte der Mandel, ohne von der Maus abzulassen.

»Warum denn nicht?«

»Es ist kalt«, sagte der Mandel, ohne sich darauf festzulegen, wo es kalt war. Vermutlich meinte er Norwegen.

»Schau, so ein Urlaub würde uns ganz guttun. Wir sitzen sonst nur den ganzen Tag hier oder im Deichgraf drüben«, sagte ich und schaute mir den Mandel genauer an. Er trug ein graues Jackett und ein schwarzes Hemd darunter, die obersten Knöpfe geöffnet. Er wirkte gepflegt wie immer, aber seine Augenringe waren dunkler als noch im letzten Jahr. Ich fand, man sah ihm seine vierzig plus deutlich an.

Der Mandel zuckte mit den Schultern, und mein Telefon

klingelte. Es war Maria. Sie hatte Ärger mit ihrer Mutter gehabt, und ich versuchte, sie zu beruhigen, weil sie sonst heute Abend noch von Chemnitz zurückkommen wollte. Der Mandel stieß scharf die Luft aus, während ich telefonierte.

»Lass uns fahren«, sagte der Mandel, ungefähr eine Sekunde nachdem ich aufgelegt hatte.

»Super, Mandel, super. Das wird sicher gut.«

»Ja, ja«, sagte der Mandel.

»Warst du eigentlich noch in Stralsund gestern Abend?«, fragte ich.

»Nein, Stralsund ist doch viel zu weit weg«, sagte der Mandel.

Die folgenden Nächte schlief ich schlecht. Ich war schon länger nicht mehr im Urlaub gewesen, wenn man von den Desaster-Wochenenden an der Ostsee mit Maria einmal absieht, und ich wusste gar nicht, was ich alles einpacken sollte. Zunächst kaufte ich mir zwei CDs von Dark Reich, damit ich beim Konzert nicht vor einem Berg unbekannter Lieder stehen musste, denn bis man sich live in eine unbekannte Band reingehört hat, ist das Konzert vorbei. Dann holte ich mir in einem Secondhandgeschäft einen grünen Parka mit wärmeisolierendem Innenfutter, weil ich die Kälte und den Wind fürchtete, den die Leute in den Norwegen-Foren kolportierten. Maria war in der Zwischenzeit zurück, und ihre Freude darüber, dass die Waschmaschine wieder funktionierte, trübte ich durch die Ankündigung, mit dem Mandel ein paar Tage nach Norwegen zu fahren. Ich sagte, dass ich einen Artikel schreiben müsse und dass die Plattenfirma alles bezahlen würde. Maria war trotzdem nicht einverstanden mit meinen Reiseplänen.

»Du lässt mich dauernd allein«, sagte sie, und ich dachte,

dass sie jetzt vollkommen spinnt. Immerhin hatte ich sie bei mir einziehen lassen.

Ich freute mich auf die Reise, auf die Tage ohne die Büro-Agonie. Es war gut, etwas zu unternehmen, statt zu warten, bis das große Nichts über einen hinweggezogen war. Weil das große Nichts jahrelang verharren kann, das ist hartnäckig, wenn man nichts unternimmt.

Am Karfreitag, um fünf Uhr früh, stand ich wie verabredet unten auf der Straße und wartete auf den Mandel, der den Firmenwagen wie üblich mit nach Hause genommen hatte. Angeblich wegen der schlechten Verkehrsverbindung zu seiner Wohnung. Um Viertel nach fünf schrieb ich ihm eine SMS, und um halb sechs rief ich bei ihm an, erreichte aber nur den Anrufbeantworter. Egal, wie kalt es in Norwegen war, es konnte nicht kälter als bei uns sein, denn als ich kurz vor sechs zurück in die Wohnung ging, ohne den Mandel erreicht zu haben, war ich fast erfroren. Das war mit Abstand der kälteste April, den ich in dieser Stadt erlebt habe. Um sieben rief der Mandel an und sagte, er habe verschlafen, brauche aber noch ein bisschen, bis er fertig sei.

Autofahren mit dem Mandel ist immer dasselbe. Du redest auf ihn ein, er tut so, als ob er dir zuhört, hört aber eigentlich der Musik zu. Dann lässt man das Reden sein, der Mandel fährt und hört weiter Musik, und man beschäftigt sich irgendwie alleine. Mein Pech ist, dass mir vom Lesen im Auto schlecht wird und ich deshalb auf den Musikgeschmack vom Mandel angewiesen bin. Wie im Büro verhält er sich auch im Auto wie ein Alleinherrscher. Ich hatte gehofft, dass sich das mit dem gemeinsamen Auto ändert, aber da habe ich mich getäuscht. Stattdessen sind wir in unserem Firmenwagen der endgültigen Machtergreifung vom Mandel noch näher gekommen. Nachdem sie dem Mandel letztes Jahr seinen Audi angezündet haben, hat er trotz Erhalt der vollen Versicherungssumme inklusive der bisher gezahlten Leasing-Raten beschlossen, dass er gar keinen eigenen Wagen mehr braucht, es werde sowieso viel zu viel Auto gefahren auf der Welt. Und ob wir uns nicht auf Firmenkosten einen gemeinsamen Dienstwagen leisten wollten. Einen schwarzen Ford Focus, fünf Jahre alt, den der Mandel von einem mit seinem Bruder befreundeten Ford-Händler unten im Süden günstig erstanden hat. Eigentlich hatte uns der Bruder vom Mandel sein ausrangiertes Fahrschulauto, auch ein Audi, zum Vorzugspreis geben wollen, aber der Audi war gelb. Und so saß ich neben dem Mandel in dem Ford Focus und hoffte erneut auf mein Mitspracherecht an der Musik, weil es doch zur Hälfte mein Wagen war.

»Später kannst du die Musik aussuchen«, log der Mandel.

Was noch relativ harmlos mit der *Brothers and Sisters* von den Allman Brothers begann, fand seinen Negativhöhepunkt in der *Kerschowski & Blankenfelder Boogie-Band,* einer totalen Rarität, wie der Mandel mir erklärte. So blieb mir nichts anderes übrig, als dem Bluesrock zu entschlafen, bis ich an einer Raststätte wieder aufwachte. Wir waren ungefähr auf der Höhe von Flensburg, deutlich nach zwölf. Es war Karfreitag, und wir steckten mitten im Osterreiseverkehr, bloß weil der Mandel verschlafen hatte. Wir hatten uns für die Route über Dänemark entschieden, die siebzehn Stunden dauert. Keine Pausen eingerechnet. Am Sonntagabend war das Konzert, am Samstagfrüh würden wir in Bergen ankommen. Während sich der Mandel einen Kaffee und einen Schokoriegel holte, setzte ich mich ans Steuer. Nicht weil ich unbedingt fahren wollte, aber wenn es einen unveräußerbaren Grundsatz in den Regularien des zivilen Personentransports gibt, dann den, dass der Fahrer die Musik aussucht. Nach nur zehn Minuten mit meiner Musik fing der Mandel an dazwischenzureden, und das war garantiert nicht seinem Redebedürfnis geschuldet. Da ging es plötzlich darum, ob nicht der Flug billiger gewesen wäre, ob ich die Fährenpreise im Kopf hätte, ob ich dieses und jenes kannte, und wenn nein, warum nicht, und am Ende war die Mercyful-Fate-Platte durchgelaufen, ohne dass ich nur ein einziges Lied hätte genießen können.

Auf der Fähre von Hirtshals nach Kristiansand saßen der Mandel und ich im Bordcafé an der Theke. Der Mandel sitzt gerne an der Theke, weil ein paar der wichtigsten Dinge auf der Welt passieren an der Theke, sagt er, ohne Beispiele zu nennen. Der Mandel trank einen Cappuccino und ich einen Weinbrand.

»Warum trinkst du denn Weinbrand?«, fragte der Mandel und sah mich befremdet an.

»Warum nicht? Ist mal was anderes.«

»Man trinkt doch nichts, nur weil es mal was anderes ist«, sagte der Mandel und schaute auf sein Mobiltelefon.

»Hast du hier Empfang?«, fragte ich ihn.

Der Mandel ignorierte die Frage.

»Ich nämlich nicht«, sagte ich. »Seit wir auf dem Wasser sind.«

Ich nahm einen Schluck von dem Weinbrand und schaute auf den Quittungszettel, den uns der Kellner gleich mit dazugelegt hatte. Ich steckte ihn ein.

»Wahnsinn, wie teuer hier so ein Weinbrand ist«, sagte ich.

Der Mandel schaute nicht von seinem Telefon auf, als er fragte: »Wie teuer?«

»Acht Euro«, sagte ich.

»Das geht ja noch«, sagte der Mandel. »Warte mal, bis wir in Norwegen sind.«

»Zehn Euro?«, fragte ich.

»Nix Euro«, sagte der Mandel. »Kronen. Norwegische Kronen.«

»Scheiße. Warum haben die keinen Euro? Ich hab gar kein Geld gewechselt«, sagte ich.

»Sigi, in welchem Jahrhundert lebst du? Geh halt zum Automaten«, sagte der Mandel.

»Aber die Gebühren, wenn man im Ausland Geld abhebt«, sagte ich.

»Was musst du auch einen Weinbrand bestellen?«, sagte der Mandel eine Minute später.

Da mir der Mandel auf Dauer zu wenig gesprächig war, wanderte ich ein bisschen auf dem Deck umher. Es war längst dunkel, und die pechschwarze Nordsee brachte die gemeinste und windigste Kälte hervor. Schon als Kind war es meine größte Angst, in der Nacht auf einem Schiff über Bord zu gehen und so von Wind und Wellen überzogen zu werden, dass mich sofort niemand mehr sehen konnte und mein Verschwinden zunächst völlig unbemerkt blieb. An der Reling vor dem Bordcafé stand der Mandel und rauchte. Der Wind richtete seine Frisur zugrunde, sein akkurater Seitenscheitel war für heute Geschichte, konnte man meinen. Aber der Mandel würde nach der Zigarette auf die Schiffstoilette gehen und mit dem kleinen schwarzen Plastikkamm, den er neuerdings in der Innentasche trug, den Scheitel wieder dahin ziehen, wo er hingehörte. Wie er so an der Reling stand und rauchte, sah er aus wie ein Mann aus einem vorherigen Jahrhundert. Er trug eine bullige braune Fliegerjacke mit einem weißen Fellkragen und braune Lederhandschuhe. Es sah aus, als hätte er sich als der »Seewolf« verkleidet. Mein Telefon summte. Ich schaute auf das Display, und der Balken für den Empfang war auf null. Trotzdem zeigte es mir eine Kurznachricht von Maria an. *Du hättest nicht einfach so wegfahren sollen.* Die spinnt wohl, dachte ich. Der Platz an der Reling war leer, der Mandel war hineingegangen. Es blieb ohnehin nicht mehr viel Zeit bis zur Ankunft in Kristiansand.

Wären wir bei Tageslicht in Norwegen angekommen, hätte ich vielleicht einen ganz anderen Eindruck von dem Land gewonnen, aber wir fuhren durch eine Dunkelheit, die so undurchdringlich war, als hätte jemand ein Tuch über uns geworfen. Der Mandel hatte mich genötigt, nach der Fähre das Steuer zu übernehmen, weil er sich hinlegen wollte, aber ich fühlte mich nicht besonders gut nach dem Wellengang. An der erstbesten Tankstelle fuhren wir raus, und ich legte mich auf den Rücksitz, während der Mandel weiterfuhr. Wir waren jetzt elf Stunden am Stück unterwegs, und der Mandel war besessen von der Idee, ohne Übernachtung oder längere Pause in Bergen anzukommen. Als ich wieder aufwachte, war es kurz nach Mitternacht, und wir waren immer noch auf der Straße. Die Autos, die uns entgegenkamen, schienen aus dem Nichts aufzutauchen. Der Mandel saß im völligen Dunkeln, nur das fahle Licht der Armaturen erzeugte einen hellen Fleck auf seinem Gesicht. Es lief keine Musik.

»Wo sind wir?«, fragte ich, während ich wieder nach vorn kletterte.

»Bei Stavanger«, sagte der Mandel, aber das sagte mir nichts.

»Warum fahren wir keine Autobahn mehr?«

»Es gibt hier keine Autobahn«, sagte der Mandel.

»Warum wirst du langsamer?«, fragte ich.

»Da vorn kommt eine Mautstelle«, sagte der Mandel.

»Eine Mautstelle? Für diese schäbige Straße?«

»Für den Tunnel«, sagte der Mandel und deutete auf den Berg, der auf uns zukam.

»Kennst du dich gut aus mit Black Metal?«, fragte ich, weil ich für meinen Artikel die Expertise vom Mandel brauchen würde.

»Ja«, sagte der Mandel.

»Von Dark Reich hab ich mir das Konzert im Netz angeschaut und mir die ersten beiden Alben gekauft. Was muss ich noch kennen?«

»Dark Reich sind nur die Plakativen. Die wahre Wut kommt von viel weiter unten«, erklärte der Mandel.

»Was meinst du mit *weiter unten*?«, fragte ich.

»Die kleineren Bands. Die, die's wirklich ernst gemeint haben. Die die Kirchen angezündet und Leute umgebracht haben.«

Der Mandel kam mir jetzt vor wie ein alter Museumswärter, der den Kindern beim Schulausflug eine Schauergeschichte erzählt. Die vom unbenutzten Museumstrakt, wo sich niemand hineintraut, wo aber jede Nacht Geräusche zu hören sind.

»Leute umgebracht?«, wiederholte ich.

»Das musst du doch mitbekommen haben. Das stand damals in allen Zeitungen. Mittlerweile werden sogar Anwärter für den norwegischen diplomatischen Dienst einem Workshop in Sachen Black Metal unterzogen. Was hast du denn Anfang der Neunziger gemacht?«

»Lass mich überlegen. Da hatte ich mein erstes eigenes Auto und bin mit der Ellen Weinzierl nach Südtirol gefahren. Zum Pfitscher, auf dieses Weingut, weil ihre Eltern ...«

»Warte«, sagte der Mandel und hielt den Wagen an. Er steckte seine EC-Karte in einen Maut-Automaten.

»Geb ich dir dann später«, sagte ich.

»Was gibst du mir später?«, fragte der Mandel, während er auf die Schranke wartete.

»Meinen Anteil von der Maut.«

Der Mandel schüttelte nur den Kopf. Als wir wenig später den Tunnel hinter uns gelassen hatten, griff er an mir vorbei ins Handschuhfach und holte eine CD heraus. Auf dem Cover war ein Mann mit langen Haaren in einer schwarzen Lederjacke zu sehen, der auf einer Lichtung stand. Sein Gesicht war in derselben Art geschminkt, die ich schon aus dem Video von Dark Reich kannte. Das Foto sah aus wie vierundzwanzigmal schwarz-weiß kopiert. Über der Lichtung befand sich der Schriftzug »Død« in Fraktur. Falls wer nicht weiß, was das ist: Eine Fraktur ist, wie der Name schon sagt, eine gebrochene Schrift. Wird fälschlicherweise gerne als altdeutsche oder altenglische Schrift bezeichnet. Macht sich immer gut bei nordeuropäischer Nationaltümelei, sieht manchmal aber auch wirklich cool aus. Am unteren Ende des Bildes stand in derselben Schrift: *Si Satanas Pro Nobis, Quis Contra Nos* – wenn der Teufel für uns ist, wer ist dann gegen uns.

»Die musst du kennen«, sagte der Mandel.

»Mach rein«, sagte ich zum Mandel und zeigte auf den Schacht des CD-Players.

»Die zweite Død ist noch besser. Auf der zweiten ist weniger Schlagzeug. Aber wenn, dann ganz simpel und massiv wie aus weiter Ferne. Konzeptmusik, fast Avantgarde.«

»Aha«, sagte ich, »aber kannst du trotzdem die erste einlegen, wo du sie grade in der Hand hältst?«

Der Mandel steckte die CD ins Fach. Man kann jetzt nicht sagen, dass die Musik mit einem großen Knall begann. Noch nicht einmal mit einem kleinen. Dafür war sie viel zu schlecht abgemischt. Sie fing eher beiläufig an. Wie bei Dark Reich diese klirrenden Gitarren. Der große Unterschied lag allerdings im Gesang. War es bei Dark Reich eher ein Grunzen, so klang er jetzt abwechselnd asthmatisch keuchend und schrill und roh. Einen Bluthusten konnte man sich gut dazu vorstellen. Leider verstand man wieder kein Wort vom Text.

»Was ist denn das für eine grässliche Produktion?«, fragte ich.

»Das haben sie mit Absicht so gemacht. Wegen der Gegenkultur«, klärte der Mandel auf.

»Ach so«, sagte ich. Die Musik klang, als ob jemand tödlich beleidigt war. Ich fand das interessant. Ich war dabei, mich einzuhören.

»Reicht auch wieder, oder?«, sagte der Mandel und wechselte die CD. Kurz darauf sang jemand »Schwätzer umschwirrn mich. Mach mal das Licht aus, ist ja nicht anzusehen, die kann man nur niedermähn« zu einem 08/15-Riff.

»Was ist denn das für ein Unsinn?«, fragte ich.

»Der bewaffnete Blues«, sagte der Mandel.

Laut dem Mandel verschlief ich das nächste kurze Stück Fähre über einen Fjord. Wenn ich zwischenzeitlich aufwachte, schimmerte das Navigationsgerät im Dunkeln, das der Mandel in den Aschenbecher geklemmt hatte, weil die Halterung für die Windschutzscheibe abgebrochen war. Es befand sich im Nachtmodus, glühte nur matt, und das Meer wurde als schwarze Fläche angezeigt. Der Mandel hatte extra eine Norwegen-Software draufgespielt. Ich habe vergessen, wie oft wir letztendlich auf eine Fähre mussten, weil wir ja für die kurzen Überfahrten nicht ausstiegen und ich meistens am Schlafen war. Es können zwei, aber auch fünf Mal gewesen sein. Ich weiß aber noch, dass ich immer mehr das Gefühl bekam, dass wir in Gebiete vordrangen, die nicht für den Personentransport vorgesehen waren. Hier gab es nur noch Tunnels und Fähren. Die Natur hielt das Heft in der Hand, und der autofahrende Mensch zwängte sich demütig zwischen ihren Auswüchsen aus Wasser und Stein hindurch. Ich wünschte, wir hätten ein Flugzeug genommen.

Als wir nach einer Ewigkeit auf dunklen Straßen in den Außenbezirken von Bergen ankamen, war es immer noch nicht hell. Selbst dem Mandel sah man seine Müdigkeit jetzt an. Er hatte diese Hundefalten im Gesicht, von den Augenringen ganz zu schweigen. An einer Tankstelle holte er einen Kaffee und einen Schokoriegel und lehnte sich gegen den Ford. Den Becher stellte er nach einem Schluck auf dem Dach ab, wo der Kaffeedampf in die norwegische Nacht abzog. Den Schokoriegel steckte er in die Innentasche seiner Seewolfjacke. Ich saß auf dem Beifahrersitz und hatte die Tür geöffnet. Es war ungnädig kalt draußen, und wir befanden uns in einer Art Industriegebiet.

»Die Luft ist gut. Wie bei uns daheim«, sagte der Mandel, ohne zu erklären, was er mit »bei uns daheim« meinte.

»Und eiskalt«, sagte ich.

Der Mandel nahm seinen Becher vom Dach und stieg wieder ein. Es fing an zu regnen.

»Jetzt haben wir gar nicht geschaut, wo das Hotel ist, das die Plattenfirma reserviert hat«, sagte ich.

»Doch«, sagte der Mandel und ließ den Motor an.

Wir fuhren bald über Kopfsteinpflaster durch die Innenstadt. Im Dunkeln sah es hier aus wie in der Innenstadt von Erlangen oder einer beliebigen seelenlosen deutschen Stadt. Nur die Berge ringsherum waren sehr eng an die Siedlung herangerückt, das hatte ich so noch nie gesehen. Als hätte jemand die Stadt eingemauert. Kein Mensch war auf der Straße, und nur vereinzelt trafen wir auf andere Autos. Hordaland hieß die Provinz, in der wir uns befanden, hatte ich zuvor auf einem Schild gelesen. *Bergen, Hordaland.* Unwillkürlich denkt man an eine Horde Wilder mit Streitäxten.

»Ist unser Hotel am Hafen, in diesem netten Viertel?«, fragte ich den Mandel, weil ich von einem netten Viertel am Hafen gelesen hatte.

»Spinnst du? Wer soll denn das bezahlen?«, sagte der Mandel.

»Die Plattenfirma. Wenn man schon mal am Meer ist«, sagte ich, sah aber natürlich ein, dass wir bei der momentanen Lage der Musikindustrie kein teures Hotel mit Meerblick erwarten konnten.

Links unter uns lag die Bucht. Die Straßen wurden enger, es ging bergauf, die Häuser wurden kleiner, die Stadt wirkte jetzt fast wie ein Bergdorf. Aus der Dunkelheit wuchsen uns zwei symmetrische Kirchtürme mit prägnanten Spitzdächern entgegen. Die Türme hatten etwas Herrisches an sich.

»Mariakirken, ältestes Gebäude im Ort«, sagte der Mandel, als hätte ich ihn danach gefragt. Der Mandel umrundete die Kirche, und wir fuhren an einem kleinen Haus vorbei, auf dessen Schaufenster *Nirvana Pizza Orient* stand. Außer einem eingeschweißten Chicken-Barbecue-Sandwich hatte ich auf der ganzen Reise nichts gegessen, weil der Mandel dagegen war, in einem Restaurant zu halten. Wahrscheinlich hatte er auch gar keinen Hunger mit den ganzen Schokoriegeln im Magen. Überhaupt war der Mandel in den letzten Wochen kaum noch ohne Schokoriegel anzutreffen, und langsam sah man ihm das an, fand ich. Ich schaltete mein Telefon nach längerer Zeit wieder ein und sah die Anzeige für zehn Anrufe in Abwesenheit. Von Maria. Mitten in der Nacht. Unter dem Logo der Pizzeria stand: *Den absolutt beste kebaben i Bergen.* Es brannte Licht. Ich hoffte, der Mandel würde nicht mehr weit fahren, und tatsächlich hielt er ein paar Minuten später an einem vierstöckigen Haus, aus dessen Fassade in jedem Stockwerk kleine Erker in die Straße hineinragten. Neben jedem

Erker befand sich ein winziger französischer Balkon. Die anderen Häuser in der Straße waren so gedrungen, dass dieses Haus im Gegensatz dazu wie ein Hochhaus wirkte. Der Mandel stieg aus, und ich folgte ihm. Er klingelte neben einem goldenen Klingelschild, auf dem *Gjestehus Kaltenborn* stand.

»Es ist halb sechs in der Früh. Da ist wahrscheinlich noch keiner da«, sagte ich und wischte mir den Regen aus dem Gesicht. Der Türöffner summte. Die Eingangshalle war schmal, aber links und rechts mit ornamentierten Spiegeln versehen, in denen der Mandel im Vorbeigehen seinen Seitenscheitel überprüfte. Es gab keinen Aufzug, und wir fanden keinen Lichtschalter, aber im dritten Stock hatte jemand die Tür geöffnet, und ein sanfter Lichtstrahl erhellte das dunkle Treppenhaus. Mit einer erstaunlichen Selbstverständlichkeit trat der Mandel ein und sagte: »God morgen.« Ein goldblondes Mädchen saß in einem winzigen Foyer hinter einem Schreibtisch und sagte: »Hi there. How can I help you?«

Ihre Konsonanten klangen liebenswert, vor allem das *k*. Sie war vielleicht Mitte zwanzig und hatte ihre Haare lose mit einem weißen Tuch zusammengebunden. Dazu die unglaublichsten Pausbacken, aber ein schmales, spitzes Kinn. Sie strahlte uns an, als hätten wir ihr gerade den Preis für die beste Rezeptionistin Norwegens verliehen. Der Mandel erklärte, er habe eine Reservierung von der Plattenfirma für ein Doppelzimmer für drei Nächte. Das Lächeln des Mädchens verflüchtigte sich sanft, als sie dem Mandel unter völlig glaubwürdigem Bedauern mitteilte, dass das Gästehaus ausgebucht war und sie keine Reservierung unter seinem Namen oder dem einer Plattenfirma finden konnte. Sie könne uns aber auf jeden Fall eine sehr günstige Alternative nennen: das Fantoft-Studentenhostel, nur fünf Kilometer vom Zentrum entfernt. Die Zimmerverwaltung dort habe noch nicht geöffnet, aber sie würde jemanden anrufen, der uns vor dem Hostel treffen und uns einen Schlüssel geben würde. In der Regel sei das Hostel ohnehin nur an Austauschstudenten vermietet, aber zurzeit waren viele Zimmer frei wegen der Semesterferien. Der Mandel ließ sich die Adresse geben und bedankte sich. An der Tür drehte er sich noch mal zu dem Mädchen um und sagte ein zweites Mal Danke. Unten im Auto lächelte er wie blöd vor sich hin, als er den Motor anließ.

»Scheiß Plattenfirma«, sagte ich. »Jetzt müssen wir das auch noch selber zahlen.«

»Das klären wir, wenn wir wieder zurück sind«, sagte der Mandel und lächelte noch immer.

Das Navigationsgerät fand kein Signal vom Satelliten, nachdem ich es zwischenzeitlich ausgeschaltet hatte, um Batterien zu sparen. Der Mandel steuerte den Ford Focus zügig durch die engen Straßen, als würde er sich auskennen, während ich wehmütig auf die langsam erwachende Innenstadt zurückblickte. Jetzt sah man die Berge deutlich, wie sie fast auf der Stadt draufsaßen. Ich hasse Hotels, die außerhalb liegen, weil man einen wesentlichen Teil seines Urlaubs damit verschwendet, in die Innenstadt zu gelangen. Nach einer größeren Kreuzung ging es erst mal wieder eine längere Zeit bergab. Es war das reinste Mini-San-Francisco hier, steigungstechnisch. Eine lang gezogene Allee führte uns an Villen aus Holz vorbei, die durch Bäume sorgfältig abgeschirmt waren. Links von uns tauchte ein graues spitzdachiges Holzhaus mit in die Höhe geschwungenen Seitenflügeln auf, das mich an das Bates-Anwesen aus *Psycho* erinnerte. Rechts gegenüber ein flaches Funktionalgebäude mit einem gläsernen Unterbau. Das Navigationsgerät hatte immer noch keinen Empfang. Keine Ahnung, was dem Mandel die Sicherheit verlieh, auf dem richtigen Weg zu sein.

»Sind wir auf dem richtigen Weg?«

»Ja«, sagte der Mandel.

»Woher weißt du das? Warst du schon mal in Bergen?«

»Nein, nur in Oslo. Aber ich habe auf der Karte nachgesehen, wo die Fantoft-Kirche liegt. Und dem Namen nach kann das Fantoft-Hostel ja nicht weit sein.«

»Was ist die Fantoft-Kirche?«, fragte ich und überlegte, wann der Mandel so genau auf die Karte geschaut haben könnte.

»Die haben sie abgebrannt.«

»Wer?«

»Der Schwarze Kreis.«

»Wer?«

»Wenn du wirklich den Artikel schreiben willst, bist du aber schlecht vorbereitet.«

»Ich bin nur müde«, sagte ich.

Der Mandel hielt kurze Zeit später an, weil er endlich einen Passanten gesichtet hatte. Einen Jogger mit einem orangefarbenen Stirnband und schwarzen Leggins, der beschwingt durch den Regen lief, als wäre es das schönste Wetter. Der Mandel fragte auf Englisch nach dem Hostel. Ich konnte nicht hören, was der Jogger sagte, aber dem Mandel schien es zu reichen. Er winkte und fuhr weiter. Zwei Minuten später bogen wir links ab über einen kleinen Bahnübergang. Vor uns, quasi in die Hügel hineingerammt, häuften sich mehrere graue Betonkästen, die mich an die Plattenbauten bei uns in der Oststadt erinnerten. Ein Hochhaus in der Mitte überragte alle anderen Plattenbauten auf dem Platz und ragte in die grüne Hügelkette hinein wie ein Wachturm.

»Ist es das?«, fragte ich ungläubig.

»Fürchte schon«, sagte der Mandel.

Unser Zimmer war vielleicht ein Zimmer, aber kein Hotelzimmer. Die Wände ein Verlauf von vergilbtem Weiß zu ranzigem Gelb, darunter ein länglicher Schreibtisch, an dem ohne Weiteres und völlig grundlos vier Leute Platz gehabt hätten, eine Art Sitzecke, aus der ein Bett herausgeklappt werden konnte, und ein echtes Bett, das allerdings nur Platz für eine Person bot. Dazu ein schmuckloser Schrank und das minimalste Badezimmer. Die gesamte Einrichtung bestand aus hellbraunem Holz, das zu der Zeit modern war, als man seine Möbel noch bei Hinumit statt bei Ikea kaufte. Die Zimmergröße betrug vielleicht fünfzehn Quadratmeter ohne die Nasszelle. Es fühlte sich an, als wäre man bei Bekannten behelfsmäßig in einem Gästezimmer untergebracht, aus dem schnell noch das Gerümpel geräumt worden war. Der Mandel hängte seine Fliegerjacke über den Stuhl, schmiss seine Tasche auf den Schreibtisch und legte sich auf das echte Bett. Nach wenigen Sekunden war er eingeschlafen. Ich war hellwach und hörte dem Regen zu, wie er immer stärker wurde, während ich versuchte, das Ausklappbett aus seiner Verankerung zu lösen.

3: BEICHTE

Bevor es jetzt gleich losgeht mit dem ganzen Malheur, bei dem am Ende anderthalb Leute tot und etliche kreuzunglücklich sind, möchte ich quasi als Vorgruppe eine Geschichte von früher erzählen. Und obwohl es *meine* Geschichte ist, steht sie auch stellvertretend für die Geschichte vom Mandel. Der Mandel ist ja bekanntlich der hartnäckigste autobiografische Schweiger, deshalb gebe ich an seiner Stelle einen Einblick in das Tagesgeschäft eines jungen Katholiken. Und wenn ich jetzt kurz diese Geschichte erzähle, dann geschieht das selbstverständlich im allgemeinen Interesse und Kontext des vorliegenden Falls, nicht weil ich mir hier etwas von der Seele schreiben will oder auch nur die geringste Art von Nostalgie verspüre. Im Gegenteil. Aber besser meine Geschichte als gar keine. Weil, würden wir den Mandel nach seiner fragen, würden wir keine bekommen. Andererseits, es ist ihm auf eine gewisse Weise auch nachzusehen, sein Diskretionswahn. Seine Schwierigkeiten mit dem Vater und das Drama um die Mutter, da spart man sich aus reiner Höflichkeit schon die Frage nach der Kindheit. Und wenn dann alles wie bei den Mandels noch so klammheimlich und beschämt unter den gesellschaftlichen Teppich gekehrt wird, dann bist du schon als Kind auf dem besten Weg, auch ein Unter-den-Teppich-

Kehrer zu werden, bevor du dich überhaupt frei entscheiden kannst.

Gegen die Gravitas der mandelschen Familienchronik ist meine Geschichte geradezu ein Ausbund an Heiterkeit. Dennoch muss ich sie erzählen, um dem Leser klarzumachen, mit welcher theologischen Vorbelastung wir in den folgenden Fall gegangen sind. Wenn man ihn überhaupt Fall nennen kann. Denn dass ausgerechnet uns das passiert ist, was passiert ist, vor allem dem Mandel, ist auch das Resultat einer Kindheit im Katholizismus, da bin ich mir mittlerweile sicher. Das Ergebnis davon, wie man in der Vergangenheit mit Leuten wie dem Mandel und mir umgesprungen ist. In religiöser Hinsicht, aber auch in menschlicher, weil nichts anderes ist ja die Religion als eine Negierung des Menschlichen, weil zu kompliziert und zu fickrig. Das Göttliche dafür so schön regelhaft und nachlesbar wie die Hausordnung. Das Menschliche stört in der Religion nur, deshalb ist sie so unmenschlich.

Ich persönlich habe überhaupt nichts gegen den Glauben an sich. Ich glaube ja selbst an so manche Unmöglichkeit. Dass der FC Bayern in diesem Jahrzehnt noch mal die Champions League gewinnt zum Beispiel, oder dass der Mandel den Computer nach der Arbeit auch mal runterfährt, statt nur auf Stand-by zu schalten. Ich will damit sagen, dass die Leute ruhig an etwas glauben können. Jeder nach seiner Fasson, da kann man niemandem etwas vorschreiben. Der Thomas Bernhard hat in diesen Mallorca-Interviews mal sinngemäß gesagt, dass man den Leuten ihren Glauben ruhig lassen soll. Man nimmt den Leuten ja auch nicht einfach ihre Illustrierte weg. Am Glauben ist nichts auszusetzen, solange er die Leute unterhält statt unterdrückt. Solange der Glaube die Menschen nicht drangsaliert, ist er nicht *per se* etwas Schlechtes. Ich kann nicht für andere Religionen sprechen, weil ich nicht genau weiß, wie beispielsweise der Hinduismus den Leuten zusetzt, aber ich weiß, wie die katholische Kirche Leuten wie mir einen ungeheuerlichen Wackelkontakt im Kopf beschert hat, der mich auch dreißig Jahre später noch manchmal denken lässt, ich wäre dem lieben Gott etwas schuldig. Der *liebe Gott*, die Phrase allein schon. Nicht mehr hinauszuwaschen aus dem katholizierten Gehirn. Und das kommt, weil sie einen nicht einfach glauben lässt, sondern dazu zwingen will.

Diese jahrzehntelange Oppression durch die Kirche hat bei mir schon mit den Großeltern begonnen.

»Unser lieber Herrgott sieht das, wenn du im Gottesdienst nicht mitsingst«, hat der Opa väterlicherseits warnend an jedem Sonntagmorgen vor der Messe zu mir gesagt. Natürlich hatte ich schon damals meine Zweifel, ob der liebe Gott am Sonntagfrüh ausgerechnet immer in *unserer* Kirche vorbeischaut, weil immerhin gibt es eine nicht unbeträchtliche Anzahl an Kirchen, wo Sonntagfrüh eine Messe gehalten wird, da kann mir keiner erzählen, dass der liebe Gott jeden Sonntag alle abklappert, um nachzuschauen, wer gerade nicht mitsingt. Das Gefühl des Beobachtetwerdens blieb. Aber weil der Opa gesagt hat, dass Gott alles sieht, von Hören aber keine Rede war, bewegte ich zu Evergreens wie *O Haupt voll Blut und Wunden* oder *Was Gott tut, das ist wohlgetan* meist nur die Lippen. Weil ich auch partout nicht singen wollte vor den ganzen Leuten aus meinem Ort. Das ist ja vor allem in der Pubertät eine einzige Bloßstellung, wie wenn die Personalabteilung vom Abfüllanlagenhersteller Krones geschlossen zum Karaoke geht. Ist ja keiner ein ausgebildeter Sänger. Von uns Buben hat damals sowieso eigentlich niemand mitgesungen. Mitsingen galt als unmännlich. Na ja, der Stefan Prebeck hat mitgesungen, aber der ist später auch Sozialpädagoge in Hildesheim geworden.

Aber egal, ob man jetzt mitsang oder nicht, ständig hatte man Gott gegenüber ein schlechtes Gewissen, und der Religionsunterricht an der Schule verschärfte dieses schlechte Gewissen nur noch. Genauer gesagt der Pfarrer Gneissel. Der Verschärfer schlechthin. Ein unangenehmer Zeitgenosse und einer der Gründe, warum man schon mit sechs aus der Kirche austreten können sollte, damit man Menschen wie ihm im Fach Religion nicht in die Fänge gerät. Der Gneissel lief richtig zur Höchstform auf in seinem Beichtunterricht. Das war genau sein Ding. Da war man am Ende der Stunde heilfroh, dass man erst acht war und noch zirka achtzig Jahre übrig blieben, um seine ganzen Verfehlungen wiedergutzumachen, um am Ende nicht auf einer glühenden Mistgabel die Ewigkeit absitzen zu müssen. Im Beichtunterricht vom Gneissel hat ja alles auf die erste und gleichzeitig finale Beichte vor der Erstkommunion hinkulminiert. Die hat der Gneissel akribischer vorbereitet als jedes juristische Staatsexamen.

»Dass ihr mir ja keine Sünden vergesst«, hat der Gneissel gedroht, woraufhin sich der Prebeck meldete:

»Und wenn doch, weil man vielleicht zu aufgeregt ist?«

»Der liebe Gott merkt sich, wenn du ihm etwas verschweigst«, erklärte der Gneissel, und die ganze Klasse fand das in seiner furchterregenden Konsequenz schlüssig. Man durfte also beim Beichten nichts vergessen, sonst hätte man ja schon wieder die nächste Sünde auf dem Kerbholz gehabt plus die, die man vergessen hat, und die ganze Beichte war umsonst.

In den Wochen vor der ersten Beichte konnte ich kaum eine Nacht mehr ruhig schlafen, denn ich hatte fürchterliche Blähungen. Völlig gerädert setzte ich mich morgens an den Frühstückstisch, und als meine Mutter mich eines Tages fragte, was denn los sei, brach es aus mir heraus. Dass ich so viel Angst hätte, dass ich nach der Beichte nicht mehr in den Himmel käme wegen dem ausführlichen Sündenregister und dass ich mir alle meine Sünden überhaupt nicht merken könne, aber der Gneissel habe doch gesagt, man müsse sie auswendig lernen wie ein Gedicht, und ich war doch so schlecht im Auswendiglernen von Gedichten. Ich weinte, weil ich überhaupt nie zur heiligen Erstkommunion zugelassen werden würde bei so vielen Sünden und dann auch das Raumschiff von *Star Wars* nicht bekäme, das ich mir seit einem Jahr wünschte.

Ich solle das mit den Sünden nicht so eng sehen, sagte meine Mutter, bei Kindern hätte sich der liebe Gott nicht so. Der Gneissel habe einen Hang zur Übertreibung, das sei wie im Fernsehen, da würden sich die Leute auch nicht wirklich totschießen. Und mein Vater, der gerade ins Zimmer gekommen war, hat sich kaputtgelacht und mir zugezwinkert und mit beiden Zeigefingern Teufelshörner an seinen Schläfen angedeutet. Diese Geste hat die Beschwichtigung meiner Mutter sofort annulliert. Dabei waren meine Eltern alles andere als praktizierende Katholiken. Ich wette, die haben damals jeden Sonntag das Marihuana, das sie aus den Sechzigern noch überhatten, pfundweise geraucht, während ich beim Gneissel in der Messe kniete. Aber mich haben sie der Religion zum Fraß vorgeworfen.

Der Tag der Beichte rückte immer näher, und mir ging es von Tag zu Tag dreckiger. Jeden Tag lernte ich jetzt meine Sünden auswendig, und neben der Gedächtnisanstrengung war das natürlich auch eine unangenehme Durchforstung meines Gewissens: der Mama beim Fußballspielen ans Schienbein getreten, dem behinderten Neffen unserer Putzfrau den Fußball ins Gesicht geschossen, die Tigerkatze aus dem ersten Stock ins Rosenbeet geschmissen, die weiße Schokolade vom Papa aus der Küche gestohlen, der Mama die fünfzig Pfennig Wechselgeld vom Zigarettenholen nicht zurückgegeben, zu lang in der Badewanne geblieben, nachts heimlich Radio gehört, die *Conan der Barbar*-VHS-Kassette von meinem Onkel heimlich mit dem Daffner angeschaut – es war die reinste Litanei des Bösen. Erschwerend kam hinzu, dass man all diese Verfehlungen ja noch verschiedenen Kategorien zuordnen musste, die uns der Gneissel auf einem kopierten Merkzettel mit nach Hause gegeben hatte. Dabei handelte es sich um eine Art Lückentext für Sünder. Da stand zum Beispiel unter Punkt 4:

> *Ich habe fremdes Eigentum entwendet wie ... (z. B. das Fahrrad meiner Schwester).*

Ich hätte hier jetzt die weiße Schokolade einsetzen müssen. Oder eben die *Bravo*, aber dazu komm ich gleich. Doch eine Sache irritierte mich: Unter Punkt 6 stand kein einziges Beispiel, und das beunruhigte mich am meisten. Dass ich nicht wusste, was bei Punkt 6 überhaupt gemeint war. Da ich in allen Kategorien mit Sünden ziemlich gut bestückt war, konnte es doch eigentlich nicht sein, dass ich ausgerechnet bei Punkt 6 nichts vorzuweisen hatte. Das würde dem Gneissel und dem lieben Gott doch gleichermaßen verdächtig vorkommen. Unter Punkt 6 stand nämlich:

> *Ich war unkeusch (in Taten und Worten).*

Und kein konkretes Beispiel stand dabei. Ich weiß noch, dass der Prebeck den Gneissel im Beichtunterricht mal gefragt hatte, was denn unkeusch überhaupt bedeute, und der Gneissel hatte den Prebeck nur durchdringend angeschaut und gesagt:

»Wenn du unkeusch bist, dann merkst du schon selber, was gemeint ist.«

Ich weiß noch, dass ich daraufhin meinen Vater nach der Vokabel gefragt habe, aber der hat bloß gelacht und gesagt:

»Das gilt nur, wenn einer schwul ist.«

Womit ich vor der nächsten mysteriösen Vokabel stand.

Am Tag der Beichte waren meine Blähungen so furchtbar, dass ich meine Mutter anflehte, nicht gehen zu müssen, weil ich Angst hatte, in dem Beichtstuhl plötzlich wie ein altersschwacher Hund unkontrolliert losflatulieren zu müssen. Außerdem war ich mir sicher, dass auch die Flatulenz gegen eine der Kategorien auf dem Merkzettel verstieß, ich wusste nur noch nicht, welche. Aber meine Mutter blieb hart und wies mich nicht nur auf das Raumschiff aus *Star Wars* hin, sondern auch auf die Problematik, dass ohne Erstkommunion vermutlich ein späterer Aufenthalt im Himmelreich praktisch unmöglich war. Sagte ausgerechnet sie, die kiffende Ketzerin. Als ich dann letztlich im Beichtstuhl kniete und es ganz fürchterlich nach Bubenfurz roch, war ich ein wenig beruhigt. Vor mir war der Hans Reisinger dran gewesen, und das war definitiv nicht mein Furz. Grade der Reisinger, der immer so tat, als wär alles im Leben eine Sportart. Der später die Ziegelei von seinem Vater übernommen und sie in Grund und Boden gewirtschaftet hat.

Der Gneissel auf der anderen Seite vom Beichtstuhl hatte seine Stimme mit einem psychopathischen Flüsterton getarnt, und das vertrauensvolle Ambiente, das so ein Bußsakrament mit sich bringen soll, war schon mit der Begrüßung passé.

»Gott, der unser Herz erleuchtet, schenke dir wahre Erkenntnis deiner Sünden und Seiner Barmherzigkeit. Knie jetzt nieder«, zischte der Gneissel.

Da lief es mir schon eiskalt den Rücken hinunter. Ich gab mich gar nicht erst der Illusion hin, dass der Gneissel meine Stimme nicht erkennen würde, zu oft hatten wir den Ablauf in der Schule mit einem Vorhang geübt. Aber mir war das jetzt egal, ich wollte den Ablasshandel nur schnell hinter mich bringen, um mich den Rest des Tages in süßlicher Erlöstheit dem Erdbeerkuchen meiner Oma väterlicherseits zu widmen, den sie mir für meine gelungene erste Beichte versprochen hatte.

Ich zählte also streng nach Kategorie Sünde um Sünde auf und ließ dem Gneissel noch nicht einmal die Zeit, sich wertend zu räuspern. Bis ich zu der Stelle kam, wo ich beim Bäcker die *Bravo* gestohlen hatte, als der Bäckerkarl kurz in der Backstube gewesen war, um die frischen Semmeln aus dem Ofen zu nehmen.

»Du hast eine Illustrierte gestohlen?«, fragte der Gneissel nach, seinen Flüsterton empört Silbe für Silbe ablegend. Bei *gestohlen* war er schon wieder auf seinem normalen Drohpegel aus dem Beichtunterricht. Wahrscheinlich hörte ab jetzt die halbe Kirche mit.

»Noch dazu so ein Schmierblatt«, fügte der Gneissel hinzu.

Ob ich die *Bravo* schon wieder zurückgegeben hätte, fragte er mich, und ich verneinte, weil ich ja das Poster von der Spider Murphy Gang herausgerissen und über mein Bett gehängt hatte, gleich neben dem Holzkreuz und dem Marienbild, das ich von meiner Oma mütterlicherseits zum sechsten Geburtstag geschenkt bekommen hatte.

»Diebstahl ist eine Todsünde«, sagte der Gneissel. »Du musst die Illustrierte wieder zurückgeben oder dich bei der Polizei melden.«

Das war's. Ich war erledigt. Kein Raumschiff, kein Himmelreich und wahrscheinlich noch nicht einmal ein Erdbeerkuchen. Ein derartiges Schwindelgefühl zog in mir auf, dass ich mich an dem vergitterten Beichtfenster festhalten musste, um nicht durch die Tür hinaus in den Kirchengang zu Füßen der Schlange von beichtwilligen Drittklässlern zu fallen. Mir war vollkommen klar, dass ein Diebstahl eine ungute Sache für den Kontostand war, aber ich hatte gehofft, mit der Beichte wäre ich mit den Erbsenzählern da oben erst einmal quitt. Die Illustrierte zurückgeben und sich so im ganzen Ort als Verbrecher und Todsünder zur Schau zu stellen, davon war im Beichtunterricht nie die Rede gewesen.

»Komm ich jetzt nicht mehr in den Himmel?«, wimmerte ich durch das Beichtgitter zum Gneissel hinüber.

»Jetzt hören wir uns erst noch den Rest von deinen Sünden an«, sagte der Gneissel, und das machte mir Hoffnung.

Er hatte mich so in die Enge getrieben, dass ich beim Rest der Beichte jede noch so kleine Schlawinerei zur Sprache brachte, um ihm zu beweisen, wie reuig ich war und wie ernst ich unseren Ablasshandel nahm. Ich glaube, ich saß eine volle halbe Stunde in dem scheiß Beichtstuhl, und selbst ein Beichtfanatiker wie der Gneissel muss genervt gewesen sein. Und natürlich kam ich irgendwann zum unvermeidlichen Punkt 6, den ich bis zum Schluss aufgeschoben hatte, und dachte mir, wenn der Gneissel jetzt denkt, dass ich ihm etwas verschweige, dann zeigt der mich persönlich bei der Polizei an, und dann werden mich meine Eltern in ein Internat stecken. Weil Internat immer die schlimmste Vorstellung war, noch vor der Hölle. Und so verfiel ich in eine Art vorauseilenden Gehorsam, der mir bis zum heutigen Tag so peinlich ist, dass ich sofort wieder einen Schwindelanfall habe, wenn ich nur daran denke. Ich sagte in etwa Folgendes zum Gneissel:

»Äh, also, ich war ziemlich unkeusch in Worten und Taten. Also in Worten vor allem. Aber auch in Taten.«

»Aha?« Der Gneissel war mittlerweile wieder zum Flüstern übergegangen, aber jetzt war es ein atemloses Flüstern.

»Inwiefern bist du unkeusch geworden, mein Sohn?«, hauchte er jetzt förmlich.

»Äh, ich … bin schwul geworden«, sagte ich, weil ich mich an die Worte meines Vater erinnerte.

Von der anderen Seite des Beichtstuhls kam erst mal nichts mehr. Ich war mir auch unsicher, ob ich die neue Vokabel richtig verwendet hatte.

»Du weißt, dass auch die Lüge eine schwere Sünde ist. Vor allem während der heiligen Beichte«, sagte der Gneissel durch das vergitterte Fenster.

»Jaja, Herr Gneissel, das weiß ich. Freilich weiß ich das, und deshalb lüge ich doch auch nicht. Ich bin wirklich schwul«, setzte ich alles auf eine Karte. Von drüben kam nichts mehr.

»Ich werde dir jetzt deine Bußaufgaben nennen«, sagte der Gneissel nach einer Weile.

»Aber ich bin doch noch gar nicht fertig«, sagte ich.

»Ego te absolvo a peccatis tuis in nomine patris et filii et spiritus sancti«, sagte der Gneissel jetzt fast mit brüchiger Stimme.

»Äh, wie bitte?«, fragte ich, weil ich kein Wort verstand und wir das in der Fremdsprache auch nicht geübt hatten.

»So spreche ich dich los von deinen Sünden, im Namen des Vaters und des Sohnes und des Heiligen Geistes«, sagte der Gneissel gehetzt.

»Amen«, sagte ich und hatte schon die Hand am Türknauf.

»Zur Buße betest du zwanzig Rosenkränze und zwanzig Vaterunser«, flüsterte der Gneissel kraftlos.

»Jawohl, Herr Gneissel«, sagte ich und machte die Tür auf.

»Und Sigfried?«

»Ja?«

»Vielleicht mag dein Vater demnächst mal bei mir vorbeischauen.«

»Ich richt's ihm aus«, sagte ich und schnell noch mal »Amen«, bevor mir ein krachender Furz wie der Zorn Gottes aus dem Hintern fuhr, sodass draußen alle Blicke auf den Beichtstuhl fielen und danach auf mich, wie ich umständlich aus dem Beichtstuhl herauskletterte. Mit mir stieg auch ein Geruch heraus. Und der Geruch vom Reisinger war ein Nichts dagegen.

Natürlich hab ich meinem Vater das nicht ausgerichtet, und natürlich hat der Gneissel in meiner Gegenwart auch nie wieder ein Wort über mein Outing verloren, aber ich bin mir sicher, tief in den Annalen unserer Kirchenchronik ist es notiert und wird irgendwann gegen mich verwendet werden. Entweder das Schwulsein oder die Lüge darüber. Oder die Flatulenz. Spätestens beim Jüngsten Gericht.

Ich habe heute noch ein schlechtes Gewissen. Das können die nämlich. Das haben sie gelernt, dazu hat man sie ausgebildet im Priesterseminar. Und Typen wie der Gneissel sind ihre Elite. Um den Leuten ein schlechtes Gewissen einzureden. Manche Leute wollen sich ein Leben lang von so einem schlechten Gewissen befreien und schaffen es nicht. Mit Gewalt probieren sie es dann, so wie der Mandel in Norwegen. Der wollte den Katholizismus in sich mit aller Gewalt auslöschen.

4: VILDE

Es war schon fast wieder dunkel, als ich aufwachte. Der Mandel war nicht da. Ich wusste kurz nicht, wo ich war, aber nachdem ich mir den Kopf an dem sinnlos langen Schreibtisch angehauen hatte, fiel es mir wieder ein. Ich griff nach meinem Telefon, um nach der Uhrzeit zu sehen. Es war halb sechs Uhr abends. Ich schrieb Maria eine Nachricht, dann stand ich auf und putzte mir die Zähne. Der Strahl aus dem Duschkopf war so stark, dass ich mich danach wie verprügelt fühlte. Der Mandel hatte seine Sachen schon in den Schrank geräumt, und es blieb nur noch wenig Platz für meine. Ich sah aus dem Fenster hinunter auf den menschenleeren Parkplatz des Studentenheims. Es regnete. Über die Hälfte der Parkflächen war nicht besetzt. Ich verließ das Zimmer und ging den engen und ewigen Gang hinunter. Fast am Ende, auf der rechten Seite, befand sich eine Art Aufenthaltsraum mit einer Gemeinschaftsküche. Die Tür stand offen. Ein paar junge Männer sahen sich ein Fußballspiel an. An der Wand hing eine australische Flagge. Ich sagte Hallo, aber niemand schien mich zu hören. An der hinteren Wand des Aufenthaltsraums stand ein Getränkeautomat. Ich hatte Durst, aber keine Norwegischen Kronen. Ich verließ den Aufenthaltsraum wieder und ging weiter bis zum Aufzug. Wir waren im dreizehnten Stock des Hochhauses in Block D untergebracht, den man auch den Partyblock nannte, wegen seiner ausufernden Studentenfeiern, hat mir jemand im Nachhinein erzählt. Angeblich ging hier dreimal in der Nacht der Feueralarm los, aber in den Nächten, die wir in Block D verbrachten, blieb es totenstill. Es war ja auch Ostern. Als sich die Tür vom Aufzug öffnete, stand der Mandel mit einer Einkaufstüte vor mir. Die Aufzugkabine, aus der er trat, war überall mit schwarzem Edding beschmiert. Über dem Kopf vom Mandel stand *God is deaf*.

»Wo warst du denn?«, fragte ich.

»Im Safari-Supermarkt und bei der Zimmerverwaltung«, sagte der Mandel.

»Was ist ein Safari-Supermarkt? Hast du einen Tropenhelm gekauft?«

»So heißt der Supermarkt auf dem Gelände«, sagte der Mandel humorlos.

»Was hast du gekauft?«, wollte ich wissen.

»Zigaretten und Dosenbier.«

Ich sah, dass er einen Schokoriegel in der Hand hielt.

»Machen wir heute noch was?«, fragte ich.

»Wir könnten in die Innenstadt fahren«, schlug der Mandel vor.

Eigentlich wollten wir zu dem netten Hafenviertel, von dem ich gelesen hatte, aber es war schon dunkel und regnete mittlerweile in Strömen, und bei so einem Wetter bringt einem das netteste Hafenviertel nichts. Das Navigationsgerät fand immer noch kein Signal. Es zeigte eine schwarze leere Fläche an und in der Mitte das Symbol für unser Auto. Der Mandel erinnerte sich an den Weg zur Nirvana–Pizzeria, die in der Nachbarschaft vom netten Hafenviertel lag, wie sich herausstellte. Im Nirvana-Orient nahmen wir zwei Portionen vom angeblich besten Kebab der Stadt mit und aßen im Auto. So gut war das Kebab allerdings nicht, vor allem von der Kräutersoße hab ich Stunden später noch aufstoßen müssen. Eigentlich wollten wir danach am Hafen entlanglaufen, aber es regnete immer noch stark.

Zurück im Hostel setzte sich der Mandel in den Aufenthaltsraum, trank die erste von drei Dosen Hansa-Bier und schaute mit den Australiern Fußball, ohne sich mit ihnen zu unterhalten. Ich nutzte die Zeit, um meinen Laptop aus der Tasche zu holen und ins Internet zu gehen. Der Mandel hatte auf dem Weg zum Safari-Supermarkt von irgendwem ein Passwort erfragt, aber bei mir schien es nicht zu funktionieren. Ich kam lediglich auf eine Begrüßungsseite, auf der ich meine Studenten-ID eingeben sollte, aber ich war ja kein Student. Ich öffnete stattdessen ein Textdokument und speicherte es unter *dark_reich_artikel* ab. Außer die Schriftgröße festzulegen, fiel mir nichts weiter ein, also schaltete ich den Computer wieder aus und las in dem Buch, das ich mir im Vorfeld gekauft hatte. *Nordische Mythen und die Verneinung der Welt* von *Name vergessen.*

RAGNARÖK ALS UTOPIE

Warum konnten die alten nordischen Völker das Ende der Welt kaum erwarten? Die Chronisten reden fast leidenschaftlich von der Götterdämmerung, als stehe sie kurz bevor, als sehne man sie förmlich herbei. Was war die Voraussetzung für den Weltuntergang? Die Welt muss aus den Fugen geraten sein, die Stützen der Gesellschaft morsch, die Natur welk, und der moralische Verfall hat sich wie eine Krankheit ausgebreitet. Das Verhältnis zwischen Mensch und Natur ist zutiefst zerrüttet, es beginnt der Zerfall der Jahreszeiten, die Klimakatastrophe, wenn man so will. Niemand kümmert sich mehr um das Gemeinwohl, es ist die Lösung von allen ethischen Fesseln. Das ist die Zeit, in welcher der Fenriswolf durch Loki von seinen Ketten befreit wird und die alte Welt ihren letzten Gang antritt.

Irgendwo ertönte ein Alarm. Ich hörte auf zu lesen und öffnete die Tür zum Gang. Aus dem Inneren unseres Hochhauses kam der Alarm nicht. Ich öffnete das Fenster und schaute die dreizehn Stockwerke nach unten auf den Parkplatz, vielleicht kam er von einem der Autos. Es regnete noch immer, aber sonst war nichts Besonderes zu sehen. Der Alarm hörte so plötzlich auf, wie er losgegangen war.

In der *Edda* liest sich das so: Nach dem schändlichen Tod Baldurs altern die einst unsterblichen Asen plötzlich, und der Weltenbaum Yggdrasil stirbt ab, weil ihn die schöne Göttin Iduna nicht mehr mit ihrem lebenswichtigen Met versorgt. Die Natur kollabiert, und eine Eiszeit bricht an, eine Art nuklearer Winter. Die Riesen (als Vertreter der Naturgewalten) rüsten sich zur letzten Schlacht gegen ihre Unterdrücker, die gottgleichen Asen. Surtur, der Feuerriese, entfacht den Weltenbrand, der Fenriswolf verschlingt die Gestirne, und Dunkelheit überzieht das Land. Aus dem Meer steigt die Midgard-Schlange und speit ihr Gift in einer Sintflut. Doch das letzte Aufbäumen der Ordnungsmacht, die letzte Schlacht der Asen, ist vergebens. Loki und Heimdall töten sich im Kampf, der Donnergott Thor erliegt, trotz eines Sieges, dem Gift der sterbenden Midgard-

> Schlange, und auch der Kriegsgott Tyr und der Höllenhund Garm richten sich gegenseitig. Odin, der Allvater, wird vom Fenriswolf verschlungen, der kurze Zeit später von einem Sohn Odins getötet wird. Die Götter und die Riesen, die Ordnung und das Chaos neutralisieren sich gegenseitig. In einem gigantischen Systemabsturz erlöscht alles Leben auf der Erde, und die Sterne fallen vom Himmel.

Weltuntergang, das war das Spezialgebiet vom Mandel. Das hab ich ihn schon öfter sagen hören, dass es erst richtig scheppern muss, damit der Mensch sich zusammenreißt und seine Geltungssucht überwindet. Dazu müsste aller Voraussicht nach die Welt untergehen, hat er gesagt. Und er hätte von sich aus nichts dagegen, solange er noch ungefähr zehn Jahre Zeit hat, um essen zu gehen und ein paar Bücher zu lesen. Ende 2012, wie in dem Maya-Kalender, wäre ihm zu früh.

> Doch wer die Ökofabel von der Götterdämmerung nur auf der Einbahnstraße zum Weltenbrand befährt, ist auf der falschen Spur. Denn jetzt erst, nach Löschung aller bisherigen Systemeinstellungen, kann die Menschheit ein neues Kundenkonto eröffnen. Das goldene Zeitalter kann anbrechen, es erhebt sich eine neue Welt aus den Endzeitfluten, eine Welt ohne Ideologien und Religionen und ohne das schlechte Gewissen der Vorväter. Anders als die christliche Apokalypse steht Ragnarök somit als Utopie für eine neue Welt auf Erden statt eines abstrakten Himmelreiches. Nichts anderes als einen kompletten Neuanfang wünschen sich die alten Nordvölker.

Es war schon spät, als der Mandel zurück ins Zimmer kam. Ich war schon fast eingeschlafen und sah ihn noch mit seinem eigenen Laptop ins Internet gehen, war aber zu müde, um ihn zu fragen, wie er das machte. Außerdem wollte ich mich nicht in eine Diskussion verwickeln lassen, warum ich heute Nacht in dem echten Bett lag und er das Ausklappbett nehmen musste. Ich stellte mich schlafend.

Am Sonntagmorgen setzten wir uns zum Frühstück in den Aufenthaltsraum und tranken einen Kaffee, den der Mandel mit der Gemeinschafts-Espressomaschine gemacht hatte. Der Mandel bot mir außerdem einen Schokoriegel aus dem Safari-Supermarkt an. Er war mit Bananengelee, man konnte ihn unmöglich essen.

»Wo ist denn heute Abend das Konzert?«, fragte ich.

»In den Grieghallen«, sagte der Mandel.

»In den Krieghallen? Das klingt aber martialisch.«

»Grieg. Der Komponist.«

»Ach so. Und was machen wir bis dahin?«, fragte ich.

»Fahren wir in die Innenstadt«, schlug der Mandel vor.

In der Innenstadt parkte der Mandel vor einem Baucontainer, weil es keine einzige freie Parklücke gab. Am Hafen schüttete es weiter, und ein eisiger Wind fuhr einem in jede Ritze, wenn man an der Wasserfront entlanglief. Es roch unangenehm nach Fisch. Ehemaliges Hansekontor, Weltkulturerbe, blablabla, erklärte der Mandel. Möglicherweise possierlich an einem Tag, an dem die Sonne scheint. An einem wie heute eher, als hätte man sein hübsches altes Holzspielzeug draußen im Regen vergessen und würde es jetzt aber vor lauter Glibsch nicht anfassen wollen. An einem Bankautomaten wollte ich mir Norwegische Kronen holen, um unabhängig vom Mandel zu sein, der das schon längst erledigt hatte. Leider war der Automat defekt. Kurz vor sechs gingen wir zu den Grieghallen hinüber. Was auf dem Stadtplan wie ein langer Marsch einmal quer durch die Stadt aussah, dauerte in Wirklichkeit keine fünf Minuten. Der Einlass war schon um halb sechs, wegen den angeblich nicht unbekannten Vorbands Gorgon Medusa und Svartedauden. Der Mandel holte, wie mit der Plattenfirma abgesprochen, unsere Eintrittskarten an einem Schalter in einem kleinen blutroten Vorbau ab, und im Gegensatz zu der Hotelreservierung klappte das auch. Kein Wunder, Gästelistenplätze kosten die Plattenfirma auch weniger als ein Hotel, da kann man so eine Reservierung schon mal vergessen. Die Grieghallen waren ein längliches Glaskonstrukt in einem kupferfarbenen Rahmen, das nachts purpurblau leuchtete wie ein startbereites Raumschiff. Es fügte sich trotz seiner aggressiven Modernität gut in das altmodische Stadtbild ein, wie hier eigentlich alles Alte mit dem Neuen gut zusammenging. Man konnte durch die längliche Glasfront den kompletten ersten Stock einsehen, wo distinguierte Leute an runden Tischen saßen und offenbar zu Abend aßen. Der Platz vor den Grieghallen war voll mit dunkel gekleideten jungen Leuten, darunter auffallend viele hübsche Mädchen. Für solche Mädchen hätte man in unserer Stadt in die schicksten Bars gehen müssen, niemals auf ein Heavy-Metal-Konzert.

»Da drin gibt es auch irgendwo ein Tonstudio, wo sowohl Dark Reich als auch Død schon aufgenommen haben«, erklärte der Fremdenführer Mandel.

»Gehen wir noch was trinken vorher?«, fragte ich und hoffte, dass der Mandel nicht wieder darauf bestand, alle Vorbands in chronologischer Reihenfolge zu sehen.

»Klar. Saufen wir uns einen an«, sagte der Mandel, und ich hatte sofort Angst vor seiner guten Laune.

Wir liefen nur kurz die Straße runter bis zur nächsten Kreuzung.

»Das ist das Garage«, sagte der Mandel und deutete auf das ulkige gelb-rote Logo mit einer Musiknote darin, das sich nicht nur über dem Eingang, sondern auch an allen Fenstern im Erdgeschoss eines mehrstöckigen alten Hauses befand. Gegenüber von dem Haus stand eine ziemlich große Kirche.

»Muss man das kennen?«, fragte ich.

»Kennt man halt.«

»Du Weiser vom Berg«, sagte ich.

Die Garage, oder *das* Garage, wie der Mandel sagte, war ein einziger großer Raum mit schweren, schwarzen Rohren an der Decke. An der einen Wand hing ein Bild von Jimi Hendrix, auf dem er mit Tentakeln zu ringen schien. Zumindest sah es für mich in dem stark gedämpften Licht so aus. Wir setzten uns an die Bar.

»God kveld«, sagte der Mandel zu dem Barkeeper mit dem NoMeansNo-T-Shirt, und für mich hörte sich das an wie »Gott quält«, aber es war vermutlich eine norwegische Begrüßung, die der Mandel irgendwo nachgeschlagen hatte.

»What do you want?«, fragte der Barkeeper zurück.

»To øl«, blieb der Mandel beim Norwegisch. Der Barkeeper sah ihn verständnislos an.

»Was machst du da?«, fragte ich den Mandel.

»Ich bestelle zwei Bier«, sagte der Mandel.

»Two beers, please«, half ich dem Barkeeper.

Der Barkeeper ließ sich sehr viel Zeit mit unseren Bieren. Der Mandel bestellte auf Englisch noch zwei Aquavit hinterher und musste auch sofort bezahlen.

»Keinen Beefeater?«, fragte ich, weil der Mandel außer Bier sonst immer Gin der Marke Beefeater mit Tonic-Wasser bestellte.

»Haben sie nicht, hab ich schon beim Reinkommen gesehen.« Er lächelte komisch breit und hielt mir sein Schnapsglas entgegen. Vermutlich wollte er mit mir anstoßen. Offenbar war er bester Dinge. Es hatte sich eine Art Urlaubsstimmung bei ihm eingestellt. Ich war noch skeptisch. Mich hatte die Reise geschlaucht, unser Hotel war zu weit von der Innenstadt entfernt, und das Osterwetter hatte bisher auch keinen Anlass zu einem *In dulci jubilo* gegeben. Der Barkeeper drehte die Musik lauter. Gluecifer, das erkannte ich, eine Rock'n'Roll-Band aus Oslo, die wie aus den Siebzigern klang. Diese ewige Rückwärtsgewandtheit. Der Aquavit schmeckte grauenvoll, nach nichts außer Kümmel. Jetzt fiel mir auch wieder ein, warum ich keinen Aquavit mochte. Wegen dem Kümmel. Kümmel ist überhaupt das fürchterlichste Gewürz, gleich nach frischem Koriander. Das Garage füllte sich langsam. Bei unserer Ankunft wäre es noch als Tagescafé durchgegangen, aber langsam fielen die Kreaturen der Nacht ein. Schwarze Motorrad-Lederjacken, lange Haare und Ziegenbärte. Dazu das eine oder andere T-Shirt von Død, Immortal und natürlich Dark Reich.

»Auf Norwegen«, brüllte der Mandel in die Musik hinein und hob sein Bierglas.

»Auf uns in Norwegen«, schrie ich zurück, und der Mandel schlug mit seinem Glas meins beinahe in zwei Teile vor lauter Überschwang.

Je mehr monochrome Menschen ins Garage kamen, desto bunter fühlte ich mich. Ich trug ein grün kariertes Hemd, Jeans und Turnschuhe und neuerdings eine Brille mit halbem Hornrand, unten war das Glas offen und abgeschliffen. Maria war ganz hin und weg, wenn ich die alte Brille von meinem Vater aufhatte, der Mandel dagegen nannte die Brille hässlich. Der Mandel trug ein weißes Hemd, die oberen Knöpfe offen, unter dem Hemd ein graues Halstuch und eine graue Bundfaltenhose. Am Handgelenk eine seiner teuren Uhren. Dazu die kurzen grauen Haare und die frische Rasur. Er sah wieder aus wie der alternde Dandy. Wir würden unangenehm auffallen auf dem Konzert. Der Mandel bestellte noch zwei Aquavit und zwei Fassbier. Dann sah ich etwas Erfreuliches.

»Da drüben an dem Tisch beim Fenster, gleich neben der Rothaarigen, das Mädchen. Die kenn ich. Die mit den Pausbacken. Das ist doch die aus der Pension«, sagte ich nicht ohne Begeisterung, weil es sich trotz oder vielleicht gerade wegen der Pausbacken um ein besonders schönes Mädchen handelte. Sie strahlte die völlige Ruhe und Glückseligkeit aus, wie sie sich da ausgelassen, aber nicht überdreht mit ihren Freundinnen unterhielt und zwischendurch aus einem Glas Bier trank.

»Das ist die aus der Pension«, schrie der Mandel mir ins Ohr.

»Sag ich doch.«

»Sie sieht ausgezeichnet aus«, sagte der Mandel, und ich fragte mich, wann ich das letzte Mal jemanden das Wort *ausgezeichnet* für das Aussehen einer Frau hatte verwenden hören.

»Ich geh mal rüber«, sagte der Mandel und ließ mich vor meinem Aquavit sitzen. Man darf den Mandel niemals unterschätzen, wenn es um Frauen geht. Wenn er sich etwas mit einer Frau in den Kopf gesetzt hat, dann ignoriert er alle Bedenken. Wie ein Springteufel schnellt er quasi aus seiner Lethargie heraus und erschreckt einen zu Tode mit seinem Aktivismus. Ich sah dem Mandel zu, wie er mit seinem Kümmel, den er mit an den Mädchentisch genommen hatte, in die Runde prostete und mit allen anstieß. Neben Pausbäckchen und ihrer rothaarigen Freundin saßen noch zwei weitere nicht gänzlich unansehnliche Norwegerinnen an dem Tisch. Ich wartete vergeblich auf eine einladende Geste, aber zu meiner

Überraschung kehrte der Mandel nach ein paar Minuten an den Tresen zurück. Und nicht alleine.

»Sigi, that's Vilde«, sagte der Mandel.

»Hi, I'm Vilde«, sagte Vilde, deren Beine ungefähr so lang waren wie der Mandel im Gesamten.

»I'm Sigi. Nice to meet you«, sagte ich.

»Vilde geht auch aufs Konzert«, erklärte der Mandel.

»Sie sieht gar nicht danach aus«, sagte ich und betrachtete ihren dunkelblauen Cardigan mit der weißen Bluse darunter. Die obersten drei Knöpfe waren offen, die Haut war weiß und spiegelglatt.

Was sie beruflich mache, fragte ich Vilde auf Englisch. Sie studiere Erziehungswissenschaften im siebten Semester. Und arbeite nebenbei in der Pension Kaltenborn.

Es sei ziemlich scheiße in dem Fandorf-Hostel, sagte ich.

Fantoft, berichtigte mich Vilde und sagte, es tue ihr leid. Sie lächelte dabei so entschuldigend, als wollte sie uns zum Trost eine Reise in die Karibik schenken. Der Mandel lächelte mit, was komisch war, weil er ja noch viel weniger dafür konnte.

Was der Mandel und ich beruflich machen, wollte Vilde wissen, und bevor mich der mahnende Blick vom Mandel erreichen konnte, sagte ich:

»We are private detectives.«

»Private investigators«, korrigierte der Mandel.

»I don't understand«, sagte Vilde.

Ab hier übersetze ich das Englischgesprochene, weil die halbe Geschichte auf Englisch stattfand. Denn man überschätzt in Akademikerkreisen immer, wie viele Leute bei uns gut Englisch können. Ich habe keine Zahlen, aber so viele, wie man denkt, sind es am Ende überhaupt nicht.

»Mein Onkel Hans war Detektiv, bevor er gestorben ist, und er hat mir sein Büro vererbt. Dann hab ich meinen Job als

Musikjournalist aufgegeben, um mir den Jugendtraum zu erfüllen, ein eigenes Detektivbüro zu haben«, sagte der Mandel.

Ich wartete noch auf die Stelle der Geschichte, wo der Mandel erwähnte, dass wir *beide* beim *Rock'n'Roll Express* rausgeflogen waren und *ich* die Idee hatte, das heruntergekommene Büro vom Hans Mandel als Detektivbüro unter Einsatz der neuesten Internet-Recherche-Methoden weiterzuführen. Sie kam nicht.

Vilde war auch so begeistert. Wir sollten ihr unbedingt unseren bisher spannendsten Fall schildern.

»Einen bekannten deutschen Sänger haben sie in der Mitte auseinandergehackt, und wir mussten seine verschollenen letzten Aufnahmen suchen. Die Polizei, die Neonazis und die Plattenfirma waren hinter uns her«, sagte ich, weil es immer wahnsinnig spannend klingt, wenn jemand hinter einem her ist. Da versetzt einen der Satz allein schon in Aufregung.

»Und habt ihr die Aufnahmen gefunden?«, fragte Vilde.

»Natürlich haben wir sie gefunden. Sie waren totale Scheiße«, sagte ich.

»Und wer war der Mörder?«, fragte Vilde weiter.

»Das weiß man bis heute nicht genau. Wir glauben allerdings, es war ...«, sagte ich, bis mich der Mandel unterbrach.

»Betriebsgeheimnis«, sagte er wichtig.

Company secret.

Der Mandel bestellte noch mal drei Kümmel, nicht ohne zwischendrin wie eine Maschine auf Vilde einzulächeln. Ich wusste gar nicht, dass er so lange am Stück lächeln konnte. Mir war eh schon schwindlig, und nach einem weiteren Aquavit legte ich meinen Kopf auf den Tresen, um ein paar Sekunden auszuruhen.

Vilde war hingerissen von der Geschichte und wollte trotz Betriebsgeheimnis noch viel mehr wissen. Der Mandel sonnte sich im Rampenlicht unseres ersten und bislang einzigen großen Falls und hatte seine Hand auf dem unteren Rücken von Vilde, knapp über dem Rocksaum, abgelegt.

Ihr Bruder sei auch Musiker, sagte Vilde. Cool, sagte der Mandel, ohne zu fragen, in welcher Band. Das hatte er sich angewöhnt, weil er sich dadurch die unangenehme Situation ersparte, dass, wenn das Gegenüber den Namen der Band nannte, kein Mensch auf der Welt je von ihr gehört hatte. Und wer kannte heutzutage nicht jemanden, der in einer Band spielte, die niemand kannte.

»Sollen wir nicht langsam zum Konzert?«, fragte ich, immerhin war es vermutlich längst nach acht, und ich hätte in meinem Artikel auch gerne ein Wort über den Anfang des Konzerts verloren, wenn wir schon die Vorgruppen verpassten.

In welcher Band denn ihr Bruder spiele, wollte der Mandel von Vilde jetzt wissen. Ich hörte wohl nicht recht, jetzt fragte er also doch nach. Was war denn mit dem los? Vildes Pausbacken bliesen sich noch ein bisschen mehr auf, dann ließ sie die Luft raus.

»Betriebsgeheimnis«, lachte sie, und was war schon gegen die Geheimniskrämerei einer schönen Frau einzuwenden. Ich hätte mich jedenfalls auf der Stelle verliebt, hätte die Geheimniskrämerei mir gegolten, aber die beiden hatten schon eine Art Flirt-Bannkreis um sich gezogen, der nicht mehr zu durchbrechen war. Ich schaute zu dem Mädchentisch, von dem Vilde gekommen war, aber die anderen waren schon weg.

»Ich geh mal schnell aufs Klo«, sagte ich, aber keiner hörte mir zu. Auf dem Klo wurde mir so schwindlig, dass ich mich eine Viertelstunde auf die geschlossene Klobrille setzte und wartete, bis es mir besser ging. An der Kabinentür hing ein fotokopiertes DIN-A3-Plakat. Auf ihm stand *Utgang* als handgezeichnetes Logo, das in der Krone eines verdorrten Baums angebracht war. Am Stamm des Baums entlang und durch die Buchstaben hindurch wand sich eine Schlange oder ein Drache. Ich muss wahrscheinlich kurz eingeschlafen sein, denn als ich wieder auf die Uhr sah, war es fast neun, und ich saß immer noch auf dem Klodeckel vor der Schlange. Um meine Betrunkenheit zu vertuschen, schritt ich vorsichtig und betont beiläufig zurück an den Tresen, wo der Mandel mit Vilde in ein intensives Gespräch vertieft war. Sie hatte ihren Arm um seine Hüfte gelegt, und er fuhr ihr mit der Hand durchs Haar.

»Das Konzert. Die gekreuzigten Jungfrauen. Mein Artikel«, lallte ich. Der Mandel legte den anderen Arm um mich und sagte laut:

»Sigi ist mein bester Freund.«

Und er lachte, und Vilde lachte mit, und ich lachte dann auch, und der Mandel bestellte noch drei Aquavit. Was für eine schöne Frau, was für eine freundliche Person, was für Pausbacken, dachte ich noch.

Ich fiel aus dem Regal. Auf dem Boden lagen jede Menge Bücher, die offensichtlich jemand ausgeräumt hatte, bevor ich mich darin zur Nachtruhe gebettet hatte. Ich fiel nicht allzu tief, höchstens einen Meter. Es tat dennoch weh, auf den Büchern zu landen. Die Bücher waren ausschließlich auf Norwegisch. *Religion innenfor fornuftens grenser* von Kant lag da, und mein Kopf schmerzte. *Die Religion innerhalb der Grenzen der bloßen Vernunft.* Kant, Kant, Kant. Ich erinnerte mich an die Gespräche früher mit dem Mandel in der Uni-Cafeteria. Die mit dem scheußlichen Automatenkaffee. Nur der Kaffee von der Mordkommission in der Keithstraße ist eine noch größere Gemeinheit. Ich erinnerte mich an unsere gemeinsame Wut auf den Katholizismus. Der Mandel hatte damals für eine Vernunftreligion plädiert. Ich war der Meinung gewesen, dass eine Religion an sich eine gemeingefährliche Unterdrückung darstellt, genau wie jeder Sportverein, jede Clique und vielleicht sogar die Familie. Der Mandel hat behauptet, dass das Vieh da draußen eine Leitlinie braucht, eine Art elektrischen Zaun der Moral. Eine totale geistige Freiheit könne man der Mehrheit der Menschen nicht zumuten, sonst gebe es eine Stampede. Da reiche aber eine Philosophie, habe ich entgegnet. Aber einer Philosophie fehle das Spektakuläre, die Pauken und die Trompeten, hat der Mandel gesagt. Neben Kant lag Bret Easton Ellis. Außerdem hatte ich mir über Nacht den schlimmsten Schnupfen der Welt geholt, ich bekam nicht die geringste Luft durch die Nase. Ich stand mit einiger Mühe von dem Bücherstapel auf und benutzte dabei das Regal als Stütze. Dabei fiel mir auf, dass meine Hände voll schwarzer Schmiere waren und das Regal jetzt auch. Das Zimmer wirkte freundlich. Bunte Vorhänge und Möbel aus hellem Holz. Eine breite, mit hellblauem Stoff überzogene Couch, die unter dem Fenster stand, und ein langes, breites, weißes Regal mit Büchern, abzüglich derer, die über Nacht mir hatten weichen müssen. Es roch nach Bierdunst und Gras. Auf dem Tisch standen etliche Bierflaschen, und im Aschenbecher lagen mindestens drei abgebrannte Joints. Auf dem Boden neben der Couch schlief ein Mann mit kurzen hellbraunen Haaren. Sein Gesicht war weiß angemalt und die Augen schwarz umrandet. Eine Tür aus dem Wohnzimmer hinaus war verschlossen, die andere zum Flur war angelehnt. Ich suchte das Badezimmer. Im Spiegel blickte mir ein Panda entgegen. Ich war weiß angemalt und die Augenpartie komplett geschwärzt. Ich wusch mir das Gesicht und die Hände, aber ausgefranste schwarze Ränder um die Augen blieben. Als ich zurück ins Wohnzimmer kam, öffnete Vilde gerade ein Fenster. Sie trug ein weißes T-Shirt und vielleicht noch eine Unterhose darunter. Sie sah aus wie das personifizierte Leben.

»God morgen!«, sagte Vilde und lächelte mich an. Unten, an ihren nackten Beinen, erwachte der Mann mit dem weißen Gesicht. Vilde lachte laut und sagte irgendetwas auf Norwegisch zu ihm. Er sah genervt aus.

»Du und Håvard, ihr habt noch Spaß gehabt?«, fragte Vilde.

»Das mit den Büchern tut mir leid. Und die Flecken auf dem Regal auch«, sagte ich, aber Vilde winkte lächelnd ab und verschwand wieder in ihrem Zimmer. Sie zog die Tür hinter sich zu. Ich setzte mich zu Håvard, der sich mittlerweile auf die Couch hochgezogen hatte.

»Warum sehen wir so aus?«, fragte ich ihn.

»Wir haben diskutiert«, sagte Håvard.

»Und deshalb haben wir uns geschminkt?«, fragte ich.

»Ja«, sagte Håvard, ohne mich anzusehen.

»Und wo ist die Schminke her?«, wollte ich wissen.

»Ich habe sie von meinem Bruder geerbt«, sagte Håvard, offensichtlich nicht gewillt, das Ganze näher zu erläutern.

»Du weißt nicht zufällig, wie ich ins Regal gekommen bin«, fragte ich.

»Nein«, sagte Håvard und nahm seine Brille vom Wohnzimmertisch. Mit der Hornbrille über der Leichenschminke und den kurzen Haaren sah er aus wie ein Geisteskranker.

»Dein Freund hat Sex mit Vilde«, sagte Håvard, und genau das wollte ich so exakt gar nicht wissen.

»Soll ich uns einen Tee machen?«, fragte ich, aber Håvard lachte nur verächtlich. In der Küche sah ich dem Wasserkocher beim Heißwerden zu und überlegte, was passiert war. Der Mandel und Vilde hatten im Garage begonnen, sich ineinander zu verfangen. Ich konnte mich zu dem Zeitpunkt schon nicht mehr aus eigener Kraft auf den Füßen halten.

Vilde und der Mandel hatten mich mit in ein Taxi geschleift. Ich erinnerte mich noch an einen Joint mit einer dritten Person in der Wohnung, vermutlich Håvard. An ein Konzert erinnerte ich mich nicht.

Später am Frühstückstisch war der Mandel gut drauf:

»Du siehst aus wie ein Grufti mit deinem Lidstrich«, sagte er, und Vilde lachte mit, obwohl er es auf Deutsch gesagt hatte.

»Ihr seid also wegen dem Dark-Reich-Konzert hier in Bergen?«, unterbrach Håvard die gute Stimmung.

»Eigentlich schon. Aber wir waren gar nicht da, oder?«, schaute ich den Mandel fragend an.

»Leider nein«, sagte der Mandel.

»Ihr seid Touristen«, sagte Håvard in einem Ton, als hätten wir gegen die Zollbestimmungen verstoßen.

»Wir sind Journalisten«, sagte ich.

»Ich dachte, ihr seid Detektive«, sagte Vilde.

»Detektive?«, wiederholte Håvard.

»Wir waren früher Musikjournalisten und sind deshalb zum Dark-Reich-Reunion-Konzert eingeladen worden«, sagte ich.

»Das ergibt wenig Sinn«, sagte Håvard, und damit hatte er nicht ganz Unrecht.

»Und warum wart ihr nicht auf dem Konzert, wenn ihr deswegen nach Bergen gekommen seid?«, fragte Håvard weiter.

»Das musst du den Mandel fragen«, sagte ich.

Der Mandel setzte einen albernen »Huch, was hab ich nur getan«-Gesichtsausdruck auf, über den er sich selbst am meisten amüsierte.

»Ihr Bruder ist Baalberith«, sagte Håvard und sah dabei Vilde an.

Ich wusste nicht, was das sein sollte, und schaute fragend zum Mandel. Der schaute immer noch amüsiert.

»Ich hab es ihm schon erzählt«, sagte sie und gab dem Mandel einen Kuss auf die Stirn.

»Wer oder was ist Baalberith?«, fragte ich.

»Das fragt ausgerechnet ein Musikjournalist«, sagte Håvard.

»Detektiv«, korrigierte ich.

»Das ist der Sänger von Dark Reich«, erklärte der Mandel.

»Oha. Finsterer Zeitgenosse«, sagte ich, weil ich an die Videos denken musste.

»Das war früher. Es war ja nur eine Maskerade, um Aufmerksamkeit zu erregen. Cristian führt längst ein ganz anderes Leben.«

»Ein ganz anderes«, bestätigte Håvard, und da wusste ich noch nicht, wie er es meinte.

»Und warum dann die Reunion?«, fragte ich.

»Die alten Dark-Reich-Platten verkaufen sich bis zum heutigen Tag, und es gibt immer noch eine Menge Fans. Und jetzt ist eben eine gute Gelegenheit, zwanzig Jahre nach dem ersten Album«, lächelte Vilde, während der Mandel ihr Haar streichelte. Ich schnäuzte.

»Eine *gute* Gelegenheit. Das ist aus Black Metal geworden«, sagte Håvard. »Anfang der Neunziger war es eine Protestbewegung. Aber nach der Fantoft-Sache ist ein Trend daraus geworden. In Oslo gibt es sogar eine Black-Metal-Sightseeing-Tour mit dem Bus.«

Im Geiste notierte ich mir das, falls ich mal in Oslo sein sollte.

»Es sind schlimme Dinge damals passiert, auch wenn ich noch zu klein war, um sie zu begreifen. Das ganze Land war so wütend, das hab ich selbst mit sechs Jahren gespürt. Es gab Familienväter, die haben auf offener Straße auf langhaarige Metal-Fans eingedroschen, und es gab Pubertierende, die Gräber geschändet haben, nur um sich im Freundeskreis Respekt zu verschaffen«, sagte Vilde.

»Wo Chaos ist, da ist auch eine neue Energie«, sagte Håvard, und da hatte er erneut nicht ganz Unrecht, auch wenn er sonst ein Arsch war, um das an dieser Stelle schon einmal ganz deutlich festzuhalten.

»Die Sache mit Therion hat viele zur Vernunft gebracht. Auch meinen Bruder«, sagte Vilde und sah jetzt plötzlich müde aus.

»Therion?«, fragte ich.

»Von ihm hab ich dir letzte Nacht erzählt«, sagte Håvard.

»Kann sein«, sagte ich.

»Sänger und Gitarrist von Død«, half der Mandel.

»Er hat die Stabkirche in Fantoft angezündet, in der noch Leute drin waren. Angeblich ein Versehen. Er war dafür zehn Jahre im Gefängnis. Unter den Toten war auch der Schlagzeuger von Godfuck, der eine Art Konkurrent für Therion war.«

»Therion ist ein Radikaler, ein sehr gefährlicher Mann«, sagte Vilde.

»Aber der einzige Intellektuelle im Svarte Sirkel«, sagte Håvard.

»Haben sich Dark Reich damals nicht aufgelöst, weil dein Bruder plötzlich spurlos verschwunden war?«, fragte der Mandel seine neue norwegische Freundin.

»Cristian hat sich nur zurückgezogen. Er ist kein gewalttätiger Mensch. Er wollte nichts mit den Ausschreitungen zu tun haben.«

»Wie kommen wir eigentlich von hier zum Auto?«, fragte ich den Mandel.

Alle schauten mich an. Vermutlich wegen dem abrupten Themenwechsel.

»Ich bleib noch«, sagte der Mandel. »Ich komm dann später nach.«

Ich war durch den Regen zehn Minuten zum Auto gelaufen und streifte beim Ausparken mit dem Heck leicht den Container, an dem der Mandel zu nah geparkt hatte. Weil das Navigationsgerät immer noch nicht funktionierte, verfuhr ich mich auf dem Weg nach Fantoft. Fast den ganzen Nachmittag lag ich mit Kopfschmerzen im Bett. An dem Tag kam der Mandel sowieso nicht mehr zurück ins Hostel.

5: KREUZIGUNG

Ich träume vom Schulbus. Ich sitze mit dem Mandel in der vorletzten Reihe. In der letzten Reihe sitzen die gehässigen Realschüler, die ständig nach uns schlagen und nur mich treffen, nie den Mandel. Der Mandel scheint zu schlafen. Irgendwann drehe ich mich um und sage, jetzt hört doch bitte auf, aber natürlich stachelt sie das noch mehr an. Die gehässigen Realschüler schlagen wieder und wieder nach uns. In der Mitte durch die Sitze hindurch auf meinen Oberarm, der am nächsten Tag von blauen Flecken übersät sein wird. Was machen wir jetzt, frage ich den Mandel, aber der schläft, während die Schläge von hinten auf mich einprasseln. Du bist ein Schwuler, sagen die gehässigen Realschüler zu mir. Der Bus hält, und der Busfahrer kommt durch den Gang nach hinten zu uns. Ich hoffe, dass er die Realschüler zur Räson bringt, doch er sieht nicht danach aus. Busfahrer tun so gut wie nie das Richtige. Du machst nur Ärger, sagt er zu mir. Du musst aussteigen. Er zieht mich an der Hand durch den Bus und lässt mich vorne raus. Draußen regnet es in Strömen, und es ist stockdunkel. Mein Zuhause ist Kilometer entfernt.

»Wann fahren wir wieder heim?«, fragte ich den Mandel am nächsten Tag beim Frühstück in der Gemeinschaftsküche, zu dem er wahrscheinlich nur erschienen war, weil Vilde in der Pension arbeiten musste und ihm langweilig war.

»Warum willst du denn schon wieder heim?«, erwiderte der Mandel mit einem Krapfen in der Hand, den er sich im Safari-Supermarkt geholt hatte. *Berliner boller* hießen sie da. »Wir sind doch grade erst angekommen.«

»Na ja, das Konzert haben wir verpasst, und jetzt kann ich auch keinen Artikel schreiben, und ich habe gestern den ganzen Tag im Hotel herumgesessen, während du deine neue Freundin zusammengebumst hast.«

»Jetzt komm, Sigi, das war doch so ausgemacht.«

»Was war so ausgemacht? Dass ich herumsitze, während du ...«

»Wenn der eine eine Frau kennenlernt, dann macht ihm der andere das nicht madig. Dann steckt er auch mal zurück«, unterbrach mich der Mandel.

»Ich mach überhaupt nichts madig. Ich stelle lediglich fest, dass ich mich langweile. Das Internet funktioniert nicht, die norwegische Fußballliga interessiert mich auch nicht, und die Australier reden nur über Weltreisen, und das noch nicht einmal mit mir.«

»Klar funktioniert das Internet«, sagte der Mandel, und sein Blick fiel auf die Zeitung, die jemand auf dem Stuhl neben ihm hatte liegen lassen.

»Gibt's doch nicht«, sagte der Mandel.

»Was gibt's nicht?«, fragte ich.

»Jemand hat die Mariakirken angezündet.«

»Was ist das?«

»Die Kirche bei dem Nirvana-Döner.«

»Gibt's doch nicht«, sagte ich.

»Doch, da. Schau dir das Bild an.«

Der Mandel reichte mir die Zeitung, die *VG* hieß. Das steht für *Verdens Gang*, was »Lauf der Welt« bedeutet, wie ich mittlerweile weiß. Dem Layout nach ein schlimmes Schmierblatt. Die Schlagzeile nahm fast eine halbe Seite ein: KIRKEBRANNEN! Darunter fast genauso groß ein Foto von der alten Steinkirche mit den quadratischen Türmen und den Spitzdächern, die wir an unserem ersten Morgen in Bergen gesehen hatten. Da war kein Rauch oder Feuer, aber auf einem zweiten, kleineren Bild sah man ein Feuerwehrauto vor dem Haupteingang parken. Der Mandel stand unentschuldigt auf und verließ den Gemeinschaftsraum. Wenige Minuten später war er wieder mit seinem Laptop zurück. Und er war online.

»Was machst du denn da?«, fragte ich.

»Ich lese den Artikel im Netz auf Englisch.«

»Und?«

»Ist nicht viel kaputtgegangen. Jemand ist eingebrochen und hat ein kleines Feuer gelegt. Es ging von selbst wieder aus. Das war in der Nacht vom Dark-Reich-Konzert.«

»Aha«, sagte ich.

»Hier steht auch, dass das Konzert recht blutig gewesen sein muss. Der Sänger hat sich wohl absichtlich mit einem Messer verletzt oder es zumindest so aussehen lassen. Die gekreuzigten Jungfrauen durften sie übrigens auf polizeiliche Anordnung hin gar nicht erst auf die Bühne bringen. Da bist du jetzt erleichtert, dass du nichts verpasst hast, oder?«, sagte der Mandel und klopfte mir altväterlich auf die Schulter.

»Wie lange willst du denn noch in Bergen bleiben?«, wiederholte ich meine ursprüngliche Frage.

»Vielleicht zwei, drei Wochen«, sagte der Mandel.

»Wie bitte? Zwei, drei Wochen? Und was soll ich in der Zeit machen?«

Mein Telefon klingelte, es war Maria. Ich drückte sie weg wegen den Roaming-Kosten.

»Ich mach dir einen Vorschlag«, sagte der Mandel. »Wir bleiben noch bis Samstag in dem Hostel hier. Wenn's dir dann reicht, kannst du das Auto haben und nach Hause fahren.«

»Und du?«

»Ich kann noch bei Vilde bleiben und dann irgendwann den Bus zurück nehmen.«

»Und was machen wir den Rest der Woche?«, fragte ich.

»Zum Beispiel könnten wir jetzt gleich einen Ausflug zu der Stabkirche machen«, schlug der Mandel vor.

»Regnet es nicht?«, fragte ich.

»Hier regnet es immer. Die Norweger haben eine eigene Vokabel für Tage, an denen es nicht regnet. *Oppholdsvær*, das Aufhörwetter. Hat mir Vilde heute Morgen erzählt. Zieh dir was Wetterfestes an.«

»Ja, Mama«, sagte ich.

Wir gingen zu Fuß, denn es waren nur ein paar Meter bis zur Stabkirche, sagte der Mandel. Er hatte seine Seewolfjacke an und ich den Parka mit dem Innenfutter. Der Mandel benutzte einen Regenschirm, und ich setzte die Kapuze auf. Wir liefen an ein paar merkwürdig in die Hügel hineingestellten Wohnanlagen aus grauem Beton vorbei, die im Gegensatz zum wohltemperierten Rest der Stadt wie Ausläufer einer Favela wirkten. Nach einem Parkhaus stießen wir auf einen Parkplatz mit Reisebussen. Dahinter verlief die Straße noch ein paar Meter weiter, bis sie plötzlich inmitten einer Kurve abriss und in eine Wiese mündete. Wir folgten ein paar Touristen, die in einem kleinen Wald verschwanden.

Die Stabkirche Fantoft war eine Schau. Auf den ersten Blick sah sie aus, als hätte man ein Wikingerschiff mit dem Hinterteil zuerst in den Boden gerammt, und jetzt ragte der Bug in den Himmel. Die Kirche bestand aus verschiedenen Dächern, eins schachtelte sich über das nächste, wie in einem Bausatz aufeinandergesteckt. Die hölzerne Außenhaut bestand aus dreieckigen Schuppen, die wie spitze Zähne aussahen. Es gab ein paar Kreuze, aber die waren nicht als Blickfang auf dem obersten Dach angebracht, sondern saßen unscheinbar auf den Pultdächern darunter. Auf dem höchsten und spitzesten Dach richtete sich eine Art Lanze steil gen Himmel und wurde flankiert von vier züngelnden Drachenköpfen, was die allergrößte Ähnlichkeit mit den Drachenschiffen der Wikinger hervorrief. Heidnischer konnte eine christliche Kirche gar nicht aussehen. Das Drachenschiff deutete nach oben, in die endlose Ansammlung grauer Wolkenheere, worin sich auch mein Blick verlor, bis der Mandel anfing zu reden.

»Die ist komplett neu aufgebaut worden«, sagte er.

»Sieht man gar nicht«, sagte ich.

»Die Kirche ist ein einziger historischer Treppenwitz«, sagte der Mandel, der Kulturwissenschaftler.

»Warum?«

»Ursprünglich ist sie angeblich im dreizehnten Jahrhundert als frühchristliche Kirche auf einem heidnischen Opferstein errichtet worden. Danach geriet sie lange in Vergessenheit, weil die Pest ihre Klientel hinweggerafft hatte. Im neunzehnten Jahrhundert hat man sie mit privaten Mitteln aus einer völlig anderen Provinz hierher versetzt, obwohl man sie eigentlich schon niederbrennen wollte.«

»Niederbrennen? Wer wollte sie denn niederbrennen?«

»Die Landeskirche selbst. Weil es damals ein neues Gesetz gab, das besagte, dass die Kirchen mindestens dreißig Prozent der Gemeinde beherbergen können müssen. Nachdem die Kirche hier wiederaufgebaut wurde, wollte man sie aus Spaß an der touristischen Freud mittelalterlich aussehen lassen und hat deshalb die heidnischen Drachenköpfe dranmontiert. Und dann kommt der Black-Metal-Messias Therion daher und brennt das Ding aus Protest gegen die norwegische Kirche bis auf die Grundmauern nieder. Und röstet seinen Kumpel Hades Motzfeld gleich mit, der in dem Moment dieselbe Idee hatte. Die Medien behaupten, die Satanisten hätten sich die allerheiligste Kirche von allen ausgesucht und wollten das Land ins Chaos stürzen. Super für die Medien, denn die hatten jetzt monatelang was zu schreiben wegen dem satanischen Terror, der das Land angeblich überzog. Und während die Norweger noch immer Angst vor Black Metal hatten, baute ein Privatinvestor die Fantoft schon wieder auf, und die Touristen kommen jetzt wegen ihr in Scharen nach Bergen.«

»Und wo ist der Treppenwitz?«, fragte ich.

»Dass mit dieser Kirche jeder so umspringt, wie er es gerade braucht. Christen, Naturalisten, Anarchisten, Satanisten, Kapitalisten, Touristen. Ein jeder nach seiner Interessenlage«, dozierte der Mandel.

»Stimmt, das ist lustig«, sagte ich nachdenklich. »Wollen wir mal reinschauen?«

»Nein«, sagte der Mandel. »Ich bin verabredet.«

Als wir zurück zum Hostel kamen, stand Vilde an der Eingangstür des Hochhauses und sah noch weißer aus als sonst.

»Vilde und ich wollten heute mit dem Boot ein bisschen den Fjord entlangfahren«, sagte der Mandel, noch bevor wir die weiße Vilde erreicht hatten.

»Bei dem Wetter?«

»Ich hab mir eh schon gedacht, dass du nicht mitwillst. Aber du kannst das Auto haben«, sagte der Mandel und beschleunigte seinen Schritt, um als Erster bei Vilde zu sein. Ihre Begrüßung wirkte zurückhaltend, obwohl sie den Mandel kurz auf den Mund küsste.

»Hallo, Sigi«, sagte sie, ohne mich zu umarmen.

»Ist alles okay?«, fragte der Mandel.

»Ich weiß nicht«, sagte Vilde.

»Was ist denn los?«, fragte ich.

»Mein Bruder ist weg.«

»Was meinst du mit weg?«, fragte der Mandel.

»Wir waren eigentlich gestern verabredet, aber heute hat er sich immer noch nicht gemeldet. Und er geht auch nicht ans Telefon.«

»Vielleicht ist seine Aftershow-Party ein wenig aus dem Ruder gelaufen«, sagte ich und fing mir einen tadelnden Blick vom Mandel ein.

»Nein, er trinkt seit Jahren nicht mehr. Ich habe bei Abbadon und Balrog angerufen, und die meinten, Cristian sei nach dem Konzert zurück in seine Wohnung gefahren.«

Ich musste mir das Schmunzeln wegen den Namen der Bandmitglieder verkneifen. Vor allem wegen dem Bierernst der Norweger ist es zum Lachen, dieses Gewese um die Fantasienamen. In Deutschland hieß man Mille, wenn man in einer Metalband spielte, oder im Extremfall Tom Angelripper, aber ganz bestimmt nicht Abbadon oder Balrog. Was bedeutete das überhaupt?

»Und warst du in seiner Wohnung?«, fragte der Mandel.

»Nein, aber ich habe bei seinem Freund und Mitbewohner angerufen, und da ist er seit Sonntagmorgen, also dem Morgen vor dem Konzert, nicht mehr gewesen.«

»Aha«, sagte der Mandel.

»Aber Håvard hat was entdeckt, was mir ein bisschen Angst macht«, sagte Vilde, und man hörte ihr ein inneres Entsetzen an.

»Was hat er gefunden?«, fragte der Mandel.

»Hast du hier Internet?«, fragte Vilde.

Der Mandel holte seinen Computer aus dem Zimmer, und

wir setzten uns in den Aufenthaltsraum. Vilde gab *Baalberith Utgang* in das Suchfeld ein, und das erste Ergebnis, das der Computer ausspuckte, lautete *Utgang: nytt album »Baalberith«*. Vilde aktivierte den Link, und es erschien eine schwarze Website mit einem Bild, das offensichtlich ein Plattencover darstellen sollte.

Auf dem Bild hing ein Mann mit langen Haaren an einem Holzkreuz. Der Raum dahinter war überwiegend dunkel, aber man ahnte, dass das Kreuz von mindestens einem Scheinwerfer von schräg unten angeleuchtet wurde und der Raum noch weiter nach hinten reichte. Durch die Handgelenke des Mannes waren jeweils Nägel geschlagen, und einer durch die überkreuzten Fußgelenke. Die Gelenke waren blutverschmiert, das Blut war auf den Boden getropft und hatte kleine Lachen gebildet. Der Mann auf dem Bild hatte den Kopf gesenkt, doch man erkannte, dass sein Gesicht weiß geschminkt war und die Augen schwarz umrandet. Über dem Kopf des Mannes prangte der Schriftzug *Utgang*. Mir kam er irgendwie bekannt vor.

Vilde hielt sich die Augen zu.

»Ist das dein Bruder?«, fragte der Mandel.

Vilde nickte, ohne die Hände vom Gesicht zu nehmen.

»Bist du dir da sicher?«, fragte ich.

Vilde nickte erneut und suchte nach einem Taschentuch in ihrer Handtasche.

»Vielleicht ist das eine Fälschung«, sagte ich.

»Eben. Heutzutage kann man doch alles mit Photoshop fälschen«, bekräftigte der Mandel, der besessen von der Idee war, dass heutzutage alle publizierten Fotos mit Photoshop manipuliert waren. Es gibt heute keine echten Fotos mehr, sagt er.

»Oder ein Doppelgänger?«, fragte ich und erschauerte leicht, weil ich an die Klassenfahrt in den späten Achtzigern denken musste, bei der mir auf dem Breitscheidplatz mein eigener Doppelgänger über den Weg gelaufen war. Ich hatte ihn zuerst gar nicht gesehen, aber dann hatte der Köslinger gesagt: »Schau, da bist du, Sigi.«

Vilde sah mich tränenverhangen an.

»Ich erkenne meinen Bruder«, sagte sie.

»Warst du schon bei der Polizei?«, fragte ich, weil man das immer fragt, wenn Leute denken, dass andere Leute spurlos verschwunden sind.

»Die Polizei war heute früh in Cristians Wohnung wegen dem Brand in der Mariakirken. Sie vermuten einen Zusammenhang mit dem Konzert. Cristian ist doch vorbestraft, wegen seinen Aktionen auf der Bühne früher. Dann haben sie auch bei mir angerufen.«

»Hast du der Polizei die Website gezeigt?«, fragte der Mandel.

»Nein, die habe ich erst danach gesehen.«

»Kennst du diese Band? Wer sind Utgang?«, fragte der Mandel.

»Keine Ahnung«, sagte Vilde. »Soweit ich weiß, gibt es nur diese Website. Keine Liveauftritte, keine Plattenfirma, kein Management. Ich habe rumgefragt, aber niemand kennt die Mitglieder.«

»Wir könnten Sascha die Website zeigen. Der kann sicher herausfinden, wer der Betreiber ist«, schlug ich vor.

»Wer ist Sascha?«, fragte Vilde.

»Ein Hacker aus Brandenburg«, erklärte ich.

»Er ist ein Computerexperte, der für uns arbeitet«, sagte der Mandel.

»Würdet ihr das machen?«, sagte Vilde und gab dem Mandel einen Kuss auf die Stirn, was ihr nicht schwerfiel, denn sie war einen halben Kopf größer als er.

»Und wir können dir suchen helfen, falls er nicht bald wieder auftaucht«, sagte der Mandel.

»Wirklich? Ich kann euch auch etwas bezahlen, wenn ihr wollt«, sagte Vilde.

»Wir wollen kein Geld«, sagte der Mandel, ohne mich zu fragen. Immerhin spielte das in unseren Geschäftsbereich als Detektei hinein, und da hatte der Mandel gar nichts allein zu entscheiden. Obwohl ich preislich bei Vilde auch ein Auge zugedrückt hätte.

»Allerdings wäre eine Art Arbeitsplatz in der Innenstadt nicht schlecht«, stellte ich wenigstens eine Bedingung.

»Ich kann euch einen Schreibtisch direkt bei mir um die Ecke organisieren, wo ihr jede Menge Platz zum Recherchieren habt«, sagte Vilde. »Eine Art Büro.«

6: MASSAKRE

»Das ist Skull«, sagte Vilde und deutete in Richtung eines hageren Menschen mit langen schütteren Haaren und einem ungepflegten Vollbart. Seine Augen lagen so tief im Schädel, dass man sie am liebsten eigenhändig herausgefingert hätte.

»Skull wie Prost oder wie Totenkopf?«, fragte ich.

»Skull wie Dødninghode«, sagte Skull, das weiß ich noch genau, weil ich es damals so lustig fand. Das heißt Totenkopf auf Norwegisch, falls wer fragt.

»Skull gehört das Massakre. Der bekannteste Plattenladen in Bergen«, sagte Vilde.

Wir waren mit dem Ford Focus zurück in die Innenstadt gefahren und hatten wieder an dem Container geparkt. Vilde war mit uns zum Massakre gelaufen.

»Ich habe erst ab Nachmittag geöffnet«, sagte Skull. Er sprach Englisch mit einem starken Akzent.

»Ich bin Max Mandel, und das ist mein Kollege Sigfried Singer.«

»Sigfried«, wiederholte Skull. »Der verfickte Drachentöter.«

Fuckin' dragonslayer.

Er lächelte ein gelbzahniges Lächeln, und ich lächelte zurück, weil ich selten positive Rückmeldung auf meinen Vornamen erfuhr. Vor allem in Zusammenhang mit der aufdringlichen Alliteration, die ich meinen Eltern für immer übel nehmen werde. Sigfried allein wäre ja schon blöd genug gewesen.

»Die beiden sind private Ermittler aus Deutschland und helfen mir. Ich hab mir gedacht, sie könnten das Hinterzimmer als Büro benutzen«, sagte Vilde.

»Ermittler? Die beiden Vögel? Wobei denn helfen?«, fragte Skull, und seine Begeisterung für mich und meinen Namen schien verflogen zu sein.

»Mein Bruder ist verschwunden«, sagte Vilde.

»Fuck«, sagte Skull, und das muss ich ja nicht übersetzen.

»Skull ist einer von Cristians besten Freunden«, sagte Vilde fast entschuldigend.

»Nicht so ein guter Freund wie der verdammte Zahnarzt«, merkte Skull zu unserem Befremden an. Welchen Zahnarzt meinte er wohl?

»Wie läuft das Geschäft?«, fragte der Mandel.

»Geht so. Ich hab jede skandinavische Metalband, die jemals auch nur einen beschissenen Rülpser veröffentlicht hat. Fast nur Vinyl, aber auch die alten Demokassetten. Die, die keiner mehr hat. Außer mir.«

»Schön«, sagte der Mandel.

Skull schloss jetzt die Ladentür auf, die mit Aufklebern von Bands übersät war. Nahezu alle Aufkleber waren schwarz.

»Ah, da drüben ist ja wieder das Garage«, sagte ich zum Mandel und deutete ein paar Häuser weiter in Richtung der Kreuzung. Ich freute mich über die Erkenntnis, bedeutete sie doch, dass ich mich langsam in der Innenstadt zurechtfand. Der Mandel schaute noch nicht einmal hin.

Das Massakre bestand aus zwei miteinander verbundenen Räumen. Die Wände des ersten Raums waren mit schwarzen Tüchern verkleidet, und an den Tüchern hingen diverse Tourplakate von norwegischen Bands. Die Plakate waren ausschließlich schwarz und stammten von Bands wie Dark Reich, Emperor, Godfuck, Mayhem, Enslaved, Darkthrone, Immortal und Ulver. An den Wänden stauten sich wie auf einem Flohmarkt Holzkisten voll mit Alben. Über dem Pult mit der Kasse hing eine riesige norwegische Flagge, aber senkrecht und verkehrt herum, sodass man praktisch ein umgedrehtes Kreuz sah.

»Hier entlang«, lotste Skull uns durch einen Türbogen in den nächsten Raum. Über der Tür hing der gelbliche Schädel eines großen Tiers mit Hörnern. Der nächste Raum war deutlich kleiner und beherbergte CDs, ein Medium, das man im Massakre anscheinend nur ungern zur Schau stellte.

»Da rein«, sagte Skull und schloss eine kleine Stahltür an der Rückwand der CD-Abteilung auf. Wir betraten einen großen, kahlen Raum ohne Fenster. Die Wände waren nicht verputzt, und auf dem Boden standen stapelweise Pappkartons. An Mobiliar waren da lediglich ein Holztisch mit einem vollen Aschenbecher und ein einzelner Holzstuhl in der Mitte des riesigen Raums. Es gab kein Deckenlicht, nur ein kleiner Strahler auf dem Boden, wie man ihn auf Baustellen benutzt, erleuchtete die Kargheit. Jemand hatte ein Pentagramm an die Wand gesprüht. Der Boden bestand aus verfugten Steinplatten.

»Hier fanden früher die Feiern des Sirkel statt. Die Tür war damals noch versteckt. Aber seit dem verfickten Fantoft-Brand gibt es keine Treffen mehr. Hier drin war seit Jahren kein Mensch mehr außer mir. Hier könnt ihr arbeiten.«

»Hat man hier Internetempfang?«, fragte ich.

»Natürlich. Wir sind in Norwegen, nicht im verdammten Mittelalter«, sagte Skull.

Während ich mich auf den einzelnen Stuhl setzte, nahm der Mandel Vilde in den Arm und streichelte ihr sanft übers Haar. Diese schönen Pausbacken, dachte ich, schade drum. Dann kam Skull mit vier Gläsern und einer Flasche billigem Bourbon wieder, und wir stießen an, bevor Vilde zur Arbeit ging und Skull uns in dem Raum mit dem Pentagramm allein ließ. Nach ein paar Minuten hatte ich es geschafft, auf den Rechnern vom Mandel und mir eine Internetverbindung mit dem Netzwerk »Massakre« einzurichten. Der Mandel bediente seinen Computer im Stehen und schickte dem Sascha sofort die Website von Utgang mit der Bitte, den Betreiber ausfindig zu machen, und wenn möglich, wann genau das Foto hochgeladen wurde.

»Ist der in den Osterferien überhaupt online?«, fragte ich.

»Der Sascha ist immer online«, sagte der Mandel und zündete sich eine blaue Gauloise an. Bis letztes Jahr hatte er die roten geraucht, aber irgendwann hat er dann behauptet, die leichten Zigaretten wären letztlich die schädlicheren, weil man davon noch mehr raucht. Der Mandel sagt, der Griff zur stärkeren Zigarette ist der erste Schritt zum Aufhören. Wahrscheinlich hatte er Recht, und der Sascha war tatsächlich online. Was sollte jemand wie der auch sonst mit seiner Freizeit anfangen? Ich glaube nicht, dass er Freunde hatte. Der Sascha war zudem ein ganz penibler Stundenaufschreiber, er würde sicher einen Osterferienzuschlag berechnen. Der war mittlerweile so teuer, dass ich mir schon überlegt hatte, selbst einen Hackerkurs zu belegen, falls es so etwas bei der VHS gab.

Wenn man auf der Utgang-Website auf das Cover mit dem gekreuzigten Baalberith klickte, gelangte man auf die nächste Seite. Dort stand dann lediglich die Tracklist der sogenannten »Baalberith-LP«, und man konnte jeden Song einzeln herunterladen. Das ging wahnsinnig schnell – unglaublich, wie zügig hier in Norwegen das Internet war. Ich hatte einen kleinen Kopfhörer in meiner Tasche und steckte ihn in meinen Laptop, den ich auf den Holztisch gestellt hatte, gegenüber vom Mandel, wie in unserem Büro am Nordufer. Während der Mandel im Stehen rauchte und kurz darauf den Raum verließ, um sich vorne ein paar Platten anzuschauen, hörte ich mich durch die sieben Songs, die allesamt norwegische Titel trugen und von denen keiner unter fünf Minuten blieb. Sie waren dermaßen schlecht abgemischt, dass meine ersten Vierspur-Demos aus den frühen Neunzigern dagegen wie von Bob Rock produziert klangen. »Ulven har fortært landet« hieß der erste Song, und es spielte überhaupt keine Rolle, ob die Texte auf Norwegisch waren, denn es war sowieso kein einziges Wort zu verstehen. Der Gesang klang wie der Schrei eines tödlich verwundeten Tiers auf einer entfernten Waldlichtung in einer kalten Mondnacht, und je mehr ich davon hörte, desto unwohler fühlte ich mich. Irgendwann brach das Lied abrupt ab, und das nächste begann mit einem Keyboard. Es klang ein wenig wie diese Goa-CDs, die einem früher immer vorm Müller-Markt umsonst in die Hand gedrückt wurden, damit man auch auf das Goa-Trance-Fest in Gunzenhausen am kommenden Wochenende kam. Doch der Unterschied zum Goa-Trance zeigte sich nach zirka einer Minute. Zu den breiten Synthesizer-Akkorden, die wie aus einem japanischen Zeichentrickfilm klangen, gesellte sich eine simple und unmelodische Melodie, die sich so lange wiederholte, bis man das Gefühl hatte, in einem dieser Fieberträume festzuhängen, bei denen sich die panischen Bilder in einer Endlosschleife abspielen. »Sjelen min tilhører Odin« hieß das Stück. Es kam mir vor, als hörte ich schon seit Stunden nur dieses eine Lied, als der Mandel mich anbrüllte.

»Sigi, hörst du schlecht?«

»Ich hab den Kopfhörer auf.«

»Deshalb musst du nicht so schreien«, sagte der Mandel.

»Was ist denn?« Ich nahm den Kopfhörer ab.

»Der Sascha hat geschrieben.«

»So schnell?«

»Ich sag ja, der ist immer online.«

»Und?«

»Er konnte die IP-Adresse herausfinden. Sie gehört zu einem Rechner in der Umgebung von Bergen. Die DSL-Verbindung ist bei der Telenor gemeldet, das ist die Telekom von Norwegen, aber da kann sich der Sascha nicht so einfach von heut auf morgen in den Server einhacken, weil höchst illegal, das würde uns das Vierfache von seinem normalen Tarif kosten.«

»Der Wucherer. Ich weiß noch, wie er früher für ein bisschen Gras gearbeitet hat. Das ist noch gar nicht so lange her«, sagte ich.

»Aber dafür hat er den Domaininhaber der Website ausfindig gemacht. Das ist ein gewisser Aksel Raske«, sagte der Mandel.

»Raske, Scheiße«, raunte Skull hinter dem Mandel hervor. Er war, während der Mandel geredet hatte, mit zwei Tassen Kaffee in den Raum gekommen. Der Mandel schaute ihn fragend an.

»Was habt ihr mit Raske zu tun?«, fragte Skull.

»Bis jetzt noch nichts«, sagte der Mandel. »Er steckt hinter der Utgang-Website.«

»Der was?« Skulls Augen spiegelten das Licht des Baustrahlers wider. Sie waren ein wenig aus ihrer Höhle der Finsternis gekrochen, seit das Thema Aksel Raske aufgekommen war.

»Wer ist denn Aksel Raske?«, fragte ich.

»Der Sänger und Gitarrist von Død. Auch bekannt als King Therion«, sagte der Mandel enzyklopädisch, als müsste man von diesen Leuten den bürgerlichen Namen und den Künstlernamen zugleich parat haben.

»Ach der«, sagte ich.

»Der beschissene Unfried«, sagte Skull.

Fuckin' inflamer.

»Unfried?«, wiederholte der Mandel.

»Mit diesen Utgang-Leuten hat er genau die gefunden, die er nach Belieben dirigieren kann. Für diese jungen Spinner ist Aksel ein beschissener Che Guevara.«

Langsam zogen sich die Augen von Skull wieder aus dem Licht zurück.

»Was sind denn das für Leute, diese Utgang?«, fragte ich.

»Das sind die jungen Radikalen. Die Neuen«, sagte Skull.

»Kennst du die?«, fragte ich.

»Heutzutage kennt man sich nicht mehr untereinander«, sagte Skull. Dann verließ er den Raum und nahm die zwei Tassen Kaffee wieder mit, ohne dass wir davon getrunken hatten.

»Und jetzt?«, fragte ich den Mandel.

»Unter der Domain ist auch eine Adresse hinterlegt. Wenn dieser Raske wirklich dort wohnt, sollten wir ihn einfach fragen, was es mit der Kreuzigung auf sich hat. Aber vorher will ich mit dem Mitbewohner von Vildes Bruder und jemandem von der Band reden. Da könnten wir uns aufteilen«, schlug der Mandel vor.

»Ich übernehm die Band«, sagte ich.

Während der Mandel mit Vilde zur Wohnung von Cristian Hallberg alias Baalberith fuhr, blieb ich noch am Rechner sitzen. Vilde hatte am Telefon arrangiert, dass der Bassist und der Gitarrist von Dark Reich mich in einer Stunde in Skulls Geschäft abholen kamen. In der Zwischenzeit las ich den Wikipedia-Artikel über Therion.

> **Aksel Raske** (* 23. Mai 1973 in Oslo, Norwegen), auch bekannt als »Therion« oder »King Therion«, ist zusammen mit Gunarr »Ujak« Aasen Gründungsmitglied der norwegischen Black-Metal-Band Død.
>
> Neben seiner Tätigkeit als Musiker ist Raske Herausgeber und alleiniger Autor der neuheidnischen Quartalsschrift *Fødeland*, die wegen rechtsextremer Tendenzen vom norwegischen Staatsschutz beobachtet wird. Von 1993 bis 2003 verbüßte Raske wegen Brandstiftung und fahrlässiger Tötung eine Haftstrafe. Bei dem Brand der berühmten Fantoft-Stabkirche nahe Bergen war unter anderem ein Musiker der Band Godfuck ums Leben gekommen.

Ach Gottchen, schon wieder so ein rechtes Arschloch, dachte ich. Mein Bedarf an solchen Leuten war seit dem Theater letztes Jahr gedeckt.

> Bevor Raske mit seinem Schulfreund Gunarr Aasen die Band Død gründete, spielte er für kurze Zeit Bass bei der norwegischen Black-Metal-Formation Godfuck, die zusammen mit Dark Reich für ihre gewaltdarstellenden Bühnenshows bekannt war. Heute bezeichnet Raske diese Bands als »inhaltsleeren Mummenschanz« und bereut seine Zugehörigkeit, räumt aber ein, dass ihm dieses Gastspiel erst den Weg in den »schwarzen Kreis« (*svarte sirkel*) geebnet hat. Trotz seines frühzeitigen Ausstiegs bei Godfuck verhielt sich Thorstein »Hades« Motzfeld,

Bandleader und Schlagzeuger von Godfuck, loyal gegenüber Raske, und das erste Død-Album erschien auf seinem Label Bleaklife Records.

Zusammen mit Gunarr Aasen (Schlagzeug) veröffentlichte Raske unter dem Namen Død 1992 das Debütalbum *Si Satanas Pro Nobis, Quis Contra Nos*, das heute als wegweisend in Sachen atmosphärischer Black Metal gilt. Raske war damals schon ein talentierterer Rhetoriker und besserer Provokateur als Motzfeld, der als Patron der Osloer Black-Metal-Szene galt. Im Rahmen eines internen Wettstreits um die Führung des »schwarzen Kreises« bot sich Raske freiwillig den Tageszeitungen als Sprecher der Szene und Interviewpartner an, um auf die neuheidnische Ausrichtung der Bewegung und ihre feindliche Haltung gegenüber der norwegischen Staatskirche hinzuweisen. Nach den ersten Kirchenbränden reduzierte die Presse die vorher kaum beachteten Interviews auf wenige Kernaussagen und ordnete nicht nur Raske und Død, sondern die gesamte Szene einem extremistischen Okkultismus und Satanismus zu, basierend auf den Texten und Albumcovern von Bands wie Godfuck, Død oder Dark Reich. Die Beteiligung an den ersten Kirchenbränden von 1992 konnte Raske zwar nicht nachgewiesen werden, aber in einem letzten Interview mit der Redaktion des *Dagbladet* reklamierte er jetzt offensiv die geistige Patenschaft der Brandanschläge, leugnete jedoch seine direkte Beteiligung.

»Möchtest du eine Birne, Drachentöter?«, fragte Skull, der gerade ins Hinterzimmer gekommen war.

»Eine Birne?«, fragte ich.

»Ich hab letzte Woche zu viele verdammte Birnen gekauft«, sagte Skull.

»Gut, dann nehm ich eine Birne«, sagte ich, und Skull legte mir eine steinharte grüne Birne neben den Computer.

Es hält sich zudem ein vermutlich von Raske selbst in die Welt gesetztes Gerücht, er habe 1992 in Stavanger einen Mann erschlagen. Jedoch wurde nie eine Leiche gefunden, und keine Vermisstenanzeige passte zur vermeintlichen Tat.

Anfang 1993 wurde Raske wegen illegalen Waffenbesitzes von der Polizei in Bergen angeklagt. Er kam mit einer Bewährungsstrafe davon. Im Sommer desselben Jahres wurde er wegen vorsätzlicher Brandstiftung an der berühmten Stabkirche Fantoft in Bergen festgenommen. Bei dem Brand waren fünf Menschen im Innenraum der Kirche ums Leben gekommen, u.a. Thorstein »Hades« Motzfeld. Die Staatsanwaltschaft versuchte bei dem Prozess zu beweisen, dass sich Raske des unliebsamen Konkurrenten und Ex-Mäzens entledigen wollte. Jedoch konnten die notwendigen Beweise vor Gericht nicht erbracht werden, und Raske wurde wegen schwerer Brandstiftung mit Todesfolge zu dreizehn Jahren Haft verurteilt. Nach dem Gerichtsurteil wandte sich Raskes Bandkollege Aasen von ihm ab, dennoch erschien noch ein zweites Død-Album (*Surtur*) in der Formation mit Aasen, während Raske schon seine Haftstrafe verbüßte.

Raske wurde im August 2003 vorzeitig aus der Haft entlassen. Seitdem veröffentlicht er die Zeitung *Fødeland*, in der er die Geschichte und Mythologie Norwegens sozialideologisch auslegt und mithilfe obskurer Rassentheorien rechtsextremer Provenienz untermauert, weshalb ihn das norwegische Justizministerium seit der Entlassung weiterhin beobachtet. Seit 2004 erscheinen in regelmäßigen Abständen auch wieder Alben von Død, die Raske als einziges festes Mitglied (Gesang und Gitarre) ausweisen. Über den momentanen Aufenthaltsort von Raske ist nur wenig bekannt, aber es wird vermutet, dass er sich auf ein abgelegenes Grundstück nahe Bergen zurückgezogen hat und dort alleine lebt.

Schon unglaublich, wie viel Aufmerksamkeit man solchen Leuten im Internet widmete. Der Wikipedia-Eintrag zu »Therion« war länger als der zu Joschka Fischer.

Die Musik von Død zeichnet sich bereits auf dem ersten Album durch langsame und stimmungsvolle Instrumentalpassagen aus, die sich mit wütendem Geschrei und brutalen Gitarrenwänden abwechseln. So strahlen die Songs gleichzeitig eine bedrohliche Ruhe und eine ungezähmte Aggression aus. Die Verweigerung gegenüber High-End-Produktionen, die laut Raske ein »Brandsiegel der überamerikanisierten Kulturgesellschaft und ein Schandfleck für nordischen Heavy Metal« seien, wurde zum prägenden Stilmittel für den skandinavischen Black Metal.

Für den norwegischen Durchschnittsbürger ist Aksel Raske so etwas wie der Charles Manson Skandinaviens. In der Black-Metal-Szene preisen ihn die einen als begnadeten Musiker und Vordenker, die anderen halten ihn wegen der Mitschuld am Tode Motzfelds für einen Verräter. Seit der Beobachtung durch das Justizministerium ist Raske vorsichtiger in seinen Aussagen geworden, diverse Äußerungen über eine judäo-christliche Weltverschwörung finden sich aber immer noch auf seiner Website. 2005 erschien eine Sonderausgabe von *Fødeland*, in der Raske die Geschichte der *Älteren Edda*, also die Geschichte der asischen Götter, als Historie einer außerirdischen Besatzermacht in vormittelalterlicher Zeit interpretiert. In den Jahren danach hat er von dieser Theorie nicht wieder Gebrauch gemacht. Raske wird auch nachgesagt, als Berater für die Allgermanische Nation tätig gewesen zu sein, eine verbotene, länderübergreifende völkische Bewegung in Nordeuropa und Teilen Russlands.

Die Birne war viel zu hart, um sie zu essen.

7: Zahnarzt

Der Mandel, und das weiß ich, weil er es mir im Nachhinein erzählt hat, ist mit Vilde in die gemeinsame Wohnung von Baalberith und Tomas Hagelin gefahren. Die beiden haben den Ford Focus genommen, und im Wagen hat Vilde zum Mandel gesagt, ihr Bruder sei ein Mensch voller Widersprüche. Was genau sie gemeint hat, ist ihm erst ein paar Minuten später bewusst geworden. Die Wohnung lag auf der Ostseite der Bucht, in Bryggen, wo es aussah wie in einer Spielzeugstadt. Die Hafenpromenade kannte der Mandel ja schon, aber dahinter begann die eigentliche Niedlichkeit. Enge Gassen mit spitzen Winkeln, vorbei an ehemaligen Warenhäusern aus Holz, und immer bergauf.

»Das ist der älteste Teil der Stadt. Hier hat es im Lauf der Jahrhunderte unzählige Male gebrannt«, sagte Vilde.

»Ist ja auch alles aus Holz«, sagte der Mandel.

»Sobald es nur einen Tag nicht regnet, sitzen alle draußen«, sagte Vilde.

»Klar«, sagte der Mandel und stellte seinen Fellkragen hoch, direkt nachdem er aus dem Auto ausgestiegen war. Er wäre jetzt sicher auch gerne in einem Straßencafé mit einer Zeitung und einem Kaffee gesessen. Mir fehlt ja für so ausdauernde Ruhephasen die Geduld, aber der Mandel kann ganze

Epochen Zeitung lesend in irgendwelchen Straßencafés verbringen.

Das Haus, in dem Baalberith wohnte, befand sich am Scheitelpunkt einer engen Kurve an einer abschüssigen Straße. Vilde schritt voran, über eine kurze und steile Treppe hinauf zu einem strahlend weißen Haus, das in den Hang hineingebaut war. Als der Mandel sie einholte, hatte sie schon die untere Haustür mit einem Schlüssel aufgeschlossen. Ganz oben, im dritten Stock, klopfte sie an eine weiße Wohnungstür aus Holz.

»Was macht der Mitbewohner von deinem Bruder beruflich?«, fragte der Mandel.

»Er ist Zahnarzt«, lächelte Vilde und zeigte auf einen ihrer schönen Schneidezähne. »Den hat er gemacht.«

»Und arbeitet dein Bruder auch?«, fragte der Mandel.

»Er ist Zugbegleiter bei der norwegischen Bahn«, sagte Vilde mit einem Respekt, als wäre Baalberith Entwicklungshelfer in Äthiopien. Dabei war er Schaffner.

Tomas Hagelin hatte kurz rasiertes schwarzes Haar und eine Designerbrille mit einem blau schimmernden Rand. Er hatte etwas Arabisches an sich und war nicht besonders groß. Er trug ein hellblaues Hemd und eine Strickjacke darüber. Für den Mandel sah er sofort aus wie ein Zahnarzt, aber wenn man vorher schon eine entsprechende Information besitzt, dann ist man schnell in einer Vorverurteilung gefangen. Denn wenn der Mandel einer Gattung Mensch misstraut, dann ist das der Zahnarzt an sich, und das ist dem Dr. Bösl aus seiner Jugend geschuldet, der ihm nie eine Spritze geben wollte, selbst beim tiefsten aller Löcher nicht. Von Höllenqualen spricht der Mandel heute noch. Der Bösl hat mal gesagt: »So schlimme Zähne, wie du hast, wünsche ich meinem ärgsten Feind nicht, Max. Aber eine Spritze gebe ich dir trotzdem nicht.«

In der Wohnung von Baalberith und dem Zahnarzt sah es aus wie bei einem Ehepaar. Im Grunde alles ordentlich und gut eingerichtet, aber ohne jedes individuelle Gepräge. Es war eine wohnliche Gleichschaltung. Lediglich die eine oder andere vereinzelte Zigarettenschachtel deutete auf Baalberith hin, denn der Zahnarzt wird ja wohl nicht geraucht haben. Von Black Metal nicht die geringste Spur, dachte sich der Mandel. Hagelin führte ihn freundlich in der Wohnung herum, bis er an eine verschlossene Tür kam.

»Da drin ist unser Schlafzimmer, aber das ist gerade nicht aufgeräumt«, sagte der Zahnarzt.

Und jetzt war der Mandel natürlich doch ein bisschen irritiert wegen dem *unser*, aber der Moment war ungünstig, es sich anmerken zu lassen.

»Wann hast du denn Cristian das letzte Mal gesehen?«, fragte der Mandel den Zahnarzt, der natürlich blitzsaubere Vorderzähne hatte.

»Wie ich zu Vilde schon sagte, am Sonntagmorgen, vor dem Konzert, beim Frühstück. Danach ist Cristian zum Proberaum gefahren.«

»Und wie war die Stimmung?«

»Die Stimmung war den Umständen entsprechend.«

»Was bedeutet das?«, wollte der Mandel wissen.

»Cristian wusste, wie ich es finde, wenn er wieder diesen Wahnsinn veranstaltet. Wenn das Doppelleben wieder losgeht.«

Doppelleben, ja, das sah der Mandel sofort ein, dass zwischen Selbstverstümmelung, gekreuzigten Jungfrauen und der häuslichen Idylle mit dem Zahnarzt als Lebensgefährte ein gewisser Identitätsspagat vonnöten war. Zumal der Svarte Sirkel als streng homophob verschrien war. Plötzlich konnte sich der Mandel auch gut vorstellen, wie Baalberith damals einfach so aus der Szene und der Band abtauchen konnte. Die beste Tarnung für einen bunten Hund ist immer noch die graue Bürgerlichkeit. In der Mietwohnung im Schmuckviertel mit einem Zahnarzt.

»Das war vermutlich dann kein einmaliges Konzert«, sagte der Mandel.

»Schön wär's«, sagte der Zahnarzt. »Eine Europatournee und ein neues Album sind in Planung.«

Der Mandel betrachtete ein gerahmtes Foto im Flur, auf dem der Zahnarzt mit einem anderen Mann in Fahrradhelm und Radlerhosen in irgendeinem Gebirge herumstand. Der andere Mann trug eine randlose Brille und kurz rasierte Haare.

»Ist das dein Bruder?«, fragte der Mandel, und Vilde nickte.

»Ist die Dark-Reich-Reunion nicht ein Risiko für eure Beschaulichkeit? Die Szene ist ja nicht gerade für ihre Toleranz gegenüber Schwulen bekannt«, sagte der Mandel, der Mann ohne Blatt vorm Mund.

»Das predige ich ihm seit Monaten, aber er kann die alten Geister nicht ruhen lassen. Dieses englische Label hat der Band wohl ziemlich viel Geld für einen neuen Vertrag angeboten.«

»Ach so, ja. Earshot«, sagte der Mandel.

»Genau die«, sagte Hagelin.

»Kennst du die Band Utgang?«, fragte der Mandel.

»Davon habe ich heute zum ersten Mal gehört. Vilde hat mir das grausige Bild gezeigt«, sagte der Zahnarzt.

»Cristian kannte sie also auch nicht? Hat er dir gegenüber nie den Namen erwähnt?«, fragte der Mandel.

»Nie«, sagte der Zahnarzt.

»Ihr müsst weiterhin versuchen, ihn zu erreichen. Sollte sein Telefon irgendwann wieder an sein, kann ich es vielleicht über einen Kollegen in Deutschland orten lassen«, sagte der

Mandel, und mit dem Kollegen meinte er offensichtlich den Sascha, der das schon mal für uns bei dieser Wettgeschichte rund um die Hertha geschafft hatte.

»Ich dachte, so was kann nur die Polizei«, sagte Tomas Hagelin.

»Max ist ein New-Media-Detektiv«, sagte Vilde.

Während der Mandel im bürgerlichen Paralleluniversum des internationalen Black-Metal-Stars Baalberith ermittelte, war ich mit dessen Bandkollegen Abbadon und Balrog in ein kleines Café gegangen. Die beiden hatten sich mit ihren Fantasienamen vorgestellt, und ich habe die echten Namen zwar nachgeschlagen, aber sofort wieder vergessen. Wie soll man sich auch diese Unmenge an Namen merken. Wir bestellten Croissants und schwarzen Kaffee mit kalter Milch in einer kleinen Kanne. Außen an der Bäckerei stand *godt brød*.

»Wir hätten auch rüber ins Garage gehen können«, sagte ich.

»Nein, bloß nicht. Das endet nur damit, dass irgendwelche Puristen eine Grundsatzdiskussion mit uns anfangen oder ein paar Austauschstudenten ein Autogramm wollen. Nein, danke«, sagte Balrog, der Bassist, der mit seiner Glatze und dem Ziegenbart ein bisschen aussah wie Scott Ian von Anthrax.

Den Gitarristen, Abbadon, fand ich für die Musikrichtung authentischer. Mit seinem buschigen, ergrauten Vollbart und den langen und aschblonden Schnittlauchhaaren sah er grade barbarisch genug aus, um dem Klischee vom norwegischen Rock'n'Roller zu entsprechen. Seine Lederjacke war so verschlissen, als trüge er sie seit Anbeginn der Zeit. Abbadon biss in ein Croissant und sagte: »Scheiße, das ist doch von gestern«, während Balrog konzentriert in seinem Cappuccino herumrührte.

»Wie war denn der Auftritt?«, fragte ich.

»Ganz okay«, sagte Abbadon. »Mir ist die ganze Scheiße ins Gesicht gelaufen. Hätte nicht die billige Clownschminke kaufen sollen. Lektion von früher nicht gelernt.«

»Was nimmt man denn sonst?«, fragte ich, weil es mich interessierte.

»Na, Theaterschminke, blöde Frage«, sagte Abbadon.

»Warst du nicht auf dem Konzert?«, fragte mich Balrog, ohne von seinem Gerühre aufzuschauen.

»Wir hatten ein Problem mit der Gästeliste«, log ich.

»Hättet nur was sagen müssen«, sagte Abbadon und warf sein Croissant nach der Verkäuferin, die sich im letzten Moment duckte.

»Dafür bezahl ich nichts, Anne«, rief Abbadon ihr zu, bevor er sich wieder an mich wandte:

»Wir wollten die alten Kreuze aufstellen und ein paar Models dranheften, aber die Stadt hat uns das in letzter Sekunde verboten, weil irgendwelche christlichen Fundamentalistenarschlöcher Drohbriefe an den Bürgermeister geschrieben haben. Wenigstens haben wir ein paar Schafsköpfe aufgespießt. Allerdings waren die schon geschoren und vorher eingefroren. Wir mussten sie auftauen, und es kam nicht mehr viel Blut raus. Baalberith hat sich zur Wiedergutmachung den Arm aufgeschlitzt wie in alten Zeiten. Die Leute in der ersten Reihe waren voller Blut.«

Abbadon lachte ausgelassen, und ich lachte einfach mit, während Balrog jetzt mit einer Schachtel Streichhölzer spielte, indem er jedem Streichholz millimetergenau mit einem Messer den Kopf abtrennte.

»Wie war Baalberith denn an dem Abend so gelaunt?«

»Sehr gut! Er hat backstage ein paar gute Witze erzählt. Wir haben viel getrunken.«

»Ich nicht«, sagte Balrog, während er die geköpften Hölzer sauber nebeneinander aufreihte.

»Natürlich, du nicht«, sagte Abbadon verächtlich.

»Seine Schwester sagt, Baalberith trinkt gar nicht mehr«, sagte ich.

»Vilde sagt das? Sie muss es ja wissen«, sagte Balrog und schmunzelte in sich hinein.

»Und nach dem Konzert seid ihr alle nach Hause?«, fragte ich.

»Wir waren noch ein, zwei Stündchen backstage, aber dann sind wir alle gegangen. Balrog hat mich mit dem Auto mitgenommen. Wir haben uns alle am Hintereingang verabschiedet. Unser Schlagzeuger, den kannst du fragen, der hat Cristian nach Hause gefahren«, sagte Abbadon.

»Ihr habt nach dem Konzert also nicht mehr woanders weitergefeiert?«, fragte ich.

»Wir haben ja Familien, die den Feiertag mit uns verbringen wollen. Kennst die Scheiße ja sicher«, sagte Abbadon.

»Ja, beziehungsweise eher nein«, sagte ich. »Wer war denn sonst noch hinter der Bühne?«

»Die üblichen Verdächtigen«, sagte Abbadon.

»Wer sind die üblichen Verdächtigen?«

»Ach, ein paar Journalisten, ein paar Fans der ersten Stunde und ein paar Musiker. Etliche Leute von früher.«

»So wie Skull?«

»Ja, stimmt, der war auch da. Das hat mich auch gewundert, denn Skull ist nicht gut auf mich zu sprechen.«

»Warum?«, fragte ich.

»Als wir gerade bekannter wurden, habe ich ihm ein exklusives Vorabhören der neuen Platte abgesagt, weil unser damaliges Management es an ein englisches Magazin verkauft hatte. Das war Hochverrat für ihn.«

»Vilde hat gesagt, Skull und Cristian sind befreundet«, sagte ich.

»Ach, was heißt in den Kreisen schon befreundet«, sagte Balrog. »Die haben sich am Sonntag seit Jahren das erste Mal wieder unterhalten.«

»Kennt ihr die Band Utgang?«, fragte ich.

»Nicht persönlich, aber das Album ist gut. Schöne Idee mit dem Cover. Vilde hat uns den Link geschickt«, sagte Abbadon.

»Ihr denkt also auch nicht, dass das echt ist?«, fragte ich.

»Bullshit. Das ist bloß ein PR-Trick. Wahrscheinlich eine gemeinsame Aktion von Cristian und Utgang. Das ist ja für beide Bands eine tolle Werbung, wenn die Presse das aufgreift. Obwohl die heutzutage ja so abgebrüht sind, man weiß gar nicht mehr, womit man noch schockieren soll«, sagte Abbadon.

»Aber hätte euch Cristian nicht gesagt, wenn er mit Utgang so was veranstaltet?«, fragte ich.

»Der sagt oft nichts, wenn ihn etwas reitet. So ist er eben«, sagte Abbadon.

»Ich glaube nicht, dass es ein Trick ist. Das sieht echt aus. Ich glaube, diese Utgang-Typen meinen es ernst. Die haben eine Agenda, eine Wut, die Bands wie uns abhandengekommen ist«, sagte Balrog.

»Moment, du denkst, dass er tot ist?«, fragte ich Balrog ein wenig entsetzt. Wir waren hier grade mal ein paar Tage im Land, und schon redeten die Leute über Mord und Totschlag.

»Vielleicht nicht direkt tot. Aber doch gekreuzigt«, sagte er.

»Das ist kompletter Scheißdreck. Cristian ist garantiert gesund und munter. Der braucht immer wieder mal eine kleine Auszeit«, sagte Abbadon.

»Kennt ihr Utgang persönlich? Wisst ihr, wo sie sich aufhalten?«, fragte ich.

»Niemand kennt die einzelnen Mitglieder. Die sind so was wie der neue Untergrund«, sagte Balrog.

»Auf jeden Fall lassen die sich ganz schön was einfallen«, sagte Abbadon.

»Wo ist eigentlich euer Schlagzeuger?«, fragte ich.

»Keine Ahnung. Zu dem haben wir privat keinen Kontakt«, sagte Abbadon.

»Was macht er so?«, fragte ich.

»Er ist Techno-DJ«, sagte Abbadon.

»Wir müssen zu Aksel Raske alias Therion, um an Utgang ranzukommen. Und am besten heute noch, bevor die Presse und die Polizei wegen dem Kreuzigungsfoto anrücken und wir keinen Zugang mehr zu ihm bekommen«, sagte der Mandel eine Stunde später in unserem neuen Büro im Massakre und zündete sich eine Zigarette an. Der Rauch stieg sofort hoch an die niedrige Decke und verbreitete sich dort wie eine Flechte.

»Es wird schon dunkel, und die Adresse, die der Sascha herausgefunden hat, liegt am Hardangerfjord. Ich hab das mal eingegeben, bis dorthin brauchen wir gute anderthalb Stunden. Und was, wenn dieser Raxe gar nicht zu Hause ist?«, fragte ich.

»Er heißt Raske«, korrigierte der Mandel. »Dann genießen wir die schöne Landschaft.«

»Aber dann ist es dunkel«, sagte ich.

8: THERION

Die Adresse von Aksel Raske lautete »Omastrand, Mundheimsvegen«, worüber ich mich ungefähr die ersten zehn Minuten der Autofahrt amüsierte. Der Mandel teilte meine Begeisterung nicht. Er war erneut der Fahrer und suchte die Musik aus, aber das war mir an dem Tag ganz recht, denn es ist nicht jedermanns Sache, bei solch einer Stockfinsternis auf einer engen Landstraße um einen Fjord herumzufahren. Statt ostdeutschem Kraftblues hörte der Mandel Gott sei Dank das aktuelle Album von Død, *Those Who Sought The Fire.* Wie alles, was ich bisher von Død kannte, war es höchst repetitiv, von einer geradezu belastenden Monotonie. Draußen war es so dunkel, dass man die Berge um uns herum kaum sehen konnte, nur vereinzelt tauchten helle Flecke aus der Dunkelheit auf, nackte Felsen, ausgeleuchtet vom Lichtkegel des Ford Focus. Ich spürte einen Druck auf den Ohren und fühlte mich in eine groteske Einsamkeit hineinrutschen, allein inmitten des riesigen Hardangerfjords, begleitet nur von einem schweigsamen Mandel und dem weit entfernten Geschrei von Aksel Raske zu dieser nagend gleichförmigen Musik. Das Navigationsgerät zeigte eine einzige Straße, links daneben eine leere Fläche und rechts daneben das nachtschwarze Wasser des Fjords, so gesehen auch eine leere Fläche. Irgendwann fing ein Wald neben uns an und hörte nicht mehr auf. Mundheimsvegen, soweit man das in dieser Finsternis erkennen konnte, war nur eine Ansammlung von kleinen Holzhäusern am Hang mit einer winzigen Bucht und zwei kleinen Fischerbooten. In dieser Bucht lag auch besagter Omastrand, eine schmale ungeteerte Uferstraße. Am Omastrand standen zwei Häuser ohne sichtbare Hausnummern. Wir stiegen aus dem Auto, hinein in die tödlichste Kälte. Es lag eine so konsequente Stille auf dem riesigen Gewässer, dass ich kurz dachte, mein Gehör verloren zu haben. Der Mandel klopfte an dem einen von beiden Häusern, in dem noch Licht brannte. Eine halbe Minute später wurde die Tür von einer älteren Frau mit einer Nickelbrille in einer grauen Strickjacke geöffnet. Sie hatte kurze graue Haare mit langen lila Strähnen, die ihr ins Gesicht hingen.

»God kveld«, sagte sie und sah den Mandel erstaunlich freundlich an für die Uhrzeit. Klingelt man bei uns nach acht bei fremden Leuten, kann man froh sein, wenn niemand die Polizei ruft.

»Guten Abend, mein Name ist Mandel. Ich suche Aksel Raske«, sagte der Mandel auf Englisch.

»Der wohnt drüben«, sagte die Frau in einem gerade noch akzeptablen Englisch, während sie auf den Fjord hinausdeutete. Außer der schwarzen Wasseroberfläche konnte ich nichts erkennen.

»Das ist sein Haus«, sagte die Frau mit der Strickjacke und nahm bereits wieder die Türklinke in die Hand.

»Vielen Dank«, sagte der Mandel. »Und wie kommen wir dorthin?«

»Überhaupt nicht. Herr Raske holt seine Besucher persönlich mit dem Ruderboot ab«, sagte die Frau.

»Könnten Sie ihn anrufen?«, fragte ich.

»Ich habe seine Nummer nicht. Er ist nur ein Nachbar«, sagte die Frau.

»Schöne Scheiße«, sagte ich.

»Angenehmen Abend noch«, sagte die Frau und schloss die Tür.

»Und jetzt?« Ich sah den Mandel fragend an.

Der Mandel riss das Zellophanpapier von einer neuen Zigarettenschachtel herunter und schaute in die Finsternis des Fjords hinein, wo angeblich Raske wohnte.

»Und jetzt?«, fragte ich noch mal und versuchte, seinem Blick zu folgen.

»Schade, dass man das Nordlicht von hier aus nicht sehen kann«, sagte der Mandel. »Wusstest du, dass man nie zum Nordlicht winken darf?«

»Warum?«, fragte ich und wusste überhaupt nicht genau, wie man sich das Nordlicht vorstellen musste.

»Weil es dich holt, wenn du ihm winkst«, sagte der Mandel und zog ausführlichst an seiner Zigarette. Mir lief es kalt den Rücken hinunter, während der Mandel den Rauch in die Luft hinaufblies. Der Himmel war finster und schien direkt über unseren Köpfen anzufangen, so tief hing das Schwarz in dieser Nacht.

»Und jetzt?«, probierte ich es ein drittes Mal.

»Jetzt gehen wir schlafen«, sagte der Mandel und stieg mit der brennenden Zigarette ins Auto.

»Du willst doch wohl nicht im Auto rauchen«, sagte ich. »Du weißt doch, dass mir schlecht wird, wenn du beim Autofahren rauchst.«

»Wir fahren ja nicht«, sagte der Mandel.

»Wieso fahren wir nicht?«

»Weil wir im Auto schlafen«, sagte der Mandel.

Es ist noch dunkel, als ich aufwache. Der Mandel liegt auf der Rückbank und atmet kaum, während ich Beifahrer- und Fahrersitz überbrücken muss, um überhaupt liegen zu können. Die Handbremse drückt in die Nieren. Irgendetwas ist anders, deshalb bin ich aufgewacht. Irgendwer kommt. Ich öffne leise die Beifahrertür, um den Mandel nicht zu wecken. Draußen ist es noch immer so still, als ob jemand den Ton abgedreht hat. Die Berge schimmern kalkweiß in der ansonsten schwarzblanken Nacht. Jemand kommt aus den Bergen herunter, denke ich. Hinter mir steht das schwarze Wasser des Fjords wie Teer. Ich blicke auf die Felsen, die hinter dem Wagen in die Höhe ragen. Jemand kommt. Ich schaue durch die Scheibe ins Auto und sehe den Mandel auf der Rückbank schlafen. Ohne jede Bewegung. Er sieht aus, als wäre er tot. Jemand kommt, denke ich. Und tatsächlich bewegt sich etwas oben in den Felsen. Jemand kommt einen Weg hinunter. Ich bewege mich keinen Meter mehr vom Auto weg und sehe zu, wie eine Gestalt schräg am Felsen herunterschreitet, als wäre da eine Treppe. Immer wieder drehe ich mich zu dem schwarzen Wasser um, weil es sich anfühlt, als würde mich jemand aus dem Teer heraus anstarren, als könnte jederzeit etwas aus dem Schwarz emporsteigen. Wenn ich dann zurück zu der Felswand blicke, ist der Mann deutlich näher gekommen. Jetzt kann ich ihn besser sehen. Er trägt einen dunklen Mantel und eine Kapuze. Wie ein Mönch. Sein Gesicht ist nicht zu erkennen. Er ist jetzt den Berg hinabgestiegen und kommt hinter den Häusern hervor, auf das Auto zu. Er geht sehr langsam, und doch passiert alles viel zu schnell. Ich weiß jetzt, wer er ist. Der Mandel auf der Rückbank sieht durch die Scheibe immer noch aus wie tot, und ich weiß, wenn ich mich jetzt wieder zu der Felswand umdrehe, wird *er* direkt vor mir stehen, sodass ich seinen kalten Atem und die brennenden Augen spüren werde.

»Wach auf«, sagte der Mandel. »Er ist da.«

Ich wusste nicht, ob der Traum vorbei war, doch ich lag wieder quer über Beifahrer- und Fahrersitz. Es war noch nicht ganz hell, aber auch nicht mehr dunkel. Die Handbremse drückte in die Nieren.

»Wer ist da?«, fragte ich.

»Therion«, sagte der Mandel und zog an einer Zigarette.

Ich richtete mich auf und blickte durch die Frontscheibe. Ein Mann in einer weiten, schwarzen Windjacke mit Kapuze kam uns entgegen. Er hatte kurze dunkelblonde Haare, eine Cäsarenfrisur und war glatt rasiert. Er trug Gummistiefel. Es regnete leicht. Der Mandel war ausgestiegen und ging auf ihn zu. Wenn das Aksel Raske alias Therion war, hätte ich ihn nicht erkannt. Auf den Bildern im Netz hatte er lange Haare und war meistens geschminkt.

Ich stieg aus dem Auto, meine Halswirbelbandscheiben fühlten sich an, als wären sie allesamt über Nacht herausgesprungen, und ich war völlig verschnupft. Raske lächelte, als er dem Mandel die Hand schüttelte. Ich hatte Hunger und wahrscheinlich einen fürchterlichen Mundgeruch. Das war der Vorteil, wenn man so wie der Mandel schon morgens eine Zigarette rauchte.

»Es tut mir leid, dass ihr hier so unbequem übernachten musstet. Aber nachts kann man das Boot nicht mehr benutzen. Ich bin Aksel«, sagte Raske in grammatikalisch korrektem Englisch, das völlig überladen war von seinem norwegischen Singsang. Klang aber nicht unangenehm.

»Max Mandel.«

»Sigi Singer.«

»Freut mich«, sagte er mit der größten Beiläufigkeit, als hätten wir ordentlich einen Termin vereinbart. Hatte uns jemand angekündigt?

»Wir suchen nach Cristian Hallberg, im Auftrag seiner Schwester«, sagte der Mandel.

»Die hübsche Vilde«, sagte Raske, während er als Erster ins Boot stieg.

Raske ruderte mit uns zu der absurd kleinen Insel, auf der sein Haus stand, zwei Bäume und ein paar Mülltonnen und sonst nichts. Es waren tatsächlich höchstens zweihundert Meter bis zur Insel, aber in der allumfassenden Finsternis der letzten Nacht war sie für mich nicht zu sehen gewesen. Das Haus war länglich und aus weißem Holz. Es besaß eine Veranda und lag für meine Begriffe zu nah am Wasser – wir legten mit dem Ruderboot quasi an der Veranda an. Hinter dem Haus stand noch eine Art Gartenhäuschen aus rot lackiertem Holz.

»Schönes Haus«, sagte ich

»Fertighaus von Ikea«, sagte Raske und lachte. Keine Ahnung, ob er einen Witz machte.

»Hast du keine Angst vor Überschwemmungen?«, fragte ich.

»Nein«, sagte Raske. »Der Fjord ist eher eine träge Masse als ein Gewässer.«

Das Haus war im Grunde genommen ein einziger großer Raum. Ganz links unterm Fenster stand ein kleines Holzbett, daneben ein Schrank, und an den Wänden stapelten sich Bücher.

»In dem roten Haus ist mein Studio«, erklärte Raske, ohne dass ihn jemand danach gefragt hätte.

»Nehmt doch Platz«, sagte er und deutete auf einen wuchtigen Tisch aus dunklem Holz. Dann ging er in die rechte hintere Ecke des Hauses und setzte Kaffee auf. Über der Kaffeemaschine hing ein Filmposter von *Taxi Driver* mit Robert De Niros Irokesenfrisur und nacktem Oberkörper.

»Ihr seid also Privatdetektive«, sang Raske uns an, und wir nickten. Woher wusste er das? Hatte der Totenkopfmann ihm das gesagt?

»Kennst du Utgang?«, fragte ich.

»Das Kreuzigungsbild, habt ihr es gesehen?«, fragte Raske.

»Du kennst es also?«, fragte ich, und ich gebe zu, diese Gegenfrage taugte detektivisch rein gar nichts.

»Liebe Freunde aus Deutschland, ich will euch keine Scheiße erzählen, denn ich weiß, dass ihr gebildete Menschen seid. Von dir«, sagte Raske und zeigte auf den Mandel, »hab ich sogar schon einen Artikel gelesen.«

»Ah ja?«, sagte der Mandel.

»Die Plattenkritik von der *Varg*. Du hast mir Stagnation vorgeworfen.«

»Du hast den *Express* gelesen?«, fragte ich.

»Suchmaschine«, sagte Raske.

»Das alte Zeugs vom *Express* steht noch im Netz?«, sah ich den Mandel erstaunt an. Irgendwie konnte ich nicht aufhören zu fragen.

»Ist doch jetzt wurscht, Sigi«, sagte der Mandel.

»Sprichst du denn auch Deutsch?«, fragte ich Raske.

»Nikt so gut. Aber ik kann es ein bisken lesen«, sagte Raske in gebrochenem Deutsch.

»Außerdem gibt es Übersetzungsprogramme im Internet«, sagte er dann wieder auf Englisch.

»*Varg* ist kein schlechtes Album, aber *Black Medieval Moon* sehr ähnlich«, musste der Mandel unbedingt noch loswerden.

»Zurück zum Thema«, ordnete Raske das Gespräch. »Ihr habt sicher von Skull die Empfehlung bekommen, *mich* zu fragen, wenn es um Utgang geht.«

»Ehrlich gesagt, haben wir die Utgang-Domain zurückverfolgt«, sagte ich.

»Ah, das ist noch einfacher«, sagte Raske, und das ärgerte mich, weil man auf die Idee, die Domain zurückzuverfolgen, ja erst einmal kommen musste.

»Ich bin mit der Band befreundet, und wir haben genau hier in diesem Haus ihre Website eingerichtet«, sagte Raske.

»Gibt's hier denn überhaupt Internet?«, fragte ich, und der Mandel sah mich an, als hätte ich den Verstand verloren.

»Angeblich weiß niemand, wer sich hinter Utgang verbirgt«, sagte der Mandel.

»Ich schon«, sagte Raske.

»Ist das Bild von der Kreuzigung echt?«, fragte der Mandel.

»Ich weiß es nicht. Das müsst ihr Utgang fragen. Ich war nicht dabei«, sagte Raske.

»Weißt du, wo Baalberith ist?«, fragte der Mandel weiter.

»Nein. Und ich gebe auch gleich zu, dass ich sein Verschwinden nicht bedauere, so wie ich auch eine erneute Auflösung von dieser schrecklichen Travestie namens Dark Reich nicht bedauern würde, aber ich habe keine Ahnung, wo Herr Hallberg sich gerade herumtreibt.«

»Kannst du einen Kontakt zu Utgang herstellen?«, fragte der Mandel.

»Kann ich. Aber daran ist eine Bedingung geknüpft«, sagte Raske, der auf mich in diesem Gespräch den Eindruck eines Vorgesetzten machte.

»Welche Bedingung?«, fragte der Mandel.

»Ihr verbringt eine gewisse Zeit mit der Band und veröffentlicht dann eine Story über sie.«

»Wir sind keine Musikjournalisten mehr«, sagte der Mandel.

»Aber ihr habt die Kontakte«, sagte Therion.

»Und warum ist das so wichtig?«, fragte ich.

»Damit man von Utgang hört. Damit man von Norwegen

hört. Damit man von den neuen Antichristen in Norwegen hört und wie sie sich auch im neuen Jahrtausend nicht von der Staatskirche gleichschalten lassen.«

»Den neuen Antichristen«, wiederholte ich amüsiert.

»Das lässt sich machen«, sagte der Mandel zu, ohne sich mit mir abzusprechen.

»Aber das ist noch nicht alles«, sagte Raske.

»Was noch?«, fragte der Mandel.

Raske-Sermon-Modus an:

»Ich will auch einen Artikel über mich, der mich rehabilitiert. Der mich von dem Verdacht freispricht, ein irrer Teufelsanbeter zu sein. Der meine Ideologie und meine Thesen über die Unterdrückung der nordischen Kultur durch das moderne Christentum nicht wie das Werk eines Fanatikers aussehen lässt. Einen Artikel, der mit dem größten Respekt von unserer Sache spricht. Die Wahrheit über Død und Therion, von Max Mandel. Deutschland ist einer der wichtigsten Märkte für unsere Musik, und ich habe dort eine Menge treuer Fans.«

Sermon-Modus wieder aus.

»Ich lasse mir nicht vorschreiben, was ich schreibe, und noch viel weniger lasse ich mich für irgendwelche abseitigen politischen Anliegen vor den Karren spannen. Wir finden Utgang auch anders«, sagte der Mandel und war sauer, weil er sich nie hatte diktieren lassen, was er schrieb. Was aber auch nie notwendig war, weil er sich mit den meisten Musikern sowieso immer so gut verstanden hat, dass er keine gehässigen Verrisse schrieb. Es ging ihm nur ums Prinzip.

»Das versteh ich durchaus«, sagte Therion. »Aber wie sonst willst du herausfinden, wer und wo Utgang sind? Die Spur führt nur zu mir und nicht weiter.«

Der Mandel zupfte an einer seiner dunkelgrauen Haarsträhnen und sagte nichts.

»Darf ich die Herrschaften dann wieder nach draußen bitten?«, sagte Raske, immer noch saufreundlich, und stand auf.

»Und dafür stellst du den Kontakt mit Utgang her?«, fragte der Mandel.

Raske nahm wieder Platz. Er nickte gönnerhaft und sah den Mandel erwartungsvoll an. Er wirkte verbindlich mit der Cäsarenfrisur.

»Und wie viel Zeit sollen wir mit der Band verbringen?«, fragte der Mandel, und seine Stimme klang jetzt viel kraftloser als noch bei seinem Widerwort davor.

»Nur ein paar Tage. Bis Sonntag«, sagte Therion.

»Wir fahren allerdings am Freitag schon zurück«, sagte ich, aber der Mandel winkte ab. Ich wäre wirklich lieber nach Hause gefahren und hätte mich den ganzen Tag mit Maria gestritten, als mich mit einem verschwundenen schwulen Masochisten, einem mörderischen Brandstifter und einer extremistischen Band herumzuärgern. Von dem ewigen Regen ganz abgesehen.

»Einverstanden?«, sagte Raske und reichte dem Mandel die Hand. Der Mandel nahm die Hand natürlich nicht.

Raske musterte den Mandel wie ein Raubtier, das versuchte, die Wehrhaftigkeit seiner verwundeten Beute einzuschätzen. Dass man ihm den Handschlag verweigerte, provozierte ihn offenbar nicht im Geringsten.

»Prima. Und wenn der Artikel nicht in den nächsten acht Wochen erscheint, finde ich euch, und wenn ich in euer Büro am Nordufer kommen muss«, sagte Raske.

Das war natürlich gespenstisch, dass er die Adresse vom Büro kannte. Er lachte, als hätte er nur einen Witz gemacht.

»Und ich schreibe kein Wort, bevor Hallberg nicht wieder aufgetaucht ist«, sagte der Mandel, und Raske lehnte sich mit einem amüsierten Gesichtsausdruck zurück und trank noch einen Schluck Kaffee. Vielleicht konnte ich ja den Artikel über Utgang schreiben und der Mandel den über Raske.

»Du kannst doch nicht jemandem vertrauen, der eine Kirche samt Menschen drin abgebrannt hat«, sagte ich zum Mandel auf dem Rückweg im Auto.

»Tu ich auch nicht.«

»Wer weiß, was diese Utgang für Leute sind.«

»*Ütgang*«, verbesserte der Mandel. »Das spricht man wie ein Ü aus.«

»Und was sollen wir bis Sonntag bei denen? *Das Schwarze Auge* spielen?«

»Du kannst ja nach Hause fahren, Sigi. Ich hab Vilde versprochen, ihr zu helfen.«

»Das will ich ja auch. Aber wenn diese *Ü*tgang überhaupt nichts mit dem Verschwinden vom Baalberith zu tun haben, dann haben wir da über eine halbe Woche verschwendet. Wer weiß, in welchem Kellerloch die hausen. Am Ende müssen wir auf dem Boden schlafen, und es gibt kein warmes Wasser.«

»Deshalb geh ich ja auch allein zu Utgang, und du recherchierst weiter vom Massakre aus.«

»Was?«

»Und kümmerst dich um Vilde.«

»Hm«, tat ich, als müsste ich überlegen. »Das kann ich machen. Ja, das geht.«

»Sehr gut, Sigi. Ich bring dich jetzt nach Bergen zurück, behalt das Auto und fahr zu der Adresse, die Raske uns genannt hat.«

»Von mir aus. Aber sei vorsichtig. Nicht dass sie dich auch noch kreuzigen«, sagte ich.

»Merci, Sigi. Du hast was gut bei mir.«

Oha, dachte ich, ich was gut beim Mandel. Aber natürlich

war ich heilfroh, dass ich nicht zu Utgang musste. Ich lerne ungern Leute kennen, die andere Leute ans Kreuz nageln. Als der Mandel mich am Studentenhostel aussteigen ließ, kam ich mir dennoch irgendwie ausgesetzt vor.

»Kannst du mir ein paar Kronen leihen?«, fragte ich den Mandel.

9: QUISLING

Ich hatte mich im Hostel noch mal hingelegt, nachdem die Nacht auf der Handbremse alles andere als erholsam gewesen war. Gegen Mittag wollte ich mir in der Gemeinschaftsküche einen Kaffee holen. Ein Student mit einem Ziegenbart kam mir mit einer nach frischem Espresso duftenden Tasse entgegen. Doch bei mir funktionierte die Kaffeemaschine nicht – es floss kein heißes Wasser durch den Siebträger –, und so machte ich mir einen schwarzen Tee. Ich wollte die Straßenbahn in die Innenstadt nehmen, die Haltestelle lag unmittelbar am Hostel. Ich war schon vier Stationen gefahren, dann hielt sie plötzlich an, und alle Fahrgäste stiegen aus. Wegen Streckenarbeiten fuhr sie an diesem Vormittag nicht weiter als bis zu dieser Haltestelle. Ich wartete zwanzig Minuten bei strömendem Regen auf den nächsten Bus. Als ich im Massakre ankam, unterhielt sich Skull gerade mit zwei Langhaarigen, von denen einer ein Possessed-T-Shirt und der andere eins von Celtic Frost trug.

»Hey, Drachentöter, das sind Grendel und Dyr von Necromass«, sagte Skull und reichte mir den Schlüssel für den Pentagramm-Raum.

»Hallo, Gyr und Drendel«, sagte ich und ging direkt weiter. Nach einer Weile kam Skull mit einem Kaffee für mich hinterher.

»Wie war's bei Raske, Drachentöter?«

»Gut«, sagte ich. »Hast du ihm gesagt, dass wir kommen?«, fragte ich.

»Ich habe ihm nur gesagt, dass er euch unterstützen soll, weil mir Cristian verdammt noch mal am Herzen liegt.«

»Ihr seid befreundet, du und Raske?«, fragte ich.

»Was heißt befreundet, man kennt sich eben schon lange. Das Massakre und das beschissene Purgatory in Oslo waren ja so etwas wie die Hauptquartiere für den Svarte Sirkel. Da kennt man sich.«

»Und was hältst du davon, dass er die Fantoft-Kirche angezündet hat?«

»Im Prinzip ist es gut, dass sich jemand so etwas getraut hat. Damit die Leute aufwachen und sehen, wie unsere Traditionen vor die verdammten Hunde gehen. Aber auf Hades und seine Leute hätte er besser aufpassen sollen.«

»Besser aufpassen?«

»Wegen dem Tod von Hades ist ein beschissener Trend aus Black Metal geworden. Irgendwann kamen die verfickten Kids mit den kurzen Hosen und den Baseballcaps, diese Hardcore-Arschlöcher, und haben unsere Musik gehört. Und dann kamen auch noch die beschissenen Gothic-Fans, und viele Bands haben sich bei den Gothics eingeschmeichelt, um mehr Geld zu verdienen. Sieh dir nur die Arschlöcher von Negation an.«

Skulls Augen glühten unter seinem Schädeldach.

»Negation, die kenne ich auch«, sagte ich sinnloserweise.

»Hey, Drachentöter, was tut sich in der deutschen Szene?«, fragte Skull. »Gibt es Grotesque noch? Und sitzt Henning noch im Gefängnis?«

»Das müsstest du den Mandel fragen, ich kenn mich eher mit Death Metal aus.«

»Beschissener Death Metal. Das ist doch nur Technik und Geschwindigkeit. Kein beschissenes Herz.«

No fuckin' heart.

»Die deutschen Black-Metal-Bands sind eh lauter Nazis«, sagte ich so auf Verdacht, weil ich mal am Rande etwas gelesen hatte.

Skull musterte mich geringschätzig. »Bei euch ist jeder sofort immer ein Nazi.«

Skull ging wieder zurück in den Laden. Ich setzte mich an den Computer und sah nach meinen E-Mails. Maria schrieb irgendetwas von einer Vernissage, zu der sie nicht gehen konnte, weil Marion, ihre ehemals beste Freundin, auch hinwollte. Mit Marion war sie bis aufs Blut zerstritten, seit Marion mal behauptet hatte, ich hätte sie auf der Geburtstagsfeier vom Tim Schultze angegraben. Ich rief Vilde an.

»Hallo?«, sagte jemand am Telefon.

»Hier ist Sigi. Ist da Vilde?«, sagte ich, obwohl ich schon hörte, dass da keine Frau am Telefon war.

»Hier ist Håvard«, sagte die andere Leitung.

»Ist das nicht Vildes Nummer?«

»Doch.«

»Kann ich sie sprechen?«

»Nein.«

»Warum nicht?«

»Sie kann grade nicht«, sagte Håvard und legte auf. Weil ich keine Lust hatte, mich noch mal von dem Schnösel Håvard am Telefon abspeisen zu lassen, machte ich mich auf den Weg zu Vildes Wohnung, die nur zwei Straßen weiter bergauf wohnte. Es regnete immer noch, und ich zog die Kapuze tief ins Gesicht, weil mich jeder einzelne Regentropfen daran erinnerte, wie weit ich von meiner heimatlichen Couch und dem neuen Fernseher entfernt war. Im Zuge des unerwarteten Verdienstes Mitte letzten Jahres hatte ich mir auch so ein Plasmabrett wie der Mandel gekauft. Nur schaute ich damit Spielfilme an und nicht wie der Mandel Fußballspiele aus vergangenen Jahrzehnten. Das war auch so ein Spleen von ihm. DVDs mit alten Fußballspielen. Wo jeder längst weiß, wie sie ausgehen.

An Vildes Wohnungstür empfing mich Håvard mit einem vorwurfsvollen Gesichtsausdruck, als sei irgendetwas, von dem ich noch gar nichts wusste, ganz allein meine Schuld. Ich folgte ihm durch die Wohnung, vorbei an dem Regal, in dem ich übernachtet hatte, in Vildes Zimmer. Sie lag im Bett, die Decke bis zum Kinn hinaufgezogen. Ihr Gesicht war geschwollen, die Haut unter den Augen blau und violett verfärbt.

»Wo ist Max?«, fragte sie, als sie mich sah.

»Der ist bei Utgang und sucht nach deinem Bruder«, sagte ich.

Vilde schaute mich glasig an, als wüsste sie nicht genau, wer ich bin.

»Was um Gottes willen ist denn passiert?«, fragte ich.

»Jemand ist in die Wohnung eingebrochen und hat sie verprügelt«, sagte Håvard mit einer Selbstverständlichkeit, als würde das einmal die Woche vorkommen.

»Mein Gott. Habt ihr die Polizei gerufen?«

»Nein«, sagte Vilde. »Keine Polizei.«

»Ist was gestohlen worden?«, fragte ich, doch Håvard zog mich am Arm aus dem Zimmer hinaus. Das war grob.

»Sie war halbnackt, als ich kam, und jemand hat mit ihrem Lippenstift *Quisling* auf ihren Oberschenkel geschrieben.«

»Quisling?«, fragte ich.

»Ein Verräter, ein Kollaborateur. Das Wort kommt von unserem ehemaligen Ministerpräsidenten Quisling, der hier während des Zweiten Weltkrieges von Hitlers Gnaden regiert hat.«

»Aber was hat das mit Vilde zu tun? Und wie ist der Einbrecher überhaupt reingekommen?«, fragte ich.

»Jemand hat die Wohnungstür aufgestemmt.«

»Aber schließt ihr denn nicht doppelt ab?«, fragte ich.

»Wir sind in Bergen, nicht in der Bronx. Außerdem war Vilde in der Wohnung, und es war am helllichten Vormittag.«

»Und wo warst du?«, fragte ich.

»An der Uni.«

»Ich muss den Mandel holen«, sagte ich und suchte seine Nummer in meinem Telefon. Ich hatte ihn unter *D* abgespeichert, weil er ja für mich nur *der* Mandel war. Manchmal vergaß ich das allerdings und suchte dann unter *M*. Der Mandel ging nicht ran, ich wurde unmittelbar mit seinem Anrufbeantworter verbunden.

»Sigi?«, hörte ich Vilde sagen, also ging ich zurück in ihr Zimmer.

»Ja?«

»Geht es Max gut?«

»Ja, er ist bei Utgang. Alles ist gut.«

»Komm her«, sagte Vilde, und ich trat näher. Sie nahm meine Hand und sah mich an.

»Kümmert euch nicht um mich«, sagte Vilde und ließ meine Hand wieder los. »Cristian ist wichtiger als das hier.«

»Das sehe ich anders«, sagte ich und hätte sie gerne in den Arm genommen und fest gedrückt. Angesichts der Umstände wusste ich nicht, ob so ein Verhalten jetzt angebracht war.

Ich ging mit Håvard in die Küche. Er machte sich einen Espresso, bot mir aber keinen an.

»Wer macht denn so was? Und warum Quisling?«, fragte ich.

»Wegen deinem Freund vielleicht«, sagte Håvard.

»Ich dachte, ihr Norweger habt nichts gegen Deutsche.«

»Wer erzählt so einen Unsinn?«, sagte Håvard.

»Wer weiß von Mandel und Vilde?«, fragte ich.

»Vilde ist ein gefragtes Mädchen hier in Bergen«, sagte Håvard.

»Die arme Vilde«, sagte ich. »Wenn der Mandel das wüsste, der würde durchdrehen.«

»Das Schwein gehört abgestochen«, sagte Håvard sachlich.

»Der Mandel?«, fragte ich entsetzt.

»Der Einbrecher«, sagte Håvard.

»Denkst du, der Überfall hat mit ihrem Bruder zu tun? Erst die versuchte Brandstiftung in der Marienkirken, dann das Verschwinden von Baalberith, jetzt der Einbruch? Und das alles rund um das Dark-Reich-Konzert?«

»Kann sein«, sagte Håvard. »Dark Reich haben sich im Lauf der Jahre nicht nur Freunde gemacht.«

»Warum möchte Vilde keine Polizei?«, fragte ich.

»Wegen der Demütigung vielleicht«, sagte Håvard.

»Gibt es keinen rabiaten Ex-Freund, dem so etwas zuzutrauen ist?«

»Vilde war lange mit Gunarr Aasen zusammen. Ujak von Død.«

»Echt? Mit dem war sie zusammen?«, fragte ich.

»Bis Ende letzten Jahres«, sagte Håvard.

»Und war der gewalttätig?«

»Er war zumindest ein Idiot. Wer weiß, was in ihm vorgeht, nachdem sie ihn abserviert hat«, sagte Håvard.

»Ich komme später noch mal wieder«, sagte ich.

»Lass dir Zeit«, sagte Håvard.

Ich verstand mittlerweile besser, wie die Orte, die ich in Bergen schon kannte, sich zueinander verhielten. Eine fremde Stadt liegt ja am Anfang ihrer Begehung immer komplett im Dunkeln. Die Karte im eigenen Gehirn ist anfangs völlig schwarz. Dann kommen die Punkte A und B dazu. Das kann das Hotel sein und vielleicht der Hauptbahnhof, aber dazwischen liegt nur Dunkelheit, ein Nebel der Unkenntnis oder »Fog of War«, wie es in den Computerspielen heißt. Wenn man von seinem Hotel aus mit der U-Bahn zu einem anderen Punkt fährt, erweitert man die Hirnkarte um einen neuen hellen Fleck. Der Weg dahin bleibt allerdings dunkel, weil man ja unterirdisch gereist ist und nichts von der Stadt gesehen hat. Je länger man also in einer Stadt ist, desto weniger Dunkelheit herrscht auf der Karte. In einer fremden Stadt ist eine fortschreitende Aufhellung durchaus zu begrüßen, weil man sich leichter zurechtfindet. Aber in der eigenen Stadt sind die dunklen Stellen das Schönste. Wenn einmal die gesamte Karte hell ist, kehrt die tödlichste Langeweile ein, und dann sollte man in eine andere Stadt ziehen. Hier in Bergen herrschte freilich noch überwiegend Dunkelheit. Erleuchtet war aber schon die direkte Verbindung von Vildes Wohnung zum Garage. Zugegeben waren es auch nur ein paar Meter.

Es war bereits Nachmittag, als ich dort mein zweites Bier vom Mandel seinem Geld bestellte. Ich versuchte immer noch, ihn zu erreichen, aber sein Telefon blieb aus. Mein Schnupfen wurde mit jedem Bier schlimmer. Ich dachte an Vilde. Ein Überfall in der eigenen Wohnung am helllichten Tag. Das war absurd. Es gefiel mir nicht, wie die Dinge sich schon wieder entwickelten. Es schien ja grade so, als hätte das Eintreffen vom Mandel und mir die Kalamitäten erst ausgelöst: das Verschwinden von Baalberith, das Feuer in der Kirche und den Angriff auf Vilde. Als hätte jemand nur darauf gewartet, dass der Mandel und ich nach Bergen kommen, um loszulegen mit dem Chaos. Immer wieder kam mir Raske in den Sinn, wie er so wissend und salbungsvoll mit uns umgesprungen war.

Ich möchte nicht leugnen, dass etwas Faszinierendes und – schlimmer noch – sogar eigentümlich Sympathisches von ihm ausging, aber man konnte trotzdem nicht anders, als ihn jeder nur denkbaren Scheußlichkeit zu verdächtigen. Er war wie Hannibal Lecter, und der Mandel und ich waren Jodie Foster.

Nach dem dritten Bier ging ich zurück zu Vilde. Sie öffnete mir die Tür in einem neongrünen Trainingsanzug.

»Hallo, wie geht's dir, Sigi?«, fragte sie.

»Ist doch vollkommen egal, wie's mir geht. Wie geht's dir?«

»Wieder besser«, sagte sie.

»Wo ist dein Mitbewohner?«, fragte ich und folgte Vilde ins Wohnzimmer.

»Er ist wieder an der Uni. Er ist dort Dozent.«

»Und für welche Fächer?«

»Volkskunde und Frühgeschichte.«

»Da schau her«, sagte ich.

»Er wirkt nur so unfreundlich. Im Grunde ist er ein liebenswerter Mensch«, sagte Vilde.

»Wie sah der Einbrecher denn aus?«, wollte ich wissen.

»Ganz in Schwarz. Mit einer Balaclava.«

»Womit?«

»Einer Maske. Einer Skimaske«, sagte Vilde.

»Und wie hat er gerochen?«, wollte ich wissen, weil ich das in Kriminalfällen immer vermisse, dass keiner nach dem Geruch fragt. Wo man sich doch einen Geruch in Verbindung mit einer starken Emotion über Jahrzehnte hinweg merken kann. Könnte man einen Geruch wie ein Phantombild aufmalen, ich könnte jetzt und hier sofort den Geruch von der Veronika Malleck aufmalen. Ich weiß auch noch genau, wie der Pfarrer Gneissel gerochen hat, diese Mischung aus Weihrauch und Old Spice. Dazu der scheußlich süße Weichspülergeruch seiner Hemden. Das war das Verdienst seiner Haushälterin, der krähigen alten Hinrainerin. Ich glaube, das war ihre Lebensaufgabe, die Hemden vom Gneissel so weiß wie nur menschenmöglich zu waschen und dabei den Lebensgesamtverbrauch einer fünfköpfigen Familie an Weichspüler zu verschwenden.

»Wie er gerochen hat?«, fragte Vilde erstaunt und setzte sich auf die Couch.

»Ja. Das ist doch immer wichtig, wie jemand riecht. Das macht einen unverkennbar.«

»Nicht ungewöhnlich hat er gerochen«, sagte Vilde.

»War es ein vertrauter Geruch?«, fragte ich.

»Es war gar kein bestimmter Geruch, denke ich«, sagte Vilde, und so kamen wir natürlich nicht weiter.

»Ist dir sonst noch etwas aufgefallen? Wie lange hat der Überfall gedauert?«

Vilde sah aus, als müsste sie sich jeden Moment übergeben.

»Tut mir leid. Ich will nur helfen.«

»Ich weiß«, sagte Vilde und hielt sich die Hände vor die Augen.

»Es fällt mir schwer, darüber zu reden.«

»Tut mir wirklich leid. Du warst mit Gunarr Aasen zusammen, hat Håvard erzählt«, sagte ich.

»Ja. Wieso?«

»Ist er schlecht auf dich zu sprechen?«

»Das kann man so nicht sagen. Wir haben uns halt getrennt.«

»Weshalb?«

»Weil er nicht loslassen konnte. Er hat immerzu über Raske und Død und über damals gesprochen. Dabei lebt er seit fast zwanzig Jahren ein völlig anderes Leben und sollte froh sein, sich davon befreit zu haben.«

»Wovon befreit zu haben?«, fragte ich.

»Vom Svarte Sirkel. Von dem Wahnsinn, der damals passiert ist. Von Raske«, sagte Vilde.

»Raske«, wiederholte ich ohne einen bestimmten Grund.

»Er ist doch jetzt Videoregisseur. Er hat Videos für Dimmu Borgir und Britney Spears gemacht. Und für Rammstein, eure Band.«

»Das ist nicht *unsere* Band«, sagte ich.

»Kommen die nicht aus Deutschland?«, fragte Vilde.

»Doch ... Das ist ja eine erstaunliche Karriere von deinem Gunarr. Ich würde ihn gerne mal wegen deinem Bruder und seiner Verbindung zu Raske sprechen. Hast du noch seine Nummer?«, bat ich Vilde, und sie suchte in ihrem Zimmer aus ihrer Schreibtischschublade eine Visitenkarte heraus. Ich war ihr hinterhergegangen und stand jetzt vor dem Bett, in dem vor Kurzem noch der Mandel gelegen war und vermutlich Dinge mit Vilde getan hatte, die man sich nicht vorstellen mochte. Sie gab mir die Visitenkarte.

FTFF (Fuel To The Fire Films) – Gunarr Aasen, CEO

»Gunarr und Cristian haben kein gutes Verhältnis«, sagte Vilde.

»Ich werde behutsam vorgehen«, sagte ich. »Und ich weiß, es ist total unpassend, aber kannst du mir ein paar Kronen leihen? Der Automat hat meine Karte nicht genommen. Ich geb dir das Geld später zurück«, sagte ich, weil das Geld vom Mandel für die drei Bier im Garage draufgegangen war.

Ich telefonierte von der Küche aus mit Gunarr Aasen und fand seine Stimme auf Anhieb angenehm. Sie war tief und vermittelte ein Gefühl von Geborgenheit. Ich sagte ihm, dass ich im Auftrag von Vilde als privater Ermittler Baalberiths Verschwinden untersuchte und dass wir dringend seine Hilfe benötigten. Aasen bestellte mich ohne hörbare Skepsis für neunzehn Uhr in sein Wohnhaus am Stadtrand.

Vilde hatte dem Taxifahrer die Adresse und das Geld gegeben, und ich beschloss, mir den Weg genauestens zu merken. Für die Hirnkarte. Am Ende konnte ich trotz der Taxifahrt nicht wirklich sagen, wo sich die Villa von Aasen befand, weil es draußen zu dunkel war. Sie lag in einer offensichtlich besseren Gegend, einem schicken Vorort mit größtmöglichem Freiraum zwischen den einzelnen Häusern. Man konnte die Berge sehen, aber man war nicht mehr so unmittelbar von ihnen eingekerkert wie in der Innenstadt. Aasens Haus war das länglichste von allen, mit einem leichten Schrägdach, darunter ein Balkon, der sich um das halbe Haus herumzog, und darunter eine breite Glasfront. Diesen Wunsch nach überbordendem Lichteinfall konnte ich nicht nachvollziehen. Die Privatsphäre, der lebenswichtige Rückzug in die sprichwörtlichen vier Wände, musste doch auch Wände beinhalten und nicht nur Fenster. Weshalb wohnte man denn in einer Wohnung, wenn nicht deshalb, um sich von der Außenwelt abzuschotten? Aasens Villa war ein einziges Fenster.

Er empfing mich an dem Aufgang zur Haustür, direkt neben einer ins Haus integrierten Garage. Sein Aussehen passte nur bedingt zu seiner tiefen Stimme. Gunarr Aasen war vermutlich über eins neunzig, äußerst schlaksig, trug sein Haar halblang und tiefschwarz gefärbt, war im Gesicht weiß wie der Mond und voller Aknenarben und hatte ein schiefes, trollartiges Lächeln, das weder gut gelaunt noch spöttisch wirkte. Seine Stirn war zu faltig für sein Alter, und seine Nase sah aus, als wäre sie irgendwann einmal gebrochen gewesen. Es war eine Owen-Wilson-Nase. Er sah deutlich älter als Raske aus, obwohl beide ungefähr gleich alt sein mussten. Er war linkisch in seinen Bewegungen, was aber bei so einer Größe nicht ungewöhnlich ist. Schwer vorstellbar, dass dieser Mann im Hauptberuf Videos für Britney Spears drehte. Noch schwerer vorstellbar, dass er eine treibende Kraft im Svarte Sirkel gewesen war. Autorität strahlte er trotz seiner Größe nicht aus. Und unvorstellbar, dass er seine eigene Ex-Freundin überfallen und misshandelt hatte, ohne dass sie ihn auf Anhieb erkannt hätte – Balaclava hin oder her.

»Hallo«, sagte ich.

»Willst du was essen?«, fragte Aasen, und obwohl ich eigentlich Hunger hatte, war ich noch zu misstrauisch, um zu bejahen.

»Nein, danke. Sehr freundlich.«

»Du kannst mich Gunarr nennen«, sagte Aasen.

»Und du mich Sigi«, sagte ich.

»Wie bitte?«, fragte Aasen.

»Mein Name ist Sigi. Von Sigfried«, wurde ich konkreter.

»Sigfried. Das klingt komisch«, sagte Aasen und ging hinauf zu seiner Wohnung. Ich folgte ihm.

Die Gemeinsamkeit mit Raskes Haus war, dass es im Prinzip auch nur aus einem einzigen Raum bestand. Natürlich war Aasens Wohnung zehnmal so groß, aber schöner wurde sie dadurch nicht. Obwohl ich das Essen abgelehnt hatte und nur ein Glas Weißwein mittrank, aß Aasen während des Gesprächs einen Teller Spaghetti mit einer Unmenge Knoblauch, den hatte man schon beim Hereinkommen gerochen.

»Kennst du Utgang?«, fragte ich.

»Natürlich. Vom Namen her. Die jungen Wilden.«

»Sie sind aber arg wild, wenn sie Baalberith entführen und ihn an ein Kreuz nageln.«

»Wovon sprichst du?«, fragte Aasen, ohne von seinen Knoblauch-Spaghetti aufzuschauen.

Ich zeigte Aasen auf seinem Tablet-Computer, der auf dem Esstisch lag, die Website mit dem gekreuzigten Baalberith.

»Tolles Bild«, sagte Aasen.

»Glaubst du, dass es echt ist?«, fragte ich.

»Ach, nicht doch«, sagte Aasen und rollte ein paar Nudeln auf. Die hellrote Soße ölte von der Gabel hinunter auf den Tisch, weil er den Teller nicht ganz zu sich herangezogen hatte.

»Warum ist Aksel Raske der Mentor der Band?«, fragte ich.

»Ist er das?«, fragte Aasen.

»Wir waren bei ihm. Er hat auch die Website gemacht.«

»Das feige Arschloch«, sagte Aasen und ließ seine Gabel auf dem Teller hin- und hergleiten, was das hässlichste Geräusch ergab.

»Warum ist er ein Arschloch?«, fragte ich nach, obwohl ich kein solches Geräusch mehr evozieren wollte.

»Weil er nur an sich denkt. Es geht ihm niemals um eine Idee, es geht ihm immer nur um sich und seinen Ruf. Und dazu benutzt er jetzt diese Band.«

»Warum braucht er eine Band, in der er selbst nicht mitspielt?«

»Weil der Staatsschutz ihn beobachtet. Deswegen benutzt er Utgang als Lakaien«, sagte Aasen.

»Du bist nicht gut auf deinen ehemaligen Bandkollegen zu sprechen, oder?«, fragte ich.

Aasen lehnte sich in seinem Stuhl zurück und sah mich schweigend an. Dann stand er auf und ging zum Kühlschrank.

»Aquavit?«, fragte er

»O nein, danke«, sagte ich.

»Etwas anderes?«

»Vielleicht noch einen Wein.«

Aasen nahm einen Schluck Aquavit aus der Flasche und schenkte mir noch einen Weißwein ein.

»Aksel, Cristian und ich«, fing Aasen an, »wir waren Schulfreunde. Wir sind zu dritt in einer Klasse gewesen.«

»Nur ihr drei allein?«, wollte ich einen Witz machen.

»Genau. Wir drei bildeten eine Klasse. Oder eher eine Unterrichtseinheit. Einen Jahrgang würde man vielleicht auch dazu sagen.«

»Und da war niemand sonst in der Klasse?«, fragte ich und dachte an die Mädchen, wegen denen man überhaupt nur in die Schule gegangen war, wenn man von der Schulpflicht einmal absah.

»Nur wir drei. Es war eine Privatschule. Cristians Eltern und meine kennen sich, seit wir Kinder sind. Wir waren auch zusammen in der Vorschule. Aksel ist erst später dazugekommen. Er hat vorher in Oslo gewohnt.«

»Und nach der Schule?«

»Nach der Schule haben Aksel und ich angefangen zu studieren. Aksel hat nach einem Semester Geschichte abgebrochen, weil er gesagt hat, er wird nur von einer staatlichen Propagandamaschine feingeschliffen. Ich habe Filmwissenschaft in Lillehammer studiert. Ich war nur am Wochenende da.«

»Und Baalberith?«

»Der hat eine Fachschule für Wirtschaft besucht«, sagte Aasen.

»Habt ihr euch nach der Schule noch gut verstanden, du und Cristian?«, fragte ich.

»Wir haben uns oft gesehen wegen dem Svarte Sirkel. Aber Dark Reich waren Aksel und mir immer schon zu theatralisch. Als wir dann in verschiedenen Bands gespielt haben, war der Kontakt eher kollegial als freundschaftlich.«

»Was musste man tun, um in den Svarte Sirkel zu kommen? Und was hat man gemacht, wenn man drin war?«, wollte ich wissen.

»Nichts. Das war eigentlich nur ein loser Verbund von Bands. Man traf sich auf Konzerten, im Massakre oder im Purgatory. Hades Motzfeld hat dann irgendwann Anfang der Neunziger zu einem Musikmagazin gesagt, dass es den Svarte Sirkel gibt und dass er an der Zersetzung der Gesellschaft arbeitet. Das war natürlich nur Wichtigtuerei. Es war Aksel, der den Sirkel dann zu tatsächlichen Aktionen führte und in der Presse die Aufmerksamkeit auf die Bergener Fraktion lenkte.«

»Und wie war die Zusammenarbeit mit Aksel?«

»Welche Zusammenarbeit meinst du?«, fragte Aasen, der sich mittlerweile ein Butterbrot schmierte. Nach den Knoblauch-Spaghetti wohlgemerkt.

»Die bei Død«, sagte ich.

»Aksel hat die gesamte Musik geschrieben, und ich hab das Schlagzeug aufgenommen. Bei den wenigen Liveauftritten, die wir anfangs noch hatten, war ich betrunken und hab deshalb nicht gut gespielt. Ich war ehrlich gesagt so betrunken, dass ich mich an die meisten Konzerte nicht erinnern kann«, sagte Aasen und nahm noch einen Schluck von dem Weißwein.

»Und wie kam es zur Trennung von Død?«

»Aksel hat Schlagzeug gelernt«, sagte Aasen und biss von seinem Butterbrot ab.

»Und außerdem hat er die Fantoft angezündet. Ab da hatte ich keine Lust mehr. Die Polizei hatte uns sowieso alle auf dem Kieker, man war gut beraten, wenn man sich nach Fantoft von der Bewegung und von Aksel ferngehalten hat.«

»Stimmt es, dass Raske mal jemanden umgebracht hat? In Stavanger?«, fragte ich.

»Das ist nur ein Gerücht«, sagte Aasen und kratzte sich über der Augenbraue.

»Und glaubst du's?«, fragte ich.

»Was weiß ich, wahrscheinlich hat er das erfunden, um damit anzugeben«, sagte Aasen und wischte mit dem Finger über den Rand seines Weinglases.

»War das für Baalberith eigentlich in Ordnung, dass du mit seiner Schwester zusammen warst? Du bist doch um einiges älter als sie.«

»Woher weißt du das?«, fragte Aasen, und er sah jetzt aus, als hätte ihn ein Brief vom Finanzamt erreicht.

»Wikipedia«, sagte ich.

»Dass ich mit Vilde zusammen war, steht bei Wikipedia?«

»Nein, nein. Wie alt du bist«, beruhigte ich Aasen.

»Und woher weißt du das mit Vilde?«

»Von ihr selbst. Sie ist mit meinem Kollegen Max Mandel befreundet.«

»Befreundet?« Aasen hatte sein angebissenes Butterbrot weggelegt und trommelte mit den Fingerkuppen auf dem Holztisch.

»Na ja, Urlaubsbekanntschaft mit Option auf mehr«, sagte ich.

Aasen trommelte jetzt lauter.

»Option auf mehr?«

With an option?

»Vergiss es«, sagte ich.

»Hat sie einen neuen Freund?«, fragte Aasen, und jetzt war er sauer. Ich hätte das mit der Option nicht sagen sollen.

»Nein, das ist sicher nichts Ernstes«, sagte ich.

Aasen schwieg und trommelte.

»Wie fand denn jetzt der Cristian Hallberg eure Beziehung?«, hakte ich nach.

»Scheiße fand er sie. Es gab natürlich Streit. Cristian wollte nicht, dass Vilde jemals mit jemandem aus dem Svarte Sirkel zu tun hat.«

»Aber den gab es doch längst nicht mehr.«

»Das hab ich ihm auch gesagt. Aber es war trotzdem das Ende unserer Freundschaft. Ich war danach auch nicht mehr bei Vilde zu Hause, sie war nur noch bei mir. Die Gefahr war zu groß, dass er unangemeldet bei ihr vorbeikam. Er war ziemlich wütend. Im Garage ist es einmal zu einer Prügelei gekommen. Er hat mir eine abgebrochene Bierflasche an den Hals gehalten. Ich bin mir sicher, Vilde hätte nicht einfach Schluss gemacht, wenn ihr Bruder nicht so einen Druck ausgeübt hätte.«

»Dass er schwul ist, wusstest du, oder?«, sagte ich.

»Was tut das denn zur Sache?«, fragte Aasen und sah mich befremdet an. Ich fühlte mich sofort schuldig, als hätte ich etwas gegen Schwule gesagt.

»Schwule sind doch im Svarte Sirkel nicht so beliebt«, verteidigte ich meine Frage.

»Haha, nicht so beliebt«, sagte Aasen.

»Jemand ist bei Vilde eingebrochen und hat sie geschlagen«, sagte ich.

»Was?« Aasen war jetzt aufgestanden und hatte die Gabel von den Knoblauch-Spaghetti in der Hand, die er jetzt wie eine Mistgabel in die Luft reckte. Er war schon ein kauziger Typ.

»Du hast nicht zufällig eine Ahnung, wer das gewesen sein könnte?«, sagte ich.

Aasen setzte sich wieder.

»Nein«, sagte er und schüttelte den Kopf. Und schüttelte noch einmal den Kopf.

»Geht es ihr gut?«, fragte er.

»Es geht schon wieder. Wenn dir was zu Baalberith einfällt, ruf mich bitte an. Es ist Vilde sehr wichtig, ihren Bruder zu finden. Sie lässt dich außerdem ganz lieb grüßen«, sagte ich und gab ihm meine Visitenkarte.

Mandel & Singer
Ermittler Neue Medien
Sigfried Singer
Staatlich geprüfter Ermittler (IHK)

»Ich weiß nicht, was das heißt«, sagte Aasen. »Ist das Deutsch?«

»Ist nicht so wichtig. Da unten steht meine Telefonnummer«, sagte ich.

»Okay«, sagte Aasen.

»Ich geh dann jetzt mal besser«, sagte ich und stand auf, weil die Stimmung nicht mehr besonders gut war.

»Bis dann«, sagte Aasen trommelnd, ohne mich zur Tür zu geleiten.

Ich durchquerte das unerträglich lange Zimmer und stand dann draußen im Dunkeln auf der Straße. Es regnete. Noch ein Taxi wollte ich mir nicht leisten, vor allem nicht von dem geliehenen Geld. Ich ging ein paar Meter die Straße entlang, bis ich an eine Bushaltestelle kam. Ich schaute auf den Fahrplan. Der Bus war gerade zurück ins Zentrum gefahren, und der nächste kam erst in einer halben Stunde. Ich ging also weiter, ohne auch nur im Geringsten zu wissen, wo ich mich befand. Ich hätte noch nicht einmal sagen können, in welcher Himmelsrichtung sich mein momentaner Standort zur Innenstadt verhielt. Die Hirnkarte hätte nicht schwärzer sein können. Irgendwann stand ich vor einer steinernen Kirche auf einer kleinen Anhöhe. Das Dach des Kirchturms war außerordentlich spitz und mit einem Scheinwerfer grell beleuchtet. Weil der Regen immer stärker auf mich einhämmerte, ging ich zum Haupteingang und öffnete die schwere Holztür. Das Kirchenschiff war karg und leer, aber entlang den Wänden und vorne am Altar brannten genügend Grablichter, um die Kirche sanft zu erhellen. Der Altar bestand eigentlich nur aus einem groben Stein mit einer Marmorplatte darauf. Auf der Marmorplatte stand ein silbernes Kreuz, flankiert von zwei brennenden Kerzen. Das Kerzenlicht bahnte sich mit Leichtigkeit seinen Weg durch die Kirche, da keinerlei Mumpitz ihm den Weg versperrte. Anders als in den Kirchen meiner Kindheit war der Anteil von vergoldetem Firlefanz und die Überfrachtung mit Kopien alter Kirchenmalerei nahezu null. Die größte Gemeinheit in meiner Heimatkirche war, als sie die alten angenehmen Pastellfarben durch ein martialisches Schwarz ersetzt hatten und auf dieses Schwarz so viel künstliches Gold wie nur irgendwie möglich geklebt hatten. Es war die größtmögliche Scheußlichkeit, und verantwortlich dafür war der Gneissel. Die norwegische Kirche erreichte durch ihre asketische Ausstattung das Zehnfache an Anmut. Ich war froh, dem Regen für einen Moment entkommen zu sein, und setzte mich in die vorletzte Reihe. Testweise kniete ich mich hin, und sofort rebellierten die Kniescheiben. Ein Wunder biblischen Ausmaßes, wie man es als Kind ausgehalten hat, eine Dreiviertelstunde am Stück zu knien, wenn der Gneissel die Gemeinde wieder mal dazu gezwungen hatte, weil sie in der zurückliegenden Woche nicht so zahlreich wie erwünscht zu der Bus-Wallfahrt nach Altötting erschienen war. Oder er war ganzjahresverärgert wegen den vielen Betrunkenen bei der letzten Fahnenweihe. Kniend in der vorletzten Reihe blickte ich nach vorne zum Altar. Irgendwoher erklang so etwas wie eine Panflöte. Vielleicht aus der Sakristei. Die Sakristei ist so etwas wie der Backstage-Raum für den Pfarrer und seine Ministranten, falls jemand fragt. Die Flötenmelodie im Zusammenspiel mit dem Kerzenlicht machte mich schläfrig. Ich hätte gerne ein paar Minuten in dem weichen Licht die Augen zugemacht, wäre nicht in diesem Moment aus der Sakristei ein Konvoi von sechs kleinen Mädchen in weißen

Kleidchen gekommen und hätte angefangen, über die Flötenmelodie einen hellen Satzgesang zu legen. Ich verstand nicht, was sie sangen, aber es klang himmlisch, anders kann man es nicht beschreiben. Als Beach-Boys-Fan konnte ich die Präzision des mehrstimmigen Satzes durchaus beurteilen, es waren ein paar ausgezeichnete Akkorde dabei. Die Mädchen sahen mich während des Gesangs erwartungsvoll an, als säße ich in einer Jury. Ich war bedröhnt von dieser meditativen Situation, als jemand von hinten seine Hand auf meine Schulter legte und mir etwas ins Ohr flüsterte. Ich dachte instinktiv sofort an den Gneissel, aber der Gneissel war ja längst tot. Es war ein Priester, das sah man an den lakenhaften Gewändern, und er flüsterte mir etwas ins Ohr, was ich nicht verstand. Es klang unheimlich, wie eine Drohung. Ich fühlte mich unerwünscht und ging durch das Portal zurück in den Regen, während die Mädchen weitersangen.

10: UTGANG

Der Mandel, und das weiß ich, weil er es mir im Nachhinein erzählt hat, hat die Adresse, die ihm Raske gegeben hat, in das Navigationsgerät eingetippt und ist von Bergen aus eine halbe Ewigkeit mit dem Auto gefahren. Hätte der Mandel sich besser informiert, hätte er gewusst, dass er wieder zum Hardangerfjord zurückmusste. Aber im Gegensatz zu mir macht es dem Mandel nichts aus, eine Strecke zweimal zu fahren. Im Gegenteil. Dass die Gegend, durch die man fährt, einen nicht mehr ablenkt, weil man sie schon kennt, ist doch der größte Luxus, sagt er. Spart man sich eine Stunde Meditieren oder eine anstrengende Yoga-Übung. Die Fahrt reduziert sich auf die reine Fortbewegung, das ist die unangefochtene Entspannung, sagt er.

Der Ort, zu dem der Mandel wollte, nannte sich Fykse, und auf dem Weg dahin überquerte er eine hohe und schmale Brücke an einer engen Stelle des Fjords. *Fyksesund Bru – 1937* war in die Brücke eingemeißelt, aber die Schrift war kaum noch lesbar. Nahezu mitten auf der Brücke befand sich eine Ampel, die auf Rot schaltete, als der Mandel kam. Er stand eine Minute an der Ampel, bis sie wieder umschaltete. Ohne dass auch nur ein Auto entgegengekommen war. Nach der Brücke gelangte der Mandel in eine Ortschaft, die aus höchstens fünf einstöckigen Holzhäusern bestand. Zwei davon lagen dicht beieinander und waren karminrot und königsblau angemalt. An dem blauen der beiden Häuser hing ein Schild mit der Aufschrift *Fykse Gardsrestaurant*. Ich habe es nachgeschlagen, ein Gardsrestaurant ist so etwas wie ein Bauerngasthof. Dicht über dem Haus verliefen drei tief hängende Stromleitungen, die in einem sonderbaren Kontrast zu den Felsen und dem Wald dahinter standen, als wäre das Land hier gerade erst notdürftig von mutigen Pionieren bevölkert worden. Den beiden Häusern vorgelagert war ein nicht eingezäunter Garten, der matschig und ungepflegt aussah. Reifenspuren reichten bis an die Häuser heran, und vor dem blauen Haus parkte ein schwarzer, relativ neuer VW-Bus. Der Mandel stellte den Ford Focus am Straßenrand ab, mit zwei Reifen auf dem Vorgarten, ging zu dem Haus mit dem dunkelblauen Holz und der hellblauen Tür und klopfte. Ein älterer Mann öffnete ihm. Er trug einen grauen Vollbart, eine randlose, eckige Brille und hatte schütteres Haar. Er sah ein bisschen aus wie ein kraftloser Steven Spielberg.

»Herr Myklebust?«, fragte der Mandel.

»Wir haben erst abends wieder geöffnet«, sagte der Mann in passablem Englisch.

»Das ist kein Problem. Ich suche Ihren Sohn, Anders Myklebust«, sagte der Mandel, der den Namen kurz vorher noch auf dem Zettel nachgeschaut hatte, den Raske ihm gegeben hatte.

»Wer sind Sie?«, fragte der ältere Mann.

»Ich bin Journalist. Anders erwartet mich.«

»Er ist nicht hier. Sie müssen rüber zu den Höhlen gehen.« *Go to the caves.*

»Zu den Höhlen?«, fragte der Mandel nach.

»Sie müssen hinter die Häuser gehen, bis zu dem großen

Felsen. Dann um den Felsen herum. Dort finden Sie den Eingang.«

»Vielen Dank«, sagte der Mandel und ließ sich nichts anmerken, falls er erstaunt über die eigentümliche Wegbeschreibung gewesen sein sollte. Der Mann schloss die hellblaue Tür, und der Mandel schritt zwischen den beiden Häusern hindurch den Hang hinauf an die Felswand heran, die ungefähr zehn Meter hoch war. Eine halbe Minute lief er sie entlang, bis er sie umrunden konnte. Auf der anderen Seite stand ein Wohnmobil auf einer Art Lichtung, und der Mandel fragte sich, wie es dahin gekommen war, da er auf Anhieb keinerlei Zufahrtswege ausmachen konnte. Aus dem Wohnmobil führte eine Art Rohr zu einem größeren Loch in den Felsen. Gerade als der Mandel sich bückte, um durch das Loch in der Felswand zu passen, ertönte ein nervenzerfetzend schrilles Geräusch, und er schlug sich vor Schreck den Kopf an den spitzen Steinen über ihm an. Das Geräusch war im selben Augenblick wieder weg, aber der Mandel fühlte nach und stellte fest, dass die Stelle am Kopf blutete.

Der vordere Raum der Höhle war mit einem Baustellenstrahler ausgeleuchtet, es gab eine Couch, einen Tisch und ein paar Stühle. Eine norwegische Flagge war an der niedrigen Decke aufgehängt. Der Mandel setzte sich auf die Couch, betupfte mit einem Taschentuch die Wunde an seinem Kopf und betrachtete dann die blutigen Flecken.

»Das Blutopfer wäre aber nicht nötig gewesen«, sagte jemand. Ein jüngerer Mann mit langen blonden Haaren kam von rechts unten aus den Felsen gekrochen.

»Es ist nur eine höfliche Geste«, sagte der Mandel.

»Du bist Mandel, ja? Entschuldigung wegen dem Lärm. Ich habe zwei Verstärker hintereinandergeschaltet«, sagte Anders Myklebust auf Englisch. Trotz der Kälte trug er zu einer engen schwarzen Hose ein ärmelloses T-Shirt von Hellhammer. Auf seinem rechten Arm war ein Kreuz tätowiert, an dem Jesus hing. Es stand ausnahmsweise richtig herum. Ein Engel mit Fangzähnen schwebte neben dem Kreuz und hatte Jesus offenbar gerade ein Stück Fleisch aus der Brust gebissen, jedenfalls hatte er einen blutenden Klumpen im Mund, und dem Jesus fehlte ein Stück aus der Brust. Der andere Arm war voller Narben, und es gab noch eine kleine Tätowierung, ein Symbol, das dem Mandel nichts sagte. Es waren zwei lotrechte Striche, die durch ein *X* verbunden waren.

»Du bist Anders?«, fragte der Mandel.

»Oder Jörmungandr«, sagte Anders Myklebust. »Hast du dir den Kopf am Eingang gestoßen? Bist nicht der Erste.«

»Nicht schlimm«, sagte der Mandel und lächelte gequält, während er mit dem Taschentuch überprüfte, ob noch frisches Blut nachkam. »Jörmungandr« war nun mit Abstand der blödeste Künstlername. Kein Mensch weiß, wie man ihn ausspricht, und wenn man ihn schreiben will, muss man jedes Mal vorher im Internet nachschauen.

»Willst du den Proberaum sehen?«, fragte Anders Myklebust alias Jörmungandr. Für solche Namen war Copy & Paste erfunden worden.

Er bückte sich und kroch durch die niedrige Spalte, aus der er gekommen war. Der Mandel tat es ihm gleich, mit einer Hand auf der Platzwunde. Der nächste Höhlenabschnitt war tatsächlich ein Proberaum, ob man es glaubt oder nicht. Die Decke war deutlich höher als in dem ersten Raum. Im hinteren Teil, auf dem Boden, befand sich eine Art Holzsteg, auf dem die Gitarrenverstärker standen. Das Schlagzeug thronte auf einem kleinen Podest an der Rückwand der Höhle. Der Mandel fragte sich, wie Utgang die Bassdrum, den Gitarren- und den Bassverstärker hier hineingeschafft hatten.

»Hier proben also Utgang. Sehr rustikal«, sagte der Mandel.

»Naturnah«, sagte Myklebust.

»Besteht keine Einsturzgefahr, wenn ihr zu laut aufdreht?«, fragte der Mandel.

»Nein. Die Höhle wird seit Jahrhunderten von meiner Familie und ihren Vorfahren benutzt. Auf die ist Verlass. Wir nennen sie Franangr-Höhle. Wie den Wasserfall bei der Höhle aus der Loki-Sage.«

»Wo Loki bestraft wurde«, sagte der Mandel, und keine Ahnung, woher er das schon wieder wusste.

»Wo ihm die Giftschlange eine Ewigkeit lang das Gesicht verätzt, bis endlich Ragnarök anbricht. Weißt du eigentlich, warum Loki bestraft wurde?« Myklebust sah den Mandel herausfordernd an.

Er erinnerte den Mandel von der Art her ein wenig an Raske, nur dass Myklebusts Haare hellblond waren und ihm fast bis zum Nietengürtel reichten. Seine Augen waren hellgrün, was gut zu seiner schwarzen Kleidung passte. Sein Gesicht wies trotz seiner krummen Nase noch kindliche Züge auf, er konnte nicht älter als zwanzig sein.

»Weil er Balder umgebracht hat?«, mutmaßte der Mandel, der Mythenkundler.

»Weil er ein Außenseiter ist, weil er sich mit den Göttern anlegt, weil er sie wegen ihrer einfältigen Vorstellung von Ehre und Moral verspottet. Loki ist der einzige der nordischen Götter, der sich mit Vorsatz nicht an die Konventionen hält. Er ist wie der Luzifer der christlichen Mythologie, er ist der Zweifler, der Intellektuelle. Aber die Verfälschungen eurer Übersetzer haben aus Luzifer den Teufel werden lassen, während der Loki aus der *Edda* auch heute noch als zwiespältiger, aber keineswegs von Grund auf schlechter Charakter überliefert ist.«

Der Mandel hatte wahrscheinlich für heute genug von Freizeitphilosophen wie Raske und Myklebust und kam deshalb schneller zum Punkt, als er eigentlich vorgehabt hatte.

»Wo ist Baalberith?«, fragte er.

»Halt, halt, halt, Herr Mandel. Du bist doch hier, um eine Geschichte über uns zu schreiben. So ist es mit Raske vereinbart.« Das *Herr* sprach er deutsch aus.

»Und ich bin gleichzeitig von Vilde Hallberg beauftragt worden, ihren Bruder zu suchen, das ist wichtiger als eure Homestory«, sagte der Mandel, und das war stark, weil es zum einen die Wahrheit, zum anderen aber auch eine erste Ansage an Myklebust war, um dem von vornherein das Standgas einzustellen, wie man früher bei uns gesagt hat. Leider ist der Mandel danach nicht so konsequent in Sachen Standgas einstellen geblieben.

»Ich weiß nicht, wo Hallberg ist. Und bitte nenn ihn nicht Baalberith, das ist ein peinlicher Name. Mir hängt dieser dämonologische Mist sowieso zum Hals raus«, sagte Anders Myklebust alias Jörmungandr.

Der Mandel stellte beruhigt per Taschentuch fest, dass sein Kopf nicht mehr blutete, und nahm eine von den Gitarren in die Hand, die an dem Verstärker lehnten. Es war eine schwarze Explorer von Gibson mit weißem Schlagbrett.

»Schönes Ding«, sagte der Mandel.

»Kannst du spielen? Lass mal was hören«, sagte Myklebust.

»Nein, um Gottes willen«, sagte der Mandel und stellte die Gitarre wieder zurück.

»Was bedeutet denn Jörmungandr?«, fragte er dann.

»Das ist der Name der Midgard-Schlange. Die Seeschlange, die die Welt umschlingt und zusammenhält. Und die am Ende der Zeit den Donnergott Thor tötet«, sagte Myklebust.

»Aber erst nachdem Thor ihr eins mit dem Hammer Mjölnir auf die Nuss gegeben hat«, fügte der Mandel hinzu und lachte über seinen eigenen Spruch. Myklebust verzog den Mund zu einem qualvollen Lächeln.

»Habt ihr Cristian Hallberg tatsächlich gekreuzigt?«, wechselte der Mandel das Thema.

»Komm mit uns nach Oslo, und danach kriegst du die Antwort«, sagte Myklebust.

»Was ist denn in Oslo?«, fragte der Mandel.

»Ein Auftritt«, sagte Myklebust.

»Und wann?«

»In etwa einer Stunde fahren wir los. Wir können hier noch einen Kaffee trinken und auf die anderen warten.«

»Von mir aus«, sagte der Mandel.

»Gib mir dein Handy«, sagte Myklebust.

»Warum?«, fragte der Mandel.

»Weil der Auftritt geheim ist«, sagte Myklebust.

»Ich mach schon kein Bootleg«, sagte der Mandel und gab Myklebust trotzdem sein Telefon. Falls jemand nicht mehr weiß, was ein Bootleg ist – so nannte man im letzten Jahrhundert den illegalen Mitschnitt eines Konzerts. Myklebust schaltete das Telefon vom Mandel aus und steckte es in die hintere Hosentasche seiner hautengen schwarzen Hose. Als solche Hosen vorletztes Jahr bei uns in der Stadt modern waren, hat der Mandel auch mal eine in einem Modegeschäft anprobiert, und sie ist am Schritt zerrissen. Mein ja nur.

Der Mandel setzte sich auf einen Hocker hinter dem Schlagzeug der Marke Ludwig und haute arhythmisch auf den Toms herum. Myklebust verschwand für fünf Minuten und kam mit zwei Tassen Kaffee wieder. Eine davon reichte er dem Mandel hinter das Schlagzeug. Der Mandel war trotz der Kälte ein bisschen verschwitzt, weil er in Myklebusts Abwesenheit auf den Toms und der Snare herumgetrommelt hatte und dabei immer schneller geworden war. Der Mandel kann überhaupt nicht Schlagzeug spielen, muss man dazu sagen. Und ein Gelernter bricht auch nicht so schnell in Schweiß aus, wobei der Mandel immer sagt, das ist genetisch, ob einer schwitzt.

»Und du wohnst hier bei deinen Eltern?«, fragte der Mandel.

»Bei meinem Vater. Meine Mutter ist schon vor Jahren gestorben.«

»Das tut mir leid«, sagte der Mandel.

»Das muss es nicht. Sie ist selbst schuld.«

»Selbst schuld?«

»Sie hat sich umgebracht«, sagte Myklebust.

Das hat dem Mandel jetzt sicher zu denken gegeben, jedenfalls hat er eine Weile nichts mehr gesagt, sondern nur an seinem Kaffee genippt und die Instrumente in der Höhle angestarrt. Irgendwann kamen die anderen beiden Bandmitglieder hereingekrochen.

»Herr Mandel, darf ich dir Grimnir vorstellen?«

Myklebust deutete auf einen schmächtigen Buben mit pechschwarz gefärbter Langhaarfrisur. Mittelscheitel. Er hatte eine sichelförmige Narbe auf der linken Gesichtshälfte.

»Hallo«, sagte der Mandel, und Grimnir sagte nichts.

»Und das ist Neofenrir«, sagte Myklebust und zeigte auf einen dicken Mann mit einer Glatze und den furchterregendsten Koteletten, seit Elvis dick war.

»Du bist doch auch der Schlagzeuger von Dark Reich, oder? Nergal?«, bemerkte der Mandel sofort.

»Das ist nur ein Nebenjob«, sagte Nergal/Neofenrir. »Es wäre mir ganz recht, wenn du das weder in deiner Reportage noch sonst irgendwie erwähnst. Abbadon könnte das in den falschen Hals kriegen.«

»Kein Problem«, log der Mandel.

Ich finde das unglaublich, dass jetzt sogar noch jemand auftaucht, der zwei Fantasie-Identitäten hat. Also insgesamt einen Vornamen, einen Nachnamen und zwei Fantasienamen. Macht vier Namen, einer unaussprechlicher als der andere. Und am Ende müsste man sich noch alle Namen merken, damit man weiß, von wem die Rede ist.

»Dann können wir ja jetzt endlich los«, sagte Myklebust, und während sie sich durch den Spalt in den vorderen Raum aalten, fragte sich der Mandel erneut, wie die Bassdrum in die Höhle gekommen war. Er folgte den Utgangs hinunter zum Gasthof, wo sie in einen älteren silbernen BMW Touring stiegen, der vor dem karminroten Haus parkte. Während der Fahrt saß der Mandel mit Myklebust hinten, während Neofenrir den Wagen lenkte und Grimnir auf dem Beifahrersitz in einem Magazin las.

»Wieso weiß eigentlich keiner, wer ihr seid?«, fragte der Mandel.

»Weil Utgang keine bürgerlichen Merkmale tragen darf. Namen sind nur ein Stigma der Gesellschaft. Utgang sind Antibürger. Wir sind herausgelöst aus der norwegischen, ja aus jeder Gesellschaft. Wenn wir Musik machen, schaffen wir etwas Neues, dann existieren wir nicht mehr innerhalb des alten Systems. Wir existieren *dagegen*«, sagte Myklebust.

»Und warum dagegen?«, fragte der Mandel, und so naiv kann wirklich nur der Mandel fragen und ungestraft davonkommen. Das hat ihm als Musikjournalist auch immer geholfen, weil er selbst auf die fundamentalsten und abgekautesten Fragen, die sich schon längst keiner mehr zu fragen traute, noch Antworten bekam.

»Weil sich die norwegische Gesellschaft in ihrer jetzigen Form von ihrem Ursprung zu weit entfernt hat. Von einem Zusammenhalt, von einer gemeinsamen Tradition ist längst nichts mehr zu spüren. Es ist ein Wetteifern und eine Missgunst in ihr ausgebrochen, und das hat die alte Zivilgesellschaft von Grund auf zerstört. Kennst du das Jantegesetz?«, fragte Myklebust.

»Nein«, sagte der Mandel.

»Auf Norwegisch heißt es Janteloven. Es beschreibt den Einfluss der Gruppe, den sie gegenüber dem Einzelnen ausübt, der nicht als Leistungsträger agieren kann, weil er der Gruppe nicht überlegen sein darf. Niemand darf mehr eine überragende Leistung erbringen, weil ihn die Gruppe dafür ächtet, dass er sich mit seinen Leistungen über den Durchschnitt hinweggesetzt hat. Deshalb kann man in Norwegen auch beim Amt einsehen, was der andere verdient. Sogar im Internet steht es für ein paar Wochen jedes Jahr.«

»Die Neidgesellschaft gibt es doch überall«, sagte der Mandel.

»Hier ist es schlimmer. Dabei basiert jede Gesellschaft auf den herausragenden Leistungen Einzelner. Doch seit Olaf Tryggvason, also Olaf der Erste, uns ins Christentum hineingefoltert hat, sind wir, die wir einst Wölfe waren, zu Schafen geworden. Unter dem Joch der Staatskirche sind unsere Fantasie und unsere Achtung voreinander verloren gegangen. Statt der Natur ihren Lauf zu lassen, haben wir uns vereinnahmen lassen von dieser Idee, dass jeder gleich ist und jedem die gleiche Art von staatlicher Zuwendung zusteht. Das Christentum und der ihm zu Diensten stehende Staat sind die großen Gleichmacher, der Vernichter der Stärke des Einzelnen. Denn jedes Herausheben, jedes Ausscheren aus der Gesellschaft wird von der Kirche als Makel gesehen. Als Sünde. Die Kirche hat ganz Skandinavien mit einem ewig währenden schlechten Gewissen ausgestattet, damit der Einzelne und seine Bedürfnisse im Zaum gehalten werden. Damit die Nordmänner nicht mehr aufbegehren. Die Sünde ist eine Erfindung der Christen, damit niemand aus der Reihe tanzt.«

To keep people from breaking rank.

Den unsympathischen Elitarismus hat der Mandel vielleicht auch deswegen ignoriert, weil er sich von Myklebusts vorher auswendig gelernter Brandrede in seiner unterschwelligen Wut gegen den Katholizismus bestätigt sah. Zumindest nickte er zustimmend, aber vielleicht hatte er auch schon abgeschaltet und dachte längst an das Slide-Gitarrensolo der Liveversion vom »Monster vom Schilkinsee«, das war bei ihm schwer zu sagen. Myklebust schwadronierte auch ohne die Zustimmung vom Mandel weiter.

»Das Christentum ist ja keine Religion, die wir uns ausgesucht haben, weil wir sie für die bessere hielten. Sie wurde uns mit dem Schwert aufgezwungen. Durch Tyrannei und Korruption. Unsere Mythologie wurde für gefährlich und barbarisch erklärt, dabei war sie nichts weiter als eine Allegorie der ewigen Beziehung zwischen Mensch und Natur. Es gab in ihr keine göttlichen Dogmen, nur das Recht auf Selbstbehauptung. Die sogenannten Göttersagen sind nur ein Sinnbild für unsere Gesellschaft. Die *Edda* erzählt vom Leben der Menschen in Skandinavien, von unserer Tradition. Und die wurde uns verboten. Die haben damals geradezu so getan, als hätten wir Menschen geopfert«, sagte Myklebust.

»Wer?«, fragte der Mandel.

»Was, wer?«, fragte Myklebust.

»Wer hat so getan, als hättet ihr Menschen geopfert?«

»Die Missionare, Olaf, die Invasoren, die christliche Kirche«, sagte Myklebust und war jetzt doch aufgebracht. »Als wären wir ein Haufen wilder Tiere. Man hat uns zusammengetrieben wie die Tiere und mit dem Brandzeichen einer fremden Religion gebrandmarkt.«

Als wäre der Myklebust selbst dabei gewesen.

»Wie oft geht der durchschnittliche Norweger in seinem Leben in die Kirche?«, fragte Neofenrir vom Fahrersitz nach hinten.

»Keine Ahnung«, sagte der Mandel.

»Dreimal. Und zweimal davon muss man ihn hineintragen«, sagte Neofenrir und lachte laut. Man konnte Myklebust deutlich ansehen, dass er einen Witz an dieser Stelle für unangebracht hielt.

»Wusstest du, dass die Staatskirche den Film *Monty Python's Life of Brian* in Norwegen verboten hat? In keinem Land auf der Welt stehen so hohe Strafen auf Blasphemie«, sagte Neofenrir.

»Ich dachte, eure Kirche ist eher liberal. Ihr habt doch auch schon länger als andere Länder weibliche Priester und Bischöfe«, sagte der Mandel.

»Diese Scheinliberalität und sinnlose Emanzipation sind doch nur ein Deckmantel, um den archaischen und brutalen Monotheismus zu verschleiern. In Norwegen werden die Menschen als Christen geboren, ohne selbst eine Entscheidung treffen zu können. Unser Volk wird von der Staatskirche unten gehalten. Und damit es nichts merkt, wird es durch Konsum sediert. Durch die Amerikanisierung«, sagte Myklebust.

»Was für eine Amerikanisierung?«, fragte der Mandel nach.

»Schau dich um. 7-Eleven und McDonald's bestimmen das Straßenbild. Immer mehr norwegische Geschäfte müssen schließen wegen amerikanischer Ketten. Die Amerikanisierung, und das geht von den Softdrinks bis hin zur Popmusik, ist das Mittel zur Bändigung des Nordens. Sie brauchen heute keine Invasionsarmee mehr, sie haben den Amerikanismus. Er befriedet und übersättigt das Volk, damit es sich letztlich an das Christentum gewöhnt. Das Judäo-Christentum benutzt die Amerikanisierung wie eine Massenvernichtungswaffe.«

»Könnt ihr euch nicht mit Al-Qaida zusammentun? Ist doch eine ähnliche Interessenlage«, sagte der Mandel, dem das Verschwörungsgelaber von Myklebust doch langsam auf die Nerven ging.

»Haha«, sagte Grimnir, der auf der gesamten Fahrt bisher überhaupt nichts gesagt hatte.

»Der Islam ist doch derselbe Mist«, sagte Myklebust. »Leider macht er sich langsam auch in unseren Städten breit. Selbst wenn mir die Bereitschaft zum Extremen bei den Fundamentalisten imponiert, bleibt der Islam auch nur eine weitere oktroyierte Staatsreligion, die ihre Bürger entmündigt und unterdrückt. Die großen Weltreligionen entstammen außerdem sowieso ein und derselben Quelle, und dass sie sich gegenseitig die Schädel einschlagen, ist der größte Witz der Menschheitsgeschichte.«

»Seid ihr eigentlich Satanisten?«, fragte der Mandel aus heiterem Himmel, und ich weiß genau, wie es ihm Spaß machte, so eine pauschale Frage abzufeuern.

»Hast du nicht zugehört, Herr Mandel?«, sagte Myklebust.

»Ich meine ja nicht im okkulten Sinn mit schwarzer Messe und Jungfrauen-Opfer, sondern im Sinne von LaVey oder Crowley. Seid ihr so eine Art luziferianische Gegengesellschaft?«, fragte der Mandel.

»Du meinst, ob wir uns an der *Satanischen Bibel* orientieren?«, fragte Myklebust.

»Na ja, sie propagiert immerhin die Leistung des Einzelnen und seinen freien Willen. *Tu, was du willst,* das sagt doch auch Crowley.«

»Wir sind auf keine Hippie-Romantik angewiesen. LaVey war ein eitler Angeber und Crowley ein drogensüchtiger Fantast. Die Satanisten sind daran schuld, dass der Svarte Sirkel nichts als eine Ansammlung von Egoisten war.«

»Ich finde das Kapitel mit den Psychovampiren gut«, sagte der Mandel, der mir nie erzählt hat, dass er die *Satanische Bibel* gelesen hatte.

»Finde ich auch«, sagte Neofenrir von vorne.

»Es ist nur beschissene Popkultur, sonst nichts«, sagte Myklebust genervt.

Irgendwann hatte Neofenrir die Musik im Auto eingeschaltet. Es lief die *Obsessed by Cruelty*. Ich hab musikalisch nichts gegen Sodom vorzubringen, aber man muss schon zugeben, dass die Band früher erst verkrampft *evil* und dann verkrampft *sozialkritisch* war, und dabei jeweils unfreiwillig komisch. Der Mandel spielte auf seinen Knien das schlampig gespielte Schlagzeugintro des Titelsongs mit. Das Berg- und Talgefahre machte ihn nervös. Fast sechs Stunden, war die ernüchternde Antwort auf die Frage vom Mandel an Neofenrir gewesen, wie lang man von Fykse nach Oslo insgesamt brauche. Irgendwann war er eingeschlafen, und als er aufwachte, wurde es gerade dunkel, aber in Oslo waren sie immer noch nicht.

»Was machen wir eigentlich in Oslo?«, fragte der Mandel und holte seinen kleinen Plastikkamm aus der Innentasche seiner Jacke. Beim Durchkämmen merkte er am Widerstand, dass einzelne Haare blutverkrustet waren.

»Wir gehen auf die Wilde Jagd«, sagte Myklebust.

We'll join The Wild Hunt.

»Was soll das sein?«, fragte der Mandel.

»Die Geister der Toten und die Dämonen des Landes ziehen plündernd durchs Land und zünden es an. Es ist ein alter Brauch. Man nennt es auch den *asgardischen Zug*.«

»Zündet ihr wieder eine Kirche an?«, fragte der Mandel.

»Wieso wieder?«, fragte Neofenrir.

»Seid *ihr* das nicht gewesen mit der Mariakirken in Bergen?«

»Nein, und das war ja auch kein richtiger Brand«, sagte Myklebust, und es klang milde empört.

»Rauchen darf man hier wahrscheinlich nicht im Auto, oder?«, fragte der Mandel, aber die Antwort lag auf der Hand, da in den vergangenen fünf Stunden auch keiner geraucht hatte.

Der Mandel fragte sich, ob es überhaupt noch Leute gab, die rauchten und es zugaben. In seiner Generation hatte zuletzt ein Rauchersterben gewütet, die Pest im Mittelalter war nicht gründlicher gewesen. Sie waren jetzt fast in Oslo angekommen, hielten aber noch an einer der letzten Tankstellen vor der Stadtgrenze. Der Mandel war ausgestiegen und hatte sich von den Zapfsäulen abgewandt. Er rauchte eine Zigarette. Von hinten trat Myklebust an ihn heran.

»Schau dir das an, Herr Mandel. Damit du was zu schreiben hast.«

Der Mandel warf die Zigarette auf die Hauptstraße. Die anderen beiden Utgangs standen noch an der Kasse. Myklebust nahm den Autoschlüssel und steckte ihn in das Schloss am Kofferraum des BMW. Der Kofferraum schnappte auf. Myklebust hob den Deckel hoch, sodass der Mandel hineinschauen konnte. Darin befand sich ein riesiger Jutesack, der oben verschnürt war. Myklebust löste den Knoten und faltete den Sack auseinander. Der Mandel blickte auf ein Bündel Pistolen und Gewehre.

»Wo habt ihr die denn her?«, fragte der Mandel.

»Aus dem Internet«, sagte Myklebust.

»Und was habt ihr damit vor?«

»Geld verdienen«, sagte Myklebust.

Und das war ein Zeitpunkt, wo der Mandel hätte sagen müssen, dass es ihm jetzt reichte mit dem Unsinn und der schwelenden Gewalttätigkeit. Und auch der Aufschneiderei, weil was anderes war das doch nicht, dem Mandel mitten in der Nacht einen Kofferraum voller Waffen zu zeigen. Es ist schwer zu sagen, ob der Mandel so in seiner ritterlichen Mission für Vilde aufging oder ob ihn die Neugierde gepackt hatte, oder sogar noch eine ganz andere Motivation, aber normal war das nicht, dass man mit ideologisch Verdrehten mit einem Auto voller Waffen freiwillig nach Oslo fuhr. Das Verhalten vom Mandel würde man ab jetzt genauer beobachten müssen.

Es war fast sieben und schon dunkel, als der Mandel und die Utgangs an der Kreuzung bei dem Kaffeeladen hielten. Über dem Fenster stand in verspielter Schreibschrift *Tanta til Beate* angeschrieben. Eine Gruppe von jungen Leuten stand an der Straßenecke herum, und ein Mann in schwarzer Lederjacke und einer schwarzen Baseballkappe erklärte ihnen etwas auf Englisch.

»Das hier war früher das Purgatory. Es war mit einer Ladenfläche von hundertzwanzig Quadratmetern der größte Black-Metal-Plattenladen der Welt und eines der beiden Hauptquartiere für den Svarte Sirkel«, sagte der Touristenführer.

»Nur leider waren die Betreiber so blöd, sich ausgerechnet den Laden mit der höchsten Miete auszusuchen, und mussten nach zwei Jahren wieder dichtmachen«, sagte Myklebust, an der Kühlerhaube des BMW lehnend. Die Leute an der Straßenecke drehten sich um und sahen ihn erwartungsvoll an. Kein Wunder, so wie er dastand, wie ein dunkler Prinz mit den langen blonden Haaren und seinem weiten schwarzen Mantel. Um ihn herum seine Band, seine Gang. Und der Mandel.

»Wir gehen weiter«, sagte der Touristenführer, und die Gruppe folgte ihm, nicht ohne sich noch mal nach dem dunklen Prinzen umzusehen.

»Das ist mit unserer Musik passiert, Herr Mandel. Sie ist zur Touristenattraktion verkommen. Ich wollte nur, dass du das siehst«, sagte Myklebust.

»Unschön«, sagte der Mandel, und es war schwer zu sagen, ob er es ernst meinte. Sie stiegen wieder in den BMW und fuhren an einer Unmenge von Gleisen vorbei, die offensichtlich alle im Osloer Hauptbahnhof mündeten. Kurz nach dem Hauptbahnhof parkten sie am Rand einer schmalen Einbahnstraße vor einem Laden, der mit *The Wicker Man – Rock Café* beschriftet war. Das Wicker Man sah von außen ähnlich freundlich wie das Garage aus. Seine roten, runden Markisen teilte es sich mit dem benachbarten Bekleidungsgeschäft, in dem gerade Bikinis und Badehosen im Sonderverkauf waren, wie das Schaufenster einen wissen ließ.

»Tretet ihr hier auf?«, fragte der Mandel, der offensichtlich vergessen hatte, dass sich keine Instrumente, sondern schwere Waffen im Kofferraum des BMW befanden.

»Nein«, sagte Myklebust. »Wir essen nur einen Burger.«

Der Burger muss dem Mandel wirklich hervorragend geschmeckt haben, denn noch heute redet er von dem Burger im Wicker Man wie von einer Erscheinung. Nach dem Burger und zwei Beefeater-Tonic gingen der Mandel und seine Band wieder zum Auto. Es parkte jetzt ein paar Meter weiter hinten, vor dem Bikinigeschäft. Bevor jemand einstieg, öffnete Myklebust den Kofferraum – er war leer. Lächelnd schloss er ihn wieder unter dem fragenden Blick vom Mandel. Er setzte sich auf den Beifahrersitz und holte eine Tüte aus dem Handschuhfach. Die Geldscheine darin zählte er schnell durch, bevor er die Tüte wieder ins Handschuhfach legte.

»Kleine Spende für die Bandkasse«, sagte Neofenrir und lachte blödsinnig. Was für Angeber.

»Schade«, sagte der Mandel. »Ich hatte mich schon so auf einen Schusswechsel mit irgendwem gefreut.«

»Die Wilde Jagd fängt jetzt an«, sagte Myklebust, den Witz vom Mandel einfach übergehend.

»Kann ich vorher noch eine rauchen?«, fragte der Mandel, weil im Wicker Man Rauchverbot war. Grimnir holte ebenfalls eine Schachtel Prince aus der Jacke, bot dem Mandel aber keine Zigarette an. Der Mandel hätte sowieso keine Prince geraucht.

Neofenrir saß am Steuer. Auch ohne Ortskenntnis sah der Mandel, dass sie Oslo wieder verließen. Er konnte in der Dunkelheit der norwegischen Nacht nicht nachvollziehen, wohin er und die Utgangs fuhren, aber nach ungefähr zwanzig Minuten hatten sie ihr Ziel erreicht. Sie hielten in einer spärlich beleuchteten Straße mit ein paar weitläufigen, modernen Wohnhäusern mit großen Gartengrundstücken.

»Du bleibst hier, Herr Mandel«, sagte Myklebust und stieg aus. Der Mandel blieb sitzen. Myklebust entfernte währenddessen verschiedene Gegenstände aus dem gerade noch leeren Kofferraum, vermutlich aus dem Hohlraum, wo sich normalerweise der Ersatzreifen befand. Dann liefen die Utgangs in die Nacht hinein, und der Mandel öffnete die Tür und schaute ihnen hinterher. Myklebust hielt einen länglichen Gegenstand, eine Art Balken, in der Hand, der beim Gehen den Boden berührte. Der Mandel zündete sich eine Zigarette an. Dann durchsuchte er das Handschuhfach nach seinem Telefon, fand aber nichts außer der Bedienungsanleitung für den BMW und dem Geld für die Waffen. Anscheinend vertraute man dem Mandel in Finanzdingen. Das passiert übrigens oft, dass die Leute dem Mandel vertrauen, obwohl er sich gar keine besondere Mühe gegeben hat. Der Mandel stieg aus, warf die Zigarette weg und zündete noch eine an. Dann hörte er zwei Schüsse und das Klirren von Scheiben. Er marschierte los in die Richtung der klirrenden Scheiben und bog links in eine Wohnstraße ein. Schon von Weitem bemerkte er den Lichtschein in einem der großzügig angelegten Vorgärten. Er kam näher und sah ein umgedrehtes, brennendes Kreuz mitten in dem Garten im Boden stecken. Es war ungefähr einen Meter fünfzig lang. Direkt neben einer Kinderschaukel aus Holz. In dem Haus gingen die Lichter an, und jemand schrie. Aus dem Dunkeln kamen Myklebust und Neofenrir auf ihn zugerannt.

»Los, fahr«, schrie ihn Myklebust an und warf ihm den Schlüssel zu. Der Mandel fing im Reflex, er ist ein ausgezeichneter Fänger, bei dem wirkt der Griff nach dem jeweils durch die Luft fliegenden Objekt immer wie der selbstverständlichste. Es sah einfach cool aus, das muss man ihm lassen. Der Mandel lief mit Myklebust zurück zum Auto und stieg auf der Fahrerseite ein. Als Letzter kam Grimnir zum Auto, er hatte ein kleines Gewehr in der Hand. Der Mandel ließ den Motor an und fuhr mit hoher Geschwindigkeit in die Richtung, aus der sie gekommen waren. Niemand sagte etwas. Als der Mandel sicher war, dass niemand sie verfolgte, hielt er am Rand der Landstraße, schaltete das Licht aus und sagte: »Ich bin nicht euer scheiß Fahrer. Und ich will gefälligst mein Telefon wieder.«

Jetzt war er also doch endlich verärgert. Der Mandel setzte sich wieder nach hinten. Die Rückfahrt zum Hardangerfjord verschlief er komplett.

11: AASEN

Die steinerne Villa liegt auf einem Felsen über dem Meer und ist voller fremder Leute. Alle sind gut gelaunt, plaudern und essen, und ich fühle mich ganz wohl in meiner Haut. Bis irgendwann der Mandel zu uns stößt, ganz in Schwarz gekleidet mit einer Lederjacke und einer brennenden Fackel in der Hand.

Mit dem Eintreffen vom Mandel sinkt die Stimmung auf den Nullpunkt, und niemand rührt mehr das Büfett an. Der Mandel sagt den ganzen Abend lang nichts, sitzt nur herum in seiner schwarzen Lederjacke mit der Fackel in der Hand, und die meisten Gäste gehen früh nach Hause. Am Ende bin ich alleine in dem Haus, nur der Mandel steht noch auf der Terrasse und starrt aufs Meer hinaus.

Skulls Angebot, im Pentagramm-Raum vom Massakre zu übernachten, hatte ich dankend abgelehnt, denn bis Samstag war unser Zimmer im Studentenhostel bezahlt. Und jetzt, wo der Mandel nicht da war, empfand ich die Situation dort gar nicht mehr als so angespannt. Nachdem ich nass bis auf die Knochen mit dem Bus aus dem Vorort zurückgekommen war, spielte ich noch eine Partie Tischtennis mit zwei amerikanischen Austauschstudenten, bevor ich ins Bett ging und von der römischen Villa über dem Meer und dem Mandel mit seiner Fackel träumte.

Am nächsten Morgen las ich im Computerraum in Block D auf der Website des *Dagbladet* von einem Brandanschlag in einem Vorort von Oslo. Fast der ganze Bildschirm war von dem Bild eines umgedrehten brennenden Kreuzes ausgefüllt. Die Überschrift lautete SVART ILD, schwarzes Feuer. Ich hatte noch nie so große Überschriften und Bilder gesehen wie auf der *Dagbladet*-Seite. Es war, als hätte man seinen Browser auf fünffache Vergrößerung eingestellt. Der Mandel hat erzählt, dass der norwegische Staat ganz massiv das Pressewesen mit Zuschüssen fördert, aber wenn so etwas dabei herauskommt, kann er es auch sein lassen, oder? Bei uns bezuschusst ja auch niemand die Bildzeitung. Rechts neben dem brennenden Kreuz, auf einem kleineren Foto, war eine Frau abgebildet. Die Bildunterschrift lautete »Ingeborg Ostberg«. Ich gab den Namen in eine Suchmaschine ein und fand heraus, dass sie die Bischöfin des Bezirks Oslo war und eine der führenden Geistlichen Norwegens. Offensichtlich war Frau Ostberg aber noch bei Gesundheit. Danach rief ich Maria an und machte es kurz wegen den Roaming-Gebühren. Sie hatte wieder diese Probleme mit ihrem Handgelenk und war überhaupt schlechter Dinge. Ich versprach, ihr etwas aus Norwegen mitzubringen. Obwohl mich die Lage hier beunruhigte, verabscheute ich die Vorstellung, in der nächsten Woche wieder im Büro sitzen zu müssen, ohne dass etwas passierte, außer dass der Mandel die nächste exotische Musikrichtung für sich entdeckte. Aber vielleicht blieb er ja auch in Norwegen.

Ich zog ein besseres Hemd und den Parka an und nahm die Bahn zu Vilde. Sie trug ein hellgrünes Kleid und eine schwarze Strumpfhose. Sie hatte ein blaues Auge. Sie lächelte, als sie mir eine Tasse Kaffee hinstellte. Sie verbreitete eine himmlische Ruhe.

»Wie geht es dir?«, fragte ich.

»Gut«, sagte sie.

»Hast du was vom Mandel gehört?«, fragte ich.

»Nein, du?«

»Leider nicht.«

»Und dein Bruder hat sich auch nicht gemeldet?«

Vilde schüttelte langsam den Kopf.

»Hast du mal bei seiner Arbeit angerufen?«, fragte ich.

»Ja, natürlich, aber er hätte diese Woche sowieso Urlaub gehabt.«

»Meinst du nicht, du solltest langsam zur Polizei gehen? Auch wegen dem Einbruch.«

»Es ist ja nichts gestohlen worden«, sagte Vilde und schaute an mir vorbei. »Und ich will ihn nicht in diese Anschläge verwickeln.«

»Wenn er bis Sonntag nicht wieder hier ist, dann gehst du zur Polizei, versprochen?«

»Versprochen«, sagte Vilde.

»Ging es ihm gut in letzter Zeit?«

»Ich glaube schon. Er verstand sich gut mit Tomas. Sie haben eine schöne Wohnung zusammen gekauft.«

»Warum dann das Dark-Reich-Revival?«

»Warum nicht? Es ist doch seine Band. Er wollte wieder Musik machen. Und er kann viel Geld verdienen, wenn er wieder auf Tour geht.«

»Vielleicht schau ich mal rüber ins Massakre und recherchiere ein bisschen«, sagte ich, obwohl ich ganz gerne bei Vilde in ihrem hellgrünen Kleid geblieben wäre.

»Du kannst auch gerne hierbleiben und an meinem Computer arbeiten«, sagte Vilde, und am liebsten hätte ich sofort zugestimmt, aber dann sagte sie: »Ich muss leider in die Pension, aber Håvard kommt gleich zurück und kann dir Gesellschaft leisten.«

»Nein, ich muss noch mal mit Skull reden«, log ich.

»Kommst du zurecht?«, fragte ich Vilde dann an der Tür.

»Lieb, dass du fragst, aber es ist alles gut«, sagte sie und strich mir kurz übers Haar.

Im Massakre erzählte Skull gerade zwei Kunden dieselbe Anekdote, die er mir gestern schon erzählt hatte. Sie geht so: Ein amerikanischer Metal-Fan ist im Massakre gewesen und hat Skull gefragt, wie man in Norwegen mit dem Reservateproblem umgeht. Welchem Reservateproblem, hat Skull den Amerikaner gefragt. Na, die Wikingerreservate, hat der Amerikaner geantwortet. Skull hat ihm dann erzählt, die Wikingerreservate seien in den Hochebenen der Fjorde errichtet worden, wo die Wikinger in Stammestracht leben können und sich nach eigener Jurisdiktion im Streitfall die Axt in den Kopf hauen. Da hat der Amerikaner dann gesagt, dass das keine Lösung sei, das hätte in Amerika mit den Indianern so auch nicht funktioniert.

Als Skull und die Kundschaft zu Ende gelacht hatten, fragte ich ihn: »Gibt es einen neuen Svarte Sirkel?«

Er drehte sich langsam um und musterte mich von oben bis unten.

»Fick dich, Drachentöter, was schleichst du dich so an? Es gibt seit zwanzig Jahren keinen Svarte Sirkel mehr.«

Die Kundschaft stand etwas hilflos neben uns.

»In Oslo hat jemand den Garten von der Bischöfin angezündet, hast du das gehört?«

»Haha! Das brennende Kreuz meinst du. Scheißgute Idee«, sagte Skull.

»Ich muss mal was arbeiten«, sagte ich, und Skull reichte mir einen kleinen Schlüssel. Ich schloss den Pentagramm-Raum auf, setzte mich an den Tisch und versuchte, den Mandel zu erreichen. »Max Mandel, Büro Mandel und Singer, bitte hinterlassen Sie eine Nachricht nach dem Signalton.«

Signalton. Alte Schule, der Mandel.

»Du musst mich anrufen, hörst du? Hier sind schon wieder Sachen passiert«, sprach ich auf den Anrufbeantworter.

Dann rief ich Aasen an, weil ich sonst auch nicht weiterwusste. Obwohl er ein wichtiger Teil der Szene gewesen war, schien er doch eine gewisse Distanz dazu zu haben. Zumindest hatte ich keine Angst vor ihm so wie vor Therion.

Aasen klang, als wäre er gerade aufgestanden.

»Was ist denn?«, fragte er und gähnte lange.

»Ich hab da noch ein paar Fragen.«

»Du klingst wie Columbo«, sagte Aasen.

»Der Witz ist alt«, sagte ich.

»Dann komm halt vorbei«, sagte Aasen.

»In einer Stunde bin ich da«, sagte ich.

Aasen frühstückte, als ich ankam, und bot mir eine rohe Tomate und ein Stück Butterbrot an.

»Hast du eine feste Freundin?«, fragte ich.

»Sieht das hier so aus?«, fragte Aasen.

Ich blickte in die endlose Ödnis der Aasen-Villa hinein, sah Zeitschriften, Keyboards, DVDs, CD-Regale, einen Riesenfernseher und eine Couch.

»Nein«, sagte ich.

»Wie geht es Vilde?«, wollte Aasen wissen.

»Schon besser.«

»Hat man sie vergewaltigt?«

»Ich weiß es nicht genau. Sie will nichts sagen. Jemand hat *Quisling* auf ihren Oberschenkel geschrieben.«

»Wegen deinem Kumpel?«, fragte Aasen.

»Keine Ahnung«, sagte ich.

»Hast du das mit der Bischöfin gelesen?«, fragte ich und biss dann doch in die rohe Tomate, weil ich Hunger hatte.

»Läuft schon überall im Fernsehen.«

»Was denkst du darüber?«, wollte ich wissen.

»Es würde mich nicht wundern, wenn Aksel Raske sich demnächst der Öffentlichkeit als Experte für satanistische Brandanschläge zur Verfügung stellt. Wie diese ehemaligen Spieler bei den Fußballübertragungen«, sagte Aasen.

»Aber er hat sich doch aus der Öffentlichkeit zurückgezogen«, sagte ich.

»Er kann einfach nicht mit ansehen, wie diese ganzen Dinge passieren, ohne dass sein Name fällt. Dafür ist er zu eitel. Kennst du sein legendäres Interview mit dem englischen *Metal Hammer*? Müsste ungefähr 1992 gewesen sein«, fragte Aasen.

»Nein, 1992 hab ich schon keine Metal-Magazine mehr gelesen.«

»Was hast du stattdessen gemacht?«

»Bin mit Mädchen irgendwohin gefahren.«

Aasen schüttelte verständnislos den Kopf.

»Was stand denn drin?«, fragte ich.

»Er hat gesagt: Die Menschen sind wertlose Scheiße und nur dazu da, einem Führer zu folgen. Ich will dieser Führer sein. Ich bin ein Wikingerfürst, ich werde mit all den wertlosen Leuten in den Krieg ziehen, wie alle großen Diktatoren vor mir. Ich hasse Frieden. Die Welt braucht den Krieg. Norwegen braucht einen Krieg. Und unser Krieg ist der gegen das Christentum. Wir sind Nordmänner, wir töten, weil es unsere Tradition ist.«

»Oje«, sagte ich. »Hat er das ernst gemeint?«

»Ich glaube, er hat sich an sich selbst berauscht und daran, wie einfach er die Medien für sich nutzen konnte. Aber sein

Größenwahn steckt im Subtext, auch wenn er immer den Sarkastischen mimt.«

»Hast du auch an Brandstiftungen teilgenommen?«, fragte ich Aasen.

»Ich war nie dabei. Aber ich fand es grundsätzlich nicht schlecht, das gebe ich zu. Wir alle fanden es nicht so schlecht. Aber mir ging es damals auch nicht so gut, ich habe dauernd gesoffen.«

»Warum?«, fragte ich.

»Liebeskummer und Langeweile«, sagte Aasen und fing an, auf der Tischplatte zu trommeln.

»Verstehe«, sagte ich. Wer konnte das nicht verstehen.

Ich glaube, es tat diesem Aasen ganz gut zu reden. Mit jemand Außenstehendem.

»Wo ist Cristian Hallberg? Was denkst du?«, fragte ich.

»Ganz ehrlich? Ich denke, er hat sich aus dem Staub gemacht. Er hat schon einmal sein Leben komplett entrümpelt und sich allem entzogen. Vielleicht wird er als Nächstes wieder hetero.«

»Und die Internet-Kreuzigung? Das ist nicht echt, oder?«

»Ich glaube nicht, dass diesen Utgang-Typen so etwas zuzutrauen ist«, sagte Aasen. »Die wollen nur Aufmerksamkeit.«

»Und du drehst wirklich Videos mit Britney Spears?«, fragte ich.

»Ja. Willst du wissen, wie sie so ist?«

»Äh, ja, warum nicht.«

»Ganz lieb. Ganz lieb ist sie«, sagte Aasen.

»Das hab ich mir gedacht«, sagte ich, weil ich mal von Britney Spears auf einer Dachterrasse geträumt habe, und in dem Traum war sie tatsächlich sehr lieb gewesen. Ein bisschen naiv, aber sehr lieb.

Aasen hatte vorgeschlagen, ein bisschen an die frische Luft zu gehen, und mein Einwand, dass es doch regne, hatte ihn zum Lachen gebracht. Wenn es nach dem Regen ginge, könne er die nächsten zehn Wochen in der Wohnung bleiben, sagte er. Letztes Jahr habe es vierundachtzig Tage am Stück geregnet, er habe mitgezählt. Der indische Monsun sei ein Dreck dagegen. Aber warum dann hier noch wohnen, wenn man doch mit den Musikvideos eine Menge Geld verdient und es hier dauernd regnet, habe ich gefragt.

»Es ist doch nur Regen, kein Weltuntergang«, sagte Aasen.

Wir gingen eine Weile die Hauptstraße entlang, zweigten dann auf eine Wiese ab und überquerten sie, bis wir an einen großen See kamen, um den ein Weg herumführte. Der Boden war matschig, und ich sank stellenweise bis zu den Knöcheln ein. Ein kalter Wind fegte mir regelmäßig die Kapuze des Parkas vom Kopf. Ich persönlich verzichtete gerne auf die schöne Landschaft, wenn sie an so ein Scheißwetter gekoppelt war. Aasen rauchte einen Joint, während wir am See entlang spazieren gingen. Er ließ mich ziehen.

»Woher kommt eigentlich dein Fantasiename?«, fragte ich.

»Was für ein Fantasiename?«, fragte Aasen.

»Der mit U. So wie Raske sich auch Therion nennt.«

»Ujak? In Tolkiens Schwarzer Sprache ist es das Wort für Wolf«, sagte Aasen.

»Was habt ihr nur alle mit Tolkien?«, fragte ich.

»Mittelerde und seine Geschöpfe sind den altnordischen Sagen entlehnt. Tolkien hat also angefangen, er hat zuerst bei uns geklaut.«

Das klang in seiner Wunderlichkeit einleuchtend.

»Kann ich dich was fragen, Gunarr?«, fragte ich.

»Das tust du doch schon die ganze Zeit«, sagte Aasen.

»Was ist damals in der Fantoft-Kirche wirklich passiert? Off the record quasi.«

»Ich hatte damit nichts zu tun«, sagte Aasen und nahm mir den Joint aus der Hand. »Ich bin in der Nacht zu Hause gewesen und habe am Albumcover von der *Surtur* gearbeitet.«

»Du kanntest aber die Leute, die verbrannt sind, oder?«

»Überwiegend«, sagte Aasen und nahm einen tiefen Zug vom Joint.

»Und was hat Raske dir davon erzählt?«

»Mit dem hab ich seit dieser Nacht kein Wort mehr gewechselt. Ich weiß nur das, was auch der Öffentlichkeit bekannt ist. Im Prinzip fing der Irrsinn schon mit Aksels Ausstieg bei Godfuck an. Das war der erste Riss in der Beziehung zwischen ihm und Hades Motzfeld. Wir wohnten in Bergen, Godfuck lebten und probten in Oslo. Also wollte Motzfeld, dass Aksel für Godfuck nach Oslo zog. Und das wollte Aksel unter keinen Umständen, ihm war Oslo zu laut und zu roh, er kam ja ursprünglich von dort. Und wenn er heute sagt, er sei bei Godfuck ausgestiegen, weil sie ihm zu theatralisch waren, dann ist das nur Revisionismus. In Wirklichkeit wollte er nicht zurück nach Oslo. Er hatte regelrecht Angst vor Oslo. Hades Motzfeld und Godfuck galten als die Ersten in der Bewegung. Die Selbstverstümmelung von Grave, dem Sänger, das Abstechen eines lebendigen Ziegenbocks auf der Bühne und die perversen Texte setzten neue Standards, lange bevor es Dark Reich gab. Grave selbst hat sich sogar mal in einem zugenagelten Sarg auf die Bühne tragen lassen und die ersten Songs nur aus diesem Sarg heraus gesungen. So einer Band abzusagen, wenn sie dich einlädt, bei ihnen zu wohnen und mit ihnen zu spielen, das war schon ein Affront. Und Motzfeld war auch die Black-Metal-Polizei, er bestimmte, was cool und was scheiße war, wen man kennen musste und wen man besser nicht kannte, welche Bands *pure evil* waren und welche nur so taten. Er nannte sich selbst mal im Spaß den *Paten der Schwarzen Mafia*, und dem schlug man nicht einfach so einen Wunsch aus, vor allem nicht, wenn man an seiner Seite in der einflussreichsten Metal-Band Skandinaviens spielen durfte.«

»Kann ich noch mal ziehen?«, unterbrach ich ihn, weil ich die Kälte und den Wind sonst nicht ertragen hätte. Aasen reichte mir den Joint.

»Wo war ich?«, fragte er.

»Ich weiß nicht. Bei der Mafia?«, sagte ich.

»Genau. Aber obwohl er tödlich beleidigt war, gab Motzfeld sich nach außen hin als der wohlwollende Mäzen von Død und veröffentlichte unser erstes Album auf seinem Label Bleaklife. Wahrscheinlich weil er Aksel unter Kontrolle behalten wollte. Eigentlich hat er sowieso nur unser Demo ins Presswerk gegeben, aber es galt damals ja als cool, wenn der Sound scheiße war. Aksel hat Motzfeld sogar noch Geld für die Produktion geliehen. Als die erste Død in diversen Magazinen als der neue und beste Black Metal beschrieben wurde, hat Aksel plötzlich den Großwesir von Bergen gespielt und eine eigene Entourage um sich versammelt, mit dem Massakre als Basislager. Zeitgleich gab ja Skull das *Black Death*-Magazin heraus, in dem er uns in den Himmel lobte, weil er endlich eine Band aus seiner Heimatstadt fördern konnte.«

»Haha, in den Himmel loben«, sagte ich.

»Wie bitte?«, fragte Aasen.

»Nichts«, sagte ich.

»Aksel etablierte mit voller Absicht eine Konkurrenz zu der Osloer Szene. Der Bergener Kreis sollte der einzig radikale, der einzig echte sein. Im Gegensatz zu Hades, der den Svarte Sirkel eher als Geheimbund begriff, ging Aksel an die Öffentlichkeit und verkündete offiziell, er werde die bürgerliche Gesellschaft angreifen. Kurz darauf haben Aksel und seine Adlaten tatsächlich Kirchen angezündet. Die Osloer waren plötzlich die Nachzügler, die Unentschlossenen, die Uncoolen ...«

Ein kleiner brauner Vogel mit einem außerirdisch langen Schnabel setzte sich vor mir auf die Wiese, als hätte er sonst nichts zu tun. Ich beobachtete ihn.

»... aber das konnte Hades natürlich nicht auf sich sitzen lassen, deshalb fing er an, diverse Gerüchte über Aksel zu streuen. Raske wohne noch bei seinen Eltern, Raske sei ein Kiffer, zudem sei er Kommunist. Raske habe die Idee mit den Kirchenbränden von ihm. Raske habe Riffs bei Godfuck geklaut und als seine eigenen ausgegeben und so weiter. Das ist übrigens ein Schlammläufer«, sagte Aasen, vermutlich weil ich noch immer den Vogel anstarrte.

»Deshalb der lange Schnabel«, sagte ich, obwohl ich im Leben noch nie etwas von einem Schlammläufer gehört hatte.

»Aber erzähl ruhig weiter«, sagte ich und beobachtete den Schlammläufer, wie er seinen langen Schnabel in die sumpfige Wiese hineinbohrte.

»Aksel ließ seinerseits anonyme Briefe an Motzfeld und dessen Anhang schicken, in denen er drohte, Bombenanschläge auf Osloer Konzerte zu verüben, weil die Osloer Szene nur noch auf Profit aus sei und damit unecht. In Wirklichkeit hatte der Kapitalismus längst bei uns allen Einzug gehalten. Je mehr Kirchen brannten und je mehr Gräber geschändet wurden, desto besser verkauften sich die Alben von Godfuck und Dark Reich, und auch unser Debütalbum ging innerhalb von vier Wochen in die dritte Auflage. Jede kleine Scheißband konnte plötzlich etwas veröffentlichen. Die Bands neideten sich zudem gegenseitig den Erfolg, und man konnte auch die Streitigkeiten der Osloer und der Bergener Fraktionen nicht mehr unter Verschluss halten. Bei einem Godfuck-Konzert im Garage haben sich Raskes und Motzfelds Anhänger gegenseitig die Fresse eingeschlagen, und ab da wusste jeder, dass der Svarte Sirkel in zwei Lager zerfallen war.«

»Ganz schön kindisch«, sagte ich und hoffte, dass wir bald wieder zurück zum Haus gingen, denn der Wind drang in die entlegensten Stellen meines Körpers, und der Schlammläufer war auch weg. Da war nur noch Aasen und seine deprimierende Geschichte.

»Deshalb gab es danach auch eine Petition, den Sirkel wieder zu einen. Motzfeld zeigte sich kompromissbereit und sagte, dass er sich jederzeit mit Aksel zusammensetzen würde. In den Gerichtsprotokollen von damals ist übrigens die Aussage des Godfuck-Gitarristen Necronomicon nachzulesen, zu dem Hades exakt zur Zeit der Petition gesagt haben soll, den Raske werde er sich eines Tages schnappen, ihn im Wald an einen Baum nageln und ihm Säure ins Gesicht gießen, bis er sich häutet.«

»Oha«, sagte ich.

»Ich glaube nicht, dass Hades sich so etwas jemals getraut hätte. Er war im Prinzip nur ein Wichtigtuer und hatte bis Fantoft nie auch nur eine Zigarette in der Nähe einer Kirche geraucht. Deshalb kam Raske auch auf die Idee zur Vereinigung der beiden Gruppen. Als Vertreter beider Lager sollten Hades und Raske zu Ehren eines vereinigten Svarte Sirkel eine extremistische Großtat zusammen ausführen.«

»Die Stabkirche in Bergen anzünden«, mutmaßte ich.

»Genau. Aksel versprach, dass er und Motzfeld als Zeichen der neuen Brüderlichkeit zwischen Oslo und Bergen eigenhändig die Kirche in Brand setzen würden. Das kann Motzfeld natürlich nicht gepasst haben, weil er sich aus konkreten Straftaten ja immer herausgehalten hatte, aber jetzt war er vor dem gesamten Kreis herausgefordert worden und durfte den Schwanz nicht einziehen.«

»Und dann hat Raske nicht nur die Kirche, sondern Motzfeld gleich mit angezündet«, sagte ich, auch weil ich zeigen wollte, dass ich noch zuhörte.

»Was dann genau passiert ist, weiß ich nicht. Ich weiß nur noch, dass Hades es am 6. Juni tun wollte, wegen der Symbolkraft des Datums, aber dann war am 6. Juni das Deicide-Konzert in Lillehammer, und alle waren viel zu betrunken. Also wurde die Aktion eine Woche nach hinten auf den 13. Juni geschoben. Motzfeld und seine Leute sind angeblich zur vereinbarten Uhrzeit in die Kirche eingebrochen und waren gerade dabei, Feuer zu legen, aber jemand verbarrikadierte die Tür und zündete die Kirche von außen an.«

»Wieso hat Motzfeld nicht auf Raske gewartet? Waren sie nicht verabredet?«, wollte ich wissen.

»Raske behauptet, er sei zu spät gewesen und habe niemanden gesehen.«

»Wieso hat man Raske überhaupt anklagen können?«

»Weil Raske vom Staatsschutz überwacht wurde und ihm jemand bis zu der Kirche gefolgt war. Er wurde noch in derselben Nacht festgenommen. Es gab nur keine Zeugen für die eigentliche Brandstiftung und das Verbarrikadieren der Tür.«

»Warum nicht? Wenn ihm doch jemand gefolgt ist«, sagte ich.

»Das weiß ich auch nicht.«

»Hat man das den Staatsschutz nicht gefragt?«, fragte ich.

»Der Mitarbeiter wollte anonym bleiben und ist nur der Polizei und dem Gericht bekannt.«

»Ein Maulwurf aus dem Svarte Sirkel?«, sagte ich, und endlich konnte ich mal das Wort Maulwurf benutzen. Bisher hatte sich in meiner Detektivlaufbahn noch keine Gelegenheit dazu ergeben, aber jetzt war es so weit. Maulwurf. *Mole.* Großartiges Wort.

»Wer weiß«, sagte Aasen.

»Glaubst du, dass Raske Motzfeld absichtlich hat verbrennen lassen?«

»Ich kann mir schon vorstellen, dass Aksel scharf darauf war, den größtmöglichen Terror zu veranstalten. Kurz nach dem Brand wurde ein Rundschreiben an die wichtigsten Bands gefunden, in dem jemand den Tod von Motzfeld als Märtyrertod für den Sirkel preist. Beigelegt war jedem Schreiben ein Plastiksäckchen mit einer Prise Asche.«

»Welche Rolle spielten dabei Dark Reich?«, fragte ich.

»Die haben sich sowohl mit Oslo als auch mit Bergen gut arrangiert, die fungierten als eine Art Vermittler. Cristian war damals noch ein sehr umgänglicher Zeitgenosse, mit dem sich jeder gut verstanden hat. Aber am Tag des Brandes waren Dark Reich in England auf Tour und wussten angeblich auch nichts davon.«

»Ich habe eine Idee«, sagte ich, während ich die Zehen einzog, weil die Kälte dabei war, aus der Wiese in meine Schuhe über meine Zehen in meinen gesamten Körper zu kriechen.

»Was für eine Idee?«, fragte Aasen.

»Wir tun so, als ob Baalberith gar nicht verschwunden ist, und erklären Utgang den Krieg.«

»Wie bitte? Und wer ist *wir*?«, fragte Aasen.

»*Wir* sind wir«, sagte ich. »Dir ist Vilde doch immer noch wichtig, und sie will ihren Bruder finden. Und vielleicht glättet das ja die Wogen zwischen euch, vorausgesetzt, er taucht wieder auf.«

»Was soll ich denn machen?«, fragte Aasen.

»Du drehst ein Video. Das ist doch dein Ding, oder?«, sagte ich.

12: LUTEFISK

Der Mandel wachte in dem Wohnmobil auf. Innen gab es ein größeres Bett an der Rückwand und an der Seite ein aufklappbares Gästebett, in dem der Mandel lag. Das größere Bett war leer und zerwühlt, darüber hing ein riesiges Schwarz-Weiß-Poster von Død. Raske mit Leichenschminke in einem dunklen Mantel, die langen blonden Haare ins Gesicht fallend, an einer kahlen Wand lehnend. Er warf einen merkwürdigen Schatten, sodass sein Kopf nach oben um ein Drittel größer wirkte. Er trug kein umgedrehtes Kreuz, keine Nieten, keine Knochen, keine Patronen, kein gar nichts. Sein Blick war starr und leblos. Daneben stand leicht gebückt – weil eigentlich deutlich größer – sein Bandkollege Gunarr Aasen, ebenfalls geschminkt. Er versuchte finster auszusehen und erinnerte dabei an den Glöckner von Notre-Dame. Die Schminke ließ sein Gesicht noch schiefer als in echt wirken. Er trug eine Lederweste über seinem nackten Oberkörper und eine schwarze, enge Lederhose. Im Einzelnen gab er alles andere als ein furchterregendes Bild ab, aber im Verbund mit dem leblosen Raske wirkte er wie jemand, der gerade frisch aus dem Irrenhaus ausgebrochen war. Der Mandel stand auf und wusch sich am Spülbecken der Küchenzeile die Hände, bevor er seinen Seitenscheitel auf Vordermann brachte. Er stieg aus und pinkelte draußen gegen einen Baum, weil er Toiletten in Wohnwagen unhygienisch fand. Es nieselte. Der Mandel machte sich auf den Weg zu den Holzhäusern unten an der Straße. Er klopfte bei dem königsblauen Haus an die Tür. Zunächst antwortete niemand, und der Mandel blickte auf seine teure Uhr. Eine Uhr muss was können, sagt er, ohne zu spezifizieren, was genau das ist. Es war ein Uhr mittags, und er hatte gut sechs Stunden geschlafen, seit sie wieder aus Oslo zurück waren. Am Straßenrand parkte der Ford Focus. Der Mandel überlegte kurz, zurück nach Bergen zu fahren. Dann ging die Tür auf, und der Vater von Anders Myklebust sagte:

»Kommen Sie herein. Wir essen gerade, und Sie sind herzlich eingeladen.«

Der Mandel trat in eine Gaststube. Die Wände waren aus dunklem Holz, und die Deckenbalken hingen fast auf Kopfhöhe. Vielleicht nicht beim Mandel, aber bei einem normal groß gewachsenen Menschen. An der Wand war ein langer Tisch, der aus mehreren zusammengerückten kleinen Tischen bestand, und quer im Raum standen noch einmal drei Tische. Am oberen Ende der langen Tischreihe, die an der Theke endete, saßen Myklebust und Grimnir, die eine gelbliche Flüssigkeit aus Gläsern tranken. Daneben stand eine Flasche mit dem Etikett *Hardanger Sider Tradisjonell.* Auf ihren Tellern lag ein Gemansche aus irgendwas und ein paar Kartoffeln. Es hat bestialisch gestunken, sagt der Mandel. Anders Myklebust trug ein schwarzes T-Shirt mit Thor aus den Comicheften drauf und lächelte den Mandel an.

»Sie haben sicher Hunger«, sagte der ältere Myklebust.

»Nein, danke«, log der Mandel und setzte sich neben Grimnir, der ihn keines Blickes würdigte. Myklebust junior stellte ihm ein leeres Glas hin, und der Mandel schenkte sich sofort etwas von dem gelblichen Cider ein, um sich von dem Gestank abzulenken. Der Cider war stark alkoholisch, und auf nüchternen Magen ließ er den Mandel auf der Stelle angetrunken werden.

»Wie gefällt es Ihnen in Norwegen?«, fragte Myklebust senior.

»Ganz gut«, sagte der Mandel und nahm noch einen Schluck von dem Cider.

»Schönes Gasthaus haben Sie hier«, sagte er dann.

»Leider kommen hier nicht so viele Touristen vorbei wie unten in Norheimsund. Wussten Sie, dass der Hardangerfjord der drittgrößte Fjord auf der Welt ist? Er ist hundertsiebzig Kilometer lang.«

»Tatsächlich?«, sagte der Mandel und tat interessiert. Mir an seiner Stelle hätte es jetzt langsam wieder gereicht mit der Natur. Ich hätte mein Telefon zurückgefordert und wäre zurück in die Stadt gefahren. In die Zivilisation. Weiß doch jeder, dass man nicht vernünftig denken kann, wenn man die ganze Zeit von Natur umgeben ist. Jedes Mal, wenn ich bei meiner Schwester und ihrer Familie auf dem Land bin, kann ich keinen klaren Gedanken fassen.

»Darf man hier rauchen?«, fragte der Mandel.

»Eigentlich nicht, aber solange keine Gäste hier sind«, sagte Myklebust junior und stand auf, um dem Mandel einen Aschenbecher zu holen.

»Was esst ihr da?«, fragte der Mandel.

»Lutefisk«, sagte Grimnir und strich seine langen schwarzen Haare hinter die Ohren.

»Fisch in Birkenasche«, erläuterte Myklebust senior.

Der Mandel schüttelte sich innerlich.

»Kennen Sie eigentlich die Musik von Ihrem Sohn?«, fragte er.

»Natürlich«, sagte Myklebust senior.

»Gefällt sie Ihnen?«

»Es ist nicht unbedingt mein Geschmack. Aber es steckt eine Menge von seinem starken Willen und der Wut der Jugend darin.«

»Dir geht unser Krach doch furchtbar auf die Nerven. Du kommst ja nicht mal in die Nähe der Höhle«, sagte Myklebust zu seinem Vater, aber er meinte es eher kumpelhaft, sagt der Mandel.

»Und wie finden Sie die Einstellung der Band?«, fragte der Mandel weiter.

»Welche Einstellung meinen Sie?«

»Staatsfeindlich, antichristlich, gewaltverherrlichend«, sagte der Mandel in seiner direkten Art.

»Das ist doch überwiegend symbolisch zu verstehen. Und warum sollen wir diesem Staat nicht seine Grenzen aufzeigen? Der Staat finanziert eine Kirche, die wir nicht wollen, und stülpt uns ein Sozialsystem über, das wir uns nicht leisten können und von dem die Immigranten mehr profitieren als die Norweger. Wir zahlen Steuern, die an Wegelagerei grenzen.«

»Klingt, als würden Sie die Fortschrittspartei wählen«, sagte der Mandel, und ich finde, dafür, dass er hier Gast war, benahm er sich reichlich unverschämt. Wer's nicht weiß, die Fortschrittspartei ist eine rechte Partei im norwegischen Parlament.

»Das sind doch auch nur Schwätzer. Sobald man die einmal irgendwo hineingewählt hat, debattieren sie nur noch, statt zu handeln«, sagte Myklebust senior.

»Ich muss jetzt einkaufen fahren, Papa. Soll ich dir was aus dem Baumarkt mitbringen?«, fragte Anders Myklebust, weil Söhne ungern ihre Väter über Politik reden hören, schon gar nicht vor anderen Leuten.

»Nein, danke.«

»Kommst du mit, Herr Mandel?«, fragte Myklebust.

»Mit Vergnügen«, sagte der Mandel und atmete innerlich auf, weil er von dem Lutefisk wegkonnte.

Der Mandel und Myklebust stiegen in den schwarzen VW-Bus, der vor dem Haus geparkt war, und fuhren los.

»Mein Vater hat manchmal extreme Ansichten«, sagte ausgerechnet Myklebust, und der Mandel wusste nicht, ob das jetzt ein Witz war oder ob er in Zungen redete.

»Können wir unterwegs an einer Bäckerei halten?«, fragte der Mandel.

Myklebust lachte laut, und dem Mandel war wahrscheinlich selbst gleich klar, dass man mitten in der Wildnis nicht einfach so an einer Bäckerei halten kann.

»Was waren das eigentlich für Schüsse gestern?«, fragte der Mandel.

»Wir haben nur zwei Fenster zerschossen, sonst nichts. Es war alles nur ein symbolischer Akt.«

»Symbolisch wofür?«, fragte der Mandel und hielt sich am Griff über dem Fenster fest, weil der junge Myklebust wie ein Henker fuhr. Wie man das in dem Alter eben so macht.

»Den Widerstand gegen die Staatskirche. Wir führen das fort, was Therion und der Bergener Kreis damals begonnen haben. Wir weisen den Staat in seine Schranken. Und wir benutzen die Kunst dazu. Unsere Musik ist Kunst und Auflehnung zugleich. Auch das brennende Kreuz im Garten der Bischöfin ist nichts anderes als ein Kunstwerk des Protests«, sagte Myklebust und schaltete das Radio ein. Es lief etwas von den Pet Shop Boys.

»Raske hat fünf Leute verbrennen lassen. War das auch Kunst?«, fragte der Mandel.

»Das war ein Unfall, das hat er doch auch vor Gericht gesagt. Er dachte, Motzfeld und seine Leute wären wieder aus dem Plan ausgestiegen, und es wäre seine alleinige Aufgabe, die Kirche anzuzünden. Und nach dem Fantoft-Zwischenfall hat die Welt immerhin genauer hingehört, was Therion zu sagen hatte.«

»Hast du eine Freundin?«, fragte der Mandel. Vielleicht hatte er jetzt ja genug von dem Revoluzzergeschwafel.

»Oder einen Freund?«, fügte er hinzu.

»Ich habe eine Freundin drüben in Odda, aber sie ist eine Schlampe. Sie ist Köchin«, sagte Myklebust, und der Mandel musste lachen.

»Was ist so lustig?«

»Nichts«, sagte der Mandel.

»Was wisst ihr Deutschen schon von Norwegen«, sagte Myklebust, den das Gelache vom Mandel verärgert hatte.

»Ihr kommt wegen den Fjorden und den Holzhäusern. Ihr kauft hier Kühltruhen voller Fisch und schmuggelt ihn über die Grenze. Ihr regt euch auf, weil die Zigaretten so teuer sind und man für Schnaps in ein Vinmonopol gehen muss. Ihr seid empört, weil die Fortschrittspartei in der Regierung sitzt und wie so ein schönes Land nur so teuer sein kann. Und warum es in den meisten Orten gar keine Polarnacht gibt. Und ihr denkt, dass hier alle jungen Leute Satanisten sind. Ihr seid so was von scheinheilig! Ihr zündet Asylantenheime und Dönerbuden an, ihr verprügelt Ausländer, aber wehe, es zeigt jemand zum Spaß den Hitlergruß, dann kommt er sofort ins Gefängnis. Ihr nennt euch das Land der Dichter und Denker und seid zu geizig, in die Bildung zu investieren. Lieber kriecht ihr den Amerikanern in den Arsch und peitscht die anderen Länder auf eure gnadenlose Form des Kapitalismus ein. Ihr prahlt mit eurer Aufgeklärtheit und eurer Demokratie und kollaboriert mit China und Russland. Und wenn ihr Geld braucht, verkauft ihr ein paar Panzer an eine afrikanische Diktatur. Ihr seid überhaupt die Scheinheiligsten. Kein Wunder, dass der Papst ein Deutscher ist.«

»Hm«, machte der Mandel, und da verstehe ich ihn. Was soll man auch sonst zu so was sagen.

Eine Weile fuhren die beiden schweigend die Straße am Fjord entlang, bis der Mandel sagte:

»Kann ich jetzt eigentlich mein Telefon haben?«

»Wenn wir wieder in Fykse sind«, sagte Myklebust.

»Und du wolltest mir sagen, was mit Baalberith passiert ist.«

»Er war uns eine große Hilfe.«

»Ist er tot?«, fragte der Mandel.

»Warum soll er tot sein?«

»Es hörte sich so an. Ich brauche ein Lebenszeichen von ihm, um seine Schwester zu beruhigen.«

»Er ist nicht mehr hier«, sagte Myklebust.

»Wann war er denn hier?«

»Das ist noch nicht so lange her.«

»So kommen wir nicht weiter, Anders«, sagte der Mandel.

»Ich weiß«, sagte Myklebust.

»Ich will mein Telefon zurück«, sagte der Mandel.

»Du bekommst es, wenn wir aus dem Baumarkt zurück sind.«

»Was machen wir im Baumarkt?«, fragte der Mandel.

»Wir bestellen nur was«, sagte Myklebust.

Der Parkplatz vom Baumarkt in Norheimsund war leer. Hinter dem Baumarkt begann ein Gebirge. Als wäre der Baumarkt der letzte Außenposten der Menschheit. Drinnen unterhielt sich Myklebust lange mit einem der Mitarbeiter, und es war dem Mandel völlig klar, dass das Gespräch nicht für seine Ohren gedacht war. Davon abgesehen hätte er eh nichts verstanden. Er sah sich einen riesigen Industriestaubsauger an, der gerade im Angebot war.

»Was plant ihr denn mit Utgang als Nächstes?«, fragte der Mandel auf der Rückfahrt. »Zündet ihr wieder was an, oder probt ihr auch mal?«

»Heute Abend gehen wir aus«, sagte Myklebust. »Und du kommst mit, Herr Mandel!«

Der Mandel war ganz und gar nicht zufrieden mit dem Verlauf der Dinge. Dass er zum Komplizen bei einem Terroranschlag geworden war, schien ihn dabei weniger zu stören. Aber er hatte noch immer keinen Hinweis darauf finden können, wo sich Baalberith befand oder was mit ihm passiert war. Und eines ist klar: Wenn sich der Mandel mal in ein Projekt hineingewühlt hat, dann taucht er auch erst wieder in der normalen Welt auf, wenn er es zu Ende gebracht hat.

Am späten Nachmittag saß der Mandel in der Gaststube vom Gardsrestaurant Fykse mit seinem Telefon und stellte fest, dass der Akku leer war und er kein Ladegerät dabeihatte. Papa Myklebust räumte währenddessen in der Küche herum, und am Nebentisch saßen zwei deutsche Touristen, die sich über die nächste Wanderroute unterhielten, und das bei dem Scheißwetter. Er war garantiert über sechzig und sie um die vierzig, sagt der Mandel. Er Oberarzt, sie Kinderärztin. Beide im Frühjahr schon braungebrannt. Ganz sicher Süddeutsche, sagt der Mandel.

»Kann ich Ihr Telefon benutzen?«, rief der Mandel in die Küche. Es dauerte ein paar Sekunden, bis Myklebust senior mit einem Fisch in der Hand auftauchte und sagte: »Aber natürlich. Kommen Sie!«

Der Mandel stellte sich neben einen Topf mit einer brodelnden und übel riechenden Masse. Daneben war ein kleines Regal an der Wand angebracht, mit einem Tastentelefon und einem Spiralkabel. Er wählte die Nummer von seinem Bruder, denn die weiß er auswendig.

Der Bruder vom Mandel ist im Grunde kein schlechter Mensch. Aber er ist Fahrlehrer.

»Ich bin's«, sagte der Mandel.

»Max, du Sauhund. Wie läuft das Geschäft? Was machen die Ganoven?«

»Ich bin grade in Norwegen und muss es kurz machen, also hör bitte zu.«

»In Norwegen? Sauber! Mensch, wo du überall herumkommst. Wahrscheinlich auf Spesenkosten. Ich hätt auch ein Ermittler werden sollen. Geschäftlich schaff ich's höchstens mal nach Straubing, wobei ich bezweifle, dass die in Norwegen oben auch so ein gutes Café wie den Krönner am Stadtplatz haben. Ehrlich, du musst mal wieder runterkommen wegen der Agnes-Bernauer-Torte. Die gibt's jetzt auch als Cremeschnitte.«

»Dieter, bitte, ich hab's eilig.«

»'tschuldigung.«

»Ich brauch die Handynummer vom Sigi.«

»Hast du die nicht in deinem Telefon?«, fragte der Dieter.

»Ich würde nicht anrufen, wenn ich sie bei mir hätte«, sagte der Mandel.

»Völlig klar. Total logisch. Gut mitgedacht, Max«, sagte der Dieter und gab dem Mandel die Nummer durch. Der Mandel wollte schon auflegen.

»Du, Max?«

»Ja?«

»Die Weiber in Norwegen, sind die wirklich alle blond?«

»Keine Ahnung, ciao«, sagte der Mandel und legte auf.

»Das war ein Ferngespräch. Aber ich müsste noch mal telefonieren. Ich lege Ihnen hundert Kronen hin«, sagte der Mandel zum alten Myklebust.

»Sie sind eingeladen«, sagte Myklebust senior und schnitt dem Fisch mit einem langen Messer den Bauch auf.

Der Mandel rief jetzt bei mir an, aber ich ging nicht ran, weil ich gerade das Video drehte. Der Mandel setzte sich wieder in die Gaststube.

»Einen Beefeater haben Sie wahrscheinlich nicht?«, fragte er den alten Myklebust, der Küche und Gäste gleichzeitig betreute.

»Ist das ein Gericht?«, fragte er.

»Dann nehm ich noch einen Cider«, sagte der Mandel.

13: REICHSWEHR

So ganz ausgereift war mein Plan mit dem Video nicht, das gebe ich zu, aber niemand hatte einen besseren zu dem Zeitpunkt. Ich war mit Aasen in sein Haus zurückgekehrt, und er hatte mir ein Butterbrot mit Räucherkäse geschmiert. Bei einem Glas Weißwein saßen wir auf seiner Couch und sahen eine DVD mit einigen seiner Musikvideos. Rihanna lief durch eine Wiese voller Blumen mit schwarzen Blüten und trug Strapse dabei.

»Ich will gar kein teures Video drehen. Ich brauche nur eine gute Beleuchtung und eine bedrohliche Atmosphäre«, sagte ich.

»Die Band soll nicht auftreten?«, fragte Aasen.

»Nein, die sollen nur bedrohlich herumstehen.«

»Und nichts sagen?«

»Doch, doch. Sagen sollen sie schon was.«

»Und was ist mit Baalberith? Ist das nicht merkwürdig, wenn die Band nur zu dritt ist?«, fragte Aasen.

»Ich habe eine Idee, wie wir das lösen. Aber das Wichtigste ist, dass sie Utgang herausfordern, ihnen sogar drohen.«

»Okay«, sagte Aasen, während Rihanna in einen schwarzen Apfel biss.

»Wie schnell könntest du so etwas filmen und schneiden?«, fragte ich.

»Wenn wir die Band heute noch erreichen, könnten wir bei mir im Keller drehen. Ich habe dort ein kleines Studio eingerichtet, wo sämtliche Kamerapositionen schon aufgebaut sind. Schneiden muss man da nicht viel. Nur ausspielen. Das könnte heute Nacht noch online gehen.«

»Großartig. Es freut mich, dass du mir hilfst«, sagte ich und gab ihm einen unbeholfenen Klaps auf den Rücken. Er machte ein schiefes Gesicht.

»Und was ist jetzt mit Baalberith?«, fragte er.

»Ich bin Baalberith«, sagte ich und trank das Glas mit dem Weißwein aus.

»Was?«, sagte Aasen.

»Ich bin doch ungefähr genauso groß. Ich hole mir eine Perücke und die Leichenschminke und halte den Kopf nach unten. Wer soll den Unterschied merken?«

Aasen musterte mich von oben bis unten und sagte nichts.

»Und?«, fragte ich nach. »Was denkst du?«

»Sei bitte nicht sauer, aber du bist nicht der richtige Typ dafür. Dir fehlt die *evil* Ausstrahlung«, sagte Aasen.

»Das ist aber jetzt nicht besonders nett«, sagte ich.

»Aber ich kann dich natürlich *evil* machen«, sagte Aasen.

»Na dann«, sagte ich und stand auf, immer noch ein wenig eingeschnappt, dass mir jegliche Evilheit abgesprochen wurde.

Ich erzählte Abbadon am Telefon von meiner Idee.

»Wir sollen eine Fehde mit diesen Radikalen anfangen? Du weißt schon, dass mit solchen Leuten nicht zu spaßen ist, oder?«

»Hat der große, böse Abbadon etwa Angst vor den jungen Wilden?«, fragte ich.

»Bullshit, du Arschloch, ich hab keine Angst. Ich bin sowieso der Meinung, dass das nur Nachäffer sind. Ohne Dark

Reich gäbe es kein Utgang. Ich bringe Balrog mit, und wir treten denen in den verdammten Arsch.«

»Was ist mit eurem Schlagzeuger, ich hab seinen Namen vergessen?«, fragte ich.

»Nergal. Der legt heute irgendwo seinen Techno-Müll auf. Aber er ist ohnehin kein festes Mitglied. Seit Hellzombie weg ist, haben wir keinen echten Schlagzeuger mehr.«

»Warum ist Hellzombie weg?«, wollte ich wissen. Hellzombie. Das war wenigstens ein vernünftiger Name.

»Prostatakrebs«, sagte Abbadon.

»Oje«, sagte ich.

»Eine Frage noch«, sagte Abbadon.

»Ja?«

»Wer dreht das Video?«

»Ein Freund, er ist Videoregisseur«, sagte ich und gab Abbadon die Adresse.

»Ah, Fana, feine Gegend«, sagte Abbadon.

Als ich Abbadon und Balrog die Tür zu Aasens Haus öffnete, sahen sie sich anerkennend um.

»Du hast interessante Freunde, deutscher Mann«, sagte Abbadon.

»Tss«, machte Balrog, der eine Wollmütze mit Bommel über seiner Glatze trug. Dann kam Aasen links hinten aus dem Badezimmer, und die Stimmung schlug schlagartig um.

»Ich glaub's ja nicht. Aasen, du Arschloch«, sagte Abbadon und ging mit erhobener Faust auf Aasen zu.

»Langsam, langsam«, sagte ich und stellte mich Abbadon in den Weg. Aber er rannte mich um, und ich fiel in einen Stapel DVDs, der auf dem Boden stand. Aasen zog einen Baseballschläger aus einem der tausend Regale, die sich wie ein Ring um die Wohnung legten.

»Jetzt reicht's aber«, sagte ich und war wieder aufgestanden.

Niemand nahm Notiz von mir. Balrog wartete mit ausdruckslosem Gesicht im Hintergrund, während sich Aasen und Abbadon gegenüberstanden wie vor einem Duell im Morgengrauen. Aasens Baseballschläger gegen Abbadons Faust.

»Mit dem beschissenen Arschloch arbeite ich nicht zusammen«, sagte Abbadon.

»Weshalb?«, fragte ich.

»Es ist immer noch wegen dem Konzert, oder? Da kommt ihr nicht drüber hinweg«, sagte Aasen.

»Haargenau, Arschloch«, sagte Abbadon.

»Das muss mir jemand erklären«, sagte ich.

»Ich hatte damals schon ein paar Videos in den USA gedreht, und deshalb wollten Dark Reich mich unbedingt für den Mitschnitt von dem *Last Black Mass*-Konzert. Ich hatte aber schon einen anderen Auftrag und musste absagen.«

»Du warst Cristians Freund und hast ihm versprochen, mit uns zu drehen. Und dann sagst du uns ab wegen diesen abgefuckten Hurensöhnen von Negation. Ausgerechnet Negation«, regte sich Abbadon auf.

Ich sah Aasen fragend an.

»Der Auftrag stand schon längere Zeit fest, noch bevor Cristian mich wegen dem Konzert gefragt hat. Ich habe versucht, den Termin zu verschieben. Aber die Plattenfirma wollte nicht, und ich war auf das Geld angewiesen.«

»Ausgerechnet die Wichser von Negation. Schwedische Hurensöhne und Verräterhunde. Diese verdammten Ficker«, sagte Abbadon.

Fuckin' fuckers.

»Was habt ihr gegen Negation?«, fragte ich, obwohl ich es mir denken konnte.

Negation waren eine Band aus Schweden, die sich mit Monstermasken, Schwertern, Feuerspuckerei und anderen

Mittelaltermarktgaukeleien ein Partypublikum auf der ganzen Welt erspielt hatte. Abbadon sah mich an, als wollte er meine gesamte Verwandtschaft auffressen.

»Das sind schon ganz schöne Affen, da habt ihr natürlich Recht«, sagte ich. »Aber die Sache ist über fünfzehn Jahre her.«

»Aber er hat sich nie entschuldigt«, sagte Abbadon.

Ich sah zu Aasen hinüber, der immer noch seinen Baseballschläger in der Hand hatte.

»Komm schon, Gunarr«, sagte ich.

»Ich muss mich doch von denen nicht als Arschloch bezeichnen lassen.«

»Für sie ist es sicher auch ärgerlich gewesen«, sagte ich.

»Ja, ja, es tut mir leid«, sagte Aasen und schaute in die Luft.

»Kannst du das noch mal laut und ohne das *ja, ja* wiederholen?«, sagte Abbadon.

»Er hat sich doch jetzt entschuldigt«, sagte ich.

»Lass gut sein, Jonas«, sagte Balrog.

»Fick dich, Aasen«, sagte Abbadon, und das bedeutete wohl: Entschuldigung angenommen. Aasen legte den Baseballschläger zurück ins Regal.

»Gut, dann ziehen wir uns mal alle um. Habt ihr mein Zeug dabei?«, fragte ich Abbadon.

»Komm her, Kleiner. Jetzt machen wir einen Mann aus dir«, sagte Abbadon und schlug mir grob auf den Rücken.

Die beiden hatten die Leichenschminke und einen Teil ihrer Bühnengarderobe mitgebracht. Ich ließ mich von Balrog mit Baalberiths Standard-Make-up anmalen. Die Grundierung war weiß, und um die Augen wurde mir eine schwarze Form geschminkt, die mich ein bisschen an diesen Wrestler aus den Achtzigern erinnerte, Ultimate Warrior. Das Schminken dauerte fast eine halbe Stunde, weil Balrog die Linien um die

Augen ganz langsam und konzentriert mit einem feinen Pinsel zog. Danach entschied ich mich für ein Hemd aus glänzendem schwarzem Lederimitat. Abbadon lieh mir eines seiner Nietenarmbänder, von dem die Nägel gute zehn Zentimeter abstanden. Ich krempelte das falsche Lederhemd hoch und legte das Armband an. Es sah gut aus. Balrog schmierte Kunstblut um meinen Mund. Ich zog meine Jeans aus und zwängte mich in eine hautenge schwarze Lederhose, die nichts der Fantasie überließ. Balrog hängte mir ein Kreuz um, das vermutlich aus zwei menschlichen Knochen bestand. Am Querbalken war es mit Paketband zusammengebunden und am unteren Ende an einer Lederschnur festgeknotet, sodass man es nur verkehrt herum umhängen konnte, was sicher niemanden überrascht.

»Verdammt, jetzt haben wir keine Schuhe dabei. Er hat nur diese beschissenen blauen Turnschuhe«, sagte Abbadon zu Aasen, während er auf meine blauen Turnschuhe deutete.

»Ich filme euch eh nur in der Amerikanischen«, sagte Aasen, und das war Fachsprache für einen engeren Bildausschnitt.

»Hast du zufällig einen Spiegel?«, fragte ich Aasen.

»Du kannst durch die Kamera schauen«, sagte er und klappte den kleinen Monitor seiner Kamera nach vorne, sodass ich mich sehen konnte. Ich sah jetzt schon gefährlich aus, dabei hatte ich noch nicht einmal die Perücke auf.

»Ich habe noch keine Perücke«, sagte ich zu Balrog.

»Wir haben dir eine alte von Baalberith mitgebracht«, sagte Balrog und holte eine schwarze Langhaarperücke aus einer Plastiktüte. Ich setzte sie auf und schaute damit noch mal in die Kamera. Gefahr ging von mir aus. Wildheit und Gefahr. Ich konnte eben doch *evil* aussehen.

»Jetzt stellt euch vor diese Wand. Ich richte die Scheinwerfer aus. In der Post Production setze ich dann einen Wald hinter euch ein. Sigi, du musst in die Mitte, aber mit Abstand hinter den beiden, damit du weniger Licht abbekommst und man dich nicht erkennt.«

»Was soll ich mit meinen Armen machen?«, fragte ich.

»Verschränken«, sagte Abbadon.

»Was sollen wir überhaupt sagen?«, fragte Balrog.

»Ich hab einen Text vorbereitet, allerdings auf Englisch. Ihr müsst ja nur die groben Punkte wiedergeben«, sagte ich.

»Gib her den Scheiß«, sagte Abbadon und nahm mir das Blatt aus der Hand.

»Das ist für'n Arsch. Das ist viel zu sachlich. Wir sagen das so, wie wir wollen. Und auf Norwegisch«, sagte Abbadon.

»Also was denn jetzt?«, fragte Balrog, dessen Make-up nur aus einem weißen Gesicht und einer weißen Glatze bestand. Er erinnerte mich an eine weiße Version der Blue Man Group.

»Lass mich das einfach machen«, sagte Abbadon und rieb sich den Vollbart. Seine Schminke sah aus, als wäre er von einem wilden Tier gerissen worden.

»Und ich sag dann nichts? Ist das nicht ungewöhnlich für einen Bandleader?«, fragte ich.

»Du bist der Sänger, nicht der Bandleader«, sagte Abbadon.

Aasen betrachtete uns skeptisch von seiner Kamera aus.

»Du solltest schon was sagen, Sigi«, sagte er.

»Aber ich kann noch nicht einmal Norwegisch.«

»Wenn die anderen beiden fertig sind, sagst du einfach mit tiefer Stimme *We will kill you, Utgang*. Oder so was in der Art. Ich verfremde das dann so, dass man die Stimme nicht erkennt«, schlug Aasen vor.

»Soll ich das wirklich so sagen? Nicht dass wir sie am Ende zu sehr provozieren«, sagte ich.

»Entweder ist man extrem, oder man lässt es ganz bleiben«, sagte Abbadon.

»Da hat er Recht«, sagte Aasen und bekam dafür ein schiefes Lächeln von Abbadon. Männerfreundschaften waren am Entstehen.

Dann machte Aasen das Deckenlicht aus, setzte seinen Kopfhörer auf, testete noch kurz den Ton und schaltete dann die Kamera ein.

»Alle Mobiltelefone aus?«, fragte er.

»Was sagen sie denn? Ich verstehe kein Wort«, fragte ich Aasen, während ich schräg hinter ihm saß und auf seinen Monitor schaute. Ich hatte mich bereits umgezogen und dann versucht, die Leichenschminke wegzuwaschen, aber unter den Augen blieben dicke schwarze Ränder.

»Abbadon sagt: Ihr dreckigen, wertlosen Hurensöhne. Ja, wir meinen euch, Utgang, ihr Missgeburt von einer Band. Ihr wollt extrem sein? Dann denkt euch zuerst einmal was extrem Neues aus, statt schamlos die Musik nachzuahmen, mit der wir vor zwanzig Jahren die Welt verändert haben. Ihr wollt eine Rebellion, wollt wieder Kirchen brennen sehen? Kommt schon, alles, was ihr wollt, ist der Leitartikel im gottverdammten *Dagbladet*, damit ihr euch einen drauf runterholen könnt. Wir waren so lange vor euch da, wir haben wahrscheinlich eure Mütter gefickt, ihr Bastarde. Wer weiß, ob wir nicht eure Väter sind, und während ihr euch gegenseitig Pentagramme auf die Pimmel malt, ficken wir sie der alten Zeiten zuliebe noch einmal.«

»Starker Tobak«, sagte ich.

»Ich finde es albern«, sagte Aasen.

»Stimmt«, sagte ich.

»Und jetzt kommst du«, sagte Aasen.

Ich sah mich selbst im Halbschatten in diesem dunklen Wald stehen. Durch die Lichteffekte wirkte meine Silhouette viel bulliger als in Wirklichkeit. Ich hatte den Kopf leicht gesenkt und schaute von unten in die Kamera. Irgendwie hatte es Aasen geschafft, meine Augen aus der Dunkelheit heraus leuchten zu lassen.

»*We will eat you alive, Utgang. Dark Reich will kill you*«, sagte ich in dem Video. Meine Stimme ähnelte einer Klospülung, aber die Botschaft war deutlich zu verstehen.

»Ist gut geworden«, sagte ich.

»Ihr habt ja auch nur vierunddreißig Anläufe gebraucht«, sagte Aasen.

»Und jetzt?«, fragte ich.

»Jetzt *rendere* ich das File noch mal und lade es hoch. Dann ruf ich Balrog an, der soll es in die Dark-Reich-Website einbauen und die Reichswehr informieren, damit die es verbreiten.«

»Die Reichswehr?«, fragte ich.

»Der offizielle Fanclub der Band«, sagte Aasen.

»Am schönsten wäre es, wenn wir damit auch noch die Utgang-Seite hacken könnten, sodass jeder, der auf die Seite geht, sofort das Video sieht«, sagte ich.

»So etwas kann ich nicht«, sagte Aasen.

»Ich kenn aber jemanden, der das kann«, sagte ich. »Er ist nur leider nicht billig.«

»Den Spaß ist es mir wert«, sagte Aasen.

Ich schrieb dem Sascha eine E-Mail, obwohl es schon Mitternacht war. Zehn Minuten später hatte ich einen Kostenvoranschlag vom Sascha.

14: TROLDHAUGEN

Am späten Abend hockte der Mandel mit den Utgangs in dem alten BMW, und sie hörten unterwegs die *Orgasmatron* von Motörhead. Der Mandel saß mit Grimnir auf der Rückbank. Neofenrir war der Fahrer. Myklebust reichte dem Mandel eine Wodkaflasche nach hinten, und der Mandel nahm einen Schluck.

»Was wird denn heute angezündet?«, fragte der Mandel seinen Sitznachbarn, aber Grimnir starrte nur aus dem Fenster.

»Hast du ein Ladegerät dafür?«, fragte der Mandel Grimnir und hielt ihm sein teures Telefon unter die Nase. Jetzt wollte er es aber wissen. Grimnir starrte weiter aus dem Fenster.

»Was hat er?«, fragte der Mandel.

»Er ist betrunken«, sagte Myklebust.

»Wohin fahren wir?«, fragte der Mandel und reichte den Wodka wieder nach vorne.

»Wir besuchen einen Bekannten«, sagte Myklebust.

»Ruhiger Typ eher. Aber wir bringen ein bisschen Leben in die Bude«, sagte Neofenrir und lachte.

Der Mandel streckte die Hand nach der Wodkaflasche aus. Die Ausflüge von Utgang erinnerten ihn an seine eigene Jugend. Zugegeben, er und der Herwig Rottmayr haben damals keine brennenden Kreuze in den Vorgarten vom Erzbischof gesteckt, und in einer Band haben sie leider auch nicht gespielt, aber es war ihnen trotzdem wichtig gewesen, ihre Spuren in jeder Nacht zu hinterlassen. Es gab eine Zeit, da durfte kein Ausgehen mit einem Bier und einem guten Gespräch an der Theke enden. Es musste immer mehr passieren. Ein idealer Ausgang eines Abends hatte mit Mädchen und Geschlechtsverkehr zu tun, aber wenn keine Mädchen vorhanden waren – und das ist leider meistens der Fall gewesen –, dann mussten es Verwüstungen sein. Dazu zählten natürlich hauptsächlich chemisch induzierte Selbstverwüstungen mit Folgen wie Gedächtnisverlust oder spektakuläre Kotzerlebnisse. Hauptsache, eine Verwüstung, von der man später erzählen konnte, die solche Nächte in ein historisches Licht tauchte. Oft haben der Mandel und der Herwig auch einfach nur Sachen kaputt gemacht, weil keine Mädchen vorhanden waren. Einmal haben sie im gesamten Matting die Hoftüren ausgehängt, und als ihnen der erzürnte Doblerwirt unten am Ufer in der Unterhose hinterhergelaufen ist, sind sie in die Donau gesprungen und zum anderen Ufer gekrault, wo sie sich dann zum Schlafen hingelegt haben, um am nächsten Tag in aller Früh wieder zurückzuschwimmen in der Hoffnung, dass sich der Dobler nicht bis in die frühen Morgenstunden auf die Lauer legt. Der Mandel und der Herwig haben auch das Apfelhaus vom Peter Jobst angezündet. Dazu muss man wissen, dass der Peter Jobst aus einer angesehenen Arztfamilie stammt, die am Rand ihres Grundstücks am Ortsausgang einen riesigen Obstgarten unterhielt, wo der Vater vom Peter Jobst im Ruhestand eine ganz besondere Apfelsorte – Name vergessen – gezüchtet hat. Der Peter Jobst hat in dem sogenannten Apfelhaus, einer Holzhütte mitten in dem Edelsorten-Apfelgarten, immer rauschende Studentenfeste gefeiert, und eingeladen waren nur seine Freunde vom Medizinstudium aus der Stadt und nie die Dorfjugend. Die stand unten am Hang und musste mit anschauen, wie die Studenten aus der Stadt laute Musik hörten und ständig irgendwelche scharfen und über die Maßen bekifften Weiber auf der Suche nach dem Zigarettenautomaten vorbeikamen. Das Apfelhaus hätten der Mandel und der Herwig natürlich nie ausschließlich aus Missgunst angezündet oder wegen der Herabwürdigung, nicht eingeladen worden zu sein. Nein, was den Mandel und den Herwig in erster Linie zu Feuerteufeln hat werden lassen, war die Tatsache, dass der Peter Jobst

> a) wider besseres Wissen die Ex-Freundin vom Herwig, die Krista Dettling, gebumst hat (die sich übrigens später für den *Playboy* ausgezogen hat) und
> b) im Vorstand der Regensburger Jungen Union war.

Aber da der Mandel und der Herwig natürlich keinen Personenschaden anrichten wollten, haben sie das Apfelhaus genau einen Tag vor der nächsten Festivität angezündet. Als problematisch erwies sich in jenem schon recht heißen Mai die trockene Wiese, die den Brand sofort auf die Bäume hat überspringen lassen, sodass nach dem Großeinsatz der Mattinger Feuerwehr am Ende außer der Hütte auch etliche der edlen Apfelsorten in Schutt und Asche lagen. Der Sachschaden muss erheblich gewesen sein, aber niemand ist dem Mandel und dem Herwig draufgekommen, und wenn ich das jetzt hier in unsere Geschichte hineinschreibe, gehe ich mal stark von einer Verjährung des Straftatbestands aus, immerhin hatte der Mandel damals noch nicht einmal studiert. Ich weiß natürlich nicht, ob der Mandel sich auf der Autofahrt mit Utgang an den Apfelgarten vom Peter Jobst zurückerinnert hat, aber mindestens an so manche Nacht, wo er mit dem Herwig abends losgefahren ist, mit lauter Musik und einer Flasche Schnaps im Auto, weil damals die Polizei auch noch nicht außerhalb der Dultzeit kontrolliert hat. An diese Aufbruchsstimmung hat er sich womöglich erinnert. Weil so eine Nacht ein einziges Versprechen war. Weil man am Anfang von so einer Nacht natürlich immer noch auf den Erfolg bei einem Mädchen hofft, auch wenn es am Ende dann doch nur wieder aufs Kaputtmachen hinausläuft.

Ich weiß auch nicht, ob der Mandel zu dem Zeitpunkt noch geglaubt hat, dass die Utgangs Baalberith etwas angetan hatten. Weil, auch wenn er es bis heute nicht zugibt, er sich doch ein bisschen zu sehr in deren Aktivitäten hat hineinziehen lassen, und das kann er nicht alles auf den leeren Akku von seinem Telefon schieben oder auf das ritterliche Versprechen, das er seinem Burgfräulein Vilde gegeben hat. Was er aber zugibt, ist die Tatsache, dass er ziemlich bald einen sitzen gehabt hat von dem rasend schnell zirkulierenden Wodka. Deshalb kann er auch im Nachhinein nicht mehr genau sagen, wie lange die Fahrt gedauert hat, aber er tippt auf über eine Stunde. Danach hielt das Utgang-Mobil an einem Waldstück, und alle stiegen aus. Neofenrir und Grimnir holten einen kleinen Rucksack aus dem Kofferraum und aus dem wiederum zwei Stablampen. Der Mandel hatte eine Bierflasche in der Hand, die er aufgemacht hatte, nachdem der Wodka leer war. Sie schritten eine aufgeweichte Wiese am Rand des Waldstücks hinunter, bis sie an einen Bauzaun kamen. Alle kletterten mit Leichtigkeit darüber, nur der Mandel tat sich schwer. Erstens, weil er nicht der sportliche Typ ist, zweitens, weil er in seiner teuren Hose nirgendwo hängen bleiben wollte, und jede hastige Bewegung war ein Risiko für die Hose. Bevor er loskletterte, reichte er Neofenrir sein Bier durch den Zaun hindurch. Hinter dem Bauzaun wurde es nicht besser für die Hose vom Mandel. Das Unterholz und der schlammige Boden verdarben ihm die Freude an einer zivilisierten Nachtwanderung.

»Wo sind wir?«, fragte der Mandel und sah entlang dem Strahl von Grimnirs Taschenlampe, dass wenige Meter entfernt ein großes dunkles Gewässer lag.

»In Troldhaugen«, antwortete Myklebust.

»Aha«, sagte der Mandel, als wüsste er jetzt mehr.

»Das heißt übersetzt Trollhügel«, sagte Neofenrir.

»Pssst«, machte Myklebust und ging weiter.

Der Mandel und der Rest folgten Myklebust durchs Unterholz. Seine Bierflasche warf der Mandel zwischen den Bäumen hindurch ins Wasser. Den Aufprall der Flasche auf dem Wasser hörte man auf dem ganzen Gelände.

»Leise, verdammt noch mal«, sagte Myklebust.

»Entschuldigung«, sagte der Mandel.

»Hier geht's nicht weiter«, sagte Neofenrir und nahm seine Wollmütze kurz ab, um sich über die verschwitzte Glatze zu reiben.

Grimnir zischte irgendetwas auf Norwegisch, und der Mandel dachte, die Lage muss wirklich ernst sein, wenn Grimnir etwas dazu sagt.

»Dann gehen wir eben ein Stück weiter nach oben«, sagte Myklebust unwirsch, und die Gruppe setzte sich wieder in Bewegung. Als sie aus dem Wald heraustraten, standen sie vor einer roten Holzhütte, die auf einem Felsen über dem See stand. Dahinter konnte man die Giebel eines Wohnhauses im viktorianischen Stil sehen. Es war aus Holz und hätte in jedem Haunted-House-Film als ideale Kulisse gedient.

»Hier sind vielleicht Überwachungskameras, wir setzen besser die Masken auf«, sagte Myklebust und warf dem Mandel eine Skimaske zu, die der aus Sorge um die Frisur nur ungern überzog.

»Wer wohnt hier?«, fragte der Mandel.

»Wohnen ist gut«, sagte Myklebust.

Zwei Minuten später gelangten sie an einen niedrigen Holzzaun. Sie stiegen darüber hinweg und folgten dem Weg dahinter bis fast ganz ans Wasser hinunter. Eine Art steinerner Steg führte auf den schwarzen See hinaus, aber sie blieben unterhalb eines Felsens, der von dem Anwesen ins Wasser hineinragte.

»Hier möchte ich auch mal…«, sagte Neofenrir.

»Halt die Klappe«, sagte Myklebust und leuchtete den Felsen hinauf. Obwohl er stellenweise mit Moos bedeckt war, erschien er an den freien Stellen wie glatt geschliffen. Der Mandel folgte dem emporwandernden Strahl der Lampe bis hin zu einer merkwürdigen Steinformation. Wie in einem missglückten Tetris-Spiel stapelten sich links und rechts zwei senkrecht aufgerichtete Steinplatten, und über ihnen lag waagrecht eine dritte, sodass sie ein Portal bildeten. Im Inneren des Portals war eine Steintafel angebracht, auf der man bei genauem Hinsehen eine Gravur ausmachen konnte.

»Jetzt weißt du, wer hier wohnt«, sagte Neofenrir.

»Ich habe meine Lesebrille nicht dabei«, sagte der Mandel.

»Es ist ein Grab, eine Krypta«, sagte Myklebust, als ob man es dadurch besser lesen konnte.

»Okay«, sagte der Mandel.

Myklebust leuchtete weiter auf die Inschrift, und beim Näherkommen erkannte der Mandel die Art der Buchstaben. Es war eine Art Runenschrift, wie beim Logo der Band Slayer. Je mehr sich seine Augen an die Schrift gewöhnten, desto besser konnte er sie lesen. EDVARD, dann kam ein Zeichen, das er nicht entziffern konnte. Nächste Zeile: NINAGRIEG.

»Edvard und Nina Grieg«, sagte der Mandel. »Das ist das Grab von Grieg, dem Komponisten, oder?«

»So ist es«, sagte Myklebust.

»Und das viktorianische Haus war sein Ferienhaus, ich erinnere mich, davon gelesen zu haben. Und in dem Felsen hat er sich mit seiner Frau nach seinem Tod einmauern lassen«, sagte der Mandel, der sich anscheinend Tag und Nacht auf diesen Urlaub vorbereitet hatte.

Myklebust holte eine Sprühdose aus dem Rucksack. Mit einer Räuberleiter hievte Neofenrir Grimnir auf einen kleinen Vorsprung unter dem Grab. Den nächsten Schritt machte Grimnir alleine, bis er im Stand mit den Armen an den unteren Rand des Grabes heranreichte. Der war allerdings mit allerlei Pflanzen überwuchert und bot keinen Halt. Grimnir schaute durch die Skimaske fragend hinunter zu Myklebust. Der hielt die Sprühdose in der einen und in der anderen Hand die Taschenlampe, mit der er das Felsengrab anleuchtete.

»Du kannst seitlich ausweichen. Da sind ein paar hervorstehende Steine«, empfahl der Mandel und deutete nach rechts. Myklebust leuchtete die beschriebene Stelle an und nickte. Grimnir hangelte sich über die rechte Seite nach oben und konnte jetzt mit seinen Händen den Grabstein erreichen.

»Fang«, sagte Myklebust und warf die Sprühdose nach oben. Grimnir streckte eine Hand aus, aber die Dose flog an ihm vorbei nach oben und wieder an ihm vorbei nach unten, wo sie auf dem felsigen Boden auftraf und ein lautes Scheppern verursachte.

»Idiot«, sagte Myklebust.

Der Mandel hob die Dose auf und zog sich seine Skimütze vom Kopf.

»Lass mich mal«, sagte er.

»Ich leuchte nach oben, und Herr Mandel wirft«, sagte Myklebust. Der Mandel schaute kurz in den Lichtkegel, in den Grimnir jetzt seine Hand hineingestreckt hatte. Mit einer kaum wahrnehmbaren Ausholbewegung ließ er die Dose elegant nach oben gleiten, wo Grimnir sie auffing, als gäbe es eine magnetische Verbindung zwischen seiner Hand und der Sprühdose. Neofenrir hatte schon die Hände zum Applaus gehoben, aber Myklebust zeigte ihm einen Vogel.

»Sehr gut, Herr Mandel«, sagte Neofenrir stattdessen.

Man muss dem Mandel lassen, dass er schon immer gut hat werfen können. Zigaretten, Feuerzeuge, Papierkugeln, Bierdeckel, das sieht bei ihm immer wie die größte Beiläufigkeit aus. Ich hingegen werfe selbst aus zwanzig Zentimeter Entfernung noch daneben, egal womit und wohin. Myklebust hob jetzt den Arm wie ein Linienrichter, und Grimnir sprühte ein schwarzes umgedrehtes Kreuz auf den Eingang zur Gruft von Edvard und Nina Grieg. Er sprühte noch dreimal darüber, damit die Linien dicker wurden. Dann ließ er die Dose fallen, und der Mandel fing sie ebenso galant auf, wie er sie nach oben geworfen hatte. Grimnir begann vorsichtig mit dem Abstieg, und Neofenrir war offensichtlich so begeistert über das Graffiti, dass er mit der Taschenlampe nicht Grimnirs Weg nach unten begleitete, sondern sie starr auf dem angesprühten Grabstein ließ.

Grimnir rutschte ab und fiel aus mindestens drei Metern Höhe auf den Mandel. Beide lagen jetzt auf dem Felsboden unterhalb der Gruft. Myklebust richtete die Taschenlampe auf die beiden. Das Gesicht vom Mandel war voller Dreck, und da war auch ein wenig Blut an der Stirn, wo ihn der Grimnir mit seinen Stiefeln getroffen hatte. Grimnir lag neben dem Mandel auf dem Rücken und rührte sich nicht. Unter seiner Skimaske schauten die langen schwarzen Haare hervor. Der

Mandel stand auf und wischte sich den Dreck und das Blut aus dem Gesicht.

»Alles gut?«, fragte Myklebust und half dem Mandel hoch. Der nickte und stieß die Luft aus.

Grimnir lag noch auf dem Boden und rührte sich immer noch nicht unter seiner Skimaske.

»Hoch jetzt«, befahl Myklebust.

Neofenrir half Grimnir hoch. Er wirkte benommen.

Als sie wieder im Auto saßen und eine zweite Flasche Wodka die Runde machte, stellte der Mandel eine meiner Meinung nach nicht ganz unerhebliche Frage:

»Warum eigentlich Grieg? Ist er nicht ein Teil der norwegischen Kultur, auf den man stolz sein kann?«

»Bullshit«, sagte Myklebust. »Ein Angepasster war er. Ein Möchtegern-Internationalist. Ein vom Staat vollkommen Einverleibter.«

Dann klingelte das Telefon von Myklebust. Mit einem Blick wies er Neofenrir an, die Musik leiser zu machen. Er telefonierte auf Norwegisch und sprach schnell. Nachdem er aufgelegt hatte, schüttelte er ungläubig den Kopf.

»Was ist denn los?«, fragte der Mandel.

»Das war Raske. Dark Reich haben uns den Krieg erklärt.«

15: RAUCH

Der Mandel fährt den alten Ford Taunus, und ich sitze neben ihm. Draußen ist es schon dunkel, und ich halte einen Kerzenständer mit drei brennenden Kerzen in der Hand. Der Mandel sagt nichts, seine Hände sind wie am Lenkrad festgeschweißt. Ich frage, ob ich eine Zigarette haben kann, aber der Mandel antwortet nicht und fährt nur stur geradeaus. Als ich nach seinen blauen Gauloises auf der Ablage greife, fällt mir auf, dass aus meinem Arm lange rostige Nägel herausragen. Bis hinauf zur Schulter. Und nicht aus einem Armband, sondern direkt aus der Haut. Außerdem habe ich lange Haare. Ich klappe die Sonnenblende herunter, darin ist ein kleiner Spiegel. Ich halte den Kerzenständer leicht nach oben und betrachte mich in dem kleinen Spiegel. Mein Gesicht ist weiß, die Augenpartie schwarz. Ich fahre mit dem Finger über die Haut, aber es bleibt keine Farbe auf dem Finger zurück. Ich reibe noch mehr, aber die Farbe bleibt auf meinem Gesicht. Der Mandel fährt weiter durch die Dunkelheit. Fahr nicht so schnell, sage ich zum Mandel, aber der Mandel sitzt wie versteinert hinter dem Lenkrad. Im Spiegel habe ich gesehen, dass jemand auf der Rückbank sitzt, aber ich will mich jetzt nicht umdrehen.

Als ich am Freitag gegen neun mit Halsweh aufwachte, war schon das Frühstück fertig. Aasen und ich hatten nach dem Hack mit Sascha noch zwei Flaschen Weißwein getrunken und waren erst gegen fünf ins Bett gegangen. Ich hatte auf der Couch vor dem gigantischen Fernseher übernachtet.

»Was denkst du, wie werden Utgang reagieren?«, fragte ich und nahm mir eine Scheibe von dem geräucherten Käse.

»Die können das nicht auf sich sitzen lassen. Und Raske auch nicht, wenn er wirklich ihr Mentor ist. Falls sie Cristian entführt haben, dann werden sie uns einen Hinweis geben, dass sie unseren Bluff durchschaut haben«, sagte Aasen.

»Oder eben erst recht nicht. Was aber vielleicht auch wieder ein Hinweis ist«, sagte ich und nahm mir noch eine Scheibe Käse, weil sonst nichts da war. Im Nachhinein hatte ich so meine Zweifel, ob das Video eine gute Idee war. Ich schaute auf mein Telefon und sah einen verpassten Anruf von einer unbekannten Nummer. Ich hoffte, er war nicht vom Mandel.

»Was machst du als Nächstes, Herr Detektiv?«, fragte Aasen.

»Ich fahr zu Vilde.«

»Ich kann dich fahren«, sagte Aasen und lächelte schief. Das Trollgesicht wächst dir am Ende noch ans Herz, dachte ich und nahm noch einen Schluck von dem durchaus akzeptablen Kaffee.

»Was für eine bescheuerte Idee«, sagte Håvard.

»Jetzt lass ihn doch ausreden«, sagte Vilde.

»Damit bringst du Vilde doch noch mehr in Gefahr. Und erst recht deinen Freund Mankel«, sagte Håvard.

»Er heißt Mandel. Und der weiß sich schon zu helfen, außerdem ist er als *embedded journalist* eine unantastbare Person«, sagte ich.

»Er ist aber kein Journalist, sondern Privatdetektiv«, sagte Håvard.

»Haarspalterei«, sagte ich.

»Idiotie«, sagte Håvard.

»Jungs«, sagte Vilde.

»Ich würde deshalb Vilde gerne sicherheitshalber für die nächsten zwei Tage bei Gunarr unterbringen, wenn sie nichts dagegen hat. Sein Haus hat eine teure Alarmanlage«, sagte ich zu Vilde, als mein Telefon klingelte.

»Beim irren Aasen?«, sagte Håvard.

»Håvard!«, sagte Vilde.

Mein Telefon klingelte irgendwo in der Nähe, aber ich konnte nicht genau sagen, wo.

»Warum ist Aasen irre?«, wollte ich wissen, während ich in meinen Hosentaschen nach dem Telefon suchte.

»Das weiß jeder, der damals im Kreis war«, sagte Håvard.

»Warst du auch im Kreis?«, fragte ich ungläubig, denn da wäre er ja höchstens fünfzehn gewesen.

»Mein Bruder«, sagte Håvard.

»Dein Bruder?«, fragte ich nach.

»Mein Bruder war im Bergener Sirkel.«

»In welcher Band hat er denn gespielt?«, fragte ich.

»Friends Of Sauron«, sagte Håvard, und natürlich hatte ich noch nie von der Band gehört.

»Friends Of Sauron, hab ich schon von gehört«, sagte ich und merkte, dass ich auf meinem Telefon saß. Ich ging ran, aber es war niemand mehr dran.

»Ich komme mit zu Gunarr«, sagte Vilde.

»Es ist ja erst mal nur für zwei Tage. Bis wir wissen, wie Utgang und Raske auf das Video reagieren«, sagte ich und sah, dass der Anruf wieder von einer unbekannten Nummer gekommen war.

Als Vilde kurz darauf hinten in den Jeep von Aasen einstieg, begrüßte sie ihn mit einem leisen Hallo, aber während der Fahrt redeten sie nicht miteinander. Vilde sah aus dem Fenster. Sie war blass, aber ihre Backen waren rot und das Auge immer noch blutunterlaufen. Selbst in der größten Aufgebrachtheit verbreitete sie diese Ruhe. Für mich war sie dadurch die reinste Heilserscheinung. Ich war Frauen wie Maria gewohnt. Im Bett ein einziger Aufschrei, aber außerhalb leider auch. Aasen beobachtete Vilde während der Fahrt im Rückspiegel. Er fuhr einen silbernen Jeep, in dem man sich vorkam wie im zweiten Stock eines Wohnhauses. Als würde man von oben herab Auto fahren, quasi aus der Vogelperspektive. Auf der Fahrt zu Aasens Haus versuchte ich weiterhin vergeblich, den Mandel zu erreichen.

»Was machen wir denn den ganzen Tag?«, fragte Vilde.

»Ich habe ein paar Karaokespiele für die PlayStation«, antwortete Aasen.

»Black-Metal-Karaoke?«, fragte ich, aber niemand ging auf den Witz ein.

Bei Aasen schauten Vilde und ich eine DVD an, während Aasen im Keller an seinem Rechner saß und irgendetwas Berufliches erledigte. Wir hatten uns in Aasens endlosen DVD-Regalen umgesehen und uns auf *Don't Look Now* geeinigt, im Deutschen auch unter dem irrwitzigen Titel *Wenn die Gondeln Trauer tragen* bekannt. Weil wir beide das groteske Ende des Films schon kannten, war es der Weg dahin, der uns vornehmlich interessierte. Wir mussten nicht mehr zwingend der Haupthandlung folgen, sondern konzentrierten uns ausschließlich auf die Vorzeichen, die das morbide Finale des Films andeuteten, und diskutierten darüber, welche der Regisseur – Name vergessen – mit Vorsatz ausgelegt hatte und welche nur unserer Vorkenntnis des Endes entsprangen. Vilde hatte ihre langen Beine in einer sehr kurzen Hose und einer blickdichten schwarzen Strumpfhose auf dem Sofatisch ausgestreckt, und selten war es mir so angenehm, dass mir jemand mit seinen Beinen die Sicht auf den Fernseher verdeckte. Über alle Unbill dieser Tage konnte ich hinwegsehen, solange ich in Vildes Nähe war. Wie eine Heilige strahlte sie jegliches Elend mit ihrer Ruhe einfach in Grund und Boden.

Aasens riesiger Flachbildfernseher war an die Haus-Stereoanlage angeschlossen, und die verfügte über zahlreiche in die Wand eingelassene wattstarke Lautsprecher. Insofern war die Etage akustisch voll und ganz von dem Film eingenommen, und das klirrende Geräusch des durch die Fensterfront fliegenden Molotow-Cocktails erschreckte uns kaum. Aus dem Augenwinkel verfolgte ich fast teilnahmslos, wie die Champagnerflasche durch das Fenster auf dem Holzboden neben einem CD-Stapel aufschlug und sich sofort ein kleines Feuer ausbreitete, wo die Flüssigkeit austrat. Während Donald Sutherland unter ohrenbetäubender klassischer Musik seine Frau auf dem Beerdigungsboot vorbeifahren sah und nach ihr rief, riss ich mit meinem linken Arm den Kopf von Vilde herunter und zog sie mit mir auf den Boden, während die zweite Flasche über uns durch die Scheibe geflogen kam und den weißen Teppich vor dem Fernseher in Brand setzte. So eine extravagante Villa und dann doch nur das Billigglas, muss man auch mal sagen. Immerhin ging die Alarmanlage an.

»Scheißdreck«, sagte ich, und Vilde vergrub ihren Kopf in meinem Hemd. Innerhalb weniger Sekunden entwickelte sich ein schwarzer Rauch, und es war wohl der oft in der Spannungsliteratur beschriebene Überlebensinstinkt, der mich Vilde an der Hand hinter mir her durch den Raum ziehen ließ wie ein kleines Kind. Vorbei an der Treppe, die hinunter in Aasens Studio führte, direkt zur Haustür. Sobald die Tür hinter uns ins Schloss gefallen war, zog Vilde an ihr, aber natürlich blieb sie zu. Auf der anderen Straßenseite sah ich einen Nachbarn aus dem Haus laufen.

»Es brennt«, sagte ich wie zur Entschuldigung. Aasen fiel mir ein. Siedend heiß fiel er mir quasi ein. An der Rückseite der Villa war ein großer Garten, eigentlich mehr eine Wiese. Es gab dort eine ebenerdige Terrasse, von der aus eine Holztür in den Wohnbereich führte, aber auch eine Treppe hinunter ins Studio. Ich rannte ums Haus herum, Vilde hinter mir her. Dann die Treppe zum Studio hinunter. Die Tür war nicht abgeschlossen. Vilde war immer noch hinter mir.

»Warte draußen«, sagte ich, während ich die Tür nach außen aufriss und sie ihr fast gegen den Kopf gehauen hätte.

Aasens Arbeitsbereich bestand aus zwei riesigen Räumen, der eine war das Aufnahmestudio, in dem wir die Dark-Reich-Videobotschaft gedreht hatten, der andere war eine Art Großraumbüro mit mehreren Schreibtischen und Computern. An einem der Schreibtische in der Mitte des Raums saß Aasen mit einem Kopfhörer und klickte hoch konzentriert auf seiner Maus herum.

»Es brennt«, schrie ich, aber in Aasens Welt war ich nur jemand mit einem verrückten Gesichtsausdruck, dessen Mund wie manisch Worte formte.

»Hau ab! Ich arbeite!«, schrie Aasen aus der Isolation seines Kopfhörers heraus auf mich ein. Ich schlug ihm den Kopfhörer vom Kopf – mit einer solchen Wucht, dass ich ihm eine regelrechte Ohrfeige verpasste. Aasen boxte mir zur Revanche seine knöcherne Faust in die Rippen. Ich ging zu Boden, und er fiel über mich her wie ein ausgehungerter Wolfshund. Er trommelte auf meinem Brustkorb herum.

»Dein Haus brennt«, schrie ich.

Er ließ abrupt von mir ab und rannte die Treppe hoch, die in den Wohnbereich führte. Ich stand auf und folgte ihm. Aasen öffnete die Tür zum Wohnbereich, und zwei Sekunden später war schon der Rauch im Keller. Er schlug sie wieder zu und sah mich vorwurfsvoll an.

»Was ist hier los?«, schrie er.

»Ich sagte doch, es brennt!«, schrie ich zurück.

»Wieso brennt es?«, schrie er.

»Es ist ein Anschlag. Wir müssen jetzt raus«, schrie ich.

Aasen stürzte zum Ausgang, und ich rannte hinterher. Draußen auf der Terrasse wartete Vilde auf uns. Sie fiel Aasen in die Arme, während wir schon die Sirenen hörten. Auf der Vorderseite vom Haus standen ein paar Nachbarn und starrten auf den Rauch, der aus der beschädigten überlangen Fensterfront herausquoll.

»Jetzt reicht's aber langsam«, sagte Aasen.

Die Bergener Feuerwehrautos sahen aus wie die, mit denen ich als Kind gespielt hatte. Diese tiefroten Wagen mit den langen Leitern, die man als Junge so faszinierend findet. Im Nachhinein schwer nachzuvollziehen, denn was ist an einer Dienstleistung so toll? Es soll sogar Kinder geben, die ganz verrückt nach der Müllabfuhr sind. Vielleicht sind es die Signalfarben. Feuerwehrleute in gelben Neonjacken rannten auf das Haus zu. Einer mit einer Axt. Aasen lief zu ihnen hin und schrie ihnen auf Norwegisch etwas zu.

»Was sagt er?«, fragte ich Vilde.

»Er schließt ihnen auf, sie sollen nicht die Tür kaputt hacken«, sagte Vilde.

Der Brand selbst war wohl leicht unter Kontrolle zu bringen, aber der Ruß hatte die Wohnetage vorerst unbewohnbar gemacht. Der Keller war verschont geblieben, und so saß ich mit Aasen und Vilde ein paar Stunden später an dem Schreibtisch, an dem er gerade noch gearbeitet hatte.

»Vielleicht war das mit der Videobotschaft doch keine gute Idee«, sagte Vilde und lächelte mich sanft an, damit ich nicht auf die Idee kam, dass sie mich persönlich kritisieren wollte.

»Ich versteh das nicht«, sagte Aasen und rieb sich das linke Ohr, an dem ich ihn vorher getroffen hatte.

»Was verstehst du nicht?«, fragte ich.

»Wieso greift man *mich* an? Utgang und Raske können gar nicht wissen, dass ich etwas mit dem Video zu tun hatte.«

»Keine Ahnung«, sagte ich.

»Ich habe mit Balrog telefoniert. Sein Haus hat niemand angezündet. Auch das von Abbadon nicht«, sagte Aasen. Er schien beleidigt zu sein.

»Hast du der Polizei von unserem Video erzählt?«, wollte ich wissen.

»Natürlich nicht. Hast du deinen Mankel erreicht?«, fragte Aasen.

»Mandel. Leider nicht. Ich werde nach Fykse fahren, wenn mir jemand ein Auto leiht. Ich mache mir langsam Sorgen.«

»Kann ich mitkommen?«, fragte Vilde.

»Natürlich«, sagte ich.

»Vielleicht galt der Anschlag ja dir. Schließlich war das Video deine Idee. Du wolltest ja unbedingt Krieg«, sagte Aasen.

»Sigi will nur meinen Bruder finden«, sagte Vilde.

»Wir müssen unbedingt den Mandel warnen, ich hätte das schon vorher machen sollen«, sagte ich.

»Gunarr?«, sagte Vilde und sah ihren Ex-Freund an, wie man nur einen Ex-Freund ansehen kann, mit dem man selbst Schluss gemacht hat.

»Nehmt den Zweitwagen«, sagte Aasen und fingerte einen Autoschlüssel von seinem Schlüsselbund. Vilde nahm ihn entgegen und streichelte Aasens vernarbte Wange, was dem Troll ein erschöpftes Lächeln abrang. Nachdem er uns nach draußen begleitet hatte, betätigte er eine kleine Fernbedienung, die er aus seiner schwarzen Jeansjacke geholt hatte. Das große Garagentor öffnete sich und gab den Blick auf einen älteren silbergrauen Porsche Carrera frei.

»Darf ich fahren?«, fragte mich Vilde. »Ich bin früher oft mit ihm herumgefahren.«

I used to drive him around a lot.

»Mit *ihm*?«, fragte ich.

»Er ist eine Augenweide, oder?«, sagte Vilde.

Vilde steckte den Schlüssel ins Schloss der Fahrertür und stieg ein. Ich zog an der Beifahrertür, aber sie blieb zu. Keine Zentralverriegelung. Vilde öffnete mir die Tür von innen und ließ den Motor an. Entgegen meiner Befürchtung gab es im Auto genug Beinfreiheit, und auch die weinroten Schalensitze mit Stoff in der Mitte und dem glatten Leder an den Seiten waren nicht unbequem. Ich hatte immer gedacht, dass Sportwagen per se ungemütlich sind. Es war das erste Mal, dass ich in einem saß.

»Was ist denn das für ein Modell?«, fragte ich ohne den Hauch einer Ahnung, was für Modelle es unter Porsche Carreras überhaupt gab.

»Ein 911 SC. Aber das ist das Jubiläumsmodell von 1981«, sagte Vilde.

»Schönes Grau«, sagte ich.

»Das ist Meteormetallic«, sagte Vilde.

»Der ist aber noch gut in Schuss«, sagte ich, weil mir nichts Dämlicheres einfiel. Vilde steuerte rückwärts aus der Garage, dann fuhr sie unsanft an und ließ die Aasen-Residenz schnell hinter sich. Mein Telefon klingelte. Es war eine unbekannte Nummer.

»Singer?«, sagte ich.

»Ich bin's«, sagte der Mandel. »Komm her!«

16: POLITI

Die zweite Nacht im Wohnwagen war für den Mandel unangenehmer als die erste. Erstens, weil Neofenrir neben ihm auf dem Boden schlief und schnarchte wie ein wilder Hund, zweitens, weil ihm die Zigaretten ausgegangen waren und er weder vor dem Einschlafen noch nach dem Aufstehen eine rauchen konnte. Als die Band und der Mandel um halb elf im Gardsrestaurant beim Frühstück saßen, war der Mandel schlecht gelaunt deswegen. Natürlich hatten sie sich alle noch in der gestrigen Nacht das Video von Dark Reich auf dem PC angesehen, auf dem der alte Myklebust sonst immer seine Monatsabrechnung machte. Aber dann hatte der junge Myklebust angeordnet, erst am Morgen in aller Nüchternheit darüber zu entscheiden, was als Nächstes zu tun sei. Während das Video lief, hatte der Mandel ganz genau in das Gesicht von Myklebust geschaut, als plötzlich Baalberith in dem vergilbten Röhrenmonitor aufgetaucht war. Aber er hatte keine Reaktion ablesen können. Der Mimik nach war es für Myklebust keine Überraschung gewesen, Baalberith zu sehen. Für den Mandel auch nicht, der hatte still in sich hineingesagt: »Sigi, du Hund.« Dass er quasi von der ersten Sekunde an erkannt hat, dass das nicht der echte Baalberith ist, sondern dass ich das bin in dem Video, wundert mich schon.

»Billige Provokation«, sagte Myklebust und zupfte das teigige Innere aus seiner Frühstückssemmel heraus.

»Aber der Hack auf unserer Website ist eine Frechheit«, sagte Neofenrir.

»Kinderkram. Raske kann das entfernen, der weiß, wie das geht«, sagte Myklebust.

»Ich bin kurz telefonieren«, sagte der Mandel und stand auf. Er benutzte erneut das Telefon in der Küche und ließ es mindestens fünfmal bei mir klingeln. Das war, als ich bei Vilde auf der Couch auf meinem eigenen Telefon saß.

»Herr Mandel, ich fahr jetzt rüber zu Raske, kommst du mit?«, rief Myklebust aus der Gaststube, und der Mandel hängte den Hörer auf.

Das Herumgefahre am Hardangerfjord hatte sich für den Mandel in den letzten Tagen zu einer derartigen Routine entwickelt, dass er noch nicht einmal mehr aus dem Fenster schaute. Er starrte auf seine italienischen Lederschuhe und fragte sich, wo er jetzt Zigaretten herbekam. Wenn man Myklebust so reden hörte, hätte man meinen können, er und Raske wohnten in benachbarten Dörfern. In Wirklichkeit war auch hier wieder eine knappe Stunde Fahrzeit quer durchs Gebirge notwendig, um von Fykse nach Mundheimsvegen zu gelangen. Und an den Felswänden hingen keine Zigarettenautomaten.

»Warum hat sich deine Mutter umgebracht?«, fragte der Mandel, weil ihm langweilig war.

»Ist das eine journalistische Frage?«, fragte Myklebust.

»Nein, es interessiert mich. Meine Mutter hat sich auch umgebracht«, sagte der Mandel.

»Tatsächlich? Das tut mir leid. Aber es gibt eigentlich keinen Grund zu trauern, wenn sich jemand freiwillig das Leben nimmt.«

»Das ist Unsinn«, sagte der Mandel.

»Warum hat sie sich umgebracht?«, fragte Myklebust.

»Sie war unglücklich«, sagte der Mandel.

»Warum?«, fragte Myklebust.

»Mein Vater hat sie schlecht behandelt. Sie war irgendwie am falschen Ort.«

»Was meinst du damit?«

»Sie wollte nicht da sein, wo sie war, beziehungsweise nicht die sein, die sie war. Auf dem Land, in dieser Enge, mitten unter diesen grässlichen Leuten. Sie wollte Kultur in ihrer Nähe haben, und sie wollte Gespräche, aber sie hatte noch nicht einmal einen Führerschein, und die nächste Stadt war dreißig Kilometer weit weg. Und sie wollte verreisen. Aber am Ende ist sie immer am selben Fleck geblieben. Wegen mir und meinem Bruder ist sie dageblieben. Deshalb konnte sie nicht weg. Wir haben sie praktisch an einem eigenen Leben gehindert.«

»Jeder kann so leben, wie er leben will«, sagte Myklebust.

»Mit Kindern geht das nicht«, sagte der Mandel.

»Hast du Kinder, Herr Mandel?«

»Nein.«

»Warum nicht? Du bist doch schon alt«, sagte Myklebust.

»Weil ich machen will, was ich machen will«, sagte der Mandel.

»Verstehe«, sagte Myklebust, und er sah so aus, als müsste er über etwas nachdenken.

»Warum hat sich *deine* Mutter umgebracht?«, fragte der Mandel.

»Sie war eine blöde Kuh«, sagte Myklebust, und für ihn war das Thema damit beendet, obwohl der Mandel ausgerechnet ihn in die autobiografischen Karten hatte schauen lassen, was einer Sensation gleichkam.

»Was ist Grimnir für ein Typ?«, fragte der Mandel, und jetzt ist die Frage, ob ihn das verletzt hatte, dass seine Offenheit so abgeblockt worden war. Und ob er jetzt einfach so weiterfragte, als ob nichts passiert sei, weil er sich nicht anmerken lassen wollte, dass sein emotionaler Ausbruch so brutal übergangen worden war. Andererseits, vielleicht ist der Mandel auch genauso hart im Einstecken wie im Austeilen von Indifferenz.

»Grimnir ist ein Kranker«, sagte Myklebust. »So einen brauchst du in einer Band. So einer ist nicht für die Musik, sondern für die Atmosphäre zuständig. Schau ihn dir an, der ist ohne Make-up schauderhafter als mit. Und er ist ein Nerd. Er hat ein Faible für den Tod.«

»Ein Faible für den Tod?«, fragte der Mandel nach.

»Er mag den Geruch von Tod, sagt er. Er schläft zu Hause mit toten Tieren im Bett, hat Neofenrir erzählt. Er sagt, er will sich schon mal an den Geruch gewöhnen. Es gibt auch die Geschichte, dass Grimnir sich mal von einem Freund in seinem Vorgarten lebendig hat begraben lassen.«

»Und dann?«, fragte der Mandel.

»Der Freund hat ihn wieder ausgegraben. Nach ein paar Stunden in einer Holzkiste.«

»Woher kennst du ihn?«

»Er hat auf ein Inserat geantwortet. Er kommt aus der Nähe von Bergen. Reiche Eltern, soweit ich weiß. Schau dir seinen Verstärker und seine Gitarren an. Hast du seine Narbe gesehen? Den Halbmond?«

»Ja«, sagte der Mandel.

»Er hatte mit seinen Eltern einen Autounfall, als er klein war. Er war als Einziger nicht angeschnallt. Schädeltrauma. Angeblich eine Nahtoderfahrung. Er schreibt Gedichte und Texte für ein okkultistisches Magazin namens *The Claws of Death*. Außerdem malt er Dämonen und Vampire und so einen Scheiß. Er ist ein Kindskopf. In dem Zimmer im Haus seiner Eltern, wo er wohnt, hat er auf einer ganzen Wand ein Bild von Theodor Kittelsen nachgemalt.«

»Was für ein Kittelsen-Bild?«, fragte der Mandel, und weiß der Geier, woher der Mandel überhaupt wusste, wer das war.

»*Pesta i trappen*, die Pest auf der Treppe«, sagte Myklebust.

»Das ist gut«, sagte der Mandel, der Kunstkenner.

»Und Nergal, also Neofenrir, warum spielt er bei Utgang?«, fragte er weiter.

»Er ist der Spaßvogel, das ist dir sicher aufgefallen. Er ist loyal, und dass er bei Dark Reich spielt, hilft uns weiter. Raske hat ihn mir empfohlen. Außerdem ist er ein guter Schlagzeuger.«

»Und woher kennst du Raske?« Der Mandel war offensichtlich wild entschlossen, Myklebust ein Loch in den Bauch zu fragen. Myklebust schien das nichts auszumachen, vielleicht verweilte er noch in dem Glauben, der Mandel schreibe eine Reportage über ihn und seine Band.

»Er ist mein Vorbild, seit ich vierzehn war. Ich habe ihm über seine Website geschrieben und gesagt, dass ich Musik mit ihm machen möchte. Er hat mich zu sich eingeladen, und wir haben ein bisschen an Texten und Riffs gearbeitet. Er sagte mir, ich solle meine eigene Band gründen, er würde mich unterstützen.«

»Ist Utgang deine erste Band?«

»Nein, in der Schule habe ich mit ein paar Leuten in einer Death-Metal-Band gespielt. Sie hieß Gravery. Es war seelenlose Musik, es ging nur ums Schnellspielen. Damals hab ich Gitarre gespielt.«

»Und jetzt Bass, ist das nicht ein Abstieg?«, fragte der Mandel, und das tut mir jetzt für alle mitlesenden Bassisten leid, dass der Mandel das so direkt angesprochen hat, aber so ist es nun einmal.

»Es ist egal, welches Instrument man spielt. Es ist wichtig, die Gesamtvision im Auge zu behalten«, salbaderte Myklebust.

»Du bist ja noch der Sänger«, tröstete ihn der Mandel.

Nachdem sie den Volkswagen an der schmalen Straße von Omastrand geparkt hatten, rief Myklebust bei Raske an, und nach zehn Minuten, in denen der Mandel anderthalb Zigaretten geraucht hätte, wären sie in der Zwischenzeit an einem Automaten oder einem Supermarkt vorbeigekommen, kam Raske angerudert. Er trug einen schweren dunkelblauen Regenmantel und eine Wollmütze. Im Gegensatz zum letzten Treffen war er unrasiert.

»Guten Tag, Herr Mandel. Wie geht es Ihnen?«, sagte er auf Deutsch.

»Danke, gut«, sagte der Mandel, auch auf Deutsch.

»Wie läuft die Recherche?«, fragte Raske dann wieder auf Englisch.

»Gut«, sagte der Mandel.

Raske ruderte mit Myklebust und dem Mandel zu seinem Haus hinüber. Es regnete, und auf dem Boden des Bootes stand das Wasser. Der Mandel ärgerte sich, dass er vor dem Norwegen-Urlaub seine Lederstiefeletten nicht hatte imprägnieren lassen. Ich hätte mich an seiner Stelle geärgert, überhaupt einen so teuren und wenig wetterfesten Schuh mitgenommen zu haben.

Als der Mandel und Myklebust das Haus betraten, kam ihnen eine Frau, eher ein Mädchen, mit schwarz gefärbten Haaren und einem Lippenpiercing entgegen. Sie trug ein weites, ausgewaschenes schwarzes T-Shirt mit dem Logo der Band Venom, das vermutlich Raske gehörte. Darunter trug sie vielleicht gar nichts, man sah lediglich ihre nackten Beine. Sie sagte etwas auf Norwegisch zu Raske. Der antwortete auf

Norwegisch, und sein Ton war schroff, ohne den üblichen Singsang. Sie sah beleidigt aus. Sie zog sich Gummistiefel und einen Anorak an und ging nach draußen.

»Du schickst sie bei dem Mistwetter nach draußen?«, fragte der Mandel.

»Was wir zu besprechen haben, geht sie nichts an«, sagte Raske und lächelte, als hätte er ihr einen Gefallen damit getan, sie mit nackten Beinen bei strömendem Regen und fünf Grad raus auf eine Insel zu schicken, auf der man nichts anderes tun konnte, als einmal ums Haus herumzugehen. Der Mandel schaute aus dem Fenster und sah, wie das Mädchen das Boot losmachte.

»Sie nimmt das Boot«, sagte der Mandel.

»Sie kommt zurück«, lächelte Raske und bedeutete dem Mandel und Myklebust, sich mit ihm an den schweren Holztisch zu setzen.

»Obwohl du sie so mies behandelst?«, fragte der Mandel, der Frauenrechtler.

»Die Frauen unterstützen uns gerne. Sie setzen sich jeglichem Schmerz freiwillig aus. Sie sind extremer, als wir Männer es jemals sein könnten. Wie sonst sollen sie Kinder bekommen? Sie kennen den Schmerz, und sie suchen ihn immer und immer wieder.«

»So einen Blödsinn habe ich selten gehört«, sagte der Mandel, und es war klar, dass Raske es ihm nicht nachtragen würde. Wehe, ich hätte das gesagt.

»Was machen wir denn jetzt wegen Dark Reich?«, fragte Myklebust.

»Was würdest du tun, Herr Mandel?«, lächelte Raske den Mandel an.

»Ich würde ihren Sänger entführen und kreuzigen und daraus ein Albumcover machen«, sagte der Mandel.

»Ich habe gerade das Video von eurer Website entfernt. In den Foren ändert sich die Meinung über Dark Reich. Es imponiert den Leuten, dass Baalberith und Dark Reich sich wehren«, sagte Raske zu Myklebust.

Die beiden wirkten auf den Mandel ein bisschen wie Chefredakteur und Volontär. Der Mandel beobachtete genau, ob er bei der Erwähnung von Baalberith irgendetwas in Raskes Gesicht lesen konnte, aber Raske hatte jede Faser unter Kontrolle. Eine Entgleisung seiner Gesichtszüge war praktisch unvorstellbar.

»Und, wie sollen wir reagieren?«, fragte Myklebust.

»Ich würde mit dem ursprünglichen Plan weitermachen. Der Effekt wird so groß sein, dass keiner mehr an dieses Video denkt«, sagte Raske.

»Ja, so sehe ich das auch. Wir sind zudem schon mitten in der Wilden Jagd«, sagte Myklebust.

»Ich hab's in der Zeitung gelesen. Herzlichen Glückwunsch noch mal«, sagte Raske und stand auf. Er ging zu einem kleinen Schreibtisch und holte einen Zeitungsartikel, den er ausgerissen hatte.

Der Mandel erkannte das brennende Kreuz im Vorgarten der Bischöfin.

»Und gestern waren wir …«, wollte Myklebust sagen, aber Raske unterbrach ihn.

»In Troldhaugen. Es steht schon überall im Netz. Großartig.«

»Danke«, sagte Myklebust demütig, und der Mandel hätte ihm am liebsten auf den Hinterkopf gehauen und gesagt: Jetzt sei mal nicht so ein Hund gegenüber dem aufgeblasenen Raske!

»Nichts, was ihr ab jetzt tut, darf ein Rückschritt sein. Ihr müsst immer extremer werden«, sagte Raske.

Myklebust nickte andächtig, und der Mandel schüttelte den Kopf.

»Jetzt bist du neugierig, Herr Mandel, oder?«, sagte Raske.

»Nein«, sagte der Mandel, weil er nicht ein weiterer Claqueur von Raske sein wollte. Natürlich war er trotzdem neugierig.

»Willst du nicht nach Hause fahren, jetzt wo Baalberith wieder da ist?«, fragte Raske.

»Nein«, sagte der Mandel.

»Willst du nicht von deinen Freunden in Bergen erfahren, wo Baalberith die ganze Zeit gewesen ist?«, fragte Raske weiter.

»Da kümmert sich mein Partner drum«, sagte der Mandel.

»Ich glaube, ich weiß, warum der Herr Mandel noch bei euch bleiben will«, wandte sich Raske jetzt wieder an Myklebust.

Jemand schlug gegen die Tür und rief etwas auf Norwegisch. Raske und Myklebust sahen sich an, als hätten sie diesen Moment bereits geprobt, und Raske öffnete schließlich die Tür. Der Mandel sah durchs Fenster, dass draußen ein Motorboot angelegt hatte und vier Uniformierte mit Helmen und geschulterten Maschinengewehren vor der Tür standen. Einer davon sprach in ein Funkgerät. Die mit den Helmen sicherten den Eingang, und zwei andere Beamte ohne Helm betraten die Wohnung. Sie sagten etwas zu Raske, das der Mandel nicht verstand. Sie trugen Lederjacken und gut sitzende Baseballkappen mit einem aufgestickten goldenen Logo, das von einem Lorbeerkranz umrahmt wurde. Dasselbe Logo fand sich auch auf den Jackenärmeln, und darunter war das Wort *Politi* angebracht. Raske trat einen Schritt zurück, als einer der Polizisten anfing, mit ihm zu reden. Myklebust und der Mandel saßen immer noch am Tisch und begutachteten die Szene, ohne dass jemand größere Notiz von ihnen nahm. Die Maschinengewehre der Behelmten waren sowieso großzügig auf den gesamten Innenraum des Hauses gerichtet.

»Was machen Sie da?«, fragte der Mandel schließlich auf Englisch.

»Wer sind Sie?«, fragte der Polizist zurück, der gerade noch mit Raske geredet hatte. Er trug eine Brille mit einem schmalen Goldrand und einen dicken grauen Schnauzbart. Er sah nett aus, sagt der Mandel.

»Mein Name ist Mandel, ich bin ein Musikjournalist aus Deutschland«, sagte der Mandel.

»Und Ihr Freund?«, fragte der Polizist und deutete auf Myklebust, der im Moment etwas ratlos wirkte.

»Das ist mein Fotograf.«

»Und was haben Sie hier zu suchen?«

»Ich führe ein Interview mit Aksel Raske«, sagte der Mandel.

»Warten Sie hier, ein Kollege nimmt gleich Ihre Personalien auf«, sagte der Polizist in erstaunlich gutem Englisch.

»Faen«, sagte Myklebust leise, was so viel wie »Scheißdreck« bedeutet, ich habe es nachgeschlagen. Und ob es das Schlaueste ist, in Gegenwart der Polizei »Scheißdreck« zu sagen, wenn sie ankündigt, deine Personalien zu überprüfen, wage ich zu bezweifeln.

»Was wirft man Herrn Raske denn vor?«, fragte der Mandel.

»Das erfahren Sie dann aus der Zeitung«, sagte der Polizist mit dem grauen Schnauzbart, und es klang nicht ironisch oder gar sardonisch gemeint. Er hatte eine nette Stimme und meinte es garantiert auch nett, sagt der Mandel.

Raske wurde nach draußen geführt, ohne den Mandel oder Myklebust eines Blickes zu würdigen. Er sagte irgendwas zu den Polizisten und lachte. Der nette Polizist mit dem Schnauzbart schlug ihm mit der Handkante in den Nacken, und Raske ging auf die Knie. Der nette Polizist zog ihn an den Haaren wieder hoch und führte ihn weiter. Der andere Polizist zog die Tür hinter sich zu. Durch das Fenster sahen der Mandel und Myklebust, wie die Beamten Raske in ihrem Boot zum anderen Ufer brachten, wo zwei Einsatzwagen warteten. Sie stopften Raske in eines der Autos, einen weißen Kombi mit einem schmalen roten und einem schmalen blauen Streifen, und fuhren weg. In dem kleinen Motorboot blieben der Schnauzerpolizist und sein Kollege zurück. Sie wendeten das Boot.

»Die kommen wieder«, sagte Myklebust, und der Mandel seufzte.

Ohne anzuklopfen, betraten die Polizisten erneut das Haus und baten den Mandel und Myklebust um ihre Personalien. Der Polizist ohne Schnauzbart hatte seine Mütze abgenommen, weil er schwitzte. Er war überwiegend kahl. Aber auch er war nicht grob, als er dem Mandel den Personalausweis abnahm und die Daten mit seinem Funkgerät an jemanden übermittelte.

»Sie sind Deutscher?«, fragte ihn der nette Polizist.

»Ja«, sagte der Mandel.

»Warum sehen Sie so ramponiert aus?«

»Ich bin gestürzt«, sagte der Mandel, und der Polizist sah den Mandel mitleidig an, als wäre er ein kleines Kind, das seine Mutter auf dem Rummel verloren hat.

»Wir brauchen vielleicht Ihre Aussage. Sie dürfen Norwegen innerhalb der nächsten Woche nicht verlassen, tut mir leid«, sagte der Polizist.

»Mal sehen«, sagte der Mandel, der sich ungern etwas sagen lässt, selbst wenn es so nett gesagt wird.

»Und jetzt darf ich Sie bitten zu gehen, wir versiegeln das Haus, bis unsere Spezialisten es untersucht haben. Sie können die Insel jetzt verlassen«, sagte der Polizist.

Der Mandel stand auf und ging nach draußen. Myklebust kam eine Minute später nach.

»Oje«, sagte der Mandel.

»Was denn?«, fragte Myklebust.

»Raskes Boot ist nicht mehr da«, sagte der Mandel.

Nach ein paar Minuten traten die beiden Polizisten aus dem Haus und versiegelten den Eingang mit einem gelben Plastikband.

»Auf Wiedersehen«, sagte der nette Polizist.

»Ciao«, sagte der Mandel und sah zu, wie das Boot wegfuhr.

Myklebust strich sich seine langen Engelshaare aus dem Gesicht.

»Gib mir dein Telefon«, sagte der Mandel, und Myklebust holte es aus seiner schwarzen Lederjacke. Der Mandel nahm es ihm aus der Hand. Er nahm einen Zettel aus seinem Portemonnaie und tippte eine Nummer. Er wartete kurz und sagte dann:

»Ich bin's. Komm her!«

17: OMASTRAND

»Wo bist du?«, fragte ich den Mandel am Telefon.

»Auf Raskes Insel. Weißt du noch, wie man dahin kommt?«

»Nein«, sagte ich, weil ich mir nie einen Weg merken kann, wenn ich ihn nicht selbst fahre.

»Omastrand, Mundheimsvegen«, sagte der Mandel, und ich musste ein Lachen unterdrücken.

»Wie schnell kannst du da sein? Ich sitze hier fest«, sagte der Mandel.

»Wir sind schon im Auto. Ich komme mit Vilde. Weißt du, wie wir nach Omastrand kommen?«, fragte ich Vilde.

Vilde schüttelte den Kopf.

»Es heißt Mundheimsvegen. Omastrand ist nur die Straße«, sagte der Mandel.

»Das finden wir schon. Wie geht's dir sonst?«

»Beeil dich«, sagte der Mandel und legte auf.

»Es heißt Mundheimsvegen. Omastrand ist nur die Straße«, sagte ich zu Vilde.

Vilde pflegte einen sportlichen Fahrstil. Nebenbei schaute sie mich an, und ich wollte schon fast sagen: Schau lieber auf die Straße bei der Geschwindigkeit und den vielen engen Kurven.

»Ich war nicht ganz ehrlich zu euch, Sigi. Ich glaube, Raske will sich an Cristian rächen«, sagte Vilde.

»Warum?«, fragte ich.

»Weil er ihn ins Gefängnis gebracht hat.«

»Wer hat wen ins Gefängnis gebracht?«

»Mein Bruder hat Raske ins Gefängnis gebracht«, sagte Vilde.

»Und wie hat er das gemacht?«

»Mein Bruder war derjenige, der Raske damals am Abend des Brandes in Fantoft gesehen hat.«

»Ich dachte, er war mit Dark Reich in England.«

»War er ursprünglich auch, aber er hatte von dem Vorhaben gehört und war für einen Tag nach Bergen zurückgeflogen.«

Jetzt begriff ich es.

»Dein Bruder hat für den Staatsschutz gearbeitet. Er war der Maulwurf, oder?«

Maulwurf. *Mole*. Herrliches Wort.

»Er hat gegen Raske ausgesagt«, sagte Vilde und schaltete nach der Kurve wieder in einen höheren Gang.

»Jesus Christus«, sagte ich. »Weiß Raske das?«

»Eigentlich nicht. Eigentlich wissen das nur ich und Cristians Freund Tomas. Es hat Cristian jahrelang gequält, weil er Raske nicht von der Brandstiftung abgehalten hat, stattdessen hat er im Nachhinein den Behörden davon berichtet, dass er ihm an dem Abend gefolgt war. Das schlechte Gewissen plagt ihn heute noch, weil er vielleicht das Leben von fünf Menschen hätte retten können.«

»Und warum hat er ihn nicht abgehalten?«, fragte ich.

»Weil er natürlich kein Verräter sein wollte, und grundsätzlich war er ja auch gegen die Kirche. Und er konnte ja nicht wissen, dass Raske die anderen in der Kirche einsperren würde. Er wusste nicht einmal, dass sie an dem Abend da waren.«

»Warum hat er überhaupt als Spitzel gearbeitet?«

»Die Polizei hatte etwas gegen ihn in der Hand.«

»Und was?«

»Das hat er mir nie erzählt. Irgendwas muss da vorgefallen sein. Etwas ziemlich Ernstes«, sagte Vilde und schaltete den Scheibenwischer auf eine höhere Stufe. Der Scheibenwischer machte dabei ein widerwärtiges Geräusch.

»Hat dein Bruder sich nicht der Mitwisserschaft schuldig gemacht, weil er Raske in der Nacht nicht sofort der Polizei gemeldet hat?«

»Man konnte ihm ja nicht nachweisen, dass er wusste, dass Raske vorhatte, die Kirche anzuzünden. Er hat nur beobachtet, dass sich Raske zur passenden Zeit bei der Fantoft-Kirche befand. Nachdem man Raske dann verurteilt hatte, war man vielleicht auch nachsichtig mit Cristian, weil er in einer gewissen Gefahrenlage verdeckt gearbeitet hatte.«

»Und seit wann weißt du das alles?«

»Als ich achtzehn geworden bin, sind wir zusammen in eine Bar gegangen. Wir sind vorher nie zusammen ausgegangen. Er hat mich eingeladen und mir die ganze Geschichte von Dark Reich, Død und Godfuck erzählt. Vorher wusste ich zwar, dass er bei Dark Reich gespielt hat, aber er wollte nie darüber reden. Im Gegenteil, er hat alles getan, um mich von dem Thema und dem Umfeld fernzuhalten. Doch ich weiß schon lange, was an dem Abend in Fantoft wirklich passiert ist.«

Das wird ja immer heikler, dachte ich. Ich war heilfroh, mich gleich mit dem Mandel austauschen zu können.

In Mundheimsvegen parkte Vilde den Porsche unmittelbar vor dem Haus, an dem wir Dienstagnacht noch geklopft hatten. Wir stiegen aus, und kurz überkam mich die Erinnerung an den Traum, in dem der Mann aus den Felsen gekommen war. Es blieb ein gewisses Unbehagen beim Blick auf die Felswand hinter den Häusern. Am Ufer lag Raskes kleines Ruderboot. Vilde setzte sich in das Boot, und ich schob es aufs Wasser. Beim Versuch, in letzter Sekunde einzusteigen, rutschte ich aus und fiel in den Fjord. Es war sicher das kälteste Wasser, in das ich je gefallen bin, selbst wenn es mir im Stehen nur bis zu den Knien ging. Und jetzt war dann auch ein Punkt erreicht, an dem ich genug hatte von Wasser und Natur, von diesem Wetter, von der ewigen Bewölkung und dem Regen, von diesen Bands und der Leichenschminke und diesem Zirkus um den Svarte Sirkel. Überhaupt dieses Theater wegen einer Musikrichtung. Einer Musikrichtung, in der sich die Leute gegenseitig anzünden. Ich bin ja ein großer Advokat von Veränderung und Entwicklung, das weiß man, wenn man mich kennt, und so gesehen war es eine gute Idee, unsere berufliche Verwesung am Nordufer kurz zu unterbrechen und nach Norwegen zu kommen, aber wieder gleich so in die Scheiße zu langen wegen einer durchzechten Nacht im Garage, das hätte nicht sein müssen. Bei aller Liebe zur Veränderung. Rentieren tut sich das maximal für den Mandel, denn der hat ja Vilde kennengelernt. Aber mir blieb nichts als Ärger, und das wegen einer Musikrichtung.

Ich stand wieder auf, und mein erster Griff galt meinem Portemonnaie. Es war noch da. Dafür war das Display meines Telefons erloschen. Triefend stieg ich ins Boot. Vilde hatte eine Art unterdrückten Lachanfall, und in mir herrschte die tödlichste Kälte.

»Komm, ich rudere uns hinüber«, lachte Vilde und wischte sich die Tränen aus den Augen.

»Ich rudere«, sagte ich. Ich zitterte, als ich die beiden Ruder nahm und ins Wasser hielt. Ich versuchte, das Boot vorwärtszubewegen, aber irgendwas stimmte im Verhältnis der beiden Ruder nicht. Vielleicht auch im Verhältnis meiner beiden Arme.

»Ich mach schon«, sagte Vilde, und mir war zu kalt für eine Widerrede. Sie ruderte uns hinüber.

Die Tür von Raskes Haus war mit einem Polizeiklebeband versiegelt. Wir gingen um das Haus herum, und dort saßen der Mandel und Myklebust auf zwei Gartenstühlen und blickten schweigend auf den Fjord. Man konnte dem Mandel sofort ansehen, dass er jetzt gerne eine Zigarette geraucht hätte.

»Hallo«, sagte ich zum Mandel.

Als der Mandel mich sah, verschob sich sein Mund zu einem Grinsen.

»Was ist denn mit dir passiert?«, fragte er sichtlich amüsiert.

»Er ist ins Wasser gefallen«, sagte Vilde und gab dem Mandel einen Kuss auf den Mund.

»Typisch«, sagte der Mandel. Er hatte einen blutigen Striemen im Gesicht, seine Hose war zerknittert und voller Dreck.

»Geht es dir gut? Was machst du hier?«, fragte Vilde den Mandel.

»Mir geht es gut. Das ist Anders von Utgang«, sagte der Mandel, und Myklebust nickte uns vorsichtig zu.

»Wo ist mein Bruder?«, fragte Vilde, die vermutlich keine Lust hatte, sich mit Förmlichkeiten aufzuhalten.

»Wer ist dein Bruder?«, fragte Myklebust, als ob er sich das nicht denken konnte.

»Cristian Hallberg. Baalberith«, sagte Vilde ohne ihr übliches sanftes Konversationsgesicht.

»Keine Ahnung. Frag seine Bandkollegen. Mit denen hat er doch gerade erst ein Video gedreht«, sagte Myklebust, und es ärgerte mich, dass Vilde ausgerechnet jetzt mit der Frage nach ihrem Bruder herausgeplatzt war. Jetzt konnte sich der Utgang-Mensch doch denken, dass wir selbst nicht wussten, wo Baalberith steckte, und dass das Video nur ein Riesenschwindel war. Die ganze Verkleidung umsonst, der ganze Aufwand in einem Satz zunichtegemacht. Aber gut, ich hätte Vilde natürlich auch entsprechend briefen können. Aber wer kann auch wissen, dass der Mandel ausgerechnet jemanden von Utgang mit zu unserem Treffen bringt.

»Hat er sich noch nicht bei dir gemeldet?«, versuchte der Mandel, unseren Bluff zu wahren.

»Nein«, sagte Vilde und sah jetzt so aus, als hätte sie ihren Fehler bemerkt. Ich sah, wie Myklebust ihre Beine musterte.

»Aber vielleicht will dir Mister Utgang ja erzählen, wie das mit der Kreuzigung war, wenn er schon mal hier ist«, sagte ich, weil ich den Druck von Vilde nehmen wollte.

»Nein, nicht jetzt«, sagte Myklebust, aber wild entschlossen klang das nicht. Angesichts der Übermacht der Gutmenschen wirkte er verunsichert.

»Jetzt wäre gut«, sagte ich. »Du willst doch nicht auf der Insel bleiben.«

»Ich kann auch rüberschwimmen«, sagte Myklebust.

»Ist ziemlich kalt, das Wasser«, sagte ich, und Vilde schnappte kurz nach Luft, so als müsste sie ein Lachen unterdrücken.

»Wo ist eigentlich Raske?«, fragte ich.

»Verhaftet«, sagte der Mandel.

»Von wem?«, fragte ich.

»Von der Polizei. Von wem sonst?«

»Keine Ahnung, wer in diesem Land so alles verhaften darf. Und warum?«, fragte ich.

»Ich bin mir nicht sicher. Anders hat etwas von einem Brandanschlag aufgeschnappt«, sagte der Mandel und neigte den Kopf in Richtung Myklebust.

»Der Anschlag auf Gunarrs Haus«, sagte Vilde.

Der Mandel schaute uns fragend an.

»Gunarr Aasen. Raskes ehemaliger Bandkollege«, erklärte ich.

»Ich weiß, wer das ist«, sagte der Mandel.

»Jemand hat vor ungefähr drei Stunden zwei Mollis durchs Fenster geworfen. Wir waren da, als es passiert ist«, sagte ich.

Myklebust hörte uns aufmerksam zu. Er sah aus, als würde er eine interessante Nachrichtensendung im Fernsehen verfolgen.

»Was war jetzt mit der Kreuzigung?«, fragte Vilde, und ihre Stimme war lauter als gewohnt. Man traute Vilde so ein halb autoritäres Auftreten gar nicht zu, wenn man sie nur in ihrem üblichen Zustand der perfekten seelischen Balance kannte.

»Genau vor einer Woche, am Freitag, war Baalberith bei uns in der Franangr-Höhle«, sagte Myklebust.

»Wo?«, fragte Vilde, und der Mandel sprang ein:

»Das ist der Utgang-Proberaum in Fykse.«

»Wie ist er dahin gekommen?«, fragte Vilde.

»Wir haben unsere Instrumente in eine Höhle gestellt und Strom hineingelegt«, sagte Myklebust.

»Sie meint ihren Bruder. Wie kam er nach Fykse?«, half der Mandel.

»Mit dem Auto. Raske hat den Kontakt hergestellt und sogar den Termin vereinbart.«

»Raske?«, fragte ich jetzt nach.

»Ja, er hat Baalberith kontaktiert. Dein Bruder ist freiwillig gekommen«, sagte er schmunzelnd zu Vilde, als würde er damit einen Trumpf ausspielen.

»Warum sollte er das machen?«, fragte Vilde.

»Frag ihn doch selbst, wenn du ihn triffst«, sagte Myklebust, dem längst klar sein musste, dass wir keinen Schimmer hatten, wo Baalberith war. Trotzdem fühlte er sich unwohl in der Rolle des Verhörten, er zog nervös die Haut an seinem Hals in die Länge.

»War die Kreuzigung echt?«, fragte ich, weil ich jetzt auch keine Lust mehr hatte, so zu tun als ob.

»Unsinn, natürlich nicht. Wir haben ihn an das Kreuz gebunden und ihn an den entsprechenden Stellen mit Kunstblut beschmiert. Die Nägel hat ein Freund von Raske mit dem Computer erstellt. Das hat alles länger gedauert als geplant. Eigentlich sollte das Bild noch vor dem Dark-Reich-Konzert online gehen.«

»Habt ihr euch nicht gewundert, warum er euch hilft?«, stieg jetzt auch der Mandel in das Verhör mit ein.

»Das war eine Sache zwischen ihm und Raske«, sagte Myklebust.

»Raske weiß mehr über das Verschwinden, als er uns gesagt hat. Das ist ein ganz mieser Trickser«, sagte ich.

»Leider können wir ihn gerade nicht fragen«, sagte der Mandel.

»Warum nicht?«, fragte ich.

»Weil er verhaftet wurde«, sagte der Mandel.

»Stimmt«, sagte ich.

»Wenn mein Bruder nicht wieder auftaucht, dann schicke ich euch die Polizei. Los, fahren wir, Max«, sagte Vilde.

»Ich komme nicht mit«, sagte der Mandel. Ich hörte wohl schlecht.

»Was ist denn mit dir los?«, fragte ich.

»Sigi, unter vier Augen«, sagte der Mandel, stand auf und ging einmal um das Haus herum, bis wir vor der versiegelten Haustür standen. Ich fror mich zu Tode in der nassen Kleidung.

»Mach schnell«, sagte ich.

»Ich kann nicht mitkommen. Ich muss bei Utgang bleiben.«

»Wieso?«

»Weil sie irgendetwas im Schilde führen.«

»Was führen sie denn im Schilde?«, fragte ich.

»Ich weiß es nicht«, sagte der Mandel.

»Und was willst du machen?«, fragte ich.

»Schlimmeres verhindern«, sagte der Mandel.

»Dann geh zur Polizei«, schlug ich vor.

»Und weswegen? Wegen einer Sache, von der ich nicht sicher weiß, ob sie überhaupt passieren wird?«

»Kannst du sie nicht wegen etwas anderem anzeigen? Wegen Satanismus oder Blasphemie oder so was? Dann nimmt man sie sofort fest, und sie können die Sache, von der du noch nichts weißt, überhaupt nicht anstellen.«

»Ich will sie nicht hinhängen, Sigi. Die haben eine gute Energie, eine gute Wut. Man darf sie nur nicht Raskes Nihilismus aussetzen«, sagte der Mandel, der Seelenretter.

»Aber der ist doch jetzt eh im Gefängnis«, sagte ich.

»Das ist noch nicht zu Ende mit Raske.«

»Ich weiß was Neues«, sagte ich.

»Und zwar?«

»Baalberith hat damals für die Polizei gearbeitet und Raske verraten. Wegen ihm saß Raske im Gefängnis. Eigentlich weiß das keiner, aber vielleicht hat Raske es herausgefunden und Baalberith damit erpresst.«

»Oha«, sagte der Mandel. »Nur noch bis Sonntag, Sigi, dann komm ich wieder nach Bergen. War das eigentlich deine Idee mit dem Video?«

»Ja«, sagte ich.

»Keine schlechte Idee«, sagte der Mandel, »auch wenn ich dich sofort erkannt habe.«

»Woran?«, fragte ich und freute mich, dass mich der Mandel offensichtlich so gut kannte, dass er mich auch unter der ärgsten Maskerade ausfindig machte.

»An deinem Buckel«, sagte der Mandel.

»An meinem Buckel?«, fragte ich entsetzt.

»Ja, ja, deine Haltung. Du machst immer einen Buckel. Das hast du von deinem Vater.«

»Arschloch«, sagte ich. »Und was hast du eigentlich im Gesicht?«

»Ich bin gestürzt«, sagte der Mandel.

»Geschieht dir recht«, sagte ich.

»Was hast du mit Gunarr Aasen zu tun?«, fragte der Mandel.

»Er hilft mir. Er ist ein netter Kerl.«

»Er ist Vildes Ex-Freund«, sagte der Mandel.

»Ich weiß«, sagte ich.

»Eins noch, Sigi«, sagte der Mandel.

»Was?«

»Der Schlagzeuger von Dark Reich spielt auch bei Utgang. Das wissen die Dark Reichler nicht. Bei ihnen nennt er sich Nergal, bei Utgang Neofenrir.«

»Im Ernst? Hier stecken doch schon wieder alle unter einer Decke. Das ist genau wie letztes Jahr, als …«

»Ich hol Vilde und Myklebust, dann rudern wir zurück«, unterbrach mich der Mandel.

»Mir ist eiskalt. Alles ist nass«, sagte ich, als könnte der Mandel etwas daran ändern.

»Dann hol dir doch drinnen im Haus was von Raske zum Anziehen.«

»Und was mach ich mit dem Polizeisiegel?«

»Abreißen«, sagte der Mandel.

Es war eng, zu viert in dem kleinen Ruderboot. Ich hatte einen schwarzen Kapuzenpullover mit dem Logo von Død und eine grüne Tarnhose gefunden. Ich hatte auch meine Unterhose ausgezogen, weil die Nässe im Schritt ja das Grundübel war. Die nasse Kleidung hielt ich in der Hand, die Unterhose hatte ich darin eingewickelt. Myklebust und der Mandel ruderten, während Vilde und ich in der Mitte saßen. Die aufziehende Dunkelheit zeichnete sich schon über den Felsen ab. Drüben stiegen der Mandel und Myklebust in ihren VW-Bus und fuhren weg. Vilde und ich saßen in dem Porsche Carrera und schwiegen eine Weile, bis Vilde fragte: »Was hat er gesagt? Warum kommt er nicht mit uns mit? Utgang haben meinen Bruder doch gar nicht.«

Ich zuckte mit den Schultern.

»Er will verhindern, dass Utgang irgendetwas anrichten.«

»Ich verstehe«, sagte Vilde und sah so aus, als ob sie es nicht verstand.

»Das ist sicher nicht persönlich gemeint, er hat dich gern«, sagte ich und wusste schon im selben Moment, was das für ein monströser Blödsinn war, den ich da redete.

»Das weiß ich«, sagte Vilde und beugte sich zu mir herüber und küsste mich. Ich küsste sofort und ohne schlechtes Gewissen zurück. Es war ja nur ein Kuss, und der Mandel war selbst schuld, wenn er seine Zeit lieber mit Nihilisten verbrachte. Wir knutschten wortlos mindestens zehn Minuten herum. Ich musste an meine Unterhose denken. *Going commando*, nennt man das im Englischen, wenn man ohne Unterhose unterwegs ist.

»Das war schön«, sagte Vilde.

»Find ich auch«, sagte ich.

18: GRIMNIR

Auf dem Weg zurück nach Fykse sah Myklebust beunruhigt aus. Er zog wieder an der Haut an seinem Hals.

»Alles gut?«, fragte der Mandel.

»Was soll denn nicht gut sein?«

»Die Polizei hat deinen Mentor mitgenommen.«

»Du kannst mich nicht provozieren, Herr Mandel. Ich weiß, was du mit deinem Kollegen draußen vor dem Haus besprochen hast.«

»Nämlich?«

»Dass du noch bei uns bleibst, solange du nicht weißt, was wir vorhaben. Du hast wahrscheinlich behauptet, es verhindern zu können.«

»Hab ich das?«

»Natürlich hast du es nur behauptet. In Wirklichkeit willst du ein Teil davon sein. Nicht wegen einem Artikel, nicht wegen einer guten Geschichte, nicht wegen Baalberiths Schwester, sondern nur wegen dir.«

»Meinetwegen?«

»Du willst Teil von Utgang sein. Du willst in deinem Leben wenigstens einmal an einer Revolution beteiligt sein. Das Revolutionärste, was du bisher in deinem Leben gemacht hast, war, von zu Hause auszuziehen«, sagte Myklebust.

»Das kann schon sein«, sagte der Mandel. Wind aus den Segeln nehmen, eine der brutalsten Waffen vom Mandel.

»Die Schwester ist hübsch«, sagte Myklebust nach einer Weile und schien sich langsam wieder zu entspannen.

»Allerdings«, sagte der Mandel.

»Ist sie deine Freundin?«

»Jetzt vielleicht nicht mehr«, sagte der Mandel.

»Schade«, sagte Myklebust.

»Kommen wir an einem Elektroladen vorbei? Ich brauche ein Ladegerät für das Telefon.«

»Haha«, sagte Myklebust.

Der Mandel ärgerte sich, dass er mir nicht aufgetragen hatte, ein Ladegerät zu kaufen und auf die Insel mitzunehmen. Überhaupt hatten wir in der Aufregung nicht über unser Kommunikationsproblem gesprochen, jetzt wo mein Telefon in den Fjord gefallen war.

Als der Mandel und sein neuer bester Freund wieder in Fykse ankamen, hatte Myklebust senior schon ein Abendessen bereitgestellt. Es gab ein knochentrockenes Fladenbrot und in Salz eingelegten Fisch. Der Mandel würgte den Fisch hinunter und aß dazu so viel von dem trockenen Brot, dass er die Trockenheit mit einem halben Liter Cider ausgleichen musste.

»Wie war dein Tag?«, fragte Myklebust senior seinen Junior.

»Aksel Raske ist verhaftet worden.«

»Das musste ja so kommen. Ich hoffe, er zieht euch da nicht in irgendwas rein.«

»Nein, nein. Außerdem ist er unschuldig«, sagte der Sohn.

»Was wirft man ihm denn vor?«, fragte der Vater.

»Jemand hat heute Mittag seinen alten Bandkollegen mit Brandbomben angegriffen. Aber es ist niemandem etwas passiert.«

»Was für eine Sinnlosigkeit. Und ich habe heute erst im Radio gehört, dass jemand das Grab von Grieg verunstaltet hat. Du weißt, dass ich auf der Seite der Jugend bin, aber so etwas geschieht einfach nur aus Blödheit und Langeweile. Waren das Freunde von euch?«

»Keine Ahnung. Ich kenne doch nicht jeden in Norwegen, der ein Grab schändet«, sagte Myklebust.

»Entschuldigung, Anders. Ich hab's nicht so gemeint.«

»Schon gut, Papa«, sagte Myklebust und gab seinem Vater einen Klaps aufs Knie. Der Mandel schenkte sich noch von dem Cider nach angesichts der ganzen Harmonie.

Spät am Abend war noch eine Utgang-Probe anberaumt, und der Mandel war neugierig, wie Utgang live klangen. Man muss sich aus der Sicht vom Mandel die vergangenen Tage wie eine einzige große Promotion-Aktion für die Band vorstellen. Eine Band, die ihren Konkurrenten ans Kreuz haut, eine Band, die Terroranschläge auf eine Bischöfin verübt und mit Waffen handelt. Eine Band, die das Grab von Grieg schändet – da ist man natürlich wahnsinnig neugierig, was so eine Band letztlich musikalisch zu bieten hat.

Der Mandel war frühzeitig mit Myklebust in die Höhle gegangen und hatte ein bisschen auf dem Schlagzeug von Neofenrir herumgehauen, während Myklebust einen Blues-Lauf auf dem Bass spielte. Das muss grausig geklungen haben mit dem Mandel am Schlagzeug. Der Mann hat nicht das geringste Rhythmusgefühl, das hört man schon, wenn er im Büro zur Musik auf dem Schreibtisch trommelt. Irgendwann kam Neofenrir, und der Mandel verzog sich vom Schlagzeug. Er hätte jetzt wahnsinnig gerne eine Zigarette geraucht.

»Ich habe mit Abbadon und Balrog geredet«, sagte Neofenrir alias Nergal.

»Sie haben mir erzählt, dass sie mit dem Video eine Reaktion von Utgang provozieren wollen. Sie glauben, dass wir Hallberg haben.«

»Wer ist eigentlich Baalberith in dem Video?«, fragte Myklebust.

»Das ist dein Kumpel«, sagte Neofenrir zum Mandel.

»Echt?«, sagte der Mandel und blies in Gedanken langsam den Rauch aus. Von der Zigarette, die er nicht rauchte.

»Was hast du mit Raske besprochen?«, fragte Neofenrir.

»Eigentlich nichts. Er ist gleich verhaftet worden, nachdem wir gekommen sind«, sagte Myklebust.

»Verhaftet worden?«, fragte Neofenrir und kratzte sich an seinen aus dem Ruder gelaufenen Koteletten. Im Gegensatz zu Grimnir und Myklebust war er sicher schon an die dreißig.

»Jemand hat einen Brandanschlag auf Gunarr Aasen verübt, und die Polizei denkt, es war Raske«, erklärte Myklebust.

»Ach ja, Aasen. Der hat übrigens auch das Video gedreht, sagen Abbadon und Balrog«, sagte Neofenrir.

»Ein gefragter Mann«, sagte Myklebust.

»Und was heißt das jetzt für uns?«, fragte Neofenrir.

»Wir konzentrieren uns ausschließlich auf den letzten Teil der Wilden Jagd. Wie besprochen. Alles Weitere klären wir, wenn Grimnir endlich da ist.«

Bis es so weit war, saßen der Mandel, Neofenrir und Myklebust herum und tranken den Hardanger-Cider aus Plastikbechern. Die beiden Musiker trugen dünne schwarze Lederjacken und T-Shirts darunter. Der Mandel hatte seine Fliegerjacke mit dem weißen Fellkragen an und darunter ein weißes Hemd, und ihm war elendig kalt.

»Ist euch das nicht zu kalt hier?«, fragte der Mandel.

»War es den Wikingern zu kalt?«, fragte Myklebust.

»Ich denke schon«, sagte der Mandel.

»Wie habt ihr denn eigentlich die Instrumente hier reinbekommen?«, hakte der Mandel nach.

»Der Zugang zu diesem Raum war letztes Jahr noch größer«, sagte Myklebust.

»Und dann?«, fragte der Mandel.

»Ist ein Teil der Wand eingestürzt«, sagte Neofenrir.

»Sagtest du nicht, hier wäre alles sicher?«, fragte der Mandel.

»Es war unsere eigene Schuld, wir haben eine selbst gebaute Bombe ausprobiert«, sagte Neofenrir.

»Hier in der Höhle?«

»War nicht unsere beste Idee«, sagte Neofenrir.

»Und wenn ihr jetzt live spielen wollt? Dann braucht ihr doch die Instrumente? Wie bekommt ihr die nach draußen?«, fragte der Mandel, den das offensichtlich ernsthaft beschäftigte.

»Utgang spielen nicht live. Wir unterwerfen uns nicht den Gesetzen des Kulturbetriebs«, sagte Myklebust.

»Interessant«, sagte der Mandel, weil sonst alle jungen Bands dauernd live spielen wollten.

»Wartet hier. Ich ruf Grimnir an«, sagte Myklebust und kroch aus dem Raum. Der Mandel blieb mit Neofenrir zurück.

»Wie heißt du in echt?«, fragte der Mandel.

»Ist das wichtig?«

»Es ist einfach nur persönlicher. Ich schreibe das auch nicht in den Artikel«, sagte der Mandel.

»Ragnar. Und du, hast du auch einen anderen Namen als Herr Mandel?«

»Max. Ich heiße Max mit Vornamen.«

»Max, das ist ja einfach«, sagte Neofenrir und kratzte sich am Hinterkopf.

»Und Grimnir, wie heißt der richtig?«

»Olaf«, sagte Neofenrir.

»Süß«, sagte der Mandel. »Wie findest du Olaf?«

»Als Name oder als Typ?«, fragte Neofenrir.

»Als Typ«, sagte der Mandel.

»Ich finde ihn ganz okay«, sagte Neofenrir.

»Aber euer Chef nicht, oder?«, sagte der Mandel.

»Sagen wir es so: Bei Anders und Olaf hat schon öfter der Blitz eingeschlagen.«

»Inwiefern der Blitz?«, fragte der Mandel.

»Für Olaf sind die Atmosphäre und das Drumherum bei der Musik sehr wichtig. Er findet das Okkulte faszinierend und will es unbedingt noch mehr in die Musik einbringen. Er malt ja auch.«

»Du meinst Satanskrempel?«, fragte der Mandel.

»Ja, genau, das ist sein Ding. Für die erste LP hat er ein Bild gemalt von einem großen frostüberzogenen Tor, vor dem ein paar einsame Wanderer stehen. Aus den Mauern wachsen Dämonen. Das Bild ist schwarz-weiß, und man friert förmlich, wenn man es anschaut. Ich fand es sehr gelungen, aber Anders hat sich total aufgeregt, weil er sich von den Okkultisten distanzieren will. Wir sind Naturheiden, keine Satanisten, hat er gesagt. Mit diesem okkulten Abschaum wolle er nichts zu tun haben. Und das kann man sich ja vorstellen, dass so etwas wehtut, wenn man ein halbes Jahr an so einem Bild gemalt hat. Anders hat nicht aufgehört, ihn zusammenzuscheißen, und da ist Olaf gegangen und eine Woche lang nicht mehr aufgetaucht. Auch nicht bei seinen Eltern.«

»Wie ist Olaf privat?«, wollte der Mandel wissen.

»Eigentlich ganz nett. Er redet nicht viel, und wenn, dann meistens über den Tod und das pure Böse. Er sagt, das pure Böse ist seine Motivation für Utgang, und nichts kann der Gesellschaft mehr Angst einjagen als das pure Böse.«

»Was meint er denn mit dem puren Bösen?«, wollte der Mandel wissen.

»Ich weiß es selbst nicht so genau. Er sieht sich diese Snuff-Filme an. Du kennst Snuff-Filme?«

»Nicht persönlich. Ich weiß, dass da Leute gefoltert, vergewaltigt und getötet werden und dass es angeblich echt ist. Ich habe das bisher ins Reich der Legende verwiesen.«

»Es ist schon echt, das kann ich dir sagen«, sagte Neofenrir und wackelte mit dem Kopf.

Myklebust kam zurück, und seine Haare waren nass vom Regen.

»Er kommt heute nicht. Seine Mutter hat gesagt, er ist krank«, sagte er.

»Du kannst nicht zufällig Bass oder Gitarre spielen?«, fragte Neofenrir den Mandel.

»Nein, im Gegenteil«, sagte der Mandel.

»Dann fällt die Probe aus, oder?«, sagte Neofenrir.

»Sieht so aus«, sagte Myklebust.

»Schade«, sagte der Mandel, der Utgang gerne mal hätte spielen hören.

Der Mandel hatte gerade eine von Grimnirs Gitarren in die Hand genommen und angefangen, einzelne Saiten anzuschlagen, als etwas durch den Spalt in den Proberaum gekrochen kam. Es steckte in einer schwarzen Lederjacke und einer engen schwarzen Hose. Als es aufstand, erschrak der Mandel kurz, und das ist kein Wunder. Bei Grimnir sah die Leichenschminke noch leichenhafter aus als bei allen anderen. Er hatte die Augen nicht nur schwarz umrandet, sondern sternförmig davon ausgehend weitere dünne Linien eingezeichnet, die wie schwarze Blutspritzer wirkten. Auch die Mundpartie und die Lippen waren schwarz angemalt, und aus den Mundwinkeln zeigten zwei schwarze Spitzen nach unten, als würde ihm das Schwarz aus dem Mund laufen oder sich kleine Spinnen daraus abseilen. Überhaupt wirkte es so, als würde Grimnir das Schwarz von innen nach außen schwitzen, wie eine Körperflüssigkeit. Nur in die Halbmondnarbe war die Schminke nicht gelangt. Grimnir hielt etwas in der rechten Hand, von dem Blut auf den Höhlenboden tropfte. Etwas Goldbraunes mit einem Fell. Das warf er Myklebust vor die Füße und sagte etwas auf Norwegisch. Die tote Katze hatte sehr spitze Ohren für eine Katze, fand der Mandel. Vermutlich eine einheimische Rasse. Aus der Innentasche seiner Lederjacke zog Grimnir ein gezücktes Klappmesser heraus. Er leckte die Klinge ab. Der Mandel drehte sich angewidert weg, er kann das nicht mit ansehen, wenn jemand ein Messer ableckt. Ich mach das manchmal mit dem Nutellamesser im Büro, da ist er kurz vorm Ausflippen.

»Ræyhøl«, sagte Myklebust, und das heißt »Arschloch«.

Grimnir ließ sein Messer wie in einem Ritual vielsagend in der Luft kreisen, wobei er sich langsam auf Myklebust zubewegte.

»Der hat irgendwas genommen«, sagte Neofenrir leise zum Mandel. Beide standen ein wenig abseits und sahen zu, wie Grimnir sich mit seinem Messertanz Myklebust näherte.

»Was soll der Scheiß mit der Katze?«, fragte Myklebust und deutete vorwurfsvoll auf das goldbraune Blutbündel.

»Ich hasse Katzen«, sagte Grimnir, und seine Stimme war ein Krächzen. Beide sprachen immer noch hauptsächlich Englisch, was darauf hindeutete, dass sie ihre Show auch für den Mandel mit aufführten.

»Du bist so ein beschissener Freak«, sagte Myklebust und ging ein paar Schritte rückwärts in Richtung seines Bassverstärkers. Grimnir folgte ihm und fing an zu summen. Er summte eine Melodie, die der Mandel aus dem Effeff kannte.

Es war ein Gitarrenriff. *Dam-dam-da-da-da-dam-dam-dam-dam.* Die letzten drei *Dams* waren so etwas wie Triolen, das muss man wissen, wenn man es nachsingen will. Es war die Gitarrenlinie von »In-A-Gadda-Da-Vida« von Iron Butterfly. An dieser Stelle erzählt der Mandel dann meistens, dass »In-A-Gadda-Da-Vida« eigentlich »In The Garden Of Eden« hätte heißen sollen, aber jemand zu betrunken war, den Titel korrekt auf das Demotape zu schreiben. Und so wurde aus der Lautschrift eines Besoffenen der erste Heavy-Metal-Radiohit der Musikgeschichte, sagt der Mandel. Das ist eines seiner zahlreichen musikhistorischen Gustostückchen, mit denen er nach drei Beefeater-Tonics bei den Ungebildeten zu glänzen pflegt, während ich gelangweilt auf mein Telefon schaue, weil ich jede einzelne dieser Geschichten schon hundertmal gehört habe. Aus dem Mund von Grimnir klang »In-A-Gadda-Da-Vida« wie eine Drohung. Bis zu der Woche in Norwegen hat der Mandel das Lied immer gut gefunden. *Dam-dam-da-da-da-dam-dam-dam-dam.* Myklebust hielt jetzt auch ein Messer in der Hand. Der Mandel hatte so angestrengt auf Grimnir geschaut, dass er nicht mitbekommen hatte, woher Myklebust das Messer hatte. Myklebust stand mit seinem Messer in Position und wartete auf seinen höchstwahrscheinlich verrückt gewordenen Gitarristen, statt weiter vor ihm zurückzuweichen. *Dam-dam-da-da-da-dam-dam-dam-dam.* Wäre nicht so eine Gewalttätigkeit von der Situation ausgegangen, der Mandel hätte sich gefühlt wie in der Black-Metal-Version von *Westside Story*, kurz bevor die Musik einsetzt und die Messerstecher anfangen zu singen und zu tanzen. Bevor der Mandel und Neofenrir noch Wetten auf den Kampfausgang hätten abschließen können, war Myklebust nach vorne geschnellt und hatte sein Messer durch die Lederjacke in den Arm von Grimnir gesteckt. Der ließ zuerst sein Messer und dann sich auf den

Boden fallen, mit dem Kopf in die tote Katze hinein. Als er sein Gesicht hob, war die Leichenschminke mit Katzenblut verschmiert. Myklebust senkte seinen Messerarm und ging auf Grimnir zu. Grimnir sah ihn durch seine blutige Schminke hindurch an und sagte »Takk«, was »Danke« bedeutet. Er streckte seine Arme nach Myklebust aus, als wollte er ihn umarmen, und Myklebust trat ihm mit seinem Stiefel gegen die Schulter, sodass es Grimnir nach hinten auf den Felsboden warf. Dann sah Myklebust den Mandel und Neofenrir an und sagte: »Gehen wir runter ins Gasthaus. Grimnir soll nachkommen, wenn er wieder nüchtern ist.«

Sie saßen schon gute zwanzig Minuten im Gardsrestaurant, und nachdem erst niemand etwas gesagt hatte und alle drei still an ihrem Cider nippten, eröffnete Myklebust aus dem Nichts ein Gespräch über Fußball. Er zählte auf, welche Spieler er aus der Bundesliga und aus der deutschen Nationalmannschaft kannte und wie er sie fand. Der Mandel kannte natürlich auch den einen oder anderen norwegischen Spieler und Trainer, und ich frage mich, wie er sich das alles merken kann, den ganzen Kleinkram aus der Musikhistorie und dann noch diese Details aus dem Fußball. Seien Sie ehrlich, könnten Sie auch nur einen norwegischen Fußballer nennen? Oder alle Studioalben von Jethro Tull in der richtigen Reihenfolge mit Jahreszahlen? Nach ungefähr einer Stunde ging die Tür auf, und Grimnir kam herein. Er hatte sich die Leichenschminke und das Katzenblut abgewaschen und seine Lederjacke über den linken Arm gehängt. Sein rechter Unterarm blutete stark, er hatte ihn mit Klopapier aus dem Wohnwagen verbunden.

»Papa!«, schrie Myklebust nach hinten in die Küche. Auf Norwegisch gab Myklebust seinem Vater Instruktionen, bis der mit einem Verbandskasten erschien.

»Was hast du denn gemacht, Olaf?«, fragte er Grimnir.

Grimnir antwortete etwas auf Norwegisch, und Myklebust senior schien es plausibel genug zu sein.

»Irgendwas riecht hier übrigens nach faulen Eiern«, sagte Myklebust senior, und der Mandel hätte fast gesagt, das ist euer Essen, aber er hat es sich dann doch verkniffen.

»So riecht der Tod«, sagte Grimnir auf Englisch.

Papa Myklebust lachte, weil er entweder auf einer Humorwellenlänge mit Grimnir war oder es für einen Insiderwitz hielt, bei dem man vorsichtshalber einfach mal mitlachte. Nach dem Verbinden stellte Myklebust senior eine neue Flasche Cider samt frischem Glas auf den Tisch und verschwand dann wieder in der Küche. Die Fußballdiskussion war sowieso abgerissen, es herrschte seit dem Eintreffen von Grimnir eine angespannte Stille, die einzig und allein dem Mandel nicht unangenehm war. Der Mandel ist einer der wenigen Menschen, die selbst eine angespannte Stimmung in Kauf nehmen, wenn sie sich dafür eine Weile aus der Welt des Gesprächs zurückziehen können.

19: BAALBERITH

Ich war immer der Meinung gewesen, dass es so etwas wie eine innere Rebellion gibt. Einen rein emotionalen Aufstand quasi. Sich nicht mit dem Status quo abfinden, aber eben nicht äußerlich, sondern innerlich. Wie erkläre ich das am besten? Sehen Sie, ich hatte mit achtzehn auch eine Band. Ich habe sogar zwei Drittel der Songs geschrieben und dazu gesungen. Wir haben viel getrunken, und einmal habe ich meine weiße Mexiko-Strat von einer Bühne hinunter auf den Beton vom Jugendzentrum Burglengenfeld geworfen, weil wir so betrunken waren. Aber in unseren Texten ist es nie um die Politik gegangen so wie bei Rage Against The Machine beispielsweise. Es gab den Wunsch nach Veränderung, aber eher innerlich. Der Gemütszustand sollte sich ändern. Weil wenn jemand ein funktionierendes Gemüt hat, also mit sich selbst im Reinen ist, dann wirkt sich das ja auch positiv auf den Lauf der Dinge aus, da bin ich fest davon überzeugt. Selbst die Ulrike Meinhof hat mal gesagt, dass das Private auch immer politisch ist. Insofern habe ich genauso gekämpft und aufbegehrt. Gegen das ewige Deprimiertsein, gegen Ex-Freundinnen und Liebeskummer oder das Gefühl von Einsamkeit. Gegen die ganzen inneren Dinge, die einen daran hindern, gegen die äußeren Dinge aufzubegehren. Und ich gebe jederzeit zu, dass die

Frauen und mein Unvermögen, sie in mein Leben einzuordnen, der Dreh- und Angelpunkt meiner privaten Rebellion waren. Es waren die reinsten Straßenschlachten über viele Jahre hinweg. Die Stadtguerilla der Liebe hab ich das genannt. Manchmal wundere ich mich selbst, wie man nebenbei noch studieren und einen Beruf ergreifen konnte, während innerlich das Blut gespritzt hat, aber ich habe mich nie mit den Verhältnissen abgefunden. Ich habe nie aufgegeben. Und ich war nach außen auch nicht vollkommen untätig. Ich bin zum Beispiel aus der Kirche ausgetreten. Leider erst mit dreiundzwanzig, weil meine Mutter mich gebeten hatte, erst dann aus der Kirche auszutreten, wenn ich woanders gemeldet war. Denn sonst hätte der Gneissel das mitbekommen und in unserem Dorf den totalen Terror veranstaltet. Treibjagd auf die ganze Verwandtschaft, hat meine Mutter gesagt. Ich hätte mich natürlich gleich zum Studienbeginn mit neunzehn ummelden können, sobald ich von zu Hause ausgezogen war, aber das Büro im Bürgeramt, in dem man solche Abmeldungen vollzog, war nur von acht bis zehn geöffnet, und erzählen Sie mal einem Studenten, er soll von acht bis zehn irgendwo sein. Entweder ist er an der Universität oder liegt mit dem größt anzunehmenden Kater im Bett. Schließlich bin ich dann doch hingegangen, nachdem ich mit der Rosa, die im Jenseits arbeitete, die Nacht durchgemacht hatte und es vom Würschtl-Toni eh nicht mehr weit zum Amt war. Und acht war es auch schon, also kein Problem mit den Öffnungszeiten. Ich weiß noch, dass der Austritt fünfundzwanzig Mark gekostet hat, eine Unsumme für einen Studenten.

Es war längst dunkel, als ich mit Vilde, Gunarr Aasen und Håvard auf Vildes Couch saß und Kaffee trank. Der Mandel und ich trinken schon eine Menge Kaffee in unserem Büro am

Nordufer, aber die Leute, die ich in Norwegen getroffen habe, waren geradezu kaffeesüchtig. Håvard hatte seinen Kopf in seinen Armen vergraben, und als er ihn hob, sah er Aasen an und sagte: »Geh weg.«

»Wie bitte?«, fragte Aasen.

»Håvard«, mahnte Vilde.

»Was hat er denn jetzt wieder?«, fragte ich.

»Ich will nicht, dass dieser scheußliche Mensch in meiner Wohnung herumsitzt«, sagte Håvard.

»Was soll der Scheiß?«, sagte Aasen, und sein Trollmund hatte sich verhärtet, seine Lippen waren wie aus Gips, furchig und starr.

»Geh in dein Zimmer, Håvard«, sagte Vilde.

»Ich geh noch kurz runter was essen, und wenn ich wieder da bin, ist der Unmensch verschwunden«, sagte Håvard.

»Lass dir ruhig Zeit«, sagte Aasen.

»Arschloch«, sagte Håvard und ging. Im Flur hörten wir noch, wie er umständlich mit einem Schlüssel hantierte, bevor er die Tür unnötig laut ins Schloss fallen ließ.

»Was hat er denn?«, fragte Aasen, und seine Lippen entkrampften sich langsam.

»Es ist nur der Beschützerinstinkt«, sagte Vilde.

»Tatsächlich?«, sagte Aasen abfällig.

»Wahrscheinlich ist es so, dass Cristian freiwillig bei Utgang war und die – in Anführungszeichen – Kreuzigung freiwillig mitgemacht hat. Und es war ja auch nicht der Sonntag, sondern schon der Freitag, wie wir jetzt wissen«, sagte ich zu Aasen, um das Thema zu wechseln. »Raske hat das irgendwie eingefädelt. War vielleicht doch nur gute Werbung für beide Parteien.«

»Ja, so ist die Welt«, sagte Aasen und wirkte, als hätte er mir überhaupt nicht zugehört. Er starrte immer noch Håvard hinterher, der längst weg war.

»Aber Cristian hasst Raske«, sagte Vilde.

»Er hat doch auch seinen Nutzen davon. Was kann beiden Bands Besseres passieren als ein Battle of Black Metal? Wer weiß, ob die Dark-Reich-Reunion sonst zündet«, sagte ich und lobte mich innerlich für das griffige Motto »Battle of Black Metal« inklusive Binnenreim. Zergeht praktisch auf der Zunge.

»Das passt aber nicht zu Cristian«, sagte Vilde, und ich dachte, bei aller Liebe, Vilde, was passt schon zu ihm, masochistischer Sänger, schwuler Schaffner und liebender großer Bruder. Aber gut, was konnte Vilde dafür. Auch andere Leute haben komische Geschwister, siehe der Mandel und sein Bruder.

»Auf jeden Fall ging es Cristian noch gut, als er bei Utgang war, denn das war letzten Freitag, also vor dem Konzert. Am Sonntag ist er ja bei bester Gesundheit in den Grieghallen aufgetreten, was Vilde, der Mandel und ich zwar leider nicht bestätigen können, aber dafür einige Tausend Fans«, resümierte ich.

»Du glaubst also nicht mehr, dass Utgang ihn entführt haben?«, fragte Aasen, der jetzt nicht mehr auf die Tür starrte.

»Ich weiß es nicht. Der Mandel ist sich ziemlich sicher, dass Utgang zwar jede Menge Flausen im Kopf haben, um ihre antichristliche Botschaft zu verbreiten, aber Baalberith haben sie nicht gekidnappt. Doch für Raske würde er seine Hand nicht ins Feuer legen, sagt er.«

»Das würde ich auch nicht. Und welchen Beweis gibt es, dass Cristian am letzten Freitag tatsächlich bei Utgang war?«, fragte Aasen.

»Vilde hat seinen Mitbewohner angerufen, der hat das Navigationsgerät des gemeinsamen Wagens kontrolliert und eine Adresse im Hardangerfjord gefunden, die an dem Tag eingegeben wurde. Ursprünglich hatte Cristian behauptet, er müsse nachmittags noch arbeiten, angeblich für einen Kollegen einspringen«, sagte ich.

Zum ersten Mal, seit wir in Norwegen waren, fühlte ich mich nützlich. Ich war hier der Detektiv, der die Fakten präsentierte. Ich war im Zentrum der Ermittlungen.

»Du sagtest auch was von Neuigkeiten zum Thema Raske?«, fragte Aasen nach.

»Die Neuigkeiten sind, dass er verhaftet wurde«, sagte ich.

»Weswegen?«, fragte Aasen.

»Wegen dem Brandanschlag auf dein Haus.«

»Dann wandert er hoffentlich gleich wieder in den Bau«, sagte Aasen.

»Vierundzwanzig Stunden, länger können sie ihn nicht festhalten, wenn sie keine Beweise haben, oder?«, sagte ich.

»Das geht bis zu drei Tage mit dem Festhalten. Und wenn Verdunklungsgefahr besteht, dann auch gerne noch länger. Nirgends wird so gerne und lange festgehalten wie bei uns«, sagte Aasen.

»Wie ist die Polizei überhaupt auf Raske gekommen?«, fragte ich in die Runde.

»Ich habe der Polizei sofort nach dem Anschlag gesagt, dass Raske mir gedroht hat, dass er sich eines Tages dafür rächen würde, dass ich damals vor Gericht nicht zu seinen Gunsten ausgesagt habe. Außerdem habe ich gesagt, die Art von Flaschen, wie sie auf mein Haus geworfen wurden, ist seine Spezialität. Ich denke, da sind sie gleich losgefahren«, sagte Aasen.

»Dann hast *du* Raske verhaften lassen?«, sagte ich.

»Ich bin nicht der Polizeichef«, sagte Aasen und lächelte.

»Das ist aber gar nicht gut«, sagte ich.

»Warum nicht?«, fragte Aasen.

»Ich hätte Raske gerne noch weiter auf den Zahn gefühlt wegen Cristians Verschwinden.«

»Aber das kann doch jetzt die Polizei tun«, sagte Aasen.

»Wir haben der Polizei nicht gesagt, dass mein Bruder verschwunden ist«, sagte Vilde.

»Ach so?«, sagte Aasen und trommelte kaum hörbar mit den Fingerkuppen auf der Couchlehne herum. Schlagzeugerkrankheit, dieses ewige Trommeln. Ist nicht zwangsweise mit Nervosität gleichzusetzen, hat der Benno Hütter, mein ehemaliger Drummer, immer gesagt. Kann auch eine simple Fingerübung sein, um in Form zu bleiben. Mich hat es dennoch nervös gemacht, das ewige Fingergetrommel.

»Ich gehe jetzt«, sagte Aasen. »Kommst du mit, Sigi?«

»Nein, ich muss noch was arbeiten«, log ich.

Als er weg war, rutschte Vilde auf meine Seite der Couch herüber, und wir küssten uns. Ich trug immer noch keine Unterhose.

»Ist das eigentlich geheim, was wir hier machen?«, fragte ich.

»Streng geheim«, sagte Vilde und setzte zum nächsten Kuss an.

Und so gern ich den noch mitgenommen hätte, plötzlich fiel mir etwas ein, und ich hielt Vilde sanft an der Schulter fest. Ich Idiot, ich Idiot, sag ich mir im Nachhinein immer und immer wieder.

»Was ist denn?«, fragte sie.

»Mir ist etwas eingefallen«, sagte ich.

»Was ist dir eingefallen?«

»Ist dein Bruder seinem Freund treu?«, fragte ich.

»Ich denke schon, er hat nie etwas erzählt.«

»Wie war das, als er mit Tomas zusammengekommen ist?

War das etwas Offizielles?«, fragte ich, und Vilde schien zu überlegen, was sie antworten sollte.

»Nein, nicht direkt. Also eigentlich überhaupt nicht«, lächelte sie etwas zwanghaft. »Cristian war eigentlich noch mit seiner Freundin zusammen, sie war Handballerin, hat in der ersten Liga gespielt.«

Ich hatte auch mal eine Handballerin als Freundin, als ich sechzehn war, die hat allerdings nicht in der ersten Liga gespielt. Ich weiß nicht, ob sie überhaupt in irgendeiner Liga gespielt hat. Jedenfalls nicht in der Schönheitsliga.

»Und nebenbei hatte er schon die Affäre mit Tomas?«, fragte ich.

»Ja, leider. Er hat auch vorher schon schwule Erfahrungen neben seiner Beziehung gemacht. Das war ein längerer Prozess.«

»Jetzt sei mir nicht böse, Vilde, aber dein Bruder scheint schon eine ganze Weile immer wieder zwischen verschiedenen Leben hin und her gesprungen zu sein. Vom Untergrund zum Bürgertum, vom Heterosexuellen zum Homosexuellen, vom Sänger zum Schaffner. Und jetzt verschwindet er spurlos für ein paar Tage und sagt niemandem Bescheid? Und vorher fährt er ohne ein Wort zu Utgang hinaus in den Fjord?«

»Worauf willst du hinaus?« Vilde sah jetzt misstrauisch aus.

»Ich glaube, du weißt selbst nicht, ob die Verhältnisse im Leben deines Bruders so klar sind. Deshalb ist es vorläufig auch besser, die Polizei nicht zu informieren, oder?«

»Ich verstehe dich immer noch nicht«, sagte Vilde, und man konnte ihr die aufziehende Unrast an den sich rötenden Pausbacken ansehen.

»Vielleicht ist gar nicht der Svarte Sirkel schuld. Was ist mit seiner Beziehung? Wir haben uns überhaupt nicht mit seiner Beziehung, mit seinem Privatleben befasst. Sein Partner

Tomas hat ausgesagt, dass er verschwunden ist, und damit haben wir uns zufriedengegeben. Vielleicht hat sein Verschwinden nicht das Geringste mit dem Svarte Sirkel zu tun. Vielleicht liegt der Grund woanders.«

»Und wo?«, fragte Vilde.

»Was ist, wenn Cristian eine Affäre hatte, und der Zahnarzt ist ihm draufgekommen? Vielleicht ist Cristian im Streit geflüchtet, vielleicht zu seinem neuen Freund. Oder es ist was Schlimmeres passiert.«

»Was meinst du mit Schlimmeres?« Vildes Blick war jetzt ein scharfes Schwert.

»Eifersucht ist eine der häufigsten Mordursachen überhaupt. Statistisch belegt.«

»Unsinn, Tomas ist ein lieber Kerl. Und Cristian hat sich geändert. Er geht nicht fremd, und auch sonst lässt er niemanden im Stich. Die beiden verstehen sich gut.«

»Es tut mir ja leid, wenn ich das infrage gestellt habe, aber schau, auch du knutschst mit mir herum, obwohl du eigentlich mit dem Mandel was hast. Und du bist ja auch die grundgütigste Person, die man sich vorstellen kann.«

»Du bist ein Arsch, Sigi. Ein richtiger Arsch«, sagte Vilde.

You're a jerk, Sigi. A real jerk.

Ich muss jetzt wohl nicht sagen, wie ich mir umgehend selbst eine hätte reinhauen können für die Taktlosigkeit. Es ist mir nur im Sinne der Argumentation so herausgerutscht. Der Mandel hätte dasselbe sagen können und wäre sicher ungestraft davongekommen.

»Es tut mir leid, das kam falsch rüber. Ich wollte nur sagen, dass niemand vollkommen ist. Tut mir wirklich leid. Lass uns bitte trotzdem noch mal mit Tomas reden.«

»Du kannst alleine hingehen, ich geb dir die Adresse«, sagte Vilde entschieden, und damit war der einzige Lichtblick hier in Bergen erloschen. Das war's mit Vilde. Dabei hatte es gerade erst angefangen.

»Ich komme gleich wieder und sag dir, was ich herausgefunden habe«, sagte ich.

»Lass dir ruhig Zeit«, sagte Vilde.

Draußen wehte ein kalter Wind, als ich die paar Meter zum Massakre ging, wo immer noch mein Computer im geheimen Hinterzimmer stand. Skull war gerade dabei, den Laden zu schließen. Bedächtig legte er eine Folie über die Plattenkisten, als würde er sie zudecken und ins Bett bringen. Dann machte er mir einen Kaffee. Ich prüfte meine E-Mails, und außer der Ankündigung einer erneuten Trennung – Absender natürlich Maria – und der Stromrechnung fürs Büro war da nichts. Im Internet sah ich, wie kurz der Weg vom Massakre ins Hafenviertel und zu Tomas Hagelin eigentlich war, und obwohl es regnete, machte ich mich nach dem Kaffee zu Fuß auf den Weg. Eigentlich hatte ich mich schon fast an den Regen gewöhnt, nur die Kälte machte mich noch mürbe, erst recht, nachdem ich heute bereits in den Fjord gefallen war, weshalb ich auch immer noch die Tarnhose und den Pullover aus Raskes Kleiderschrank trug. Und immer noch keine Unterhose. *Going commando.* Meine nassen Kleidungsstücke waren in Vildes Trockner, und ich hatte von Skull eine seiner schwarzen Regenjacken mit dem kruden Massakre-Logo ausgeliehen, bei dem das *M* aus vier blutigen Schwertern bestand, von denen zwei umgedreht waren. Für die Spielzeugstadt hatte ich heute nichts übrig. Ich marschierte daher zügig durch Bryggen, bis ich an die Anhöhe kam, wo die gemeinsame Wohnung von Baalberith und seinem Schatz lag. Ich klingelte unten, und eine Gegensprechanlage sagte: »Hagelin.«

»Singer. Entschuldigung, wenn ich so spät noch störe, aber

ich komme im Auftrag von Vilde Hallberg. Ich bin der andere Ermittler«, sagte ich.

Mit seinen kurz rasierten naturschwarzen Haaren und der Designerbrille kam er mir genauso fremdartig vor wie ich ihm vermutlich mit der Tarnhose und der Massakre-Jacke. Andererseits teilte er sein Bett mit jemandem, der Nietenarmbänder bis zur Zimmerdecke trug, fiel mir ein.

»Hallo. Ich bin Sigi Singer und ermittle zusammen mit meinem Partner Max Mandel wegen dem Verschwinden von Cristian Hallberg. Mein Partner war mit Frau Hallberg neulich bei Ihnen«, sagte ich und öffnete die Regenjacke.

Hagelin musterte ausgiebig meinen Død-Pullover und die grüne Camouflage-Hose, bevor er mich hereinließ.

»Ich glaube nicht, dass ich Ihnen etwas Neues erzählen kann«, sagte er, während er mich in die Wohnküche bat. Ich frage mich, ob es heutzutage nur noch diese großen, offenen Wohnküchen gibt. Wo man hinkommt, offene Wohnküche. Was ist nur aus den guten alten engen Einbauküchen geworden, wo man dem anderen einen Ellbogen in die Nieren stößt, wenn man sich nach dem Kreuzkümmel umdreht? In besagter Wohnküche saßen wir um einen offenen Kochbereich auf Barhockern herum und tranken Kaffee. Mir war schon ganz schlecht von dem ewigen Kaffee. Um ehrlich zu sein, ich stand kurz vorm Herzkollaps. Man merkte es auch daran, dass ich während des Gesprächs mit Hagelin ständig an einem Haar an meinem linken Ohr herumriss, das einfach nicht abgehen wollte – was ich mir vielleicht auch nur einbildete in meinem Koffein-Rausch. Auf einem der Ceran-Kochfelder in der offenen Wohnküche stand ein geschlossener Laptop.

»Hätten Sie zufällig ein privates Foto von Herrn Hallberg, das Sie mir zeigen könnten?«, fragte ich.

»Was meinen Sie mit privat?«, fragte Hagelin.

»Na ja, nicht in Berufskleidung. Also nicht als Baalberith.«

»Natürlich«, sagte Hagelin, und wie ich es mir gedacht hatte, klappte er den Laptop auf und suchte in einem mit *bilder* beschrifteten Ordner. Ich schaute ihm dabei über die Schulter und sah, dass es einen Ordner namens *Yearbook Yourself* gab. Das war dieses Programm, mit dem man sein Gesicht in alte Highschool-Klassenfotos aus Amerika hineinmorphen konnte. Ich hatte das noch vor ein paar Wochen mit einem Foto vom Mandel gemacht und es ihm dann nach gegenüber gemailt. Er hat furchtbar ulkig als Achtzigerjahre-George-Michael-Verschnitt ausgesehen. Mehr als ein verständnisloses Kopfschütteln war dabei aber nicht herausgesprungen, und der Mandel hat nicht, wie ich gehofft hatte, ein Foto von mir genommen und es seinerseits mit dem Programm verfremdet. Es hätte ganz lustig sein können. Hagelin zeigte mir ein Foto, auf dem er und Baalberith in Anzügen vor einer Kirche standen und sich an der Hand hielten. Baalberith trug einen dunkelblauen Zweireiher, hatte kurze braune Haare mit einem etwas lichteren Scheitel und eine randlose Designerbrille auf der Nase. In der Hand hielt er eine Zigarette, was nicht ganz zu dem feierlichen Flair passen wollte. Hagelin sah auf dem Bild so aus wie jetzt im Moment, nur mit einem schwarzen Anzug.

»Was ist denn das?«, sagte ich.

»Das ist von unserer Hochzeit, in Oslo«, sagte Hagelin.

»Sie sind verheiratet? Das hat Vilde nicht gesagt.«

»Cristian wollte das auch nicht herumposaunen.«

»Und was ist mit der Kirche? Ist die Kirche bei euch so tolerant, dass sie freiwillig schwule Satanisten verheiratet?«, sagte ich, und im selben Moment wusste ich natürlich, dass ich mich im Ton vergriffen hatte. Hagelin schien es nichts auszumachen.

»Norwegen ist das erste Land auf der Welt gewesen, das ein Gesetz gegen die Diskriminierung von Schwulen erlassen hat.

Aber das mit der Kirche war natürlich nur ein Spaß. Die Kirche befindet sich in der Nähe vom Standesamt, und Cristian bestand darauf, sich davor fotografieren zu lassen.«

»Das ist ganz witzig, wenn man es so betrachtet«, sagte ich.

»Er ist ja auch ein humorvoller Mensch«, sagte Hagelin.

»Wie haben Sie sich kennengelernt?«, wollte ich wissen.

»Er musste zum Zahnarzt«, sagte Hagelin.

»Liegt ja nahe«, sagte ich.

»In der Tat«, sagte Hagelin.

»Wussten Sie damals, dass er dem Svarte Sirkel angehört?«, fragte ich.

»Nein, natürlich nicht. Ich interessiere mich nicht für diese Kindereien. Er kam noch zweimal kurz hintereinander zur Nachkontrolle, was eigentlich nicht nötig gewesen wäre, also hab ich ihn gefragt, ob er mit mir auf ein Jazzkonzert gehen will.«

»Auf ein Jazzkonzert?«, wiederholte ich und kreischte innerlich.

»Ja, die Pat Metheny Group war gerade zu der Zeit in Bergen. Kennen Sie Pat Metheny?«

»Nur vom Namen. Und dieser Jazz, der hat Herrn Hallberg gefallen?«, fragte ich.

»Natürlich. Er war jeglicher Art von Musik gegenüber immer sehr aufgeschlossen.«

»Und wann haben Sie von seinem Beruf als singender Antichrist erfahren?«, fragte ich, und Hagelin lächelte.

»Nach zwei, drei Wochen hat er es mir erzählt.«

»Und wie fanden Sie das?«

»Natürlich ganz furchtbar. Dass er mit Aksel Raske befreundet gewesen ist, dem Staatsfeind Nummer eins, das war das Schlimmste. Ich wollte das Verhältnis sofort wieder beenden.«

»Aber?«, sagte ich und fühlte mich ein bisschen schuldig in meinem Død-Pullover.

»Aber er hat sich letztlich für ein anderes Leben entschieden.«

»Das war die Zeit, als Dark Reich sich auflösten und keiner mehr etwas von Baalberith gehört hat, richtig?«

»Richtig«, sagte Hagelin und klappte den Laptop zu.

»Dann muss dieser Rückfall in die alte Kommune ja ein Riesenärgernis für Sie sein«, sagte ich.

»Es ist in der Tat ein schwieriges Thema in unserer Beziehung, aber es geht mir heute nicht mehr um Sein oder Nichtsein. Es geht nicht mehr nur ums Prinzip. Ich habe gelernt, dass man nur dann eine Beziehung führen kann, wenn jeder seine eigenen Entscheidungen trifft, wenn theoretisch beide Partner genauso weiterleben könnten wie vor der Beziehung. Auch wenn sie es nicht tun, aber die Möglichkeit muss bestehen«, sagte Hagelin, und ich dachte, sag das mal Maria.

»Deswegen haben Sie das mit der Dark-Reich-Reunion letztlich geschluckt?«

»Ich habe es zumindest akzeptiert«, sagte Hagelin.

»Glauben Sie, dass Herr Hallberg Ihnen immer treu gewesen ist?«

»Das glaube ich, ja. Aber selbst wenn nicht, dann wäre es nicht das Ende der Welt.«

»Soso«, sagte ich.

»Die physische Treue ist nicht das Entscheidende in einer Beziehung, die sich über mehrere Jahre erstreckt.«

Und auch das hätte er mal Maria erzählen sollen.

»Die Loyalität und ein halbwegs harmonischer Alltag geben letztlich den Ausschlag«, sagte Hagelin. Ich hätte ihn am liebsten umarmt. Aber nur kurz.

»Aber jemand, der immer schon ein Doppelleben geführt

hat, neigt so jemand nicht dazu, Geheimnisse zu haben? Das jüngste Beispiel ist doch das heimliche Fotoshooting mit Utgang«, wollte ich wissen.

»Das mag tatsächlich so sein, aber es gibt eine stärkere Verbindung zwischen mir und Cristian als die alten Seilschaften des Svarte Sirkel. Er würde Dark Reich nie mir vorziehen. Falls Sie also darauf hinauswollen, dass er sich einfach nur aus dem Staub gemacht hat, kann ich Ihnen versichern: Das hat er unter Garantie nicht. Irgendetwas stimmt nicht, und ich habe ein schlechtes Gefühl, wenn ich morgens aufwache, und er ist immer noch nicht da. Und das Gefühl wird mit jedem Tag schlechter.«

»Das geht mir ähnlich«, sagte ich.

Hagelin hatte die Hände gefaltet und in den Schoß gelegt. Er bewegte sich nicht, als hätte man ihn mit einer Fernbedienung angehalten. Noch nicht einmal beim Atmen konnte ich ihn ertappen.

»Wenn Sie eine Anekdote erzählen müssten, die in wenigen Sätzen auf den Punkt bringt, was Cristian Hallberg für ein Mensch ist …«

»Sie meinen eine typische Begebenheit, die seine verschiedenen Facetten irgendwie unter einen Hut bringt?«, fragte Hagelin, und nur seine Augen und sein Mund bewegten sich.

»So in etwa.«

»Es ist nicht so kompliziert, wie Sie denken. Und ich kann Ihnen tatsächlich eine Geschichte von ihm erzählen, wenn Sie noch ein paar Minuten Zeit haben«, sagte Hagelin und legte den Kopf in den Nacken.

»Ein bisschen Zeit hab ich noch«, sagte ich, aber ich hoffte, dass kein Schwank aus dem Ersten Weltkrieg draus wurde.

»Die folgende Geschichte hat er mir selbst erzählt, ich finde, sie passt ganz gut«, fing Hagelin an, und irgendwie hatte das jetzt etwas Talkshowmäßiges, wenn sich Wegbegleiter an eine verstorbene Showgröße erinnern.

»Als Cristian ungefähr vierzehn war, geriet die Baufirma seines Vaters durch die Zahlungsunfähigkeit eines Großkunden an den Rand der Insolvenz. Die Hallbergs mussten ihr Haus in Fana aufgeben und die meisten Mitarbeiter entlassen. Über ein Jahr lang musste rigoros gespart werden. Cristian wurde vorübergehend aus der Privatschule genommen. Auf der öffentlichen Schule sackte er dann sofort in seinen Leistungen ab. Es war wohl eher ein Unfall, dass seine Mutter zu der Zeit mit Vilde schwanger wurde. Es war keine leichte Schwangerschaft für die Mutter, schon Monate vor der Geburt war sie bettlägrig. Der Vater war bereits seit längerer Zeit ein Säufer und kümmerte sich nicht um seine schwangere Frau und schon gar nicht um seinen Sohn. Obwohl Cristian unter der schlechten Stimmung litt, lag ihm viel daran, dass es seiner Mutter gut ging. Er saß an ihrem Bett und las ihr vor, Kurzgeschichten von Algernon Blackwood, weil sie sich beide gerne gruselten. Runa Hallberg bestrafte ihn nicht, wenn er schlechte Noten mit nach Hause brachte, aber sie machte sich doch Sorgen, ihn so abfallen zu sehen. Cristian fing irgendwann an, seine Schularbeiten und Zeugnisse zu fälschen, um seiner Mutter nicht noch mehr Kummer zu bereiten. Dabei entwickelte er die größtmögliche Akribie. Schularbeiten waren leicht zu fälschen, er musste sie im Prinzip nur nochmals abschreiben und dann mit Rotstift und einer gefälschten Unterschrift die neue und bessere Bewertung ergänzen. Das war aufwändig, aber machbar. Außerdem wusste er ja, dass weder sein betrunkener Vater noch seine bettlägrige Mutter an irgendeinem Elternabend teilnahmen, wo man sie mit seinen wahren Noten konfrontieren konnte. Schwieriger wurde es bei den Zeugnissen. Die Noten waren mit einer Schreibmaschine auf kleine graue Felder geschrieben. Wenn man also den Druck ausradieren wollte, beschädigte man auch das kleine graue Feld. Cristian fand eine Methode, minimale Schäden an dem grauen Kästchen durch exakt das gleiche Grau zu beheben, das er mit einem Malkasten angerührt hatte und mit einem millimeterdünnen Pinsel auftrug, bevor er das Zeugnis auf seiner eigenen Schreibmaschine korrigierte. Dabei war auch das Timing entscheidend, denn die Tage, an denen es Zwischenzeugnisse und Zeugnisse gab, waren allen Eltern bekannt. Cristian blieben also nur wenige Minuten, um sich mit einer Ausrede unmittelbar nach Zeugnisvergabe nach Hause zu schleichen, das Zeugnis zu präparieren und dann ein zweites Mal nach Hause zu kommen, um seiner Mama die geschönten Zensuren zu zeigen.«

»Ein Betrüger mit Herz«, sagte ich, und es klang spöttischer, als ich wollte.

»Ja, so in der Art«, sagte Hagelin und lächelte. »Aber das ist nicht alles.«

»Ach so?«, sagte ich und bereute schon, dass ich nach der Anekdote gefragt hatte, die ja überhaupt keine war, sondern die befürchtete biografische Ausholbewegung.

»So war Cristian zu seiner Mutter. Seinem Vater gegenüber war er laut und aufrührerisch. Dem alten Hallberg ist mehr als einmal die Hand ausgerutscht, und Cristian hat ihm dafür regelmäßig Geld gestohlen.«

»Wussten Sie, dass Cristian damals nach dem Fantoft-Brand Raske an den Staatsschutz verraten hat?«, fragte ich, weil ich jetzt genug aus der Familienchronik der Hallbergs gehört hatte.

Hagelin nickte stumm, als dürfe man das nicht laut aussprechen.

»Und er hatte keine Angst, dass Raske irgendwann davon erfährt?«

»Doch, natürlich. Mit dieser Angst leben wir bis heute. Das war auch einer der Gründe, warum ich eine Wiederbelebung von Dark Reich nicht gutgeheißen habe. Dadurch stand er wieder im Rampenlicht, und die ehemaligen Weggefährten würden wieder alte Geschichten aufwärmen, und irgendwann würde sich jemand einen Reim darauf machen, ein paar Indizien zusammenzählen, und dann säße uns Raske im Nacken. Und vielleicht ist es jetzt ja genau so gekommen.«

»Sie glauben, dass Raske etwas mit dem Verschwinden zu tun hat?«

»Ich halte mich eigentlich aus diesen Angelegenheiten raus, versuche noch nicht einmal, eine Meinung dazu zu haben, aber Raske scheint eine Gewalt zu sein, vor der sich Cristian sein Leben lang gefürchtet hat. Schon in ihrer gemeinsamen Schulzeit war es Raske, der Cristian zu Idiotien angestachelt und ihn unter Druck gesetzt hat, wenn er bei einer Unternehmung nicht mitmachen wollte.«

»Was wissen Sie über die Kindheit von Raske?«

»Nicht viel. Ich weiß nur, dass die Raskes bis 1982 in Oslo gewohnt haben. In dem Jahr, im Sommer, hat dort ein junger Mann eine Bombe in einem Schließfach am Hauptbahnhof gezündet, und mehrere Menschen sind schwer verletzt worden, darunter Raskes junge Mutter. Nach ein paar Monaten ist sie im Krankenhaus gestorben. Danach ist Raske mit seinem Vater nach Bergen gezogen. Sein Vater hat hier als Brandschutzbeauftragter bei einer Versicherung einen Job bekommen.«

»Als Brandschutzbeauftragter? Wirklich?«, fragte ich nach, weil ich es gar nicht glauben konnte.

»Raske muss ein wütender Junge gewesen sein, was vielleicht auch verständlich ist nach den Vorkommnissen in Oslo.

Er hat mit Aasen und Cristian in einem Vinmonopol Wodka gestohlen, und sie haben sich so betrunken, dass man Cristian mit einer Alkoholvergiftung ins Krankenhaus eingeliefert hat. Als er danach keine weiteren Diebstähle mehr mitmachen wollte, hat ihn Raske damit erpresst, seine echten Zeugnisnoten zu verraten. Raske war es auch, der auf die Idee kam, von zu Hause auszureißen, um in Hessdalen zu campen und die schwebenden Lichter zu sehen.«

»Was für schwebende Lichter?«, fragte ich.

»Es gibt diese Lichtphänomene in Zentralnorwegen. Mitte der Achtziger hat es ziemlich viele UFO-Touristen dorthin verschlagen, bevor die Erscheinungen wieder weniger geworden sind. Es ist wie eine Kette blauer Lichter, die bis zu einer Stunde konstant am Himmel zu sehen sind. Es hat sich bis heute trotz einer eigenen Wissenschaftskommission nicht geklärt, was es damit auf sich hat. Raske hatte Cristian und Aasen gegenüber behauptet, es seien die Lichter von Asgard, und sie würden bald verschwinden, weil die Norweger sich so weit von ihrer Tradition entfernt haben. Alle drei sind von zu Hause abgehauen, haben Geld gestohlen und sind mit dem Zug dorthin gefahren. Die Eltern hatten schon die Polizei informiert, dann hat Cristian bei seiner Mutter angerufen.«

»Irrer Typ, der Raske«, sagte ich.

»Gott sei Dank ist er jetzt verhaftet worden«, sagte Hagelin.

»Wie ist Cristians Verhältnis zu Gunarr Aasen?«, fragte ich.

»Nicht gut«, sagte Hagelin.

»Wegen Vilde?«

»Ja. Ich kenne Gunarr Aasen nicht, aber er macht keinen unsympathischen Eindruck. Und was er geschafft hat, wie er sich erfolgreich von der Bewegung abgewandt und etwas Eigenes aufgebaut hat, das imponiert mir. Vielleicht war Cristian auch eifersüchtig, aber ausschlaggebend ist eher, dass er Vilde um jeden Preis vom Svarte Sirkel fernhalten wollte«, sagte Hagelin.

»Verständlich«, sagte ich.

»Ich habe wirklich kein gutes Gefühl«, sagte Hagelin und sah auf die Uhr. »Ich muss gleich noch mal in die Praxis. Sie haben Glück, dass Sie mich zu Hause angetroffen haben.«

»Sonst ist Ihnen nichts aufgefallen? Irgendwas, das vielleicht nicht in direktem Zusammenhang mit dem Verschwinden steht?«, fragte ich.

»Nein«, sagte Hagelin.

»Schade«, sagte ich.

»Das heißt, vielleicht doch«, sagte der Zahnarzt.

»Aha«, sagte ich.

»In der Praxis fehlte ein Bestand an Anästhetika. Aber das ist mir schon vor ein paar Wochen aufgefallen.«

»Was kann man damit machen?«, fragte ich.

»Man kann jemanden damit betäuben«, sagte der Zahnarzt.

Ich hatte ein schlechtes Gewissen wegen Vilde, und zudem war ich todmüde. Ich setzte mich in das Café der Kunsthalle, die an einem künstlichen See lag – mitten vor den schwarzen Silhouetten der Hausberge, die die Stadt von der Welt abriegelten –, und bestellte ein kleines Bier von dem letzten norwegischen Kleingeld. Es lief eine nervtötend monotone elektronische Musik, die viel zu laut war. Die Frau von der Bar hängte eine Lichterkette über den Tresen. Die beiden anderen Gäste gingen, und ich saß alleine in der lauten elektronischen Musik. Nach dem Bier wollte ich an einem Automaten Geld abheben, aber irgendetwas stimmte mit der Karte nicht. Ich war mir sicher, dreimal die richtige Geheimnummer eingetippt zu haben, aber der Automat zog die Karte ein. Schwarzfahrend nahm ich den Bus zum Fantoft-Hostel, denn es war die letzte Nacht, die wir dort gebucht hatten. Ich räumte das Zeug vom Mandel und mir in unsere Taschen und ließ mich ausgiebig von der heißen Dusche verprügeln. Völlig überhitzt legte ich mich ins Bett und dachte an die langen Beine von Vilde, bis ich einschlief.

Im Traum bin ich mit Vilde am frühen Abend in einer griechischen Taverne am Strand. Vor mir auf dem Teller ist dieses Taramas, aber eine weiße Schimmelkrone sitzt auf der rosaroten Fischcreme. Ich kann sehen, dass Vilde geweint hat, aber ich spreche sie nicht darauf an. Es ist allerdings klar, dass jemand kürzlich verstorben ist, das merkt man sofort an der Stimmung. Wie auf einer Beerdigung ist überall eine gewisse Dämpfung zu spüren. Gedämpfte Gespräche, gedämpfte Gesten, gedämpfte Blicke. Der griechische Kellner bringt mir noch einen klaren Kräuterlikör und eine Schachtel von den blauen Gauloises. Vilde schaut aufs Meer, das mit jeder Abendminute dunkelblauer wird. Wir müssen jetzt wieder zu der Gruppe, sagt Vilde, und ich nicke. Ich bin mir nicht ganz sicher, was für eine Gruppe sie meint, aber es fühlt sich nicht richtig an, hier am Strand zu zweit in der griechischen Taverne zu sitzen. Ich fühle mich beobachtet. Da kommen sie schon, sagt Vilde, und ich schaue hinunter zum Strand. Eine Gruppe von Männern in schwarzen Uniformen und schwarzen Schirmmützen trägt einen Sarg den Strand entlang. Vilde ist schon aufgestanden, und erst jetzt fällt mir auf, dass sie ein schwarzes Kleid trägt und eine schwarze Schleife in ihren blonden Haaren. Ich starre auf die Sargträger, denen eine Reihe von Leuten folgt, unter ihnen Anders Myklebust, Aksel Raske, Gunarr Aasen, Skull, Balrog und Abbadon. Ich gehe Vilde hinterher, die schon die wenigen Steinstufen von der Taverne zum Strand hinuntersteigt. Im Sand zieht sie ihre hohen Schuhe aus und nimmt sie in die Hand, bevor sie sich der Gruppe anschließt. Es tut mir leid, sage ich zu ihr und merke, dass ich einen schwarzen Anzug trage. Am Ende des Zuges folgen vier Trompeter, und sie spielen andächtig eine mehrstimmige Melodie, die mir bekannt vorkommt. Während Vilde und ich uns vor den Bläsern in den Zug einreihen, überlege ich fieberhaft, was das für eine Melodie ist. Dann weiß ich es wieder. Es ist »Der bewaffnete Blues«. Und jetzt verstehe ich. Es ist nicht Vildes Bruder, der in dem schwarzen Holzsarg liegt, der gerade über den Strand getragen wird. Es ist der Mandel.

20: DEMOGORGON

Man kann bei allem Unverständnis für sein Verhalten zumindest anerkennen, wie konsequent der Mandel seine Rolle als Aufsichtsperson für Utgang spielte. Immerhin war das seine dritte Nacht im Utgang-Mobil, und er hätte ja auch zurück nach Bergen fahren können, um bei Vilde zu schlafen. In dieser Nacht, während ich das letzte Mal im Fantoft-Hostel übernachtete, gingen Utgang nicht auf die Wilde Jagd. Vielleicht hatten sie es auch gar nicht vorgehabt, aber nach dem Vorfall um Grimnir war Neofenrir nach Hause gefahren und hatte seinen katzenmordenden Bandkollegen im Auto mitgenommen. Myklebust spielte im Wohnmobil noch eine Stunde *God of War 3* auf der PlayStation und ging dann zu Bett. Der Mandel wartete, bis Myklebust eingeschlafen war. Dann stand er leise von dem Klappbett auf und nahm vorne in der Fahrerkabine aus der Mittelkonsole die Stablampe, die Myklebust nach dem Besuch in Troldhaugen dort hingelegt hatte. Er halbierte den Lichtkegel, indem er die Hälfte der Lampe mit der Handfläche abdeckte. Im Handschuhfach fand er Songtexte, Ausdrucke von Internet-Landkarten mit der Grabstätte Griegs und eine Wegbeschreibung zu einem Vorort von Oslo. Zudem eine Rechnung über eine größere Menge Kunstdünger aus dem Baumarkt, in dem sie neulich gewesen waren.

Über den Beifahrersitz stieg der Mandel schließlich aus dem Wohnmobil und schloss sanft die Tür. Er wartete einen Moment, ob in dem Wagen das Licht anging oder sich sonst etwas rührte, aber Myklebust schlief offensichtlich tief und fest. Der Mandel schlich rüber in die Höhle in den ersten Raum. Auf der Couch lag die leere Verpackung eines Schokoriegels, und auf dem Tisch standen ein paar leere Bierdosen und Plastikbecher neben einer leeren Flasche von dem Hardanger-Cider. Der Mandel kroch hinüber in den Proberaum und sah sich um. Als Erstes öffnete er die Kisten, in denen das Schlagzeug transportiert wurde, auch wenn es anscheinend nie transportiert wurde. Die Kisten lagen gestapelt hinter dem Schlagzeughocker, der übrigens eine Lehne hatte. Das ist die Alte-Männer-Variante von einem Schlagzeughocker, aber durchaus verständlich, wenn man es im Kreuz hat. Der Mandel hat es auch im Kreuz. Hauptsächlich in den unteren Bandscheiben. Eine davon drückt auf den Ischias, sagt der Mandel, das merke man vor allem beim Scheißen. Die größte Kiste, die für die Bassdrum, hat der Mandel wahrscheinlich mit einem gewissen Argwohn geöffnet. Vor einem guten Jahr hatte sich ihm in genau so einer Kiste ein eher unschöner Anblick geboten. Dieses Jahr war die Kiste leer. Dann schaute er sich bei den Verstärkern genauer um. Sowohl Grimnir als auch Myklebust hatten ihre Gitarrenkoffer hinter ihre Verstärker gestellt. Der Mandel öffnete zunächst den ersten von zwei Koffern von Grimnir, aber außer einer schwarzen Gibson SG und einem Klinkenkabel konnte er nichts finden. Auf den Korpus der SG hatte jemand mit weißer Farbe in feinen Strichen den Kopf von einem Dämon gemalt. Es sah ganz gelungen aus. In Grimnirs zweitem Koffer befand sich eine schwarze Explorer, die der Mandel schon in der Hand gehabt hatte, bei der verhinderten Probe. Ein Gurt, ein paar Plektren und ein Kabel, das war alles, was der Mandel noch fand. Dann schaute er in den hinten offenen Verstärker. Da waren ein kleines Stimmgerät und ein weiteres kurzes Kabel. Der Mandel hatte schon viele Rock'n'Roll-Ausrüstungen in seinem Leben gesehen, aber selten so eine spartanische. Es imponierte ihm, dass hier auf jegliche Effekte verzichtet wurde. Offensichtlich kam selbst die Verzerrung der Gitarren nur aus dem Verstärker, es wurden keinerlei Fußschalter benutzt.

Der Mandel ging jetzt zur anderen Seite des Schlagzeugs und öffnete den Gitarrenkoffer von Myklebust. Ein schmuckloser schwarzer Jazzbass von Fender befand sich darin, ein Stimmgerät und ein paar Kabel. Der Mandel hob den Bass leicht an und zog ein Stück Papier unter ihm hervor. Es war ein Computerausdruck mit einem architektonischen Grundriss.

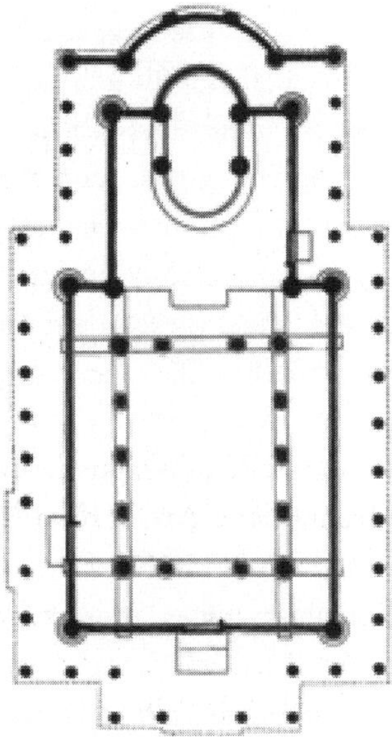

Jemand hatte in unleserlicher Schrift und auf Norwegisch Anmerkungen mit einem schwarzen Kugelschreiber auf die Rückseite geschrieben. Als der Mandel das Blatt zusammenfalten und einstecken wollte, hörte er aus der gegenüberliegenden Ecke der Höhle ein Geräusch. Etwas schabte über den Steinboden. Der Mandel legte den Grundriss wieder in den Koffer und richtete den Strahl der Lampe auf die Ecke. Zunächst sah er nur die nackte Felswand, aber dann richtete er die Lampe nach unten und erschrak, wie er sich selten im Leben erschrocken hatte. Er blickte mitten in das kalkweiße Gesicht von Grimnir, der auf dem Boden lag, den Kopf in die Höhe gerichtet, als ob er sich in dem Strahl der Taschenlampe sonnte. Seine Augen waren leer, er hatte die Pupillen nach oben gedreht. Er hatte etwas von einem großen Insekt an sich. Der Mandel hat zugesehen, wie die Pupillen in Grimnirs Augen zurückgerollt sind und er sich von der Bauchlage aufreizend langsam auf die Knie gezogen hat und auf den Mandel zugekrochen ist wie ein Kleinkind. Seine langen schwarz gefärbten Haare waren nass und sein nackter Oberkörper mit Narben übersät, das war im sezierenden Weißlicht der Taschenlampe deutlich zu sehen. Sein verletzter Arm war nicht mehr verbunden und blutete wieder. Er hatte beide Hände auf den Boden gestützt, und eine davon lag auf dem kurzläufigen Gewehr, das er schon bei dem Anschlag auf die Bischöfin dabeigehabt hatte.

»Hey, Olaf. Alles gut bei dir?«, fragte der Mandel, und ich weiß nicht, ob die freundliche Art in dem Moment die angebrachte war.

Grimnir kroch weiter auf den Mandel zu wie ein kranker Hund. Aus seinem Mund lief Flüssigkeit. In einem anderen Kontext hätte man sagen können: Super Show, Gene Simmons weint Tränen der blanken Eifersucht.

»Olaf? Grimnir?«, sagte der Mandel und wich einen Schritt zurück.

Grimnir blieb auf den Knien und schleifte mit der einen Hand das Gewehr mit. Dann sang er es wieder. *Dam-dam-da-da-da-dam-dam-dam-dam.* »In-A-Gadda-Da-Vida«. Der Mandel wich noch weiter zurück und berührte schon fast mit der Kniekehle die Bassdrum. Grimnir hielt jetzt inne, und während er eine Hand auf dem Felsboden aufstützte, hob er mit der anderen das Gewehr in die Luft wie eine Trophäe. *Dam-dam-da-da-da-dam-dam-dam-dam.* Er schaute den Mandel mit einem Blick an, für den die Bezeichnung »wahnsinnig« schmeichelhaft gewesen wäre. Der Mandel stand vor der Bassdrum und rührte sich nicht. Aber man unterschätzt den Mandel, wenn man ihn für einen ausschließlichen Denker hält, nur weil er mal Journalist war. Der Mandel kann der Handgreiflichste sein, wenn man ihn provoziert, da kann man gerne den Kollegen Ben Nevermann auf den Zwischenfall bei Rock am Ring ansprechen, wenn sich die Gelegenheit mal ergibt. Im Mandel, der ja immer am gelassensten von allen tut, steckt tief drin ein Jähzorn ungeheuren Ausmaßes, auch wenn mir das nie einer glaubt.

Als der Mandel sah, dass Grimnir dabei war, sich samt Gewehr zu erheben, schüttelte er für einen Moment seine gesamte Angst ab, trotzig wie ein Hund die Nässe vom Regen aus dem Fell, und trat Grimnir mit seinem rechten italienischen Lederstiefel ins Gesicht. Grimnirs Schmerzensschrei war schrill wie der eines kleinen Kindes, er kippte nach hinten und blieb regungslos liegen. Der Mandel muss also ziemlich gut getroffen haben.

Dann lief der Mandel los, nur um sich gleich wieder auf den Boden zu werfen, durch die Spalte in den ersten Raum zu robben und von der aus im gebückten Gang ganz aus der Höhle hinaus. Er rannte an dem Wohnmobil vorbei in den Wald. Er rannte im Stockdunkeln zwischen skelettartigen Bäumen hindurch, die wie Slalomstangen im Weg herumstanden. Alles, was der Mandel dank seiner Taschenlampe sah, waren die kahlen, dünnen Baumstämme, und die sah er gerade rechtzeitig genug, um ihnen auszuweichen. Nach zwei Minuten Rennerei hielt der Mandel inne und schaltete seine Lampe aus. Er hatte keinerlei Luft mehr zur Verfügung, und sein Atem ging pfeifend wie ein alter Teekessel. Eine halbe Minute lang sah er überhaupt nichts mehr. Er lauschte in den Wald hinein, aber kein Ton. Niemand war ihm gefolgt. Er schaltete die Lampe wieder ein und ging jetzt langsam von Skelettbaum zu Skelettbaum, um keine unnötigen Geräusche zu verursachen.

Nach ein paar Minuten erreichte der Mandel tatsächlich die Straße am Fjordufer, ein paar Hundert Meter vor Fykse. Der Ford Focus stand immer noch unterhalb des Gasthofes, das konnte er schon aus der Entfernung sehen, weil in Fykse immerhin zwei Straßenlaternen brannten. Der Mandel schaltete die Stablampe aus. Er klopfte auf seine rechte vordere Hosentasche, um zu überprüfen, ob sein Autoschlüssel noch da war. Einigermaßen beruhigt ging er auf die beiden Holzhäuser der Myklebusts und den Ford Focus zu. Er schloss die Fahrertür auf, setzte sich hinters Lenkrad und wollte gerade den Schlüssel ins Schloss stecken, als die Beifahrertür aufgerissen wurde und er die geschminkte Fratze von Grimnir im Ford Focus hatte. Grimnirs Gesicht war unter der Schminke angeschwollen, seine Lippen waren aufgeplatzt, und sein Unterkiefer schien aus dem Gesicht herausfallen zu wollen. Er hielt dem Mandel das Gewehr an den Hals und sagte: »Fahr!« Und spätestens jetzt dürfte den Mandel ein wenig der Mut verlassen haben, denn wenn ein Tritt, der offensichtlich den gesamten Unterkiefer aus seiner Verankerung geholt hat, nichts hilft, dann war er mit seinem Latein am Ende. Der Mandel ließ den Motor an und fuhr los.

»Links«, sagte Grimnir, als der Mandel rückwärts in die Straße hineinwendete.

»Vorwärts oder rückwärts gesehen?«, fragte der Mandel, der jetzt keinen Fehler machen wollte.

»In Richtung Bergen«, sagte Grimnir, und das klang eher wie *Börgön*, was höchstwahrscheinlich dem gebrochenen Unterkiefer geschuldet war. Der Mandel hat mal diesen vielversprechenden deutschen Boxer – Name vergessen – mit einem gebrochenen Kiefer boxen sehen, und nachher im Interview hat der Mann kaum ein Wort herausgebracht. Und wenn, dann hat er es sehr *ö*-lastig ausgesprochen. Grimnir schien zu schmunzeln, aber vielleicht war auch nur der Unterkiefer in eine ewige Schmunzelstellung verrutscht. Wer weiß, was der genommen hat, dachte der Mandel und lenkte den Wagen in Richtung Bergen. Er konnte sich noch deutlich daran erinnern, wie er vor ein paar Tagen über die alte Brücke gekommen war und sich da schon wegen der Ampel gewundert hatte. Mitten auf der Brücke stand diese eine rote Ampel, und der Mandel hielt brav an, obwohl kein Mensch und kein Auto weit und breit zu sehen waren. Im Nachhinein ärgert es ihn, dass er gehalten hat, denn Grimnir zog ihn jetzt am Arm über den Beifahrersitz nach draußen, nicht ohne das Gewehr auf den Kopf vom Mandel gerichtet zu lassen. Der Motor soff mit einem sanften Ruck ab, und es herrschte Ruhe. Eine allumfassende Ruhe, sodass das leise Surren der Ampel zur prädominanten Geräuschquelle wurde. Die Ampel schaltete auf Grün. Der Mandel und Grimnir standen alleine auf der Brücke über dem Fjord. Neben ihnen der Ford Focus an der grünen Ampel. Bis auf die Ampel war die ganze Welt ausgeschaltet. Grimnir, blutend, mit nacktem Oberkörper und

Schminke, daneben der Mandel in seiner ramponierten Stoffhose, dem weißen Hemd und den Lederstiefeletten, ein Gewehr am Kopf. Das Surren der Ampel, und niemand bewegte sich. Dem Mandel fiel ausgerechnet jetzt ein alter Text von Død ein. In »Nordblod« wird der Anfang von einem Chor gesungen.

Strange plains lay beneath
Of what you think is real
Otherworldly secrets
Open to reveal.

Cities left in ruins
Spirits walk alone
Blood begins to thicken
High time to come home.

Grimnir scheuchte den Mandel wortlos mit dem Gewehr zur exakten Mitte der Brücke, dort, wo der geschwungene Brückenbogen den Knick nach unten machte, sodass man ihn theoretisch über diese Stelle besteigen konnte.

»Da rauf«, lallte Grimnir und deutete auf den Brückenbogen. Der Mandel ging einen Schritt nach vorne von dem Gewehr weg und stellte einen Fuß auf die unterste Stange von dem Brückengeländer. Er schaute auf das schwarze Wasser des Fjords, das schlimmstenfalls dreißig Meter unter ihm lag. Er hatte keine Ahnung, ob man so einen Sprung unbeschadet überstehen konnte, und selbst wenn, ob einem dann nicht das eiskalte Fjordwasser einen Strich durch die Überlebensrechnung machte.

High time to come home.

An den beiden Ufern hatte er Häuser gesehen, aber kein

Licht. Der Mandel hatte sich eh dazu entschlossen, Grimnir nicht weiter mit Tritten ins Gesicht, überhasteten Fluchtversuchen oder hysterischen Hilfeschreien zu verärgern. Heute Nacht war mit Grimnir nicht zu verhandeln, das merkte selbst ein Mensch ohne Einfühlungsvermögen wie der Mandel.

»Ganz rauf«, sagte Grimnir, und dabei lief ihm Flüssigkeit aus dem Mund.

»Das mit dem Kiefer tut mir leid, Olaf. Das war ein Reflex«, sagte der Mandel.

»Es gibt keinen Olaf mehr. Nur noch Demogorgon«, schlürfte Grimnir und bohrte dem Mandel die Spitze des Gewehrs ins Hemd. Schon wieder ein neuer Name, aber der Mandel merkte ihn sich natürlich sofort.

»Gut, Demogorgon. Was muss ich tun, damit du mir vertraust? Ich will Utgang nicht schädigen. Ich begleite euch und mache eure Anliegen publik.«

»Du musst den Tod in dir spüren, sonst bist du nicht bereit für die Wilde Jagd. Du musst ein Wesen zwischen den Welten sein, so wie ich, sonst bist du nicht bereit für die Wilde Jagd. Ich war schon mal tot. Seitdem sehe ich die Dinge, wie sie wirklich sind. Ich sehe, wie das Land verfault, ich sehe, wie es verfault und wurmstichig ist. Ich kann riechen, wie es verfällt. Ich kann sehen, wie es welkt.«

High time to come home.

»Jetzt reiß dich bitte zusammen, Olaf, und lass uns zurück nach Fykse fahren. Du holst dir sonst den Tod bei der Kälte«, sagte der Mandel, die Vaterfigur.

Als Grimnir lachte, sah es für einen Moment so aus, als würde sein Kiefer ganz aus seinem Gesicht herausbrechen und auf den Asphalt der Brücke fallen.

»Steig da rauf, oder ich schieß dir deinen Schädel in zwei Hälften«, sagte Grimnir.

Das war allerdings eine deutliche Absage an die Beschwichtigungsversuche vom Mandel. Er stieg auf das Brückengeländer und beugte sich nach vorne, um sich an dem schmalen Bogen festzuhalten, der außerhalb des Geländers vorbeilief.

»Steig auf den Bogen«, sagte Grimnir.

»Nein«, sagte der Mandel.

Grimnir schoss neben dem Mandel ins Leere, und der machte vor lauter Schreck einen Satz nach vorne. Jetzt hatte er keinen Boden mehr unter den Füßen. Mit den Händen hielt er sich aber immer noch am Brückenbogen fest, sodass er jetzt frei schaukelnd über dem schwarzen Fjord hing. Mit einem Klimmzug schaffte er es unter enormer Gewaltanstrengung nach oben auf den Brückenbogen, für einen Unsportlichen wie den Mandel eine Jahrhundertleistung. Er kauerte sich erschöpft zwischen zwei Streben.

»Spring jetzt«, sagte Grimnir, und der Mandel überprüfte ein letztes Mal seine Optionen. Er hätte versuchen können, den Brückenbogen im Dunkeln weiter nach oben zu klettern und auszuharren, bis Olaf freiwillig wieder nach Hause ging, aber irgendetwas sagte ihm, dass Olaf heute Nacht der Ausdauerndere sein würde. Vielleicht würde Grimnir den Mandel auch einfach von der Brücke herunterschießen, wenn es ihm da unten zu langweilig oder zu kalt wurde.

»Erst wenn der Tod an dir hochkriecht, bist du wirklich bereit für die Wilde Jagd«, sagte Grimnir.

High time to come home.

»Und wenn ich krepiere?«, fragte der Mandel mittlerweile ein bisschen verzweifelt. »Dann kann ich überhaupt nicht mehr an der Wilden Jagd teilnehmen. Und dann hat keiner was davon.«

»Der Tod ist das Schönste. Das wäre ein Glücksfall für dich«, sagte Grimnir.

Das war's, dachte der Mandel. Er hatte jetzt genug gehört, um sicher zu sein, dass in einer offenen Debatte mit Grimnir kein Konsens mehr zu erzielen war – und sprang.

Ich erinnere mich noch ziemlich genau an einen Abend im letzten Sommer, als das Büro gut lief und der Mandel und ich abends auf den Stufen vom Dom saßen. Die Sonne war gerade erst untergegangen, obwohl es schon spät war. Die Stufen waren noch warm vom Tag, und die letzten Touristen verließen den Lustgarten. Nur noch ein paar Pärchen blieben auf Decken liegen. Der Mandel hatte uns in dem Café am Wasser Bier von Peroni geholt. Dass es eine gute Idee von mir war, sich aus dem alten Leben zu lösen, hat der Mandel zugegeben und mit mir angestoßen. Wir waren noch nicht einmal in der Mitte des Sommers, es lag noch eine Menge Sommer vor uns. Aus den zwei Peroni wurden in kürzester Zeit acht. Ich weiß noch, dass ich an dem Abend hundemüde war und nicht viel gesagt habe. Der Mandel natürlich auch nicht, und so haben wir ganz ruhig nebeneinander auf den noch warmen Stufen vom Dom gesessen und den Pärchen drüben im Lustgarten beim Schmusen zugesehen. Es war außergewöhnlich, weil keiner von uns enttäuscht war. Niemand war enttäuscht, wir saßen einfach nur da und tranken das Peroni, das selbst beim vierten noch so frisch und künstlich schmeckte, wie es nur ein italienisches Bier kann. Irgendwann hat der Mandel seinen Arm um mich gelegt. Er hatte die Ärmel seines Hemdes zurückgekrempelt und roch nach Aftershave. Ich weiß, es klingt merkwürdig, aber er roch ein bisschen wie mein Vater. »Ich hoffe, dass es dir gut geht, Sigi. Ich wünsche mir wirklich, dass dir nie etwas Schlechtes passiert. Dass dich keiner hängen lässt. Du bist ein feiner Kerl, Sigi. Du bist ein feiner Kerl. Ich wünsche dir das nicht.«

»Ja, wünsch ich mir auch nicht«, sagte ich, weil mir nichts anderes einfiel. Der Mandel verstärkte kurz seine Umarmung, dann ließ er los und zündete sich eine Zigarette ein. Niemand war vom anderen enttäuscht an dem Abend, und wir saßen noch über eine Stunde auf den warmen Stufen vom Dom.

Der Mandel zog die Beine an, weil er Angst hatte, sie sich beim Aufprall zu brechen. Er vertraute auf die gute alte Arschbombe, die er als Kind im Freibad immer vom Fünfer gemacht hatte. Nur das hier war quasi ein Dreißiger. In der Luft kippte er zur Seite und schlug mit der Hüfte zuerst auf dem schwarzen Wasser des Fjords auf. Der Mandel hat erzählt, das hat sich angefühlt, als hätte ihn jemand aus dem vierten Stock seiner Wohnung am Chamissoplatz hinunter auf die Straße geworfen, mit der Hüfte voran. Der Schmerz hat dem Mandel sofort die Möglichkeit geraubt, sich auf die nun folgende Unterwassersituation einzustellen. Vor Schmerz hat er die Augen zugemacht, und als er sie wieder aufmachte, war er längst unter Wasser und sah nichts als die schwarze Unterwassernacht. Er merkte, wie er von der Wucht des Sprungs weiter nach unten gedrückt wurde. Eine lähmende Kälte überkam ihn innerhalb von Sekunden, das hätte er nicht gedacht, dass das so schnell geht. Er hatte beim Aufprall schon eine größere Menge Wasser geschluckt und fühlte jetzt zusätzlich zu der Kälte einen inneren Druck, als würde es ihm gleich die Lunge zerreißen. Das einzig Gute war, dass dadurch der Schmerz in der Hüfte nachließ. Als er nach unten sank und die Luft anhielt, dachte der Mandel zunächst an das wenige, was er über Ertrinken in Salzwasser wusste: Irgendwann kann man die Luft nicht mehr anhalten und atmet aus, dann schluckt man das Salzwasser, und es dringt über die Lunge in den Blutkreislauf ein und verdünnt das Blut oder so ähnlich. Wegen dem Salz läuft auch irgendwas falsch mit dem Kalium-Natrium-Haushalt, und das ist dann alles zu viel für das Herz, und das Betriebssystem fährt unwiderruflich runter. Der Mandel hatte mit sechzehn seinen Hund, den Alten Fritz, zum Einschläfern bringen müssen, und da hatte ihm der Arzt erklärt, dass er mit einer Kaliumchloridlösung das Herz vom Alten Fritz zum Stillstand gebracht hat. So ähnlich läuft das hier auch, dachte der Mandel. Ergo war ihm durchaus bewusst, dass ganz schnell Sense war, wenn er es nicht innerhalb der nächsten Sekunden an die Oberfläche schaffte. Aber um nach oben zu kommen, durfte er nicht bewusstlos werden, und genau das war sein nächstes Problem. Es war hauptsächlich ein Konzentrationsproblem. Die Schmerzen und die Kälte brachten den Mandel nämlich in kürzester Zeit dazu, gedanklich von seinen Überlebensstrategien in ganz andere Themengebiete abzuschweifen. Und wer jetzt denkt, der Mandel lässt noch mal sein Leben als gefragter Musikjournalist in der genüsslichsten Zeitlupe an sich vorbeiziehen, von den Interviews mit Kylie Minogue bis hin zum ersten Wacken-Open-Air, der irrt. Die Gedankenwelt vom Mandel bleibt für uns Normalsterbliche in der Regel eine Terra incognita, aber durch den Bericht von seinem Ertrinken bekommt man zumindest einen kleinen Einblick. Während der Mandel also bei halbem Bewusstsein im schwarzen Hardangerfjord trieb, dachte er nicht an Kylie Minogue, sondern an die neue Kollektion von Armani-Uhren, die er neulich in der Galeria Kaufhof gesehen hatte. Nicht weil er per se ein großer Armani-Anhänger ist, sondern weil ihm die römischen Zahlen auf dem Ziffernblatt so gut gefallen.

In seiner Nahtodfantasie steht der Mandel dann vor dem Glaskasten mit den Armani-Uhren in der Galeria Kaufhof und zeigt mit dem Finger auf eine bestimmte Uhr mit silbernem Armband und ganz besonders großen römischen Ziffern.

Die freundliche Frau hinter dem Verkaufstresen kennt er irgendwoher. Während der Mandel die Uhr in der Hand hält, sagt die Frau hinter dem Verkaufstresen zu ihm, ich frage Sie jetzt nicht, wie Ihnen die Uhr gefällt, denn Sie dürfen nicht antworten. Sie dürfen nicht den Mund aufmachen, egal was passiert. Sie dürfen nichts sagen, und Sie dürfen nicht müde werden. Aber am wichtigsten ist, nicht einmal zum Luftholen den Mund aufzumachen. Es ist ganz schön kalt bei euch im Kaufhaus, will der Mandel sagen, aber er soll ja nichts sagen, und irgendwie vertraut er der Frau hinter dem Verkaufstresen. Er denkt, so wie die Frau hinterm Verkaufstresen könnte meine Mama heute ausschauen. Als er das Ziffernblatt mit den römischen Zahlen genauer untersucht, erkennt er einen Fleck unten an der römischen Sechs. Es ist eine feuchte Stelle, unter dem Glas sitzt ein Wassertropfen. Und dann werden es sekündlich mehr Wassertropfen, bis das Gehäuse der Uhr mit Wasser vollgelaufen ist. Entschuldigen Sie, sagt der Mandel zu der Frau, ich kaufe doch keine Uhr, die nicht wasserdicht ist. Von einer Armani-Uhr kann man doch erwarten, dass sie wasserdicht ist, sagt er. Und in dem Moment vergisst er natürlich, die Klappe zu halten, wie die Frau ihm geraten hat. In Sekundenschnelle ziehen sich die Wände der Galeria Kaufhof um ihn herum zusammen und kerkern ihn in ein schwarzes Verlies ein. Hilfe, sagt der Mandel, bevor auch die letzten Quadratmeter in einem alles verschlingenden Schwarz kollabieren.

High time to come home.

Und an der Stelle war der Mandel dann tot. Aber sein Astralkörper löste sich nicht von seinem ertrunkenen Körper, und kein Licht war da, auf das er hätte zuschweben können, und niemand, der ihn hinüber in eine neue Welt geleitete. Die Ampel oben auf der Brücke war gerade wieder grün geworden mit ihrem sanften Klick, und der Motor des Autos surrte immer noch ruhig vor sich hin. Das Wasser vom Hardangerfjord war an der Oberfläche glatt und darunter ganz dunkel, und der Mandel war einfach weg, als ob er nie da gewesen wäre. So einfach ist das nämlich mit dem Tod, egal was daran herumgedichtet wird. Es ist einfach Schluss, und damit hat sich's. Weil das das Unkomplizierteste und Logischste ist, aus Sicht der Natur. Warum sich mit einem Nachleben herumschlagen, wenn es so viel einfacher geht. Wenn sich der Mensch praktisch selbst entsorgt. Man muss das ja auch mal logistisch sehen. Es käme doch zu den reinsten Astralkörperstaus, wenn zu jedem Toten auf der Welt noch eine Seele herumschwirrt. Weil das ist ja das Ökonomische am Tod, dass er Platz für etwas Neues schafft. Es wäre vollkommen müßig, wenn der ganze metaphysische Restmüll auch noch über den Planeten geistert und am Ende wahrscheinlich Astralkriege miteinander führt, weil der Präsident von Nord-Astralien mit dem Premierminister von Süd-Astralien nicht auskommt. Das mit dem Astralkörper ist nichts weiter als eine Rührseligkeit für die, die nicht damit umgehen können, dass ihr ganzer diesseitiger Stress, den sie sich immer gemacht haben, vollkommen umsonst ist. Es gibt kein Leben nach dem Tod. Aus, basta, Amen.

Der Mandel erwachte, weil er kotzen musste. Und nicht einfach nur kotzen. Es war ein Jahrhundertkotzen. Er kotzte und kotzte, und dann kotzte er noch mal. Den halben Hardangerfjord kotzte er im Grunde genommen wieder aus. In den Sekunden zwischen den einzelnen Kotzvorgängen hat er stark gehustet, und er schwört, dass er nie so einen hinterhältigen Schmerz gespürt hat wie bei dem Husten zwischen dem Kotzen. Es dauerte sowieso eine Weile, bis der Mandel erkannte, wo er sich befand. Er lag am Ufer in dem nassen Gras. Neben ihm kniete Myklebust, nur mit einer Unterhose bekleidet, und sah zu ihm herunter. Myklebusts lange Haare waren nass und fielen auf die Brust vom Mandel. Es war immer noch Nacht, aber die Straßenlaternen am Anfang der Brücke gaben dem Mandel seine Orientierung zurück. Nachdem er sich endgültig ausgekotzt hatte, fühlte er die eisige Kälte in der Lunge. Dann kam auch der Schmerz in der Hüfte zurück. Trotzdem war der Mandel halbwegs erleichtert, weil er sah, dass seine Armbanduhr noch dran war und tadellos funktionierte. Kein Tropfen Wasser befand sich unter dem Zifferblatt. Für irgendwas müssen diese teuren Uhren schließlich gut sein.

»Hast du mich mit dem Mund wiederbelebt?«, fragte der Mandel, der sich das nicht besonders ästhetisch vorstellte.

»Ging nicht anders«, sagte Myklebust.

»Verstehe«, sagte der Mandel.

»Ich bring dich zum Auto«, sagte Myklebust. »Kannst du gehen?«

»Kannst du mich stützen?«, fragte der Mandel und hielt sich bei Myklebust an der Schulter fest, während sie den steilen Hang hinaufkletterten bis zu einem Haus, in dem zwar kein Licht brannte, aber immerhin führte eine Straße hin, und da stand der Wagen von Myklebust. Der Mandel legte sich auf die Rückbank, und Myklebust holte ihm eine Decke aus dem Kofferraum. Er ließ den Motor an und drehte die Heizung auf.

»Ich komm gleich wieder«, sagte er und lief noch mal den Hang hinunter. Eine halbe Minute später war Myklebust zurück und zog sich die Sachen, die er unten vom Ufer geholt hatte, auf der Straße wieder an. Dann stieg er ein und fuhr los.

»Wo ist Grimnir?«, fragte der Mandel.

»Keine Ahnung«, sagte Myklebust. »Ich musste mich entscheiden, ob ich ihm folge oder dich aus dem Fjord ziehe.«

»Danke für die Entscheidung«, sagte der Mandel.

»Kein Ding«, sagte Myklebust.

»Das war doch auch für dich nicht ungefährlich, oder?«, sagte der Mandel und bekam einen erneuten Hustenanfall. Er hielt sich die Hände vor den Mund, und er hatte das Gefühl, sie müssten gleich voller Blut sein.

»Es geht. Ich war bei den Rettungsschwimmern. Du bist nicht der Erste, den ich aus dem Wasser ziehe. Nur nachts habe ich es noch nie gemacht«, sagte Myklebust.

»Ich auch nicht«, sagte der Mandel und hustete wieder. Trotzdem hätte er jetzt gerne eine geraucht. Ich schätze, das zeichnet einen echten Raucher aus.

»Soll ich dich ins Krankenhaus bringen? Es kann sein, dass du ein Lungenödem hast«, sagte Myklebust.

»Nein, ich will nur ins Bett«, sagte der Mandel, der gar nicht wissen wollte, was ein Lungenödem ist.

»Okay, aber du brauchst sofort Wärme. Wir fahren zurück nach Fykse.«

»Von mir aus«, sagte der Mandel.

Myklebust schaltete das Autoradio an, wo gerade »Somebody To Love« von Queen lief. Er ließ es laufen.

»Bist du Grimnir gefolgt?«, fragte der Mandel.

»Ja.«

»Hast du uns in der Höhle gehört?«

»Ich war sowieso wach. Ich hab mir gedacht, dass du dich in der Nacht umsiehst, und hab Grimnir aufgetragen, dir einen Schrecken einzujagen, damit du dir im Klaren darüber bist, wie ernst uns das ist, was wir hier tun. Dann geriet die Situation offensichtlich außer Kontrolle, und ich hab dich nur noch aus der Höhle rennen sehen und ihn hinterher, voller Blut.«

»Er hatte ein Gewehr, und ich habe ihm den Kiefer gebrochen«, sagte der Mandel.

»Das erklärt, warum er so ausgeflippt ist.«

»Nein«, sagte der Mandel. »Er ist schon vorher ausgeflippt.«

»Ich hätte ihn nicht auf dich loslassen sollen. Es tut mir leid«, sagte Myklebust, und es klang ehrlich gemeint. »Er ist ein Irrer.«

»Wo ist der Irre jetzt?«, fragte der Mandel.

»Keine Ahnung«, sagte Myklebust. »Vielleicht ist es besser, wenn er weg ist. Mit seinem Fantasy-Quatsch hat er eh nicht in die Band gepasst.«

»Brrrr«, machte der Mandel, weil ihn ein Schüttelfrost übermannte.

»Wie geht es dir?«, fragte Myklebust.

»Ich glaub, ich war kurz tot«, sagte der Mandel.

»Hast du Gott gesehen?«, fragte Myklebust.

»Nein, ich war in einem Uhrengeschäft«, sagte der Mandel.

21: FENGSEL

An dem Morgen nach der Nacht, in der der Mandel kurzzeitig verstorben war, wachte ich mit einem schlechten Gefühl und heftigem Halsweh auf. Zum einen, weil die Mineralwasserflasche auf dem Nachttisch umgekippt und das Mineralwasser, während ich schlief, auf mein Kopfkissen gelaufen war, zum anderen wegen dem Traum von der Beerdigung vom Mandel. Normalerweise hätte ich ihn jetzt sofort angerufen, um mich zu erkundigen, ob er noch lebte, aber da war ja das gegenseitige Telefonproblem. Ich ließ mich ein letztes Mal von der Dusche verprügeln, zog mich an und ging mit meiner und der Reisetasche vom Mandel in den Gemeinschaftsraum. Es war ein gutes Gefühl, wieder eine Unterhose zu tragen. Ich machte mir einen schwarzen Tee und lieh mir von einem Australier das Mobiltelefon. Ich gab ihm als Dank meine Karte, falls er mal einen Ermittler brauchen sollte. Vildes Nummer hatte ich mir auf der Rückseite von Aasens Visitenkarte notiert.

»Hallo, Vilde, ich bin's, Sigi. Tut mir immer noch sehr leid wegen gestern. Ich muss jetzt aus dem Hostel auschecken. Kann ich unser Gepäck zu dir bringen?«

»Ich bin in der Pension und arbeite. Aber Håvard müsste zu Hause sein«, sagte Vilde tonlos.

»Ich mach mir Sorgen um den Mandel«, sagte ich.

»Und ich mach mir Sorgen um meinen Bruder. Ich gehe heute ins Gefängnis zu Raske und rede mit ihm.«

»Geht denn das so einfach?«, fragte ich.

»Ich hab hier einen Kunden, ich muss aufhören«, sagte Vilde.

»Ich komm mit ins Gefängnis«, sagte ich.

»Dann halt dich gegen Mittag bereit«, sagte Vilde und legte auf.

In der Bahn in die Stadt war ich nervös, weil ich erneut schwarzfuhr, und die Chance auf Fahrkartenkontrollen in öffentlichen Verkehrsmitteln war immer dann am größten, wenn ich irgendwo mitfuhr. Mich haben sie sogar in der Mailänder Straßenbahn schon kontrolliert, das muss man sich mal vorstellen.

»Was willst du denn hier?«, empfing mich Håvard an der oberen Wohnungstür, ohne mich reinzulassen.

»Ich warte auf Vilde«, sagte ich.

»Die arbeitet«, sagte der Türsteher von Vildes Wohnung.

»Ich weiß«, sagte ich, und Håvard bewegte sich nicht von der Stelle.

»Soll ich hier draußen warten, oder was?«, sagte ich, weil ich langsam grantig wurde wegen der ständigen Unfreundlichkeit.

»Mach doch, was du willst«, sagte Håvard und war schon wieder auf dem Weg in sein Zimmer, ließ aber gnädigerweise die Wohnungstür offen. Ich setzte mich auf die Couch und schaltete den Fernseher ein. Es lief *M*A*S*H* im englischen Original mit norwegischen Untertiteln ohne die Tonspur mit den Lachern. Es war die Folge, in der Hawkeye BJ seinen besten Witz erzählt und BJ ihn nicht lustig findet. Allerdings ist BJ mit demselben Witz bald der große Abräumer bei den Kollegen. Zwischenzeitlich muss ich eingeschlafen sein, denn statt *M*A*S*H* lief jetzt ein Bericht über Lebensmittel.

Gegen halb eins kam Vilde zurück.

»Ich hab das gestern nicht so gemeint«, sagte ich.

Vilde trug einen kürzeren schwarzen Rock und eine hellblaue Bluse dazu. Ihre Haare hatte sie zu einem Kranz geflochten, sie sah aus wie eine fantastische Mischung aus Sekretärin und Weinkönigin.

»Kommst du mit zu Raske?«, fragte Vilde.

»Natürlich komm ich mit. Warum kannst du ihn einfach so besuchen, wenn er in Untersuchungshaft ist?«

»Er ist nur noch eine Stunde in Untersuchungshaft, dann wird er entlassen. Wir erwarten ihn vor dem Gefängnis«, sagte Vilde.

»Woher weißt du das?«, fragte ich.

»Ein Ex-Freund arbeitet bei der Staatsanwaltschaft.«

Den Kommentar von der großen Bandbreite ihrer Ex-Freunde sparte ich mir an dieser Stelle.

»Konnten sie ihm nichts nachweisen?«, fragte ich stattdessen und bekam die einzige Antwort, die so eine dämliche Frage verdient hatte.

»Nein, sonst würden sie ihn ja nicht freilassen«, sagte Vilde.

»Natürlich«, sagte ich.

»Lass uns gehen, sonst kommen wir zu spät«, sagte Vilde.

»Und wie kommen wir dorthin?«, wollte ich wissen.

»Wir nehmen den 280er-Bus«, sagte Vilde.

»Ich hab kein Kleingeld mehr«, sagte ich.

Wir warteten im Nieselregen vor dem Gefängnistor. Es bestand eigentlich aus drei miteinander verbundenen Gittertoren, von denen das mittlere das größte war und auch Platz für Fahrzeuge bot. Über dem mittleren Tor befand sich ein hoher runder Bogen, dessen Zweck sich mir nicht erschloss, vermutlich Staatsgefängnis-Design. Irgendwo gab es immer ein Design in diesem Land, und das meine ich gar nicht negativ. Die Mischung aus Nationalromantik, Formalstil und Kunst hatte ich in dieser Harmonie bisher noch nirgendwo auf der Welt gesehen. Die Gittertore waren noch nicht der endgültige Zugang, sondern bildeten eine Art Käfig, welcher der Gefängnismauer und dem Haupteingang vorgelagert war. In die Mauer war ein hellblaues stählernes Garagentor eingelassen, und darüber stand *Kriminalomsorgen – Bergen fengsel,* verziert mit einem sonderbaren Wappen. Es sah aus, als würden zwei Wellen ineinanderschwappen. Ich hatte mir eine Wollmütze aufgesetzt, aber wegen dem beharrlichen Nieseln war sie in kürzester Zeit nass. Vilde trug einen grauen Regenmantel mit einer breiten Kapuze, und ihr schien der Regen nichts auszumachen. Eine gute halbe Stunde warteten wir. Vilde blieb wortkarg. Nur einmal fragte sie, ob ich etwas Neues vom Zahnarzt erfahren hätte.

»Nein, nichts Neues. Aber immerhin kann ich mir jetzt ein besseres Bild von deinem Bruder machen«, sagte ich.

»Aha, wieso?«, sagte Vilde.

»Der Zahnarzt hat ein paar schöne Anekdoten erzählt«, sagte ich.

Bevor Vilde nachfragen konnte, ging die Stahlwand im Inneren des Käfigs auf, und ein weißer Polizeiwagen rollte langsam hindurch. Dann öffnete sich auch das äußere Tor des Käfigs, und der Wagen kam auf uns zu.

»Hoffentlich fahren die ihn jetzt nicht gleich in den nächsten Stripclub«, sagte ich, aber Vilde starrte wie eine Schlange auf das Polizeiauto, das wenige Meter hinter uns hielt. Raske stieg aus, und bevor er sich noch orientieren konnte, stand schon Vilde vor ihm, die mindestens einen Kopf kleiner war. Die Polizisten beobachteten die Situation noch ein paar Sekunden, bevor sie weiterfuhren. Raske sah nicht gut aus. Er hatte einen Verband ums Handgelenk und dunkle Ringe unter den Augen. Außerdem trug er einen großen Kopfhörer um den Hals. Vilde sagte etwas auf Norwegisch zu ihm, und er lächelte mild. Mittlerweile hatte ich mich zu den beiden dazugestellt und beschlossen, das Heft wieder selbst in die Hand zu nehmen. Schließlich war ich hier der Ermittler.

»Hallo, King Therion«, sagte ich.

»Sigfried der Drachentöter. Schön, dich wiederzusehen«, sagte Raske. »Wie geht es deinem Partner?«

»Ganz gut«, sagte ich und hoffte, dass er nicht tot war.

»Wie kann ich euch helfen?«, fragte Raske und zog sich die Kapuze seines schwarzen Bathory-Pullovers über den Kopf.

»Max ist jetzt eine halbe Woche mit Utgang unterwegs, und er weiß immer noch nichts über den Verbleib von Cristian Hallberg. Wenn du also wirklich immer noch ernsthaft an einer Berichterstattung über Utgang oder dich selbst interessiert bist, dann wollen wir jetzt die Wahrheit hören.«

Raske sah abwechselnd Vilde und mir in die Augen und sagte dann: »Ich weiß nicht, wo er ist.«

»Dann erzähl verdammt noch mal das, was du weißt«, sagte ich, weil wir so auch nicht weiterkamen.

»Du glaubst mir nicht, oder?«, sagte Raske.

»Tendenziell eher nicht«, sagte ich.

»Gut. Dann reden wir. Aber lasst uns doch irgendwohin gehen, wo es nicht regnet«, sagte Raske.

»Wir gehen ins Massakre«, sagte Vilde, bevor ich überhaupt darüber nachdenken konnte, wo es in Bergen nicht regnete.

Im 280er-Bus saßen Vilde und ich auf einer Bank in der Mitte, und Raske setzte sich hinter uns, was mir höchst unangenehm war. So einen wie Raske will man nicht im Rücken wissen. Vilde und ich sprachen kein Wort, nur Raske summte irgendetwas nach, das aus seinem MP3-Player kam. Irgendwann tippte er mir von hinten auf die Schulter.

»Kennst du das?«, fragte Raske und hielt mir seine Kopfhörer hin.

»Nein«, sagte ich im Reflex.

»Hör es dir doch mal an«, sagte Raske und setzte mir seine großen Stereokopfhörer auf, ohne dass ich etwas dagegen tun konnte. Ich kannte die Musik, es war »Totengräber« von DEMO, der Band, deren Sänger letztes Jahr quasi vor unserer Nase in zwei Teile zerlegt worden war.

»Sehr witzig«, sagte ich und gab ihm die Kopfhörer zurück.

Skulls Augäpfel rasten zum Ausgang seiner Augenhöhlen, als er Raske ins Massakre kommen sah.

»Skull, mein Lieber«, sagte Raske und nahm ihn in den Arm.

»Aksel«, sagte Skull, und das war alles, was er zustande brachte.

»Kannst du noch zwei Stühle nach hinten bringen?«, fragte ich Skull.

Als wir zu dritt im Pentagramm-Zimmer um den Holztisch saßen, sah sich Raske amüsiert um.

»Dachte nicht, dass ich hier noch mal herkommen würde. Hat sich nichts verändert«, sagte er. »Nur die Schädel sind weg.«

»Einer hängt noch draußen«, sagte ich.

»Ich meinte nicht die Tierschädel«, sagte Raske.

»Ach so«, sagte ich.

»Können wir zur Sache kommen?«, bat Vilde.

»Dafür, dass dein Ex-Freund mir gerade vierundzwanzig Stunden Gefängnis und Verhör eingebrockt hat, bist du ganz schön fordernd, Vilde Hallberg«, sagte Raske.

»Damit habe ich nichts zu tun«, sagte Vilde.

»Natürlich nicht«, sagte Raske.

»Mich würde als Erstes interessieren, wieso Cristian Hallberg sich freiwillig von Utgang ans Kreuz hauen lässt«, sagte ich.

»Ich hab ihn dazu gezwungen«, sagte Raske, und mit der direkten Art hätte er dem Mandel Konkurrenz machen können.

»Und wie?«, fragte ich und merkte, wie Vilde ihre Beine neben mir nicht stillhalten konnte.

»Ich habe ihm gesagt, dass ich die Wahrheit über seine Rolle beim Fantoft-Brand erzähle, wenn er mir nicht hilft.«

»Und die wäre?«, fragte ich, obwohl ich es mir ja denken konnte.

Vilde scharrte mit ihrem flachen Halbschuh unter dem Tisch. Raske beobachtete sie amüsiert.

»An dem Abend, an dem ich die Stabkirche angezündet habe, bin ich zu Fuß aus der Stadt nach Fantoft rausgelaufen. Es war ein schöner Sommerabend, es hat nicht geregnet. An den wenigen warmen Sommerabenden muss man durch die Stadt laufen, bis sie zu Ende ist. An solchen Abenden ist die Stadt eine andere. Das muss man gesehen haben. Es sind andere Häuser, es sind andere Leute, es ist eine andere Stadt. Man sieht am meisten, wenn man einfach nur zu Fuß geht. Bis die Stadt zu Ende ist. Ich bin also gelaufen, die sieben Kilometer bis nach Fantoft. Es war nicht schwer zu bemerken, dass mir jemand mit dem Auto gefolgt ist. Zumal dein Bruder damals einen roten Fiat Uno gefahren hat«, sagte er.

»Kann ich euch Kaffee bringen?«, sagte Skull, der gerade die kleine Stahltür geöffnet hatte.

»Nein«, sagte ich.

Raske winkte ebenfalls freundlich ab, und Vilde reagierte gar nicht. Skull ließ die Stahltür nur angelehnt.

»Und dann?«, fragte Vilde.

»Dann hab ich mich mitten auf die Straße gestellt und ihn angehalten. Ich hatte keine Ahnung, dass er für die Polizei arbeitet, aber ich habe ihn gefragt, warum er mir hinterherfährt und warum er nicht in England ist, wo er doch angeblich mit Dark Reich dort auf Tournee sein sollte. Er hat gesagt, er hat einen freien Tag und einen wichtigen Termin beim Finanzamt und ist deswegen einen Tag in Bergen, bevor er wieder zurück nach England fliegt. Und er weiß von dem Vorhaben, mit Motzfeld die Kirche anzuzünden, und will sehen, ob wir es wirklich tun. Aus reiner Neugier. Ich habe gesagt, ich weiß nicht, was Motzfeld macht, ich habe nichts mehr von ihm gehört. Ich sagte, ich werde es auch alleine tun, aber er könne ja gerne mitkommen und helfen. Er sagte, das ist ihm zu extrem, es ist nicht seine Herangehensweise. Ich nannte ihn einen Feigling und eine Schande für den Svarte Sirkel, und dann ist er weggefahren.«

»Du lügst. Cristian hätte den Brand verhindert«, sagte Vilde kalt.

»Warum sollte ich lügen?«, sagte Raske.

»Weil du ein Tier bist«, sagte Vilde.

»Vielen Dank für die Blumen«, sagte Raske.

»Und womit hast du ihn erpresst? Damit, dass er nicht mit dir die Kirche angezündet hat?«, fragte ich.

»Nein. Mit der Spitzelei. Dark Reich und Cristian wären für immer blamiert, wenn die Welt wüsste, dass der große Baalberith ein opportunistischer Verräter ist, der für ein sauberes Register bei der Staatspolizei seinen alten Freund Therion verpfiffen hat. Dann gäbe es ganz sicher jetzt keine Reunion-Tour. Er überweist mir immer wieder mal ein bisschen Geld, wenn ich was brauche. Nichts Weltbewegendes, aber es hilft, solange ich alles, was ich offiziell verdiene, dem Staat wegen der Fantoft-Kirche zurückzahlen muss.«

»Und woher willst du wissen, dass er für den Staatsschutz gearbeitet hat?«, fragte ich.

»Mein Anwalt hat mir damals gesagt, dass es einen Zeugen aus dem Milieu gibt, dessen Name niemand kennt. Nur so ließ sich Cristians merkwürdiges Verhalten an dem Abend im Nachhinein erklären. Zudem weiß ich, dass er etwas bei der Polizei gutzumachen hatte.«

»Gutzumachen?«, fragte ich.

»Ich hör mir das nicht mehr an«, sagte Vilde. »Entweder du erzählst Sigi jetzt, wo mein Bruder ist, oder ich sorge dafür, dass du gleich wieder den 280er zurück ins Fengsel nehmen kannst.«

Vilde stand auf und ging. Offensichtlich legte sie das Verhör jetzt gänzlich in meine Hände.

»Sie ist wesentlich zielstrebiger als ihr Bruder«, sagte Raske.

»Was hatte Baalberith gutzumachen?«, fragte ich nochmals.

»Das kann er dir selbst erzählen, falls er wieder auftaucht.«

»Was ist mit ihm passiert?«, fragte ich.

»Ich sagte es doch, ich weiß es nicht«, sagte Raske.

Es war unmöglich zu sagen, ob er log. Meine Menschenkenntnis ist sowieso nicht die allerbeste, das sieht man schon an meinen Ex-Freundinnen und an Maria, aber Raskes andauernde Süffisanz machte jeden Deutungsansatz zunichte.

»Wer hat den Brandanschlag auf Aasen verübt?«, fragte ich.

»Ich nicht«, sagte Raske.

»Wer hat das Feuer in der Mariakirken gelegt?«

»Das willst du nicht wissen, Sigi, außerdem war das noch nicht einmal ein richtiges Feuer«, sagte Raske.

»Wer hat die Bischöfin angegriffen und das Grab von Grieg geschändet?«

»Utgang«, sagte Raske.

Jetzt kamen wir der Sache schon näher.

»Ist der Mandel in Gefahr?«

»Nein. Die Band ist zwar auf der Wilden Jagd, aber er genießt das Vertrauen von Myklebust«, sagte Raske.

»Wilde Jagd?«, fragte ich.

»Eine Serie von Streichen«, sagte Raske.

»So wie die Grabschändung und das brennende Kreuz?«, fragte ich.

»Genau. Streiche«, sagte Raske.

»Und was hast *du* als Nächstes vor?«, fragte ich.

»Ich schau mir den Rest der Wilden Jagd im Fernsehen an«, sagte Raske, aber ich verstand nicht, was er meinte.

Überhaupt war ich in der Sache eigentlich nicht vorangekommen.

»Ich brauche die Nummer von Anders Myklebust«, sagte ich.

»Gerne«, sagte Raske. »Ich schreib sie vorne bei der Kasse auf einen Zettel«, sagte Raske.

»Das wäre nett«, sagte ich.

»Wenn es dir nichts ausmacht, Sigi, dann würde ich gerne nach Hause gehen und aufräumen. Die Polizei hat sicher eine ziemliche Unordnung hinterlassen«, sagte Raske.

»Ich halt dich nicht auf«, sagte ich, weil mir ohnehin nichts mehr einfiel, was ich noch hätte fragen können.

»Und du? Was machst du ohne den schwarzen Mandel?«

»Schwarzer Mandel?«

»Dein Freund Mandel und mein Freund Myklebust sind doch jetzt ein Team. Sie sind gemeinsam auf der Wilden Jagd.«

»Was erzählst du da für einen Mist«, sagte ich.

»Heute Nacht wird etwas passieren. Willst du dabei sein? Dann sag ich dir Bescheid.«

»Ich kann den Mandel selbst anrufen und ihn fragen«, sagte ich, und es klang unsouverän und trotzig.

»Offensichtlich kannst du ihn nicht anrufen, sonst bräuchtest du von mir nicht die Nummer von Myklebust. Und außerdem kennt dein Mandel keine Details. Frag ihn ruhig.«

»Das werde ich«, sagte ich.

»Soll ich Bescheid sagen, wenn es so weit ist, oder nicht?«, fragte Raske und strich sich seine Cäsaren-Haare aus der Stirn, bevor er sich die Kapuze aufsetzte.

»Mein Telefon ist kaputt«, sagte ich.

»Dann komm heute Abend hierher ins Massakre und geh ans Telefon, wenn es klingelt«, sagte Raske und stand auf.

»Aksel«, rief ich ihm hinterher, und er steckte noch mal den Kopf zur Tür herein.

»Was ist?«, fragte er.

»Ich bin in den Fjord gefallen, und dann war ich so nass, da hab ich mir einen Kapuzenpullover und eine Hose mit Tarnmuster von dir geliehen. Ich wasch sie und schick sie dir, oder?«

»Behalt sie«, sagte Raske und sah mich etwas befremdet an. Zu Recht. Manchmal sage ich einfach etwas, nur um überhaupt irgendwas zu sagen. Ich hörte noch, wie Raske sich von Skull verabschiedete, der irgendetwas auf Norwegisch stotterte. Dann ging ich nach vorne an die Kasse, und Skull gab mir einen Zettel mit einer Telefonnummer.

»Von Raske«, sagte er.

»Wo ist Vilde?«, fragte ich.

»Ich soll dir ausrichten, dass sie nach Hause gegangen ist«, sagte Skull. »Du sollst dich melden, wenn du fertig bist.«

Vorher schrieb ich noch eine Mail an Abbadon und Balrog, in der ich ihnen mitteilte, dass ihr Schlagzeuger gleichzeitig der Schlagzeuger von Utgang war.

Ich mühte mich durch den Regen und die Straße hoch zu Vildes Wohnung. Ich wollte zuerst mit ihr reden und dann beim Mandel anrufen, um auch ihm von der Unterhaltung mit Raske zu erzählen. Ich hatte nach dem Traum von seinem Tod eh schon ein schlechtes Gefühl, aber nach dem Gespräch gerade war ich mir sicher, dass wir da in einen Riesenscheißhaufen hineingelangt hatten, und mit einmal schnell Händewaschen war es da nicht mehr getan. Ein Dampfstrahler war notwendig.

Als Håvard mir die Wohnungstür aufmachte, sah er noch grimmiger aus als sonst.

»Weißt du, wo Vilde ist?«, fragte ich.

»Bei der Polizei.«

»Bei der Polizei? Was macht sie denn da?«

»Sie haben ihren Bruder gefunden«, sagte Håvard.

»Ja? Wo war er denn?«

»Im Hardangerfjord. Er ist tot.«

»Was?«, sagte ich, und mir wurde leicht schwindlig.

»Die Leiche ist bei Mundheimsvegen in der Nähe von Raskes Haus gefunden worden«, sagte Håvard.

Es wurde also noch schlimmer. Ich setzte mich erschöpft auf die Couch. Ich weiß nicht, wie sehr ich wirklich daran geglaubt hatte, Baalberith noch lebend anzutreffen, aber nach allem, was ich die letzten Tage über ihn erfahren hatte, fühlte es sich an, als wäre ein guter Bekannter gestorben. Was für ein Schrecken da über Vilde hereinbrach. Erst der Überfall und jetzt der eigene Bruder tot. Und auch für den Mandel und mich würde es jetzt noch unangenehmer werden, wenn wir nicht schnellstens das Land verließen. Schon wieder ein toter Sänger, dachte ich. Das gibt es nicht. Schon wieder ein toter Sänger. Ich musste den Mandel erreichen. Ich musste sofort den Mandel erreichen.

22: ANGELN

An diesem frühen Samstagmorgen fror der Mandel noch immer erbärmlich, obwohl Myklebust junior ihm in der Gaststube neben dem Ofen eine Matratze hingelegt und Myklebust senior ihm heiße Wickel für die Waden gemacht hatte, und das schon mitten in der Nacht, als er von Myklebust junior zurück nach Fykse gebracht worden war. Myklebust senior war allerdings auch derjenige, der ihn um sieben Uhr morgens geweckt hatte, weil er seine Gaststube auf Vordermann bringen wollte für den exotischen Fall, heute noch Gäste zu empfangen. Und da störte natürlich so ein Halberfrorener wie der Mandel. Sobald er richtig wach war, setzte der Mandel sich mitsamt seinen Decken an den üblichen Platz nahe der Theke und bekam einen brühheißen Kaffee serviert.

»Wie geht es Ihnen?«, fragte Myklebust senior.

»Schon besser«, sagte der Mandel, dessen Lunge immer noch brannte, als hätte sie jemand mit Kerosin übergossen und angezündet. Er war sich nicht sicher, ob Kaffee jetzt das Richtige war.

»Anders kommt gleich und kümmert sich um Sie. Es tut mir leid wegen Ihrem Unfall«, sagte Myklebust senior.

»Nicht so schlimm«, sagte der Mandel.

Nachdem der Mandel seinen Kaffee getrunken hatte,

fragte er Myklebust senior, was mit seiner Kleidung passiert war.

»Das Hemd habe ich gewaschen und in den Trockner gegeben«, sagte Myklebust senior, und der Mandel konnte angesichts des Umstands, dass man ihm das Leben gerettet hatte, gerade so darüber hinwegsehen, dass sein gutes Hemd unter keinen Umständen in einen Trockner durfte. Er hatte jetzt nur noch wenig Hoffnung für seine Stoffhose.

»Die Hose habe ich abgerieben und ausgebürstet, sie hängt am Heizkessel zum Trocknen. Schöner ist sie nicht geworden, aber man kann sie schon noch tragen.«

»Haben Sie einen Kamm?«, fragte der Mandel und seufzte innerlich wegen der Hose.

»Natürlich«, sagte Myklebust senior und brachte dem Mandel einen kleinen schwarzen Plastikkamm, der fast genauso aussah wie der Kamm vom Mandel. Der Mandel ging in die Gästetoilette und kämmte sich die Haare. Er sah sich im Spiegel an. Seine Haut war weiß, fast bläulich, er hatte Augenringe wie mit Kajal nachgezogen, und die Falten von der Nase bis unter die Mundwinkel sahen aus wie die einer Bulldogge. Er trug das Thor-T-Shirt, das Myklebust vor zwei Tagen getragen hatte, und der Mandel hoffte, dass Myklebust es in der Zwischenzeit gewaschen hatte, denn der Mandel hasste getragene Kleidung. Ich habe schon mehrmals versucht, dem Mandel ein T-Shirt oder einen Pullover zu leihen, aber lieber ist er im Unterhemd rumgelaufen, als mein T-Shirt anzuziehen. Zu dem Thor-Shirt trug der Mandel eine dreiviertellange Hawaiihose mit neongrünen Palmen auf einem dunkelblauen Hintergrund. Dazu schwarze Leihsocken in Pantoffeln mit aufgerautem Stoff.

»Sie haben nicht zufällig Zigaretten?«, fragte der Mandel Myklebust senior, und der gab ihm eine Schachtel HB, die offensichtlich ein Gast aus dem vorigen Jahrhundert hatte liegen lassen, denn wer rauchte heute noch HB. Noch dazu in Norwegen. Mit dem Kamm und den Zigaretten, in T-Shirt, Hawaiihose, schwarzen Socken und Pantoffeln schlich der Mandel hinaus in die Kälte und hinauf zu den Felsen zu dem Wohnwagen und rauchte dabei eine HB. Die Tür war abgeschlossen, und der Mandel klopfte, während er einen schlimmen Hustenanfall bekämpfte. Ein verschlafener Myklebust junior öffnete ihm, und der Mandel legte sich ohne ein weiteres Wort auf das seitliche Notbett.

»Wie geht's dir?«, fragte Myklebust.

»Gut«, sagte der Mandel und schlief ein.

Zwei Stunden später wachte er auf und musste sich in die Wohnwagentoilette übergeben, vermutlich von der HB, was ihm unangenehm war. Danach atmete er schwer. Myklebust saß mit einer akustischen Gitarre auf dem Bett und spielte einen Blues.

»Ich habe einen Anruf von Neofenrir bekommen«, sagte Myklebust, während er weiterspielte.

»Und, was sagt er?«, fragte der Mandel.

»Er ist in der Zahnklinik«, sagte Myklebust und spielte einen komplizierten Lauf, der nichts mit dem Blues zu tun hatte.

»Was macht er da?«, fragte der Mandel.

»Abbadon hat ihm zwei Vorderzähne ausgeschlagen und ihn aus der Band geworfen.«

»Tatsächlich?«, sagte der Mandel.

»Du hast nicht zufällig deinem Partner von Neofenrirs Doppelbeschäftigung erzählt, als du neulich mit ihm alleine warst?«, fragte Myklebust und stimmte die hohe E-Saite nach.

»Nein, ich habe doch versprochen, dass ich nichts sage«, sagte der Mandel.

»Schon gut«, sagte Myklebust und legte die Gitarre weg.

Der Mandel kaute auf einer unangezündeten HB herum.

»Was ist mit Grimnir?«, fragte er.

»Ich kann ihn nicht erreichen«, sagte Myklebust.

»Was ist mit meinem Auto?«, fragte der Mandel.

»Lass uns hinfahren und nachsehen, sobald du wieder bei Kräften bist«, sagte Myklebust.

»Mir geht's gut«, sagte der Mandel, und wenn er für einen Moment die Augen schloss, war er wieder unter Wasser. Unter dem schwarzen Wasser, und es füllte seine Lunge mit brennendem Salz.

»Du hast nicht zufällig einen Kaugummi?«, fragte der Mandel.

Der Ford Focus stand mit offener Beifahrertür auf der Brücke. Der Schlüssel steckte noch.

»Dass den keiner klaut?«, wunderte sich der Mandel.

»Wer denn? Hier kommt doch am Samstag niemand vorbei. Außerdem haben hier alle ein Auto. Meistens sogar ein neueres.«

»So alt ist er gar nicht«, sagte der Mandel und stieg aus dem VW-Bus aus und in den Focus ein. Er fuhr Myklebust hinterher, zurück nach Fykse. Auf dem Beifahrersitz und auf den Armaturen klebte noch das Blut von Grimnir. Der Mandel holte eine CD von Grateful Dead aus dem Handschuhfach.

I lit out from Reno, I was trailed by twenty hounds
Didn't get to sleep last night, till the morning came around.

Der Mandel parkte den Ford Focus unten an der Straße, unter dem blauen Gasthof der Myklebusts, an derselben Stelle, wo er auch schon die letzten drei Tage gestanden hatte. Myklebust war mit seinem Bus direkt vors Haus auf die Grünfläche gefahren. Als der Mandel in die Gaststube kam, aß gerade ein hageres Ehepaar ein Fischgericht zu Mittag. Der Mandel hielt sich innerlich die Nase zu und setzte sich an den Tisch bei der Theke, wo Myklebust junior schon einen Kaffee vor sich stehen hatte.

»Willst du auch einen?«, fragte er den Mandel.

Der Mandel nickte.

»Paps!«, schrie Myklebust in die Küche, und als das Gesicht seines Vaters am Tresen auftauchte, hielt er demonstrativ seine Kaffeetasse hoch. Wäre der Myklebust mein Sohn, und wir hätten einen Gasthof zu Hause, ich hätte ihn den Kaffee schön selbst machen lassen, den faulen Zipfel.

»Ich hab in deinem Gitarrenkoffer so einen Grundriss gefunden«, sagte der Mandel.

»Weißt du, was für ein Grundriss das ist?«, fragte Myklebust.

»Sieht aus wie ein Kirchenschiff«, sagte der Mandel.

Myklebust hörte dem Mandel zu, sagte aber nichts.

»Wann endet die Wilde Jagd?«, fragte der Mandel.

»Heute Nacht«, sagte Myklebust.

»Ohne Neofenrir, ohne Grimnir?«

»Wir beide sind jetzt Utgang«, sagte Myklebust, und jetzt sagte der Mandel nichts mehr.

»Wie hat deine Mutter sich umgebracht?«, fragte Myklebust nach einer Weile.

»Sie hat sich erhängt«, sagte der Mandel.

»Und dann?«

»Dann war alles scheiße«, sagte der Mandel.

»Wieso?«

»In der Gemeinde hat man uns gemieden. Mein Vater

konnte eine Zeitlang nur schwer Aufträge für seinen Betrieb finden. Er hat mich und meinen Bruder fast jeden Tag wegen irgendwelchen Nichtigkeiten geschlagen. In der Kirche hat der Pfarrer indirekt gesagt, die Mandels seien keine aufrechten Leute, weil sie zu schnell an Geld gekommen seien und das Leben nicht in christlicher Demut geführt hätten. Da, wo ich herkomme, bringt man sich nicht um. Als guter Katholik macht man so etwas einfach nicht. Die Leute haben meinen Vater gemieden und die Kinder mich und meinen Bruder. Wir haben meinen Vater angefleht wegzuziehen, aber es hat noch fünf Jahre gedauert, bis wir weggezogen sind wegen dem Geschäft. Die fünf Jahre waren die schlimmsten.«

»Wie alt warst du, als sie sich erhängt hat?«

»Ich war zehn. Ich hab sie gesehen, da auf dem Dachboden. Sie hat noch geschaukelt.«

»Das tut mir leid«, sagte Myklebust, und der Mandel winkte ab, als hätte er gerade nicht die furchtbarste Geschichte seines Lebens erzählt. Ich glaube, er verstand selbst nicht, warum er das gerade erzählt hatte. Vielleicht eine Nachwirkung seiner Nahtodfantasie.

»Meine Mutter hat sich nicht umgebracht. Ich habe gelogen«, sagte Myklebust.

»Ach wirklich?«, sagte der Mandel.

»Sie ist mit einem Gast aus Oslo, einem Geschäftsmann, mitgegangen.«

»Und?«

»Nach einem Jahr hat sie erst versucht anzurufen und dann Briefe geschickt, aber ich habe mich nicht gemeldet. Das wäre unfair gegenüber meinem Vater gewesen. Sie hat noch mal eine Familie in Oslo gegründet.«

»Wie alt warst du da?«, fragte der Mandel.

»Zwölf«, sagte Myklebust und rührte in seinem Kaffee.

»Oje«, sagte der Mandel.

»Ist ja auch egal«, sagte Myklebust.

»Es hat aufgehört zu regnen«, sagte der Mandel und sah zum Fenster hinaus.

»Nein, es ist nur weniger geworden. Wir könnten angeln gehen«, sagte Myklebust.

»Ich weiß nicht«, sagte der Mandel. »Es regnet doch.«

»Kannst du angeln?«, fragte Myklebust.

»Ich glaube nicht«, sagte der Mandel.

»Wir fahren rüber nach Steinstø, da ist eine gute Stelle.«

»Habt ihr eigentlich keinen Zigarettenautomaten?«, fragte der Mandel, der nicht mehr die HB rauchen wollte.

Der Mandel rührte die zweite Angel nicht an, er saß einfach nur neben Myklebust, rauchte eine HB und hustete von Zeit zu Zeit. An einem Strand, fünf Autominuten von Fykse entfernt, hatte Myklebust ein kleines Holzboot zusammen mit dem Mandel zu Wasser gelassen, und damit waren sie ein paar Meter hinausgerudert. Der Mandel starrte hinüber auf die Berge an dem scheinbar ewig weit entfernten anderen Ufer. Er konnte das Ufer nicht sehen, nur die Berge, wegen dem Bodennebel. Er konnte die Schneegrenze erkennen. Er hatte seine Fliegerjacke an, aber keine Mütze auf, obwohl ihm Myklebust eine von sich angeboten hatte. Myklebusts Angel hing ins Wasser, aber was für einen Köder er benutzte und die genaue Technik, das interessierte den Mandel nicht. Myklebust war eigentlich ein hübscher Bursche, dachte sich der Mandel. Die Nase ein wenig geierhaft, aber die hellen Augen und die hellen Haare verliehen ihm dann wieder etwas sehr Jünglinghaftes. Der Mandel schloss kurz die Augen. Sofort war die schwarze Tiefe wieder da, der Moment, in dem das Salzwasser seine Lunge zersetzte. Er versuchte, das Ausmaß zu begreifen.

Wie kurz davor er gestanden hatte, dass es ihn nicht mehr gab. Aber sosehr er sich auch konzentrierte, das Ausmaß war zu groß. Der Tod war ihm eine Nummer zu groß. Eine groteske Unannehmlichkeit, mit der sich der Mandel nicht beschäftigen wollte, obwohl ihm der Tod seit der Übernahme des Büros vom Onkel Hans mehr denn je über den Weg lief. Der Tod vermieste ihm den Tag. Er hörte auf, an den Tod zu denken.

»Alles gut?«, fragte Myklebust.

Der Mandel öffnete die Augen.

»Eine schöne Ruhe ist das hier«, sagte er.

»Es gibt nichts Besseres«, sagte Myklebust.

»Was gibt's denn hier für Fische?«, heuchelte der Mandel Interesse.

»Großdorsch, Köhler, Schellfisch, Forelle, Dornhai, Makrele und natürlich Lachs«, sagte der Myklebust, und ich bezweifle ja, dass der Mandel die ganzen Fischsorten auf Englisch verstanden hat. Das hat er im Nachhinein sicher nachgeschlagen.

»Dorsch ist gut«, sagte der Mandel, und es war mir neu, dass der Mandel Dorsch mochte beziehungsweise überhaupt wusste, wie Dorsch schmeckt. Nach gar nichts nämlich.

»Das wird schwierig«, sagte Myklebust.

Anderthalb Stunden später hatte Myklebust tatsächlich einen riesigen Dorsch gefangen und in eine Plastiktüte gesteckt. Der Dorsch war so groß und wuchtig, als wäre er einem Cartoon entsprungen. Myklebust hatte den Mandel gebeten, das hintere Ende der Angel festzuhalten, während er den Dorsch aus dem Wasser kurbelte. Dem Mandel war schlecht, aber er ließ sich nichts anmerken. Auf dem Rückweg bot Myklebust dem Mandel an, mit ihm zusammen in der Küche den Fisch zuzubereiten. Der Mandel zuckte mit den Schultern. Das gemeinsame Zubereiten sah dann so aus, dass Myklebust den Fisch ausnahm, während der Mandel draußen in der Gaststube eine Illustrierte durchblätterte. Dann schälte der Mandel lustlos ein paar Kartoffeln. Als sie kurz darauf beim Essen an ihrem üblichen Tisch saßen, klingelte das Telefon.

»Für Sie«, sagte der alte Myklebust, und der Mandel ging in die Küche zu dem Telefon mit dem Spiralkabel.

»Danke«, sagte der Mandel. »Hallo?«

Ich war dran.

»Kannst du ungestört reden?«, fragte ich den Mandel.

»Was ist los?«, fragte der Mandel unwirsch, als hätte ich ihn bei etwas Wichtigem gestört.

»Die Polizei hat Baalberiths Leiche im Fjord gefunden. Sie ist in der Nähe von Raskes Insel ans Ufer getrieben.«

»Was?«, sagte der Mandel, weil in der Küche etwas laut vor sich hin brodelte.

»Baalberith ist tot!«, schrie ich ins Telefon.

»Scheibenhonig! Auch das auch noch«, sagte der Mandel.

»Scheibenhonig?«, fragte ich, weil ich den Ausdruck noch nie gehört hatte.

»Wie ist das passiert?«, fragte der Mandel.

»Die Polizei hat die Leiche im Hardangerfjord gefunden. Sie ist in der Nähe von Raskes Insel ans Ufer getrieben«, sagte ich.

»Das sagtest du doch schon. Wie ist er gestorben?«

»Keine Ahnung.«

»Weißt du auch mal irgendwas?«, sagte der Mandel.

»Entschuldigung, dass ich noch nicht in der Pathologie eingebrochen bin und die Leiche selbst obduziert habe«, sagte ich.

»Jetzt werd nicht albern. Wie geht es Vilde?«, fragte der Mandel.

»Ich weiß nicht«, sagte ich. »Sie ist bei der Polizei.«

»Hat man jemanden verhaftet? War das Raske?«, fragte der Mandel.

»Keine Ahnung. Er ist heute aus der Untersuchungshaft entlassen worden. Kurz danach wurde die Leiche gefunden. Ich nehme an, sie werden ihn jetzt überall suchen.«

»Leck mich doch am Abend«, sagte der Mandel.

»Ich würde gerne langsam wieder nach Hause fahren, hier können wir doch nichts mehr tun«, sagte ich.

»Wir fahren morgen, wie vereinbart«, sagte der Mandel.

»Was hast du noch vor?«, fragte ich.

»Nichts Bestimmtes«, sagte der Mandel.

»Ich hab mit Raske gesprochen. Er hat gesagt, du wärst jetzt Mitglied bei Utgang«, sagte ich.

»Unsinn«, sagte der Mandel.

»Und ihr plant einen Anschlag oder etwas Ähnliches.«

»Sigi, das ist Blödsinn. Ich bleibe nur noch die eine Nacht, dann komme ich zurück nach Bergen, und dann fahren wir von mir aus heim. Vertrau mir.«

»Mir ist das nicht geheuer. Ich hol dich ab«, sagte ich.

»Vergiss es«, sagte der Mandel.

»Verdammt noch mal«, sagte ich.

»Kümmer du dich um Vilde«, sagte der Mandel und legte auf.

Als der Mandel sich wieder zu Myklebust an den Tisch setzte, sagte er:

»Cristian Hallberg ist tot.«

»Ja?«, sagte Myklebust, und seine Augen waren halb geschlossen, als würde ihm der Dorsch besonders gut schmecken.

»Die Polizei wird bald kommen und Fragen stellen. Jetzt bedeutet das Bild auf eurer Website nämlich etwas«, sagte der Mandel.

»Das ändert nichts«, sagte Myklebust.

»Wirklich nicht?«, fragte der Mandel.

»Ganz sicher nicht«, sagte Myklebust und nahm noch einen Schluck von dem Hardanger-Cider.

23: HÅVARD

Nachdem ich dort angerufen hatte, wusste ich, dass die Myklebusts ein Restaurant in Fykse unterhielten. Ich wollte nicht auf Raskes Anruf heute Abend warten, denn erstens spielte ich nicht nach Raskes Regeln, und zweitens war gar nicht sicher, ob Raske heute Abend überhaupt noch auf freiem Fuß war. Ich würde selbst nach Fykse fahren und den Mandel holen, weg von dem Blödsinn, den er vorhatte. Jetzt brauchte ich ein Auto. Ich war immer noch in Vildes Wohnung, Håvard war mittlerweile weggefahren, und ich rief Vilde an.

Sie klang nicht mehr nach dem positiven pausbäckigen Fräulein, das der Mandel und ich vor ein paar Tagen kennengelernt hatten.

»Ich bin's. Es tut mir sehr leid, was passiert ist«, sagte ich.

»Und wir haben das Monstrum noch vom Gefängnis abgeholt«, sagte sie tonlos, und es war nicht einmal eine Wut aus ihrer Stimme herauszuhören.

»Ich weiß. Mir tut das alles fürchterlich leid. Wo bist du?«, fragte ich.

»Ich bin noch bei der Polizei. Meine Mutter ist da«, sagte Vilde.

»Musstet ihr ihn identifizieren?«

»Noch nicht, aber wir werden ihn gleich noch sehen. Sie haben ihn heute Mittag gefunden. Er trug seinen Führerschein bei sich, deshalb wussten sie sofort, wer er ist. Ich hätte gleich die Polizei verständigen sollen. Das ist auch meine Schuld, dass es so gekommen ist«, sagte sie.

»Das stimmt nicht«, sagte ich. »Das stimmt doch nicht.«

»Er ist schon seit Tagen tot«, sagte Vilde.

»Mir tut das so leid«, sagte ich noch einmal.

»Ich hole später ein paar Sachen, bevor ich zu meiner Mutter gehe. Dann sehen wir uns vielleicht«, sagte sie und legte auf.

»Okay«, sagte ich in die leere Leitung.

Ich wählte Aasens Nummer.

»Vilde?«, fragte Aasen.

»Ich bin's«, sagte ich.

»Ach du«, antwortete Aasen.

»Hast du das mit Cristian Hallberg gehört?«, fragte ich und schaltete gleichzeitig den Fernseher ein.

»Ja«, sagte Aasen. Mehr sagte er nicht, obwohl ich ein paar Sekunden wartete.

»Furchtbar, oder?«, sagte ich.

»Ja«, sagte Aasen.

»War das Raske?«, fragte ich.

»Woher soll ich das wissen?«, sagte Aasen.

»Ich glaube, der Mandel ist in Schwierigkeiten. Diese Utgang-Leute führen was im Schilde. Ich wollte dich fragen, ob du mir dein Auto leihst oder vielleicht sogar mitkommst, um den Mandel zu suchen.«

»Warum sagst du das nicht der Polizei?«, fragte Aasen.

»Weil es sein kann, dass der Mandel in etwas verwickelt ist«, sagte ich.

»Ich muss arbeiten«, sagte Aasen.

»Bitte, Gunarr. Vilde möchte, dass wir zusammen den Mandel suchen. Damit nicht noch mehr passiert«, log ich.

»Will sie das?«, fragte Aasen.

»Ich glaube auch nicht, dass die wirklich ein Paar sind«, sagte ich.

»Ich kann ja später vorbeikommen. Du bist bei Vilde, oder?«, sagte Aasen.

»Was heißt später?«

»So gegen acht«, sagte Aasen.

»Nicht früher?«, fragte ich.

»Nein«, sagte Aasen.

Das bedeutete Warten. Im Gegensatz zum Mandel hasste ich Warten. Vom Warten bekam man einen fettigen Film auf der Haut. Wenn die anderen Kinder beim Zahnarzt im Wartezimmer mit der größten Abgebrühtheit *Tetris* auf dem Gameboy spielten, biss ich mir die Fingernägel kaputt und musste alle fünf Minuten aufs Klo. Heutzutage kann ich im Wartezimmer zwar in einer Illustrierten herumblättern, aber von der sprichwörtlichen Engelsgeduld bin ich immer noch sieben Kreise der Hölle weit entfernt. Ganz im Gegensatz zum Mandel. Manchmal habe ich fast den Eindruck, der Mandel wartet geradezu darauf, dass eine Wartephase kommt, damit er sich in aller Gemütlichkeit zurücklehnen und warten darf. Es kann sogar sein, dass der Mandel der einzige Mensch auf der Welt ist, der gerne wartet und vom Warten keinen Fettfilm auf der Haut bekommt.

»Ich hab keine Lust, so lange zu warten«, sage ich manchmal, wenn sich irgendwer verspätet oder bei McDonald's eine lange Schlange ist.

»Wir haben doch Zeit«, sagt der Mandel dann, und im ersten Moment denkt man ja, klar, da hat er Recht, aber in Wirklichkeit ist das ja die größte Lüge. Ab fünfunddreißig hast du keine Zeit mehr. Ab fünfunddreißig packt dich das Leben und schleift dich unbarmherzig durch die Jahre, bis du in null Komma nix völlig ramponiert bei fünfundsiebzig angekommen bist, und dann stirbst du am Herzinfarkt oder Prostatakrebs. Wenn wir etwas ganz sicher nicht mehr haben, dann ist das Zeit. Doch es blieb mir auch in diesem Fall nichts weiter übrig, als auf Aasen zu warten. Mir fiel ein, dass ich nachschauen wollte, wo dieses Fykse lag. Mein Computer stand noch im Massakre, deshalb ging ich in Vildes Zimmer, um ihren zu benutzen. Er lag auf ihrem Bett, und ich klappte ihn auf, um mir die Route von Vildes Wohnung zu dem Gardsrestaurant anzeigen zu lassen. Die Fahrzeit betrug ungefähr neunzig Minuten. Weil ich gerade dabei war, rief ich meine Mails ab, aber außer dem Newsletter vom Deutschen Detektiv-Verband und der Monats-Mail vom King-Diamond-Fanclub war da nichts. Der DDV-Newsletter wies auf eine neue Einkommensquelle für Detektive hin, nämlich das Überprüfen von Mitarbeitern einer Firma, die angeblich krank zu Hause liegen, aber unter Verdacht stehen blauzumachen. Widerwärtig, so eine Bespitzelung der eigenen Angestellten, dachte ich und leitete den Newsletter an den Mandel weiter. Als ich den Browser wieder zumachte, fiel mir auf, dass Vilde auf ihrem Desktop einen Ordner mit dem Titel *Håvards computer* liegen hatte. Ich klickte auf den Ordner, aber zur Freigabe der Dateien verlangte Håvards Computer ein Passwort von mir. Ohne lange zu überlegen, gab ich *Vilde* ein, aber der Ordner blieb gesperrt. Ich probierte es ohne Großbuchstaben, aber es half nichts. Danach noch *Håvard, Cristian, Gunarr* und *Dark Reich* in verschiedenen Schreibweisen und Klassiker wie *123456, fuckyou* oder den Evergreen *password.* Eigentlich hätte ich es dabei belassen können, denn so sehr interessierte mich Håvards Computer nun auch wieder nicht, aber dann hatte ich diesen einen Einfall, den ich noch ausprobieren wollte. Ich tippte *friendsofsauron* in das Feld und befand mich damit augenblicklich in dem jetzt freigegebenen Ordner auf Håvards Computer. Es gab dort etliche kleine Filme, jeder um die fünfzig Megabyte groß. Sie waren offensichtlich nach dem Datum ihrer Entstehung benannt, aber in der Syntax umgestellt, damit der Computer die Dateien numerisch ordnen konnte. Zuerst die Jahreszahl, dann der Monat, dann der Tag. Ganz oben in der Liste stand die Datei mit dem Datum vom letzten Mittwoch. Ich öffnete sie, und ein Video erschien auf dem Bildschirm. Zuerst erkannte ich nicht genau, was ich da sah, und dann begriff ich es nicht gleich. Vilde lag auf einem Bett und las in einem Buch. Es handelte sich um *Die Pest* von Camus. Die Kamera musste schräg über ihr angebracht worden sein, weil man sie leicht seitlich von oben betrachtete. Sie war in dem Zimmer, in dem ich mich im Moment befand. Ich schaute nach oben über meine Schulter in das Bücherregal, aber außer einer Komplettausgabe der Anne-Rice-Vampirsaga fiel mir nichts Ungewöhnliches auf. In dem Video sah man zunächst nur die lesende Vilde auf ihrem eigenen Bett. Sie trug einen kurzen blauen Stoffrock, und ihre nackten Beine lagen ausgestreckt auf der Bettdecke. Sie hatte ein weißes T-Shirt an, und ihre Haare waren offen, was ich gar nicht kannte an ihr. Ich fühlte mich wie ein Perverser, obwohl ich ihr nur beim Lesen zusah. Plötzlich, ohne die geringste Vorwarnung, kam jemand ins Zimmer und beugte sich über Vilde. Es war ein schwarz gekleideter Mann mit einer schwarzen Skimaske – natürlich denkt man sofort, dass es sich bei Maskierten um Männer handelt –, und er schlug ihr mit der flachen Hand mehrmals ins Gesicht und dann mit der Faust in den Bauch. Vilde schrie, aber nicht so laut, wie man das in so einer Situation erwarten konnte. Sie wehrte sich im Grunde nicht einmal.

Der Angreifer drückte ihre Hände auf die Matratze und riss ihr das T-Shirt am Kragen in zwei Teile, ähnlich wie Hulk Hogan das in den Achtzigern immer mit seinem gelben Hulkamania-Shirt getan hatte. Statt ihre jetzt freigelegten kleinen Brüste anzufassen, schlug er sie erneut ins Gesicht, und danach sah es so aus, als würde er sie in den Oberarm beißen. Dann zog er ihr den Rock und die Unterhose aus und stieß in sie hinein, so ungern ich das auch in Worte fasse. Vilde gab jetzt keinen Laut mehr von sich, es wirkte, als hätte sie aufgegeben. Ich konnte mir das nicht mehr anschauen und spulte an die Stelle, wo der Angreifer mit einem Lippenstift *Quisling* auf ihren Oberschenkel schrieb. Vilde blickte in meine Richtung, als ob sie genau wüsste, dass ich zuschaue. Ich schloss das Video und klickte das übernächste der insgesamt zehn Videos an. Es war von diesem Januar. Es fing genauso an wie das letzte, nur dass Vilde dieses Mal ein langes weißes Männerhemd trug und anscheinend nichts darunter. Und sie las wieder Camus, obwohl sie ja offenbar eher der Anne-Rice-Typ war. Als der Maskierte erneut den Raum betrat, schaltete ich den Videoplayer aus und klappte den Computer zu. Ich ging in die Küche und trank die Hälfte einer Mineralwasserflasche in zwei Zügen leer, bevor ich mich an den Küchentisch setzte. Die Erkenntnis aus diesem Fund hätte nicht deprimierender sein können. Der Maskierte war Håvard. Er missbrauchte seine Mitbewohnerin in regelmäßigen Intervallen für seine sadistischen Fantasien und filmte das Ganze. Wer weiß, was er gegen Vilde in der Hand hatte, dass sie sich das gefallen ließ. Aber konnte man gegen eine Süße wie Vilde überhaupt etwas in der Hand haben? Mir war schwindlig. Seit dem Blackout letztes Jahr am Scharmützelsee ist das mit dem Schwindel zwar besser geworden, aber ganz weg ist er nicht mehr gegangen. Laut Diagnose vom Dr. Fritsch ist es der Kreislauf, aber ich habe immer noch otogenen Schwindel oder Schlimmeres im Verdacht. Ich fragte mich, ob Vilde überhaupt von der Kamera in ihrem Zimmer wusste, aber es hatte stellenweise so ausgesehen, als schaue sie direkt hinein. Das regt mich ja bei den Pornovideos immer dermaßen auf, wenn die Leute komplett die Illusion zusammenbrechen lassen und beim Sex in die Kamera schauen. Ich wollte auf jeden Fall dringend mit Vilde reden, bevor ich nach Fykse fuhr und sie erneut auf den verrückten Håvard traf. Vielleicht konnte ich ihr helfen, damit sie das nicht mehr zu tun brauchte. Vielleicht musste ich mich dafür mit ihrem kranken Mitbewohner anlegen, als ob wir nicht schon genug Ärger hatten, jetzt wo auch noch Baalberith tot war. Kreuzkruzifix, ich hatte endgültig keine Lust mehr auf diesen Urlaub.

Nach ungefähr einer Stunde kam Vilde nach Hause, und sie sah aus, als wäre sie erfroren. Jegliches Rot war aus ihrem Gesicht gewichen, die Pausbacken waren erschlafft, und ihre goldblonden Haare wirkten farblos und brüchig. Es bestand kein Zweifel, dass der Tod ihres Bruders sie schwer verletzt hatte. Es kam mir vollkommen falsch vor, jetzt über Håvard zu reden, aber ich konnte nicht anders.

»Hallo. Hältst du das durch?«, fragte ich und umarmte sie. Ihre Gegenumarmung war leblos.

»Ich muss mich jetzt um unsere Mutter kümmern«, sagte sie, und ich war mir gar nicht sicher, ob sie mich anschaute oder durch mich hindurch in eine andere Dimension.

»Und ich hol den Mandel. Der Irrsinn muss jetzt ein Ende haben«, sagte ich.

»Der Irrsinn hat meinen Bruder das Leben gekostet«, sagte Vilde, und da war es wieder, das Gefühl, dass der Mandel und ich an allem schuld waren.

»Weiß man schon, wie er gestorben ist?«, fragte ich.

»Sie sagen, er hat mehrere Wunden, aber die Todesursache ist vermutlich Ersticken. Die Untersuchung ist noch nicht abgeschlossen«, sagte Vilde.

»Ich sag das nicht gerne, Vilde, aber ich habe auf Håvards Rechner Videos gefunden.«

Vilde sah mich leer an. Und wartete ab. Und wartete ab.

»Weißt du, was ich meine?«, fragte ich.

Sie nickte.

»Was hat Håvard gegen dich in der Hand?«

»Was soll er in der Hand haben?«, fragte Vilde.

»Womit erpresst er dich?«, fragte ich, und sie sah mich verwirrt an. Dann zuckten ihre Mundwinkel kaum merklich, und sie senkte ihren Blick.

»Es ist ein Spiel«, sagte sie.

»Ein Spiel?«, fragte ich.

»Es ist vielleicht an dem Tag etwas aus dem Ruder gelaufen. Aber es tut ihm leid. Auch das mit dem Quisling.«

»Es tut ihm leid? Er hat dich verprügelt und dich …«

»Nein, Sigi, hat er nicht. Jeder hat andere Vorlieben. Håvard und ich ergänzen uns einfach nur.«

»Ergänzen? Das kann ich nicht glauben. Das ist ja grässlich. Wem macht denn so etwas Spaß?«

»Es tut mir leid, Sigi. Das solltest du nie erfahren.«

»Und warum hat das Arschloch noch so getan, als wäre ein Einbrecher hier gewesen?«, fragte ich.

»Wir hatten das nicht geplant, und dann mussten wir meine Blessuren erklären. Und ich denke, dass Håvard euch auch einen Schrecken einjagen wollte. So ist er halt. Was hast du auch an meinem Computer zu suchen?«

Am liebsten hätte ich Vilde in der ersten Wut und Eifersucht gesagt, dass sie eine Schlampe war und dass ich nichts mehr mit ihr zu tun haben wollte, aber dann fiel mir gerade noch ein, dass ihr Bruder tot aus dem Hardangerfjord gefischt worden war, und ich riss mich zusammen.

»Ich muss das ja nicht verstehen«, sagte ich.

»Nein, das musst du nicht«, sagte Vilde, und jetzt kam *ich* mir wie der Unnatürliche vor.

»Ich gehe jetzt, Sigi«, sagte sie. »Und ich werde auch für eine Weile nicht zurückkommen. Wir können ja telefonieren. Wenn du zu Max fährst, sei vorsichtig. Benachrichtige die Polizei.«

»Ich weiß aber nicht, worin er verwickelt ist.«

»Dann nimm wenigstens Håvard mit, der wird dir helfen. Er ist eigentlich ein guter Kerl.«

»Ganz sicher nicht. Ich fahre mit Gunarr«, sagte ich.

»Du weißt nicht, wie Gunarr ist, wenn es um Raske geht«, sagte Vilde.

»Ich vertrau ihm aber mehr als deinem tollwütigen Dozenten für Frühgeschichte.«

»Sigi, es tut mir leid, aber es ist jetzt keine Zeit für Eifersüchteleien. Sei vorsichtig«, sagte Vilde und strich mit ihrer Eishand über meine Wange. Dann fing sie an, eine Reisetasche in ihrem Zimmer zu packen, während ich im Wohnzimmer auf der Couch saß und an die Wand starrte. Irgendwann war sie fertig und sagte: »Wir telefonieren dann.«

»Ja, das machen wir.« Ich blieb sitzen, als sie die Haustür bedächtig hinter sich zuzog.

Um acht zog ich meinen Parka an, dann fiel mir noch was ein. Ich nahm einen selbstklebenden Zettel von dem Telefontisch im Wohnzimmer, schrieb mit Kugelschreiber *Nice videos, asshole* auf den Zettel und pappte ihn an die Zimmertür von Håvard. Dann ging ich nach unten auf die Straße, wo Aasen schon in seinem Porsche Carrera wartete.

»Wo ist Vilde?«, fragte er.

»Bei ihrer Mutter«, sagte ich.

»Ach so, ich dachte, sie kommt mit«, sagte Aasen.

»Sie muss sich jetzt um alles kümmern«, sagte ich.

»Klar«, sagte Aasen.

»Können wir noch kurz ins Massakre?«, fragte ich.

»Warum?«, fragte Aasen, der offenbar beim Friseur gewesen war. Statt der halblangen schwarzen Haare trug er jetzt kurze Haare, die er streng mit Gel nach hinten gekämmt hatte, was sein weißes narbiges Gesicht noch etwas mehr zur ungünstigen Geltung brachte.

»Raske hat gesagt, er ruft im Massakre an und sagt Bescheid, wo der Mandel heute Nacht sein wird«, sagte ich.

»Wenn sie ihn nicht schon wieder eingesperrt haben«, sagte Aasen.

Kurz darauf hielten wir gegenüber vom Massakre.

»Ich warte im Wagen«, sagte Aasen.

»Gefällt mir gut, die neue Frisur«, sagte ich, bevor ich über die Straße ging.

Als ich das Massakre betrat, saß Skull hinter seiner Kasse und zählte Geld. Er hörte Musik, die ich sofort erkannte, weil das die Lieblingsplatte vom Mandel vor seiner Ostbluesrock-Manie gewesen war. *Allman Brothers At Fillmore East.* Eines der wichtigsten Livealben der Rockgeschichte, sagen Leute wie der Mandel. Bluesgitarrensoli, die bis ans Ende der uns bekannten Zeit zu dauern scheinen, sage ich. Aber der Mandel hat sogar verschiedene Abmischungen von dem Album auf CD gekauft, um sie mit seinem Originalvinyl zu vergleichen, das ihm der Onkel Hans damals zum zwölften Geburtstag geschenkt hatte. Als ob ein normaler Zwölfjähriger so ein Endlosgewichse hören möchte. Der Mandel war schon mit zwölf begeistert, versichert er.

»Fillmore East«, sagte ich zu Skull. Mit einem Packen Kronen in der Hand sah er zu mir auf.

»Da hast du verfickt noch mal Recht, Drachentöter«, sagte Skull.

»Das gefällt dir? Bluesrock?«, fragte ich nach.

»Natürlich. Mit dem verdammten Bluesrock hat doch alles angefangen«, sagte Skull.

»Ach ja?«, sagte ich. »Ich dachte, mit dem Urknall hätte alles angefangen.«

»Bluesrock, Robert Johnson, Hendrix, ohne die gäbe es keinen Black Metal. Die Allman Brothers haben sich nicht um irgendwelche Konventionen geschert. Die haben nur für ihre verdammte Musik gelebt. Hörst du die Slide-Guitar? Die tut weh, so intensiv ist sie gespielt«, sagte Skull, und da hätte ich ihm nicht widersprechen können.

»Skydog, die arme Sau«, sagte Skull.

»Wer?«

»Duane Allman, Mann. Kurz nachdem die Fillmore rauskam, hat ihn ein verfickter Lastwagen von der Straße gemäht. Der Typ war Black Metal«, sagte Skull.

»Ja, echt?«, sagte ich.

»Hundert-fucking-prozentig. Und die Allman Brothers waren eine extreme Band. Hör dir nur ›You Don't Love Me‹ an. Neunzehn Minuten Bluesinferno, das ist eine ganze Albumseite lang«, sagte Skull, und da hätte ihm nun der Mandel nicht widersprechen können.

»Machst du schon Feierabend?«, fragte ich.

»Was heißt schon?«, sagte Skull.

»Hat Raske angerufen?«

»Raske?«, fragte Skull und sah mich mit dem größtmöglichen Misstrauen an.

»Er sagte, er wollte heute Abend für mich anrufen.«

»Nein, er hat nicht angerufen. Wird er nicht wegen dem Mord an Baalberith gesucht?«, fragte Skull.

»Du weißt schon davon?«, fragte ich.

»Die letzten zwei Stunden habe ich alle Alben, Singles, CDs, Platten, Demos, T-Shirts, Aufnäher und sogar die verdammten Schlüsselanhänger von Dark Reich verkauft. Sobald die erste Meldung im Netz war, sind sie alle gekommen. Frag mich nicht, aus welchen beschissenen Löchern die plötzlich gekrochen sind. Schweden, Amis, Engländer, sogar deutsche Touristen. Verdammte Scheiße, der Laden war voll wie zuletzt nach dem beschissenen Fantoft-Brand«, sagte Skull.

»Baalberith war doch dein Freund. Und jetzt sitzt du in aller Ruhe hier, zählst das Geld und hörst die Allman Brothers?«, sagte ich.

»Was soll ich denn sonst tun, Arschloch?«, sagte Skull.

»Nichts, vergiss es«, sagte ich.

Skull vergaß es aber nicht.

»Soll ich dir was vorheulen?«, sagte Skull.

»Nicht notwendig. Bist du noch eine Weile im Laden?«, versuchte ich das Thema zu wechseln.

»Geht dich einen Scheißdreck an. Warum?«

»Wegen dem Anruf. Weil ich mir Sorgen um den Mandel mache. Kannst du mich anrufen, wenn Raske sich meldet?«, fragte ich.

»Mal sehen«, sagte Skull.

»Bitte, Skull. Es geht um die Gesundheit von meinem Partner. Tut mir leid, wenn ich unhöflich war«, sagte ich und schüttelte mich innerlich wegen meiner falschen Demut.

»Gib mir deine scheiß Nummer, du Wichser«, sagte Skull, ohne mich anzusehen.

Ich gab Skull die Visitenkarte von Aasen. Er musterte sie genau.

»Hast du keine eigene Nummer?«, fragte er.

»Nein«, sagte ich. »Und frag Raske, wo ich hinmuss«, sagte ich. »Denkst du dran?«

»Fuck off«, sagte Skull.

»Und wohin jetzt?«, fragte Aasen.

»Weißt du, wie man nach Fykse kommt?«

»Nie gehört«, sagte Aasen und ließ den Motor von seinem Porsche-Jubiläumsmodell an.

»Ich hab's nachgeschaut. Fahr einfach, wie ich sag«, sagte ich und musste an die Videos denken. Ich fragte mich, was Aasen zu den Schweinereien von Håvard und Vilde gesagt hätte.

»Immer weiter auf der R7«, sagte ich fachmännisch und deutete auf das gelbe Schild, das im Dunkeln am Straßenrand vor uns auftauchte und den Weg in Richtung Norheimsund wies.

»Hat Raske sich schon gemeldet?«, fragte Aasen.

»Nein, aber Skull ruft bei dir an, sobald Raske ihn anruft«, sagte ich.

»Vertraust du ihm?«, fragte Aasen und fuhr sich durch die neue Gelfrisur, während er den Porsche nicht halb so rasant wie Vilde bediente.

»Wem? Skull? Ich weiß nicht. Soll ich nicht?«, fragte ich.

»Skull war immer ein guter Freund von Raske«, sagte Aasen.

»Aber doch auch von Baalberith, oder?«

»Und von Hades. Er war immer mit den sogenannten Köpfen der Szene befreundet. Er kümmerte sich zeitweise auch um den Vertrieb unserer Platten, machte Werbung für die Konzerte und war ein paar Jahre lang Herausgeber eines kleinen Fanzines namens *Black Death Magazine*. Skull hat viel für die Szene getan, aber er hat es vor allem aus naiver Bewunderung für Leute wie Raske und Hades getan. Er ist der klassische Mitläufer«, sagte Aasen.

»Und du hast dich nicht so gut mit ihm verstanden?«

»Das kann man nicht sagen. Aber ich habe ja nie eine große Rolle im Svarte Sirkel gespielt. Ich war nur Raskes Schlagzeuger, ich war nicht so interessant.«

»Verstehe«, sagte ich.

»Skull ist um einiges älter als wir. Er hat die New Wave of British Heavy Metal in vollen Zügen miterlebt. Er hat die ersten dreißig Jahre seines Lebens bei seinen Eltern gewohnt und in einer Fabrik Kaffeedosen versiegelt. Er hat nie jemanden getroffen, er hat nur Heavy Metal gehört und per Post mit Leuten aus der ganzen Welt Demos und LPs getauscht. Als die ersten Godfuck-Konzerte in Bergen stattfanden, hat er Hades Motzfeld kennengelernt und ihn und Godfuck in seinem Magazin gepriesen wie den Messias. Über Motzfeld hat er dann auch Raske und Baalberith kennengelernt und war ab da immer und überall dabei. Bei den Proben, bei den Touren, bei den Aufnahmen. Und kurz danach eröffnete er das Massakre als Zentrale für Black Metal in Bergen. Raske hat ihn später dabei sogar finanziell unterstützt.«

»Hatte Raske denn Geld?«, fragte ich.

»Sein Vater hat ihm so viel gegeben, wie er wollte.«

»Wie war Skulls Verhältnis zu Baalberith?«

»Gut. Obwohl mir jetzt wieder einfällt, dass er damals das erste Dark-Reich-Demo im *Black Death* so übel verrissen hat, dass ihn Abbadon dafür verprügeln wollte. Aber als sie Skull dann auf einem Konzert kennenlernten, verstanden sich alle gut mit ihm, und die Rezensionen wurden plötzlich exzellent. Skull hat die Leute immer im größten Suff für sein Magazin interviewt. Du musst dir die alten Ausgaben vom *Black Death* mal durchlesen. Ein einziges Chaos. Entweder man schmiert sich gegenseitig Honig ums Maul, oder es ist eine einzige Litanei wüster Beleidigungen.«

»Dann ist Skull so etwas wie ein Musikjournalist?«

»Ach woher! Das *Black Death* war ein Fanzine, sonst nichts. Es hat von Rechtschreibfehlern nur so gewimmelt, und die Interviews waren rein subjektiv und schrecklich selbstgefällig, typisch für die ganze Szene. Skull hat das Magazin zu Hause selbst mit Schere und Kleber zusammengebastelt, bis zuletzt.«

»Aber das ist doch eigentlich ganz charmant«, sagte ich, der immer davon geträumt hatte, sein ureigenes Magazin zu machen, mit Themen, die nur mich interessierten. Ich hatte vor drei Jahren auch einmal kurz ein Blog, aber niemand hat meine Beiträge kommentiert, und dann habe ich es wieder gelassen.

»Ich könnte mir vorstellen, dass Skull Raske immer noch hörig ist, wie so viele aus der Bergener Szene. Und warum willst du dich überhaupt darauf verlassen, was Raske dir sagt? Es ist doch wieder nur ein Spiel, bei dem er das Spielgeld verteilt und dabei gut als Bank aussieht«, sagte Aasen und schaltete den Scheibenwischer ein.

»Und genau deswegen glaube ich ihm. Weil er mir zeigen will, wie er den Mandel instrumentalisiert hat. Und das kann er nur, wenn er mir zeigt, wo der Mandel ist und was der Mandel macht. Ich hoffe, wir finden ihn, bevor das Spiel anfängt.«

Aasen starrte auf die Straße und schüttelte abfällig den Kopf.

»Es ist längst im Gange«, sagte er.

24: WILDE JAGD

Myklebust zog zwei riesige blaue Müllsäcke in der Dunkelheit hinter sich her.

»Was ist in den Müllsäcken?«, fragte der Mandel.

»Müll«, sagte Myklebust. »Und er muss in dein Auto.«

»Okay«, sagte der Mandel und schloss den Kofferraum von unserem Ford Focus auf. Myklebust hob die Säcke mühelos hoch und stopfte sie in den Kofferraum. Dann schlug er den Deckel zu.

»Warum nehmen wir nicht dein Auto?«, fragte der Mandel.

»Das ist der Wagen von meinem Vater. Ich will ihn da nicht in etwas hineinziehen«, sagte Myklebust.

Der Mandel nickte, als wäre es vollkommen in Ordnung, dass Myklebust einfach uns statt seinen Vater in etwas hineinzog.

»Ich muss noch mal kurz nach oben. Warte hier«, sagte Myklebust.

Der Mandel setzte sich auf den Beifahrersitz und steckte den Schlüssel ins Schloss. Er schaltete das Radio ein. »It Never Rains In Southern California« von Albert Hammond. Das Radio hat die besten Pointen, sagt der Mandel nicht ganz zu Unrecht. Myklebust kam nach ein paar Minuten zurück und hatte eine dunkelblaue Sporttasche umgehängt. Er nahm auf dem Fahrersitz Platz und holte zwei kleine durchsichtige Döschen aus der Jackentasche. In einem war schwarze Schminkfarbe, in dem anderen weiße. Er hielt sie dem Mandel unter die Nase, bevor er sie in das Seitenfach der Sporttasche steckte.

»Was ist damit?«, fragte der Mandel.

»Wir sind die Gesichtslosen«, sagte Myklebust, und obwohl er das albern finden wollte, lief dem Mandel ein kleiner Schauer den Rücken hinunter. Es war mittlerweile halb zehn, und er war todmüde. Seine Lunge stand immer noch in Flammen, und ihm war kalt. Von der Gesichtsfarbe und den Augenringen her hätte der Mandel eh keine Schminke gebraucht. Er sah so aus, als wollte er den Abend einfach schnell hinter sich bringen. Als würde er alles, was Myklebust mit ihm vorhatte, einfach über sich ergehen lassen. Hauptsache, es fand ein Ende. Der Mandel lehnte sich in den Sitz zurück und schloss die Augen, als Myklebust den Wagen anließ. Unseren Wagen.

»Wohin fahren wir?«, fragte der Mandel erst nach einer Weile.

»Wir holen unseren neuen Gitarristen ab«, sagte Myklebust.

»Das geht aber schnell bei euch mit der Nachbesetzung«, sagte der Mandel. »Gab es überhaupt ein Vorspielen?«

»Das war schon länger so geplant«, sagte Myklebust.

Der Mandel versuchte nicht, an das Wasser zu denken, das rings um sie herum war, während Myklebust nach hinten zur Rückbank griff und eine unbedruckte CD aus seiner Sporttasche holte. Er legte sie ein, und es ertönte das Geräusch von Wellen, die gegen eine Küste prallen. Dem Mandel war schlecht. Dann stießen eine einzelne akustische Gitarre und ein kalter, klarer Gesang hinzu, der nicht ganz zu der sauberen

Gitarre passte, weil der Sänger keinen einzigen Ton traf. Dafür war der Text ausnahmsweise gut zu verstehen:

Coldest winds and waters dark
Could never tear our love apart
Nightly skies so everclear
We'll overcome our greatest fear.

I'm wide awake, I walk this land
A dreamscape of a fallen man
I'm not afraid, it's all a lie
Shall be revealed the day I die.

Jetzt artete der Song in einen Gitarrenorkan aus, aber der Gesang blieb unverhofft klar und trotz der unsauberen Töne auf eine gewisse Weise anmutig. Irgendwann zwischen den Teilen hielt die ganze Band plötzlich abrupt an, und die Gitarre spielte ein Bluesriff. Nur ganz kurz, dann wütete der Orkan weiter.

»Was ist denn das?«, fragte der Mandel, der wegen dem Bluesriff sofort hellhörig geworden war.

»Dark Reich«, sagte Myklebust.

»Kenn ich gar nicht«, sagte der Mandel.

»Vom neuen Album, das demnächst rauskommt.«

»Die Bluesgitarre mittendrin ist ja sagenhaft. Woher hast du das?«

»Baalberith hat mir die CD gegeben.«

»Ihr müsst euch ja gut verstanden haben«, sagte der Mandel, der immer noch von der unerwarteten Bluesgitarre beeindruckt war, weniger von der Tatsache, dass er gerade einen frisch Verstorbenen singen hörte. Das passiert einem als Musikjournalist sowieso andauernd. Oder als Detektiv.

»Zu uns war er sehr freundlich«, sagte Myklebust.

»Das sagt man ihm ja allgemein nach, dass er ein freundlicher Mensch war«, sagte der Mandel.

»Äußerst freundlich sogar. Wir haben uns auch nach dem Konzert lange über Musik unterhalten. Mit ihm und Skull.«

»Du warst auf dem Konzert?«, fragte der Mandel.

»Er hat mich eingeladen. Ich war hinter der Bühne, zusammen mit Grimnir.«

»Neofenrir war doch auch da, oder? Habt ihr dann so getan, als würdet ihr euch nicht kennen?«, fragte der Mandel.

»Nein, das war nicht notwendig. Es wusste ja außer Cristian Hallberg niemand, dass wir Utgang sind. Für Abbadon und Balrog waren wir nur Freunde von Neofenrir.«

Und genau das passiert, wenn sich alle Leute mit Fantasienamen auf einem Haufen treffen. Das totale semantische Chaos bricht aus.

»Hallberg hat gewusst, dass Neofenrir in beiden Bands spielt?«, fragte der Mandel.

»Ja, aber das war ihm egal, er hat es seinen Kollegen nicht erzählt.«

»Wusstest du, dass er damals Raske verpfiffen hat?«, fragte der Mandel.

»Natürlich. Aber das ist seine Sache. Utgang haben mit den Angelegenheiten der Alten nichts zu tun. Wir schauen nach vorne.«

»Worüber hast du mit Hallberg geredet?«, fragte der Mandel.

»Alles Mögliche. Ich habe ihn gefragt, was er mit Dark Reich noch bewirken wolle.«

»Und was hat er gesagt?«, fragte der Mandel.

»Nichts wollte er bewirken. Er wollte ein bisschen Geld verdienen.«

»Und wie findest du das?«, fragte der Mandel.

»Das ist ein ehrlicher Standpunkt. Die meisten Musiker tun so, als hätten sie etwas zu sagen, obwohl sie nur Geld verdienen wollen«, sagte Myklebust.

»Und du?«

»Was?«

»Willst du kein Geld mit deiner Musik verdienen?«, fragte der Mandel.

»Nein. Ich habe genug, ich arbeite für meinen Vater und verdiene mein eigenes Geld. Ich mache keine Musik, um Geld zu verdienen oder Fans zu haben. Ich will dem Staat und der Kirche ihre Überheblichkeit austreiben. Ich will, dass die Leute aufwachen und anfangen, ihr eigenes Leben zu leben, frei von Begrenzungen, die nicht unserer Kultur entspringen. Ich will, dass wir uns nicht einschränken, nur weil es uns ein Gesetz oder – noch schlimmer – eine religiöse Konvention vorschreibt. Ich will verdammt noch mal nicht, dass jemand, den ich noch nicht einmal kenne, über mein Leben verfügt. Wie ich mich verhalten muss, woran ich glauben soll. Ich will selbst entscheiden, mein Vater will selbst entscheiden, Norwegen will selbst entscheiden. Was ist so schlecht an diesem Land, dass man es verformt und verbiegt, dass es wie jedes andere Land in Europa wird? Warum sollen wir alle gleich sein und eine sogenannte globale Identität annehmen? Damit wir uns unser eigenes Land nicht mehr leisten können? Es hat schon seinen Grund, warum es Völker und Grenzen gibt. Unter dem Druck einer europäischen oder weltweiten Norm wird die Gesellschaft sowieso zusammenbrechen. Erst die Märkte, dann die Währung, dann die Gesellschaft. Und dann gibt es Krieg. Und erst, wenn alles in Trümmern liegt, können wir wieder das Norwegen sein, das wir waren. Dann kann jeder seine eigene Rolle in der Gesellschaft finden. Dann kann jeder das tun, was er will.«

»Aber wenn jeder das tut, was er will, wer soll dann den Müll entsorgen oder Busfahrer werden oder Bass spielen?«, sagte der Mandel.

»Das reguliert sich von alleine«, sagte Myklebust.

Der neue Dark-Reich-Song war schon seit ein paar Minuten verklungen, und der Mandel starrte durch das Seitenfenster hinaus in die vollkommene Dunkelheit. Es gab kein Wasser mehr, keine Wälder und keinen Himmel.

I'm wide awake, I walk this land.

Er erinnerte sich an einen Abend mit dem Herwig Rottmayr am Guggenberger Weiher. Der Badebetrieb war längst zum Stillstand gekommen, es war schon dunkel. Rund um den See brannten die Lichter von vereinzelten Lagerfeuern. Der Mandel und der Herwig waren sehr spät an den See gefahren und nach dem Baden eine Ewigkeit auf ihren Handtüchern sitzen geblieben und hatten ein paar Dosen Bier ausgetrunken, bis es dunkel geworden war.

»Wie wär's, wenn wir uns jetzt einfach zu irgendwelchen Leuten ans Feuer setzen?«, hat der Herwig gefragt.

»Ich weiß nicht«, hat der Mandel gesagt. »Zu irgendwelchen völlig fremden Leuten?«

»Stell dir mal vor, wen wir kennenlernen könnten. Neue Leute, neue Weiber, neue Connections. Vielleicht den Türsteher vom Skala. Das ganze Leben könnte sich ändern, wenn wir uns da einfach irgendwo dazusetzen. Völlig neue Ausgangspunkte.«

»Im Ernst jetzt?«, hat der Mandel den Herwig ungläubig angeschaut.

»Logisch, Mändy. Wir müssen uns nur trauen.«

»Ich weiß nicht, ich bin schon recht betrunken. Nicht dass wir uns blamieren«, hat der Mandel gesagt.

»Schmarrn, Mändy. Schau, da drüben, das Feuer auf der Nordseite. Da müssen wir nur schräg hinüberschwimmen, dann können wir direkt vor den Leuten aus dem Wasser steigen und uns ans Feuer setzen. Das wird ein Riesenauftritt. Wie das Ungeheuer von Loch Ness kommen wir aus den Fluten. Siehst du das Feuer, das ich meine? Siehst du das Licht?«

»Ja, ich seh's schon, Hörwi. Aber ich glaub, ich kann heut nicht mehr ins Wasser. Ist mir zu kalt. Ich geh dann außen rum, wenn du das wirklich machen willst. Ich komm nach«, hat der Mandel gesagt.

»Du leere Hos'n, Mändy«, hat der Herwig erwidert, hat sein T-Shirt ausgezogen und ist ins Wasser gesprungen. Der Mandel hat ihm zugeschaut, wie er hinübergekrault ist, immer näher auf eines der entfernten Feuer zu, und als er fast da war, ist der Mandel aufgestanden und gegangen. Weil sie mit dem Auto vom Herwig da waren, ist er per Anhalter nach Hause gefahren. Das war in dem Sommer direkt nach dem Abitur, und der Mandel hat länger nichts mehr vom Herwig gehört. Irgendwann wollte der Mandel mal wieder ins Skala gehen und hat schon von Weitem gesehen, dass der Herwig an der Tür stand. Als Türsteher. Da hat sich der Mandel umgedreht und ist nach Hause gegangen. Im Skala ist er danach auch nie mehr gewesen.

Der Mandel erkannte jetzt die Vorstadt von Bergen wieder und war erleichtert, weil es in der Stadt nicht so viel Wasser gab wie außerhalb. An einer Bushaltestelle hielt Myklebust den Ford Focus an, und ein Mann in einer dunklen Kapuzenjacke und einer dunklen Hose stieg hinten in den Wagen. Er hatte einen Rucksack dabei und legte ihn neben sich auf die Rückbank.

»Odin grüßt dich, Kaos«, sagte Myklebust.

»Und dich, Jörmungandr«, sagte Håvard und setzte die Kapuze ab.

»Kaos?«, sagte der Mandel, und wenn er überrascht war, dann ließ er sich das nicht anmerken.

»Kaos«, sagte Håvard.

»Du spielst Gitarre?«, fragte der Mandel.

»Ja«, sagte Håvard. »Schon lange.«

»Woher kennt ihr euch?«, fragte der Mandel.

»Raske hat uns vorgestellt«, sagte Myklebust. »Kaos' Bruder war ein guter Freund von Raske. Er war der erste Kaos.«

»Der erste Kaos?«, fragte der Mandel nach.

»Er wurde wegen einem Kirchenbrand in Lillehammer verhaftet und hat sich umgebracht. Er war ein Aussätziger für die Leute«, sagte Håvard.

»Hm«, machte der Mandel.

Myklebust steuerte den Wagen zum Parkplatz des Fantoft-Studentenhostels. Es gab dort eine überdachte Sektion, da parkte er den Ford Focus. Er reichte Håvard die Döschen mit der Schminke und eine Plastikflasche mit stillem Mineralwasser, um aus der harten Masse eine Paste zu machen. Håvard rieb sich das Gesicht mit der weißen Farbe ein, bevor er seine Augen mit den Fingern schwarz umrandete und sich ein umgedrehtes Kreuz auf die Stirn malte. Danach war Myklebust an der Reihe, der es etwas genauer nahm. Mithilfe des Rückspiegels und eines Pinsels zeichnete er auf die weiße Grundierung eine Art Zickzackmuster um seine Augen herum, das den Mandel ein wenig an das Make-up von Paul Stanley erinnerte. Es dauerte gute zehn Minuten, bis Myklebust fertig war. Dann reichte er das Schminkset an den Mandel weiter.

»Nein, danke«, sagte der Mandel, und ich glaube, er war eingeschnappt wegen Håvard. Weil er jetzt nicht mehr mit Myklebust allein war.

»Das dient auch zur Tarnung, falls uns jemand sieht«, sagte Håvard. Der Mandel machte eine abweisende Bewegung mit der Hand, und Myklebust verstaute das Schminkset und das stille Wasser wieder in der Sporttasche. Dann stiegen sie aus. Die beiden Geschminkten sahen gefährlicher aus, als der Mandel sich das gedacht hatte, mitten in der Nacht in der spärlichen Beleuchtung auf dem Hostel-Parkplatz. Vor allem Håvard mit seinem biederen Kurzhaarschnitt machte dem Mandel Angst.

»Es hat aufgehört zu regnen«, sagte der Mandel, aber niemand reagierte darauf.

Myklebust öffnete den Kofferraum. Er nahm die beiden Plastiksäcke in die Hand und reichte einen davon Håvard. Den Weg, den die drei dann gingen, kannte der Mandel, er war ihn selbst vor ein paar Tagen mit mir gegangen. Es ist natürlich nicht so, dass der Mandel jetzt erst begriff, wie sich Myklebust das Finale der Wilden Jagd vorgestellt hatte. Spätestens seit er den Grundriss der Fantoft-Kirche in dem Gitarrenkoffer gefunden hatte, wusste der Mandel Bescheid. Warum er trotzdem bis hierher ohne Murren mitgekommen war, verstehe ich immer noch nicht. Wer weiß, was die Nahtoderfahrung in seinem Kopf angerichtet hat.

»Bewacht niemand die Kirche?«, fragte der Mandel.

»Nicht mehr. Ein paar Jahre nach dem ersten Brand gab es hier einen Wachschutz, aber jetzt hält man Kirchenbrände wohl endgültig für passé«, sagte Myklebust.

Obwohl die Kirche noch nicht in Sichtweite war, reflektierte der Nachthimmel schon das schwefelgelbe Licht der Scheinwerfer, die als Nachtbeleuchtung dienten. Myklebust blieb stehen und sah auf die Uhr.

»Warte«, sagte er und schaute den Mandel feierlich durch seine kunstvoll aufgetragene Leichenschminke an. Dann wurde es plötzlich von einer Sekunde auf die andere stockfinster. Zwei Taschenlampen gingen an, und Myklebust marschierte weiter, als wäre nichts passiert.

»Um zwölf schalten sie immer das Licht aus«, erklärte Håvard.

An der Weggabelung, wo der Mandel eigentlich instinktiv links abgebogen wäre, gingen sie nach rechts eine kleine Anhöhe hinauf. Dort standen sie dann und blickten auf die schwarze Silhouette der Stabkirche hinunter, die ihnen zu Füßen lag. Nachts sah sie immer noch aus wie eine Hintergrundgrafik aus einem Rollenspiel. Nichts taugt weniger als christliches Symbol als so eine *World of Warcraft*-Kapelle, dachte sich der Mandel. Vorsichtig stiegen sie den Abhang hinunter. Die Erde war nass und rutschig. Der Strahl von Myklebusts Taschenlampe streifte einen Erdhügel mit einem steinernen Kreuz direkt hinter der Begrenzungsmauer der Kirche.

»Diese Idioten haben das Kreuz einfach auf die Opferstätte ihrer eigenen Vorfahren gesetzt. Sie haben ihre eigene Kultur ausgelöscht und alle Spuren beseitigt«, flüsterte Håvard dem Mandel ins Ohr, den das nervte, weil er sich in der Dunkelheit gerne ausschließlich auf die Orientierung konzentriert hätte, statt ein Seminar beim Dozenten für Frühgeschichte zu belegen. Das gesamte Gelände war von einem Maschendrahtzaun umgeben, an dessen oberem Ende ein rostiger Stacheldraht verlief. Vor der kleinen Holztür, die den Eingang zum Kirchhof bildete, ging der Zaun in ein Eisentor über, das mit einem Vorhängeschloss versperrt war. Links und rechts von dem Tor waren Nichtraucher-Schilder angebracht. Myklebust richtete die Lampe auf zwei Masten am Rand des Kirchhofs.

»Das sind die Kameras«, flüsterte er.

Instinktiv stellte sich der Mandel hinter Håvard. Doch gar nicht so dumm, die Maskerade, dachte der Mandel.

»Du wolltest ja keine Schminke, Herr Mandel«, sagte Myklebust, als hätte er die Gedanken vom Mandel gelesen.

Der Mandel zog trotz der Kälte seine Fliegerjacke aus und hängte sie sich wie eine Kapuze über den Kopf, damit man ihn nicht erkannte. Dazu musste er sie festhalten.

»Und wie kommst du jetzt über den Zaun?«, fragte ihn Håvard.

Der Mandel überlegte kurz, aber ihm fiel keine Lösung ein. Vielleicht hatte er gehofft, dass die anderen das Tor aufbrachen.

»Hast du sie dabei?«, seufzte der Mandel.

Myklebust holte die Schminkdöschen und das stille Wasser aus der Sporttasche. Der Mandel rieb sich das ganze Gesicht schwarz ein.

»Das sieht doch scheiße aus«, sagte Håvard.

»Ist doch jetzt egal«, sagte Myklebust, während der Mandel seine Jacke wieder anzog.

Sie kletterten über das Gittertor und sprangen dahinter in den Kirchhof, wodurch sie gleichzeitig die kleine Holztür überwunden hatten. Die großen Plastiksäcke hatten sie bereits vorher über den Zaun geworfen, und der Mandel wunderte sich, wie leicht das gegangen war. Langsam glaubte er zu wissen, was sich in den Säcken befand. Der Mandel lief jetzt Håvard hinterher, und Håvard lief Myklebust hinterher. Es waren nur ein paar Meter bis zur Stabkirche, und um die Ecke befand sich der Eingang. Myklebust holte ein Brecheisen aus seiner Sporttasche, in die anscheinend alles hineinpasste, was man für eine nächtliche Terroraktion so benötigt. Er brauchte eine Weile, aber dann stemmte er die Tür auf und riss dabei unter nicht unbeträchtlichem Lärm gleich das halbe Schloss heraus, das jetzt wie abgestorben an der Tür hing. Der Mandel hatte sich links in den überdachten Rundgang, der die Kirche umgab, gestellt, um nicht im Weg zu stehen. Das hatte ihm sein Vater beigebracht, wenn der Mandel in der Schweißerei aushelfen musste. Der schlimmste Fehler beim Handwerk ist nicht der falsche Handgriff, sondern das Blöd-im-Weg-Herumstehen.

»Rein jetzt«, sagte Myklebust, und der Mandel und Håvard betraten die Kirche. Innen war es enger, als der Mandel gedacht hatte, er stieß mit seiner von dem Sturz in den Fjord lädierten Hüfte gegen eine Kirchenbank und musste sich einen Fluch verbeißen. Myklebust ließ den Strahl der Lampe durch das Kirchenschiff gleiten, und der Mandel sah, dass es so schmal war, dass auf jeder Seite nur vier kleine Bänke Platz hatten. In der Mitte führte ein roter Teppich durch einen hölzernen Torbogen, über dem ein Balkon angebracht war, an dem ein putziges Jesusfigürchen an einem Kreuz hing. Hinter dem Torbogen stand ein Altar, von einem Holzgitter umgeben. Er bestand lediglich aus einem kleinen Tisch mit einer weißen Tischdecke und vier Kerzen darauf, von denen jeweils zwei auf jeder Seite ein kleines goldenes Kreuz flankierten. Myklebust leerte einen der Plastiksäcke über dem Altar aus. Unmengen von Zeitungspapier fielen heraus und begruben den Tisch fast vollständig unter sich. Håvard streifte seinen Rucksack ab und öffnete den Reißverschluss. Er entnahm einen kleinen Kanister und ergoss den Inhalt über den von Zeitungspapier überhäuften Altar.

»Jetzt noch die Bänke«, sagte Myklebust und leerte den anderen Sack links und rechts vom Mittelgang über den Bänken aus. Håvard garnierte den Papierwust erneut mit seinem Benzinkanister. Der Mandel stand am Eingang und beobachtete das Ganze. Myklebust hob einen Stoß Zeitungspapier auf und rollte ihn zu einer länglichen Papierfackel, die er an Håvard weitergab. Er hob noch mehr Papier auf und rollte zwei weitere Fackeln. Eine behielt er, die andere reichte er dem Mandel. Dann stellte er sich nach vorne vor den Altar.

»Es ist so weit, die Wilde Jagd geht zu Ende, und Odins Wölfe kehren zurück in die freien Himmel, während die Welt brennt«, sagte er und zündete seine Zeitung mit einem Feuerzeug an. Håvard tat es ihm gleich und warf dem Mandel anschließend das Feuerzeug zu. Dann fing Myklebust an, eine Art Gebet auf Norwegisch zu sprechen. Der Mandel hat sich Teile daraus gemerkt, und ich habe es anschließend anhand der *Älteren Edda* identifizieren können. Auf Deutsch geht es so:

Brand entbrennt an Brand, bis er zu Ende brennt,
Flamme belebt sich an Flamme.
Der Mann wird durch den Mann der Rede mächtig:
Im Verborgnen bleibt er blöde.

Früh aufstehen soll, wer den andern sinnt,
Um Haupt und Habe zu bringen:
Dem schlummernden Wolf glückt selten ein Fang
Noch schlafendem Mann ein Sieg.

Myklebusts Fackel war fast bis zu seiner Hand hinuntergebrannt, und der Mandel hatte immer noch das Feuerzeug in der Hand, als die Tür hinter ihm nach innen aufflog und ihn zu Boden stieß.

»Aua«, sagte der Mandel, und Myklebust ließ die brennende Zeitung auf den Altar fallen.

25: FANTOFT

Als wir auf dem Weg nach Fykse die Brücke passierten, von der aus der Mandel in den Fjord gesprungen war, hielt Aasen an einer roten Ampel mitten auf der Brücke.

»Warum ist die Ampel rot? Hier ist doch keiner«, sagte ich zu Aasen. Im Licht der Armaturen sah seine Haut aus wie Wachs, und die Aknenarben wirkten wie mit einem Skalpell hineingeritzt. Während wir standen, ließ ich das Fenster herunter, und Aasen schaltete den Motor aus. Es war unglaublich still. Außer der Straße und der Ampel deutete nichts darauf hin, dass in der Nähe menschliches Leben existierte. Die Häuser am anderen Ende der Brücke sahen unbewohnt aus. Kein einziges Fenster war beleuchtet.

»Mach mal das Licht aus«, sagte ich.

»Warum?«, fragte Aasen.

»Einfach nur so wegen der Stimmung.«

Aasen machte die Scheinwerfer aus, und es war, als würden wir in der Nacht verschwinden. Da war nur noch das leichte Surren der roten Ampel und unter uns der Hardangerfjord, der allerdings nicht das geringste Geräusch verursachte. Die Ampel sprang auf Grün, doch wir blieben stehen. Dann hämmerte etwas vorne gegen den Wagen. Aasen schaltete das Licht wieder ein. Es war nichts zu sehen.

Ich musste an diese Geschichte denken, die wir uns in der Schule immer erzählt haben. Kennt wahrscheinlich jeder. Die Geschichte von dem Pärchen, das in den Wald fährt, um zu schmusen. Der Typ geht kurz pinkeln, und die Freundin wartet im Auto. Sie raucht eine Zigarette und hört Radio, als sie auf dem Autodach, also direkt über ihrem Kopf, einen dumpfen Schlag hört. Und dann noch einen. Und noch einen. Und noch einen. Sie steigt aus, um nachzuschauen, und sie sieht, wie ein Mann mit dem abgetrennten Kopf ihres Freundes auf das Autodach schlägt. Manchmal sind wir damals in den Wald gefahren und haben das Licht ausgemacht und gewartet. Und gewartet. Es war die Hölle, denn von irgendwoher ist immer ein Geräusch gekommen.

»Was war das?«, fragte ich.

»Keine Ahnung«, sagte Aasen und hatte die Hand schon am Türgriff. Ich starrte auf die Motorhaube. Zusammen mit einer dreckigen Hand tauchte der Kopf einer Gestalt im Scheinwerferlicht auf. Für eine Sekunde warf ich alles über den Haufen, was mich bisher dazu veranlasst hatte, nicht an Untote zu glauben. Die Augenpartie war schwarz, aber innen drin befanden sich zwei weiße Flecken, die wie Scheinwerfer auf mich und Aasen gerichtet waren. Die Haut sah aus, als würde sie sich vom Gesicht ablösen, sie war ein Gulasch aus Schminke, Blut und Erde. Lange nasse schwarze Haare hingen an dem Gulaschgesicht herunter. Das Schlimmste aber war der Unterkiefer. Der schien einer Marionette gleich nur durch eine lose Konstruktion aus Sehnen am Rest des Gesichts festzuhängen. Der Mund von der lebenden Leiche klappte auf und zu, und Speichel tropfte auf die Motorhaube des Porsche. Das Ding versuchte auf das Auto zu klettern, gab aber nach ein paar Sekunden auf und blieb mit dem Gesicht nach unten auf der Motorhaube liegen.

»O Gott, wer ist das?«, fragte ich.
»Irgendein Vollidiot«, sagte Aasen.
»Was machen wir jetzt?«, fragte ich.
»Weiterfahren«, sagte Aasen.
»Wir können den doch nicht hier liegen lassen. Der ist verletzt«, sagte ich, und Aasen zuckte im Halbdunkel mit den Schultern.
»Jetzt komm schon«, sagte ich, aber Aasen rührte sich nicht.
»Steig du zuerst aus«, sagte er.
»Ich?«, fragte ich und beobachtete durch die Windschutzscheibe, ob die lebende Leiche sich noch bewegte.
»Wir steigen gleichzeitig aus. Auf drei«, sagte Aasen.
»Heißt das, bei drei schon aussteigen, oder dann, wenn normalerweise die Vier käme?«, fragte ich, weil das ja immer das Problem bei *auf drei* war. Und als Schlagzeuger nahm es Aasen sicher sehr genau.
»Bei vier. Also der gedachten Vier«, sagte Aasen.
»Du zählst ein«, sagte ich.
»Eins, zwei, drei …«
Ich wartete natürlich, bis Aasen die Tür aufmachte, bevor ich mich bewegte. Wir traten gemeinsam vor den Porsche Carrera und schauten uns das Ding an, das vor uns bäuchlings auf der Motorhaube lag. Die Haut am Rücken war unversehrt, aber die Arme waren mit Narben übersät. Aus dem einen Arm sickerte zudem Blut, das im Halbdunkel wie Tinte aussah. Wir hoben den Untoten von der Motorhaube und legten ihn letztlich quer über die hinteren Notsitze. Dazu baute Aasen vorher den halben Beifahrersitz aus, während ich das Ding unter den Achseln festhalten musste. Die lebende Leiche war schwer und roch nach Rost und Mottenkugeln. Und süßlich. Sie wurde mit jeder Sekunde schwerer, und für einen Moment dachte ich, die Leiche wäre gestorben. Aber sie ächzte irgendetwas,

das ich nicht verstand. Wir legten sie ins Auto. Danach waren meine Hände voller Schminke, Dreck und Blut.

»Wo wohnst du?«, fragte ich den Untoten. Er wimmerte etwas auf Norwegisch und war bei genauerem Hinsehen ein ziemlich junger Mensch.

»Was sagt er?«, fragte ich Aasen.

»Das Licht kommt bald«, sagte der.

»Welches Licht?«, fragte ich.

»Frag nicht mich, frag ihn«, sagte Aasen.

»Wie heißt du?«, fragte ich die Leiche.

»Demogorgon«, wimmerte er.

»Du spielst nicht zufällig bei Utgang?«, fragte ich, weil das ja kein Zufall sein konnte, dass uns kurz vor Fykse so ein Typ vors Auto lief. Oder der Bevölkerungsanteil an Leuten, die wie Leichen geschminkt waren, war in Norwegen doch höher, als ich gedacht hatte.

Demogorgon hustete aufs Erbärmlichste und spuckte mir dabei ins Gesicht, das ich mittlerweile über ihn gebeugt hatte, um ihn besser zu verstehen.

»Es hilft nichts, wir müssen ihn ins Krankenhaus bringen«, sagte Aasen. »Der ist vollkommen im Arsch.«

»Warum rufen wir keinen Krankenwagen?«, fragte ich und wischte mit dem Ärmel über mein Gesicht.

»Der Typ hat schon eine Menge Blut verloren, so wie der aussieht. Es dauert mindestens eine halbe Stunde, bis ein Krankenwagen hier ist«, sagte Aasen.

»Du wolltest ihn doch ursprünglich liegen lassen«, sagte ich.

»Ich stand unter Schock«, sagte Aasen.

»Wie weit ist es bis zum nächsten Krankenhaus?«, fragte ich.

»Das nächste Krankenhaus ist in Bergen. Wir sollten umdrehen.«

»Und was ist mit dem Mandel?«

»Wir kommen morgen wieder hierher zurück und suchen ihn«, sagte Aasen.

»Morgen ist zu spät. Verdammter Scheißdreck. Nichts läuft, wie es soll«, sagte ich.

»So ist es halt«, sagte Aasen.

Wir quälten uns über eine Stunde zurück nach Bergen, mit dem verwesenden Demogorgon auf dem Notsitz. Die wenigen Hautpartien, die nicht mit Blut, Erde oder Schminke bedeckt waren, schimmerten blau. Er war vermutlich völlig ausgekühlt. Er röchelte so deprimierend vor sich hin, dass ich das Radio einschaltete. Auf dem Rocksender lief »Communication Breakdown« von Led Zeppelin. Radio-Pointen, da waren sie wieder. Irgendwann fiel mir auf, dass das Röcheln so etwas wie einem Redeversuch gewichen war. Ich machte das Radio leiser.

»Ich bin nur ein Besucher. Mein Blut verklumpt auf dieser Welt«, sagte er auf Englisch, und es war schwer zu verstehen wegen dem Unterkiefer. Doch er sagte es langsam und wiederholte es etliche Male.

Ich fühlte mich grässlich.

»Die Universitätsklinik kommt gleich da vorne«, sagte Aasen, der auch jetzt, trotz der gebotenen Eile, keinen halb so flotten Fahrstil wie Vilde pflegte. Dann klingelte sein Telefon.

»Hallo?«, sagte Aasen.

»Für dich«, sagte er dann und gab mir das Telefon. Es war Skull.

»Hey, Arschloch«, sagte er.

»Hey, Skull«, sagte ich.

»Raske hat angerufen, ich soll dir was ausrichten.«

»Ich höre.«

»Wenn du deinen Freund sehen willst, geh jetzt zum Feuerwerk.«

»Das verstehe ich nicht«, sagte ich.

»Viel Spaß noch«, sagte Skull und legte auf.

»Was sagt er?«, sagte Aasen.

»Er sagt, ich soll zum Feuerwerk gehen, aber ich weiß nicht, was das bedeutet.«

»Das ist einfach«, sagte Aasen.

»Nämlich?«

»Damit meint er die Fantoft-Kirche.«

»Woher willst du das wissen?«, fragte ich.

»Weil Raske und ich nach dem Brand der Fantoft-Kirche eine Single mit dem Titel *fyrverkeri* herausgebracht haben. Das heißt *Feuerwerk*. Auf dem Cover war ein Foto der brennenden Kirche, das wir aus dem Fernsehen abfotografiert hatten, und die Single wurde nur bei Skull unterm Ladentisch verkauft. An diejenigen, die Bescheid wussten.«

»Dann wollen sie die Kirche anzünden! Utgang und der Mandel zünden die Fantoft an! Wir fahren da sofort hin«, sagte ich und stellte mir den Mandel mit einer brennenden Fackel und aus irgendeinem Grund in einer Mönchskutte vor.

»Was ist mit unserem Freund da hinten?«, fragte Aasen.

»Du fährst ihn ins Krankenhaus, und ich gehe zur Fantoft-Kirche. Setz mich da ab«, sagte ich.

»Ich komme dann nach«, sagte Aasen.

»Hast du eine Taschenlampe?«, fragte ich, als wir kurz vorm Hostel waren.

»Nein, hast du kein Telefon mit einer Taschenlampen-Applikation?«, fragte Aasen.

»Natürlich nicht«, sagte ich, von so was hatte ich auch noch nie gehört.

»Dann nimm das Feuerzeug«, sagte Aasen und gab mir ein schwarzes Feuerzeug mit dem Aufdruck *Fire To The Fuel.* Er hielt an.

»Fährst du mich nicht zu dem Parkplatz bei der Kirche?«, fragte ich.

»Nein. Wenn die wirklich die Kirche anzünden, dann will ich nicht, dass jemand meinen Wagen auf dem Parkplatz sieht. Das ist ja nur ein Stück zu laufen. Bis später«, sagte Aasen, und ich stieg aus dem Porsche Carrera, in dem immer noch der ramponierte Demogorgon auf der Rückbank lag. Die letzten Kilometer bis nach Fantoft hatte er keinen Laut mehr von sich gegeben. Ich war höchst nervös, weil ich nicht wollte, dass der Mandel eine Kirche anzündete. Damit würde er ja auch mir und unserem Büro einen Riesenärger einhandeln. Mit leichtem Schwindelgefühl starrte ich an dem Hochhaus empor, in dem wir bis vor Kurzem noch gewohnt hatten. In der Dunkelheit sah es noch mehr wie ein Wachturm aus.

Mir blieb nichts anderes übrig, als mich an den Weg zu der Kirche zu erinnern, den ich mit dem Mandel vor ein paar Tagen gegangen war. Vielleicht kennen Sie das: Wenn man sich in Orientierungsfragen auf jemand anders verlässt, ist es so, als wäre man mit einer Augenbinde ans Ziel gebracht worden. Man weiß nichts mehr von dem Weg. Nicht umsonst heißt es »jemandem blind vertrauen«. Zu dem Parkplatz für die Reisebusse zu gelangen war noch das geringere Problem. Doch dann die Strecke durch den Wald. Das Licht des Feuerzeugs hatte einen Radius gerade bis zur Spitze meiner Turnschuhe, und als ich in dem kleinen Waldstück an die erste Weggabelung kam, wusste ich nicht mehr weiter. Ich sengte mir mit dem Feuerzeug den Zeigefinger der rechten Hand an und ließ es fallen. Jetzt stand ich vollkommen im Dunkeln. Ich erinnerte mich an einen Waldspaziergang mit meinem Opa väterlicherseits, als ich fünf war. Ich war nur ein paar Meter vorausgelaufen und nach links abgebogen, ohne auf den Opa zu achten. Als ich mich umsah, erkannte ich meine Umgebung nicht mehr wieder, und obwohl ich nur zwanzig Meter Luftlinie vom Opa entfernt war, dachte ich, ich hätte mich rettungslos verirrt. Ich hab mich auf den Boden gesetzt und geweint, als wäre alles zu Ende. Vielleicht spielte in meine Frustration ein wenig hinein, dass der Opa mich zum wiederholten Male gezwungen hatte, ihn beim Pilzesammeln zu begleiten, und ich Pilzen partout nichts abgewinnen konnte, schon allein weil ich Angst hatte, einen giftigen zu erwischen. Außerdem war mein Opa ein autokratischer Arsch. Im Moment stand ich mindestens genauso verloren mitten in der Nacht in einem norwegischen Wald und wusste nicht weiter. Ich bückte mich ins Dunkel hinein nach dem Feuerzeug. Jemand tippte mir auf die Schulter, und mir entfuhr ein heller kurzer Schrei, was mir im Nachhinein peinlich ist. Es war Raske, und er hatte eine Taschenlampe dabei.

»Schön, dass du meine Anspielung sofort verstanden hast«, sagte Raske.

»War ja auch nicht besonders schwer«, sagte ich betont gelassen, um meinen spitzen Schrei in Vergessenheit geraten zu lassen.

»Dann wollen wir uns mal anschauen, was unsere Freunde da so treiben«, schlug Raske vor.

»Ich bin mir nicht sicher, ob wir da dieselben Interessen verfolgen«, sagte ich.

»Das macht nichts«, sagte Raske.

»Du weißt ja sicher, wo's langgeht«, sagte ich.

»Haha«, machte Raske, und es war schön, dass jemand meinen Humor zu schätzen wusste, selbst wenn es der Staatsfeind Nummer eins war.

Raske ging mit der Lampe voraus.

»Du willst aber nicht wieder die Kirche samt Insassen abbrennen, oder?«, flüsterte ich nach vorne.

»Ich wiederhole mich doch nicht«, sagte Raske, ohne sich umzudrehen.

»Du weißt, dass man dich wegen dem Mord an Baalberith sucht«, sagte ich.

»Ich weiß«, sagte Raske.

»Warst du's?«, fragte ich.

»Nein«, sagte Raske, und was will man machen, wenn jemand so hartnäckig auf seiner Meinung besteht.

Natürlich überlegte ich, ob ich ihn von hinten niederschlagen sollte, wenn er schon vorauslief, aber erstens hätte ich mich ohne ihn verlaufen, und zweitens wusste ich gar nicht, ob ich einen guten Punch hatte. Ich hatte bisher in meinem Leben nie richtig zugeschlagen. Drittens war ich neugierig, was er von mir wollte. Ich gebe aber zu, dass es so eine Art Neugier des Schreckens war, die man vor einem neuen Horrorfilm verspürt, von dem alle sagen, dass er alle bisher da gewesenen Brutalitäten in den Schatten stellt. Also lief ich weiter wie ein Eleve hinter Raske her, bis wir zur selben Anhöhe kamen, auf der gerade noch der Mandel gestanden hatte. Wir blickten auf die dunkle Silhouette der Stabkirche, auf die spitzen Drachenköpfe, die ihre Mäuler in die Bergener Nacht reckten. Unten am Fuß der Kirche sahen wir Lichter, die sich auf und ab bewegten.

»Da sind sie«, sagte Raske.

»Das sind mehr als zwei Leute«, sagte ich nach genauerer Betrachtung. »Wer ist da noch außer dem Mandel und Myklebust?«

»Der neue Gitarrist«, sagte Raske.

»Das geht ja schnell bei denen«, sagte ich, weil ich den alten gerade noch als lebende Leiche hinter mir auf dem Notsitz vom Jubiläumsporsche hatte liegen sehen. Aber klar, warum sollte man in solchen Bands nicht auch pragmatisch vorgehen. Unten sah ich die Lichter über den Kirchhof flackern.

»Jetzt brechen sie gleich die Tür auf«, sagte Raske in einem Ton, als würde er ein Fußballspiel kurz nach dem Anpfiff kommentieren, wo noch nicht so viel passiert.

»Dann geh ich jetzt mal lieber da runter«, sagte ich und wartete darauf, dass Raske mir von hinten ein Messer in den Rücken stieß.

»Geh ruhig. Wo ist eigentlich dein Freund Gunarr?«, fragte Raske.

»Keine Ahnung«, sagte ich.

»Ihr wart aber grade noch zusammen«, sagte Raske.

»Woher willst du das wissen?«

»Skull hat das gesagt«, sagte Raske.

»Der Schwätzer.«

»Ich hätte Gunarr eh angerufen, falls ich dich nicht erreicht hätte.«

»Du hast Kontakt mit Aasen?«, fragte ich.

»Hin und wieder«, sagte Raske. »Demnächst wollte er ein Video für Utgang drehen.«

»Das glaub ich nicht«, sagte ich.

»Doch, doch.«

»Warum sollte er das tun?«

»Weil ich sonst der Polizei erzählt hätte, dass er jemanden umgebracht hat.«

»Was für ein Unsinn. Gunarr ist ein völlig harmloser Zeitgenosse. Der bringt niemanden um«, flüsterte ich.

»Du kennst ihn wohl sehr gut, was?«

»Nein, aber …«, sagte ich.

»Ich erzähl dir eine Geschichte, Sigi, mein Freund. Wir waren ziemlich betrunken an dem Abend damals. Wir waren bei Freunden in Stavanger zu Besuch und sprachen darüber, dass man erst jemanden töten muss, um wirklich extrem sein zu können. Dass man erst diese Schwelle überwunden haben muss, um sich ganz von den bürgerlichen Fesseln befreien zu können. Was man halt so redet, wenn man jung ist«, sagte Raske über sich selbst belustigt.

»Und?«, fragte ich.

»Wir sind zu dritt betrunken durch die Stadt gelaufen. Aasen, ich und Cristian Hallberg.«

»Baalberith war auch dabei?«

»Natürlich«, sagte Raske.

»Und dann?«, fragte ich.

»Unten beim Industriehafen gegenüber der Brücke hat dieser Obdachlose geschlafen. Ich habe im Spaß gesagt, das ist unser Mann, an dem könnten wir uns ausprobieren. Gunarr war der Betrunkenste von uns und hat ihn geweckt. Ob er vielleicht sterben will, hat er ihn gefragt. Weil er doch ohnehin nichts zu verlieren hätte. Wir hielten das zu dem Zeitpunkt für einen großen Spaß. Der Penner hat uns als Kommunisten beschimpft, und dann hat er Aasen in die Eier getreten und wollte wegrennen. Wir konnten ihn festhalten, und er hat gekratzt wie eine alte Katze. Als wir ihn wieder losließen, hat er Aasen mit der Faust ins Gesicht geschlagen und ihm die Nase gebrochen. Gunarr war so wütend, dass er sein Messer aus der Jacke geholt und es dem Penner in den Bauch gestoßen hat. Der hat sofort angefangen zu bluten wie aus einem Zapfhahn, und Gunarr hat auf ihn eingeschrien. Der Penner hat nur noch leicht gestöhnt, als er vor unseren Augen verblutet ist. Dann ist Gunarr trotz der Betrunkenheit bewusst geworden, was er da getan hat. Ich war das nicht, ich war das nicht, ich hab ihn nur geritzt, ich hab ihn nur geritzt, hat er immer wieder gesagt. Wir haben den Penner ins Hafenbecken geworfen. Wenn man an der Stelle nach ihm taucht, findet man vielleicht noch ein paar Knochen oder Zähne. An der Stelle gibt es keine Strömung.«

»Das kann ich mir einfach nicht vorstellen«, sagte ich. »Und außerdem heißt es, du hättest in Stavanger jemanden umgebracht.«

»Natürlich heißt es das. King Therion war's, das personifizierte Böse«, lachte Raske.

»Gunarr kann so was gar nicht«, sagte ich.

»Du hast Gunarr noch nie richtig betrunken erlebt. Er trinkt ja auch nicht mehr so viel.«

»Warum soll ich dir das glauben?«, fragte ich.

»Warum nicht?«, fragte Raske zurück.

»Und warum erzählst du mir das überhaupt?«

»Weil ihr die Wahrheit wissen sollt. Ihr steckt schließlich tief genug in der Sache drin«, sagte Raske.

»Was soll das für eine Wahrheit sein: dass du niemanden umgebracht hast, dass du nicht wusstest, dass Motzfeld in der Kirche war, dass du nichts mit Baalberiths Tod zu tun hast, dass du eigentlich nur ein Idealist und kein mordlustiger Verrückter bist?«, fragte ich.

»Wenn du so fragst, ja«, sagte Raske.

»Ich gehe jetzt da runter«, sagte ich.

»Ich halt dich nicht auf«, sagte Raske.

»Dann geh ich jetzt«, sagte ich.

»Auf Wiedersehen, Sigfried«, sagte Raske auf Deutsch.

Ich kletterte eilig den Hang hinunter und lief bis zu dem Gittertor mit den Nichtraucher-Schildern. Das Feuerzeug von Aasen war die einzige Lichtquelle. Ich stieg über das Gitter und gelangte zu dem Eingang. Die Tür war aufgebrochen und nur angelehnt. Ich hörte, wie jemand eine Art Gebet auf Norwegisch herunterleierte. Ich entschied mich für einen Auftritt mit Nachdruck und trat mit dem Fuß die Tür nach innen auf.

26: FEUER

Der Mandel ging zu Boden, als ich ihm die Tür der Fantoft-Stabkirche in den Rücken trat. Deshalb sah ich ihn zunächst auch nicht, sondern nur den dämlichen Håvard in seiner fantasielosen Schwarz-Weiß-Schminke und den deutlich extravaganter bemalten Myklebust, dem gerade eine brennende Papierfackel aus der Hand gefallen war, die einen riesigen Papierhaufen neben ihm in Brand setzte.

»*Du* bist der neue Gitarrist von Utgang? Kannst du überhaupt Gitarre spielen?«, sagte ich zu Håvard.

»Leck mich am Arsch«, sagte Håvard und warf seine Papierfackel in den Papierhaufen bei den Bänken links neben ihm.

»Du bist doch viel zu spießig für eine Band«, sagte ich, während Håvard praktisch schon mitten im Anlauf war, um mich zu Boden zu werfen. Als er dann über mir lag, atmete ich schon den beißenden Rauch ein. Nicht erst seit dem Brandanschlag auf Aasen wusste ich, dass wir nur ein paar Minuten in dem engen Kirchenschiff hatten, bevor wir alle an einer Rauchvergiftung starben. Håvard holte mit der Faust in Richtung meines Gesichts aus, aber der Fuß vom Mandel traf ihn vorher am Kopf, und Håvard rollte von mir herunter und rührte sich nicht mehr. Der italienische Lederschuh vom

Mandel war zu einer veritablen Nahkampfwaffe herangereift. Myklebust lief an uns vorbei aus der Kirche.

»Danke, und sorry wegen der Tür«, sagte ich zum Mandel, während der versuchte, die Reste von Håvards Fackel mit dem Fuß auszutreten. Sein Gesicht war schwarz angemalt, er sah aus wie ein Kaminkehrer. Der Rauch nahm uns allmählich die Sicht, und ich sagte: »Lass uns abhauen.«

»Den können wir nicht hierlassen«, sagte der Mandel und zog an Håvards linkem Arm. Ich zog am rechten, und gemeinsam schleiften wir ihn aus der Kirche. Hinter uns kroch der Rauch her wie ein Waran. Wir schleppten Håvard bis zum Holztor. Noch war kein Feuer an der schuppigen Außenhaut der Kirche zu sehen.

»Wir müssen die Feuerwehr rufen«, sagte ich.

»Mein Akku ist leer«, sagte der Mandel.

»Und mein Telefon ist kaputt«, sagte ich.

»Nimm das Telefon von Håvard«, sagte der Mandel.

Ich entnahm das Telefon aus der Innentasche von Håvards Jacke.

»Was machen wir mit ihm?«, fragte ich.

»Lass ihn liegen. Hier draußen ist er sicher«, sagte der Mandel und stieg bereits über den Zaun. Ich folgte ihm, und sobald ich über den Zaun war, machte ich das Feuerzeug an. Ohne uns abzusprechen, rannten wir in die Dunkelheit hinein in den Wald. Bald war ich weit voraus, weil ich von Haus aus deutlich schneller bin als der Mandel. Das Feuerzeug ging aus, es war einmal mehr stockdunkel, ich verlor die Orientierung und blieb vorsichtshalber stehen. Der Mandel rannte mit vollem Schwung in mich hinein, und weil der Mandel trotz seiner geringen Körpergröße kein Leichtgewicht ist, riss er uns beide zu Boden, und wir lagen in dem schlammigen Waldboden ineinander verkeilt.

»Pass halt auf«, sagte ich.

»Mach halt das scheiß Feuerzeug an«, sagte der Mandel.

»Mach halt die Augen auf«, sagte ich.

»Ist doch sinnlos bei der Dunkelheit«, sagte der Mandel.

»Augen auf ist nie sinnlos«, sagte ich.

Umständlich richteten wir uns auf.

»Wo ist unser Auto?«, fragte ich den Mandel.

»Beim Hostel«, sagte er, und wir rannten nebeneinander weiter, was aber nur ging, wenn ich mir Zeit ließ. Ich holte Håvards Telefon aus der Hosentasche. Ich hatte keine Ahnung, wie die Nummer des Notrufs in Norwegen lautete. Der Mandel nahm mir das Telefon aus der Hand und tippte im Laufen darauf herum. Dann hielt er es an sein Ohr und sagte auf Englisch: »Die Fantoft-Kirche brennt. Schicken Sie die Feuerwehr.«

Dann drückte er mir das Telefon wieder in die Hand, und ich schaltete es sofort aus, nicht dass noch jemand von der Polizei zurückrief. Irgendwann fanden wir den Busparkplatz, und ab da gab es auch wieder eine Straßenbeleuchtung. Wir waren beide sterbensvoller Dreck, und der Mandel hatte auch noch das Kaminkehrergesicht, das er sich jetzt mit seinem weißen Hemd so gut es ging sauber wischte. Vom Busparkplatz aus rannten wir weiter zu dem Parkplatz vom Fantoft-Hostel. Der Mandel lief zielstrebig zwischen den parkenden Autos hindurch und sagte dann: »Scheiße.«

»Was denn?«

»Das Auto ist weg«, sagte der Mandel.

»Wieso weg?«

»Myklebust hat den Schlüssel.«

»Das ist unser Firmenwagen«, sagte ich.

»Wir nehmen ein Taxi in die Stadt und gehen in ein Hotel. Ich bin eh müde«, sagte der Mandel.

Auf dem Weg in die Stadt hörten wir schon die Sirenen, und nur wenig später kamen uns die Feuerwehrwagen entgegen. Wir blieben ehrfürchtig auf dem Bürgersteig stehen, bis sie vorbei waren. Ich hatte ein sehr schlechtes Gewissen wegen dem Brand. Dabei hätte sich eigentlich der Mandel schlecht fühlen sollen, immerhin hätte der ihn von Anfang an verhindern können.

»Du hast nicht zufällig eine Zigarette?«, fragte der Mandel.

»Ich rauch doch seit einem halben Jahr nicht mehr«, sagte ich.

»Stimmt«, sagte er.

Irgendwann erwischten wir ein Taxi. Es war schwarz.

»Hast du Geld dabei, weil ich hab kein Bargeld?«, fragte ich den Mandel.

»Fahren Sie uns in ein Hotel, das nicht zu teuer ist«, sagte ich auf Englisch zu dem Taxifahrer, der uns und seine Rückbank mit großer Sorge musterte, wegen dem Waldbodenschlamm, der an unserer Kleidung haftete.

»Wir sind hingefallen. Bei einer Nachtwanderung. Sie bekommen ein Trinkgeld«, sagte ich zu dem Taxifahrer, aber der räusperte sich nur. Er fuhr uns zu einem Hotel, das deutlich entfernt vom Zentrum lag, vermutlich wollte er uns einfach möglichst schnell loswerden, statt noch ein paar Kronen herauszuschinden. Das Hotel lag an einer breiten Kreuzung an einem dunklen Park und sah aus wie ein Schloss mit einem schlanken Turm in der Mitte und zahlreichen Zierzinnen auf dem Hauptgebäude. Ich war mir sicher, dass das nicht in die Kategorie *nicht zu teuer* fiel, hatte aber auch nicht mehr die Energie, mich darüber aufzuregen. Der Mandel bezahlte den Taxifahrer, der jetzt im besseren Licht mit großem Interesse die schwarzen Flecken auf dem Gesicht vom Mandel betrachtete.

Dann standen wir auf der menschenleeren Kreuzung vor dem Hotel. Der Mandel fragte, wo eigentlich seine Reisetasche sei. Als ob ich die mit zur Brandstiftung gebracht hätte.

»Sie ist noch bei Vilde. Die ist aber bei ihrer Mutter. Also können wir nicht in die Wohnung«, sagte ich.

»Hast du Vildes Nummer?«, fragte der Mandel.

»Ja, ich hab sie aufgeschrieben.«

»Sehr gut«, sagte der Mandel.

»Doch nicht gut«, sagte ich, weil mir etwas einfiel.

»Warum?«

»Sie steht auf der Rückseite von Aasens Visitenkarte, und die hab ich Skull gegeben«, sagte ich.

»Gut gemacht«, sagte der Mandel.

»Kann doch passieren«, sagte ich.

»Wie geht es Vilde?«, fragte der Mandel.

»Sie ist bei ihrer Mutter«, sagte ich.

»Das sagtest du bereits.«

»Es geht ihr nicht so gut«, sagte ich.

»Hm«, machte der Mandel, der Mitfühlende. Warum fragte er dann überhaupt? Warum interessierte es ihn überhaupt, wie es Vilde ging? Er hatte sich die letzten Tage ja nicht gerade vor Sehnsucht nach ihr verzehrt, nahm ich an.

»Gehen wir jetzt in das Hotel oder nicht?«, fragte ich.

Der Mandel sagte nichts, sondern ging einfach voran.

»Warte«, sagte ich.

»Was denn?«

»Der Taxifahrer wird sich vielleicht erinnern, dass er zwei verschlammte Menschen unmittelbar nach dem Zeitpunkt der Brandstiftung in ein Hotel gefahren hat. Und in dem Hotel müssen wir uns ausweisen, um ein Zimmer zu bekommen. Da hinterlassen wir eine mehr als deutliche Spur für die Polizei«, sagte ich.

»Hm«, sagte der Mandel und zog an einer seiner grauen Stirnsträhnen.

»Ich hab eine Idee«, sagte er dann und ging los.

»Warte«, sagte ich.

»Was ist denn jetzt schon wieder?«

»Du hast immer noch schwarze Schminke im Gesicht.«

»Dann wisch sie weg«, sagte der Mandel.

»Ich?«, fragte ich.

»Ja, oder siehst du hier irgendwo einen Spiegel?«

Ich hatte noch ein Taschentuch in der Hosentasche. Ich spuckte hinein und wischte dem Mandel das letzte Schwarz aus dem Gesicht.

»Pfui Teufel«, sagte der Mandel.

Die Frau am Empfang legte eine Hand an die Unterseite ihres Schreibtischs, als sie uns sah, als wären wir Bankräuber, und sie müsste jeden Moment den Alarm auslösen.

»Guten Abend«, sagte der Mandel. »Ich hoffe, wir erschrecken Sie nicht zu sehr durch unser Aussehen. Wir waren auf einer Nachtwanderung und haben das Wetter falsch eingeschätzt.« Der Mandel lächelte die Frau mit den dunkelblonden Haaren aufmunternd an, und sie nahm ihre Hand langsam unter dem Schreibtisch hervor. So eine dämliche Geschichte konnte auch nur der Mandel glaubwürdig rüberbringen. Das Wetter falsch eingeschätzt. In Norwegen. Natürlich.

»Wir hätten gerne ein Doppelzimmer für eine Nacht«, sagte der Mandel, und die Frau an der Rezeption musterte mich eindringlich, als ob ich hier der Einzige mit Schlamm am Hemd gewesen wäre.

»Gerne, eine Suite kostet 1142 Norwegische Kronen.«

»Was ist das in Euro?«, wollte ich wissen.

»Einen Moment«, sagte sie und tippte etwas in ihren Computer, der vor ihr stand.

»Ist doch jetzt egal«, sagte der Mandel.

»146 Euro«, sagte die Frau.

»Puh«, sagte ich, aber der Mandel hatte schon sein Portemonnaie in der Hand.

»Sie können das auch morgen bezahlen«, sagte die Frau. »Ich bräuchte nur einen Personalausweis.«

»Den habe ich leider in meiner Tasche vergessen, und die ist im Auto, und das Auto steht noch bei unseren Bekannten in Bryggen. Mein Name ist Karsten Urbaniak, COO für Artist and Talent Relations bei Global Music Europe. Hier ist meine Visitenkarte, Sie können gern dort anrufen, um das zu überprüfen. Ich kann Ihnen meinen Ausweis morgen Mittag zufaxen oder nachträglich vorbeibringen. Es tut mir leid, wenn ich Ihnen Umstände mache.«

Der Mandel gab ihr die Visitenkarte vom Urbaniak, und ich hätte mir am liebsten in die Hand gebissen vor Schadenfreude. Weil der Urbaniak ein Riesenidiot war, für diejenigen, die ihn nicht aus dem letzten Jahr kennen.

»Gut, Herr … Urbaniak. Das reicht fürs Erste. Sie bekommen Suite 11 im ersten Stock. Haben Sie Gepäck?«

»Das ist auch im Auto«, sagte ich.

»Verstehe«, sagte die Frau und sah dabei den Mandel fragend an.

»Entschuldigen Sie, das ist übrigens Herr Meier, mein Personal Assistant«, sagte der Mandel und nahm den Schlüssel entgegen. Es machte sicher keinen guten Eindruck, wenn der Chef mit seinem Sekretär ein Doppelzimmer nahm.

Die Suite Nummer 11 war die geräumigste Hotelunterkunft, die ich je betreten hatte, sie besaß sogar ein eigenes Wohnzimmer mit einer großen Couch. Die Möbel waren neoantik, und eine riesige Fensterfront ließ uns auf die nächtlich menschenleere Kreuzung am Park schauen. Nachdem wir abwechselnd geduscht hatten und in frischen weißen Bademänteln im Bett lagen, schaltete der Mandel den Fernseher ein. Wir sahen, wie gelbe Flammen aus dem unteren Pultdach der Stabkirche schlugen und die Feuerwehr versuchte, den Brand unter Kontrolle zu bekommen. Wir verstanden zwar nichts von dem Kommentar, aber wir schauten zu, wie die Polizei Håvard abführte und ein Polizist ihm die Hand vors immer noch geschminkte Gesicht hielt. Es war der nette Polizist von Raskes Insel.

»Hoffentlich sagt er nichts über uns«, sagte ich.

»Was soll er denn sagen, wir haben ja nichts gemacht. Im Gegenteil«, sagte der Mandel.

»Was meinst du mit *im Gegenteil*? Du hättest den Brand doch verhindern können, und du hast nichts in der Richtung unternommen«, sagte ich und sah den Mandel an, dessen Gesicht vom Fernseher beleuchtet wurde. Sonst war alles Licht im Raum gelöscht.

»Myklebust alleine hätte das nicht getan. Ihn hätte ich abhalten können. Erst als dieser Håvard dazukam, wurde es unübersichtlich. Und bevor ich eingreifen konnte, bist du ja hereingeplatzt«, sagte der Mandel, ohne den Blick vom Fernseher abzuwenden.

»Ach, jetzt bin ich also schuld?«

»Es war schon ein ungünstiger Zeitpunkt«, sagte der Mandel.

»Du spinnst total«, sagte ich.

»Jetzt reg dich nicht so auf, Sigi. Ist doch alles gut gegangen.«

»Eine Kirche brennt, und wir waren bei der Brandstiftung anwesend. Das ist alles andere als gut gegangen«, sagte ich und schlug vor lauter Wut die Doppelbettdecke zurück, sodass jetzt auch der Mandel nicht mehr zugedeckt war. Seine Beinbehaarung war verdächtig kurz.

»Rasierst du dir die Beine?«, fragte ich, aber der Mandel ignorierte die Frage.

»Woher wusstest du eigentlich, wo ich bin?«, fragte er.

»Raske hat's mir gesagt. Er war auch bei der Kirche«, sagte ich.

»Was hat er sonst noch gesagt?«, fragte der Mandel, der nicht im Geringsten darüber erstaunt oder gar besorgt schien, dass Raske über alles im Bilde war.

»Ich glaube, er wollte mir beweisen, dass du Utgang dabei hilfst, eine Kirche anzuzünden.«

»Was für ein Idiot«, sagte der Mandel.

»Und er hat mir erzählt, dass Aasen jemanden umgebracht hat. Damals in Stavanger.«

»Kann das sein?«, fragte der Mandel.

»Ich weiß es nicht. Ich weiß gar nichts mehr«, sagte ich. »Wir wollten dich übrigens ursprünglich in Fykse abholen, Aasen und ich.«

»Ah ja?«, sagte der Mandel.

»Aber auf der Brücke ist uns ein halb toter, geschminkter Mann vors Auto gelaufen. Sein Unterkiefer war schon halb abgefallen.«

»Das ist der Gitarrist von Utgang. Grimnir. Hat wohl vom Gesamtkonzept her nicht mehr ganz in die Band gepasst«, erklärte der Mandel fachmännisch, als würde er mir das Original-Line-up der Yardbirds erklären.

»Er sagte, er heißt irgendwas mit Demo«, sagte ich.

»Was habt ihr mit ihm gemacht?«, fragte der Mandel.

»Aasen hat ihn ins Krankenhaus gefahren. Wie geht's denn jetzt weiter?«

»Sei mir nicht bös, Sigi, aber ich bin müde. Wir reden morgen«, sagte der Mandel und schaltete den Fernseher aus, ohne mich zu fragen, ob ich gern weitergeschaut hätte. Der Mandel zog die Doppelbettdecke wieder hoch und schlief sofort ein. Ich lag noch ewig wach.

Der Mandel träumt von dem schwarzen Wasser, in das er immer tiefer hineinsinkt, und er spürt, wie seine Lunge sich öffnet und all das schwarze Salzwasser in ihn hineinlässt, das ihn vergiftet und sein Blut ausdünnt. Ich träume wieder diesen Traum, in dem ich in diesem Hotel in der Petersburger Straße bin. Aber dieses Mal ist es anders. Ich stehe wieder auf dem Dachboden, es ist staubig, und ein süßlicher Geruch liegt in der Luft. Ich wandere durch die riesigen Räume, und ich vermute, ich bin längst nicht mehr in dem Hotel, sondern bereits durch die Dachböden der anderen Häuser die Petersburger Straße hinuntergelaufen. Überall stehen die alten Möbel, hängen die alten Kleidungsstücke und stehen Kisten voller Antiquitäten. Ich habe die Streichhölzer aus der Hotelbar dabei, aber ich will nichts mehr anzünden, ich bin einfach nur müde. Das Alte, das Gestrige und die Bewahrungsmanie stören mich nicht mehr so sehr. Es hat schon auch etwas Tröstliches, wenn alles beim Alten bleibt, finde ich. Außerdem wird mir am Ende jemand auf die Schliche kommen. Irgendein Inspektor von der Versicherung wird eine DNA-Spur auf dem Dachboden finden und mich verhaften. Das will ich nicht. Ich gehe zurück durch die riesigen Räume, die Petersburger Straße wieder hoch zum Hotel, nehme die kleine Treppe ins oberste Stockwerk, dann den Aufzug nach unten und setze mich an die Bar, wo Maria mit einem Pisco Sour in der Hand sitzt. Den trinkt sie, seit sie mal ein halbes Jahr in Santiago de Chile gewesen ist. Sie sieht gar nicht so schlecht aus mit ihrem auberginefarbenen Kleid. Wo warst du, will sie von mir wissen. Ich wollte das Hotel anzünden, sage ich. Warum ich mir so einen Unsinn ausdenke, fragt sie. Ach, das hat keinen tieferen Sinn, sage ich, weil mir gerade kein tieferer Sinn einfällt. Maria bietet mir ihren Pisco Sour an, und obwohl ich ihn eigentlich nicht mag, trinke ich und fühle mich der Menschheit ein bisschen zugehöriger.

27: SVARTE SIRKEL

So dreist war dann noch nicht einmal der Mandel, dass er sich, ohne zu zahlen und unter falschem Namen, seelenruhig am Frühstücksbüfett für ein frisch gebackenes Croissant angestellt hätte. Wir standen um halb acht auf, zogen unser dreckiges, aber mittlerweile trockenes Zeug wieder an und verließen eilig das Hotel. Es herrschte genug Kundenverkehr, dass unser Abgang niemandem auffiel. Der Mandel winkte ein Taxi heran, das er bar bezahlte. Ich fragte mich, wie viel norwegisches Bargeld er eigentlich mit sich herumtrug. Bei Tageslicht kam mir das Haar vom Mandel plötzlich viel grauer vor als noch vor ein paar Tagen. Aber das konnte auch an dem merkwürdigen Licht hier in Bergen liegen.

»Jetzt kannst du dir vielleicht auch irgendwo ein Ladegerät für dein Telefon kaufen«, sagte ich.

»Es ist Sonntag«, sagte der Mandel.

»Schade, dann hat ja auch das Massakre zu. Und da ist die Visitenkarte mit der Nummer von Vilde. Und unsere Rechner. Unser Gepäck ist bei Vilde, unsere Computer bei Skull und unser Auto bei Utgang. Wir kommen hier verdammt noch mal nicht weg«, sagte ich.

»Wen kennen wir, der die Mobilnummer von Vilde hat?«.

»Den Zahnarzt«, fiel mir ein.

»Es tut uns furchtbar leid, was passiert ist«, sagte der Mandel, als Hagelin uns die Tür öffnete. Er war unrasiert, trug ein weißes Unterhemd und eine auberginefarbene Jogginghose.

»Was kann ich für euch tun?«, fragte der Zahnarzt, ohne uns hereinzubitten. Er sah aus, als hätte er sich selbst einen Zahn gezogen. Müde, schmerzverzerrt.

»Wir haben kein Mobiltelefon, und unser Gepäck ist in Vilde Hallbergs Wohnung. Wir wollten sie anrufen, aber wir haben noch nicht einmal ihre Nummer«, sagte ich.

»Nicht notwendig. Wir haben ... ich habe einen Ersatzschlüssel«, sagte der Zahnarzt tonlos und verschwand kurz.

Der Mandel tat ungefragt einen Schritt in die Wohnung hinein und schaute sich um. Als der Zahnarzt mit dem Schlüssel zurückkam, wich der Mandel wieder zurück.

»Der ist für oben und für unten. Lasst ihn in der Wohnung, ich brauche ihn nicht mehr«, sagte der Zahnarzt.

»Danke«, sagte der Mandel, der noch einen Fuß in der Tür hatte.

»Glauben Sie, es war Raske?«, fragte ich den Zahnarzt, bevor er die Tür schließen konnte. Er sah mich und den Mandel müde, aber gleichzeitig auch feindlich an.

»Wer zum Teufel sonst?«, sagte er und machte die Tür zu. In letzter Sekunde konnte der Mandel seinen Fuß wegziehen.

Die Strecke zu Vilde legten wir dann per pedes zurück, weil der Mandel darauf bestand, ein bisschen frische Luft zu schnappen. Das bedeutete natürlich gleichzeitig, im Dauerregen herumzulaufen, aber dafür spendierte der Mandel mir von seinen unerschöpflichen Norwegischen Kronen ein Croissant in einer Sonntagsbäckerei. Bei Vilde nahmen wir frische Kleidung aus den Reisetaschen und zogen uns um. Der Mandel hatte eine Jeans und ein kariertes Hemd dabei und sah damit ungewohnt leger aus, während ich eine beigefarbene Chinohose anzog, die mir Maria zum Geburtstag geschenkt hatte. Dazu ein schwarzes Hemd.

»Die Hose passt überhaupt nicht zu dir«, sagte der Mandel, als ob er keine anderen Sorgen gehabt hätte.

»Die ist von Maria«, sagte ich.

»Na dann«, sagte der Mandel.

»Jetzt brauchen wir nur noch unser Auto und unsere Computer, dann können wir heimfahren«, sagte ich.

»Das Auto steht wahrscheinlich in Fykse«, sagte der Mandel.

»Wie kommen wir dahin?«, fragte ich.

»Ruf doch deinen Aasen an«, sagte der Mandel.

»Die Nummer ist auch im Massakre«, sagte ich.

»Dann müssen wir uns eben ein Auto mieten.«

»Warte mal«, sagte ich und holte den Laptop von Vilde aus ihrem Zimmer. Er zeigte den Ordner von Håvard an, was bedeutete, dass sein Computer immer noch lief.

Ich durchsuchte Vildes Adressbuch und fand die Mobilnummer von Aasen.

»Hallo?«, sagte Aasen.

»Ich bin's. Bist du zu Hause?«

»Wer ist ich?«, fragte Aasen.

»Sigi«, sagte ich.

»Ach so. Ja, ich bin zu Hause. Und sorry wegen gestern Nacht. Ich hab die Feuerwehr gehört, da bin ich lieber nicht mehr zurückgefahren.«

»Schon gut«, sagte ich. »Wir müssten noch mal nach Fykse, weil der Utgang-Mensch mit unserem Auto abgehauen ist. Kannst du uns eventuell hinfahren oder uns ein Auto leihen?«

»Ich weiß nicht. Wann denn?« Aasen klang, als hätte er die Nacht durchgesoffen.

»Jetzt gleich. Wir sind in Vildes Wohnung, und jeden Moment kann die Polizei kommen«, sagte ich.

»Warum die Polizei?«, fragte Aasen.

»Wegen Vildes Mitbewohner. Er hat die Kirche angezündet. Bitte, Gunarr, es ist wirklich dringend.«

»In einer halben Stunde bin ich da.« Aasen legte auf.

Während ich telefonierte, war der Mandel in den Flur gegangen und stand jetzt vor Håvards Zimmer. Ich setzte mich auf die Couch und schaltete den Fernseher ein.

»Haha«, sagte der Mandel.

»Was denn?«, fragte ich.

»*Nice videos, asshole*«, las der Mandel vor. »Sieht nach deiner Schrift aus.«

»Kann sein«, sagte ich.

»Was für Videos?«, fragte der Mandel.

»Schau doch in seinen Computer rein«, sagte ich, denn warum sollte ich den Mandel verschonen? Ich hatte das ja auch durchmachen müssen.

»Mach ich glatt«, sagte der Mandel und verschwand jetzt ganz in Håvards Zimmer.

Ich hörte ihn auf der Maus herumklicken. Nach fünf Minuten stand er lächelnd vor mir.

»Was ist so lustig?«, fragte ich.

»Ich hab die Videos gefunden«, sagte der Mandel.

»Übel, oder?«

»Der traut sich was«, sagte der Mandel.

»Trauen?«

»Einfach so bei Tageslicht«, sagte der Mandel.

»Na ja, ich fürchte, das war abgesprochen«, sagte ich.

»Klar war das abgesprochen. Raske wusste ganz sicher Bescheid. Das war ein Initiationsritual für den Svarte Sirkel«, sagte der Mandel.

»Meinst du? Das ist ja entsetzlich«, sagte ich und konnte kaum glauben, wie analytisch der Mandel an das Thema heranging. Immerhin war es noch nicht lange her, da lag er mit Vilde in demselben Bett, in dem diese mit Håvard ihren kleinen Sado-Porno gedreht hatte.

»Ach was, es ist ja nichts passiert«, sagte der Mandel.

»Aber es ist doch unfassbar widerwärtig. Wie kannst du da so ruhig bleiben?«, fragte ich, weil es mir unbegreiflich war angesichts einer so niederschmetternden Enthüllung.

»Weil mir dein Aasen scheißegal ist. Und außerdem ist ihm ja nichts passiert«, sagte der Mandel, und jetzt musste ich kurz nachdenken, worüber wir eigentlich redeten.

»Worüber reden wir eigentlich?«, fragte ich.

»Über die Videos«, sagte der Mandel.

»Welche Videos?«

»Die, in denen Håvard gefilmt hat, wie er die Molotows in die Villa von Aasen schmeißt. Welche Videos meinst du denn?«, sah mich der Mandel fragend an.

»Nein, nein, dann meinen wir schon dieselben«, sagte ich und muss wohl komisch dabei ausgesehen haben.

»Alles gut, Sigi?«, fragte der Mandel.

»Alles super«, sagte ich und war dann plötzlich doch froh, dass das Thema nicht mehr auf den Tisch kam.

»Ich bin übrigens Max Mandel«, sagte der Mandel im Auto zu Gunarr Aasen.

»Wir wissen, wer dein Haus anzünden wollte«, sagte ich.

»Und wer?«, fragte Aasen, der heute ein graues Jackett und ein weißes T-Shirt mit weitem V-Ausschnitt trug. Dazu eine enge Hose und unrasiert, sodass er ein bisschen wie Vincent Gallo aussah. Sein Männerparfüm konnte seine Kümmelfahne nicht übertünchen.

»Der Mitbewohner von Vilde. Den sie auch wegen dem Fantoft-Brand geschnappt haben.«

»Dieses Arschloch«, sagte Aasen und fuhr los. Er war Gott sei Dank mit seinem Jeep gekommen. Ich hätte ungern auf dem Notsitz von dem Porsche gesessen, wo bis vor Kurzem noch der Untote vor sich hin verwest war. Der Mandel saß eh grundsätzlich vorne.

»Hast du den Typen gestern noch ins Krankenhaus gebracht?«, fragte ich Aasen.

»Nein, ich hab ihn ins Meer geworfen«, sagte Aasen, und da lief es mir schon kalt über den Rücken. Aasen hielt an einer roten Ampel, als sein Telefon klingelte. Er hatte dafür extra eine Halterung unter dem Fach für das Autoradio angebracht.

»Aasen, hallo?«

»Für dich«, sagte er und reichte mir das Telefon.

»Singer«, sagte ich.

»Hier ist Skull. Raske hat mich angerufen. Er kommt zusammen mit eurem Auto und Myklebust in einer halben Stunde zum Massakre. Dort könnt ihr den Wagen abholen, und Raske will noch mal mit euch sprechen. Und Aasen soll auch mitkommen, sonst kriegt ihr das Auto nicht zurück«, sagte Skull und legte auf.

»Was ist los?«, fragte der Mandel.

»Das war Skull. Wir sollen uns alle im Massakre treffen«, sagte ich.

»Wer ist alle?«, fragte Aasen.

»Es ist grün«, sagte der Mandel, und das Auto hinter uns hupte.

»Alle sind alle. Er will dich auch sehen«, sagte ich zu Aasen.

»Wer will mich sehen?«, fragte Aasen.

»Raske. Er kommt mit Myklebust«, sagte ich.

»Ich will *ihn* aber nicht sehen«, sagte Aasen. »Ich setz euch da ab.«

»Er sagt, wir kriegen das Auto nicht zurück, wenn du nicht mitkommst«, sagte ich.

»Das ist nicht mein Problem. Das sind lauter Wahnsinnige, ich will nichts mit denen zu tun haben«, sagte Aasen.

»Es wird wirklich langsam Zeit, dass sich alle mal unterhalten«, sagte der Mandel mit einer ganz untypischen und bedrohlichen Bestimmtheit, und erstaunlicherweise kam keine Widerrede mehr von Aasen.

»Na gut, ein allerletztes Mal«, sagte er.

»Wir bräuchten aber eine Waffe oder so etwas, falls der Raske durchdreht«, sagte ich.

»Jetzt übertreib nicht gleich«, sagte der Mandel.

»Ich habe eine Pistole dabei«, sagte Aasen.

»Echt? Wieso?«, fragte ich.

»Wieso nicht?«, sagte Aasen.

»Zeig mal«, sagte ich.

Aasen öffnete das Handschuhfach und reichte mir die Pistole nach hinten. Ich hielt sie in den Händen und konnte eine gewisse kindliche Begeisterung nicht ganz verhindern. Sie war schwarz und weder besonders groß noch besonders schwer.

»Was ist das für eine Marke?«, fragte ich.

»Eine Glock G19«, sagte Aasen, als müsste man die kennen.

»Wie viele Kugeln passen da rein?«, fragte ich.

»Fünfzehn«, sagte Aasen.

»Aha«, sagte ich, weil es mir wenig vorkam. Das klang nach Wildem Westen. Ich hätte gedacht, aufgrund des technischen Fortschritts würden da mittlerweile mindestens fünfundzwanzig Kugeln hineinpassen.

»Was für ein Kaliber?«, fragte ich, ohne eine genaue Vorstellung davon zu haben, welches Kaliber man überhaupt benutzte oder wie sich die Unterschiede in der Praxis auswirkten.

»Neun Millimeter«, sagte Aasen.

»Okay«, sagte ich.

Aasen parkte den Wagen direkt vor der Tür vom Massakre im Halteverbot und steckte die Glock in den hinteren Hosenbund, sodass sein T-Shirt darüberfiel. Dann stieg er aus. Ich klopfte an die Tür vom Massakre, und Skull öffnete. Er hatte die Haare zu einem Pferdeschwanz zusammengebunden und trug ein weißes Hemd mit einer Lederweste darüber. Für seine Verhältnisse sah er festlich aus.

»Hallo«, sagte ich.

»Ja, ja«, sagte Skull und starrte den Mandel und Aasen an, die nach mir das Massakre betraten. Das Zimmer mit dem Pentagramm war offen, und Skull hatte irgendwoher noch ein paar Stühle besorgt, die um den Holztisch herumstanden, auf dem immer noch unsere Laptops lagen. Der Bodenscheinwerfer war offenbar schon eine Weile an, denn man spürte sofort die Hitze, die von ihm ausging. Skull hatte die Pappkartons jetzt ordentlich an einer Wand entlang aufeinandergestapelt. Der Mandel setzte sich auf den Stuhl neben dem Scheinwerfer. Vermutlich war ihm kalt.

»Hier war ich schon lange nicht mehr«, sagte Aasen und sah sich in dem Raum um.

»Machst du Kaffee?«, fragte ich Skull, weil ich mittlerweile kaffeesüchtig geworden war.

»Nein«, sagte Skull und ging wieder nach vorne.

Aasen saß mir gegenüber und streckte seine viel zu langen Beine zur Seite weg, damit sie unter dem Tisch nicht meine berührten. Er trommelte mit den Fingern auf der Tischkante.

Ich musste an die Pistole in seinem Hosenbund und an Stavanger denken. Wir hörten es dann schon an den Stimmen, dass Raske und Myklebust eingetroffen waren, und eine halbe Minute später betraten sie den Raum und setzten sich zu uns an den Tisch. Skull kam ihnen hinterher und lehnte sich mit verschränkten Armen an die Wand neben der Stahltür.

»Hallo zusammen«, sagte Raske aufmunternd, als würde er ein Führungsseminar eröffnen. Nur Kaffee, Schnittchen und Gratis-Kugelschreiber fehlten. Der Mandel musterte Myklebust eindringlich, so als würde er das erste Mal nach der Trennung einer Ex-Freundin begegnen. Die wieder mit ihrem alten Freund zusammen war.

»Eigentlich hätte der Kollege Kaos heute auch hier sein sollen, aber es hat sich anders ergeben«, sagte Raske und lachte. Ich hatte zu diesem Zeitpunkt keine Ahnung, wer Kaos nun schon wieder war, und fragte mich einmal mehr, warum sich die Menschen hier nicht mit ihren echten Namen begnügen konnten. Ich nannte mich ja auch nicht Sigfried »Thanatos« Singer.

»Sigi, du musst dir nichts vorwerfen. Niemand hat ihn gezwungen, am Feuerwerk teilzunehmen«, wandte sich Raske an mich.

Ach, er meinte Håvard. Und nett von ihm, dass er mir gleich die Absolution erteilte, aber niedergeschlagen hatte ihn der Mandel.

»Grundsätzlich wollten wir einfach nur Danke für eure Recherchen sagen und das Auto vorbeibringen«, sagte Raske und sah Myklebust an. Der nickte zustimmend. Der Claqueur.

»Es tut mir leid, dass wir euch mit Baalberith ein wenig hinters Licht geführt haben. Wir wussten überhaupt nicht, wo er ist. Aber niemand hat Herrn Mandel dazu gezwungen, bei Utgang zu bleiben, und das Spiel hatte doch durchaus seinen

Reiz«, sagte Raske und schaute mich an, als hätten wir die letzte Woche einen Riesenspaß gehabt.

Ich schaute zum Mandel, aber der schaute auf den Boden.

»Ich denke, ihr werdet euch nicht unbedingt der Polizei stellen wollen und erklären, was ihr letzte Nacht bei der Fantoft-Kirche gemacht habt, also gehe ich davon aus, dass ihr nach wie vor einen schönen Artikel über uns schreibt«, sagte Raske.

Ich sagte nichts, und der Mandel schaute weiter auf den Boden.

»Eines möchte ich aber doch klarstellen: Ich habe Cristian Hallberg nicht umgebracht, falls ihr das immer noch denkt. Aber dafür kann ich euch sagen, wer es getan hat«, strahlte Raske.

Und das war er jetzt also, dieser Miss-Marple-Moment, wo alle Verdächtigen in einem Raum versammelt waren und der Detektiv den Täter identifizierte. Nur dass der Detektiv beziehungsweise die Detektive nicht die geringste Ahnung hatten. Ich sah den Mandel an, weil ich wissen wollte, wie er das alles fand, aber er starrte auf den Boden, als hätte er etwas fallen lassen.

»Und wer war es?«, fragte Aasen betont gelangweilt, so als würde Raske gleich die Wettervorhersage für morgen ausgeben. Regen. Große Überraschung.

»Gut, dass ausgerechnet du fragst, Ujak«, sagte Raske.

»Nenn mich nicht so, du Wichser«, sagte Aasen und spielte eine hektische Rhythmusfigur mit den Fingern auf dem Tisch. In der Fachsprache *Paradiddles* genannt. Muss man sich nicht merken.

»Entschuldigung, Gunarr. Schön, dass du fragst, Gunarr. Schön, dass ausgerechnet du fragst, Gunarr.«

»Was willst du von mir?«, fragte Aasen und fasste sich zornig an seine krumme Nase.

»Du bist der Killer«, sagte Raske und lächelte.

»Du bist doch nicht ganz dicht. Wieso sollte ich ihn umbringen?«

»Stavanger«, lächelte Raske weiter.

»Dir reiß ich gleich deinen hohlen Schädel ab«, sagte Aasen, und seine bisherige Bassstimme morphte in den unangenehmen Bereich oberer Mitten, wenn man sich das auf einem Equalizer vorstellt.

»Was immer er dir über Stavanger erzählt, es ist eine Lüge«, sagte Aasen jetzt zu mir.

Skull musste husten und zupfte am Kragen seines weißen Hemdes. Ich hatte ihn schon fast vergessen, aber jetzt stand er genau hinter Raske. Im Gegenlicht des Scheinwerfers sah man seine kleinen rotbraunen Augen ganz hinten in den riesigen Augenhöhlen.

»Mit Baalberith ist auch die Wahrheit über Stavanger gestorben. Denn wer glaubt schon mir, dem Antichrist?«, sagte Raske.

»Das ist eine beschissene Lüge, Aksel. Du weißt ganz genau, was damals passiert ist. Du weißt, wer zuerst zugestochen hat. Und warum sollte ich Baalberith nach all den Jahren ausgerechnet jetzt umbringen? Warum nicht dich?«, sagte Aasen und legte ein wildes Fingerschlagzeugsolo auf die Tischkante.

»Weil du wieder mit Vilde anbandeln wolltest und Cristian dir gedroht hat. Er hat deine Mails an Vilde gelesen und wollte ihr die Wahrheit über Stavanger erzählen, wenn du sie nicht in Ruhe lässt. Du wusstest von der Kreuzigung und dass der Verdacht auf Utgang fallen würde und damit auch auf mich. Aber zur Sicherheit hast du die Leiche dann gleich noch in Mundheimsvegen entsorgt. Das ist gar nicht so dumm gewesen, Gunarr.«

»Bullshit. Du hast Cristian umgebracht«, sagte Aasen. »Du hast ihn wegen dieser Spitzelgeschichte jahrelang erpresst, und als er erneut zur Polizei gehen wollte, hast du ihn umgebracht.«

Interessant, dass auch Aasen wusste, dass Baalberith Raske damals verpfiffen hatte, dachte ich. So ein großes Geheimnis konnte das dann doch nicht gewesen sein. Oder Vilde war nicht so diskret, wie sie tat. Alles ein Klüngel.

»Warum hätte er denn zur Polizei gehen sollen?«, fragte Raske.

»Wegen deinen Experimenten mit Utgang, weil du diese naiven Burschen manipulierst, damit sie die Drecksarbeit erledigen. Weil Cristian von euren Plänen wusste. Die Stabkirche war doch sicher nur der Anfang. Und du hast ihn gedemütigt. Dass er sich für das Cover dieser Provinzband ans Kreuz nageln lassen musste, das war zu viel. Du hast es übertrieben.«

»Diese Provinzband, für die du ein Video drehen wolltest«, sagte Raske und sah aus, als hätte er lange und gut geschlafen und ausgezeichnet gefrühstückt.

Ich schaute neben mir den Mandel an, weil es mich interessierte, wie er auf die gegenseitigen Beschuldigungen der zwei Død-Männer reagierte. Doch er reagierte gar nicht. Er saß nur stumm da und schaute neben sich auf den Boden.

»Einen Scheißdreck wollte ich. Ich kenn doch diese Arschlöcher überhaupt nicht«, sagte Aasen und sah jetzt mich an, als könnte ich ihn von den ganzen Vorwürfen freisprechen. Ich zuckte mit den Schultern.

»Du wusstest ganz genau, wen du da gestern im Auto mitgenommen hast«, sagte Myklebust.

»Hä?«, mischte ich mich ein.

»Wir haben uns schon vor ein paar Wochen mit Aasen wegen einem möglichen Video getroffen«, sagte Myklebust. »Als ihr Grimnir gestern Nacht von der Straße gekratzt habt, wusste Aasen genau, wer das ist. Er hat ihn nicht im Krankenhaus abgeliefert, sondern einfach vors Garage gelegt. Seine Mutter hat mich angerufen.«

»Ich weiß doch nicht mehr, wie euer blöder Gitarrist aussieht. Und wie hätte ich seinen halb toten Zustand denn dem Arzt erklären sollen? Und mein Verhältnis zu ihm?«, sagte Aasen und sah jetzt noch blasser aus, was angesichts seiner weißen Grundfarbe eigentlich unmöglich war. Er wagte einen vorsichtigen Blick zu mir, aber ich tat so, als hätte ich es nicht bemerkt. Der Mandel starrte weiterhin auf den Boden, und langsam glaubte ich, dass er verrückt geworden war.

»Können wir vielleicht unseren Autoschlüssel haben, weil wir würden dann gerne fahren?«, fragte ich, der eigentlich gar nicht mehr wissen wollte, wer der Mörder von Baalberith war oder wer was in Stavanger getan hatte. Es schien mir gesünder, sich aus den internen Angelegenheiten des Svarte Sirkel herauszuhalten.

Myklebust verstand mich offensichtlich und hatte unseren Autoschlüssel schon aus der Innentasche seiner Jacke geholt, aber Raske legte ihm die Hand auf die Schulter.

»Einen Moment noch, Anders.«

»Sag du doch auch mal, dass wir jetzt fahren wollen«, flüsterte ich dem Mandel zu, der bis eben mit dem Fingernagel in den Ritzen der Steinfliesen herumgekratzt hatte. Jetzt klappte er mitten im größten Anschuldigungs-Tohuwabohu seinen Computer auf.

Myklebust hielt den Autoschlüssel in der Hand, aber Raske hatte immer noch die Hand auf seiner Schulter.

»Es wird unsere deutschen Freunde interessieren, dass Gunarr letzte Woche Cristian angerufen und ihm ein klärendes Gespräch vorgeschlagen hat. Bei mir auf der Insel. Um sich endlich aller Altlasten zu entledigen. Um alles zu besprechen: Stavanger, Fantoft, Vilde. Das Gespräch war in der Nacht nach dem Dark-Reich-Konzert geplant, das hat mir Gunarr so in einer E-Mail geschrieben. Er wollte mit Cristian nach dem Konzert nach Mundheimsvegen fahren, aber sie sind nie bei mir angekommen.«

»Er hat sich nicht bei mir gemeldet. Er sagte, er ruft an, wenn das Konzert zu Ende ist, damit ich ihn abhole, aber er hat nicht angerufen. In der Nacht saß ich im Keller und habe an einem Video gearbeitet und auf seinen Anruf gewartet«, sagte Aasen.

»Schon gut, Gunarr«, sagte Raske, nahm seine Hand von Myklebusts Schulter und legte sie auf die Hand von Aasen. Er unterband damit dessen Paradiddles.

»Jetzt reicht's«, sagte Aasen, schlug die Hand von Raske weg und holte zu meinem Entsetzen die Glock aus dem Hosenbund. Er presste sie von unten gegen Raskes Nasenlöcher, sodass es die gesamte Nase ein Stückchen nach oben schob.

»Du intrigantes Schwein. Du tust es schon wieder. Du hast die Stadt kaputtgemacht, auf Jahrzehnte hast du die Stadt kaputtgemacht mit deinen Intrigen. Und jetzt, wo sich gerade alles einigermaßen beruhigt hat, fängst du wieder an. Weil du es nicht ertragen kannst, dass man dich vergisst. Weil du es nicht ertragen kannst, dass man die Scheiße vergisst, die du angerichtet hast. Deshalb muss sich alles immer wiederholen. Die Geschichte muss sich die ganze verdammte Zeit wiederholen. Nur damit man dich Arschloch nicht vergisst. Ich habe die Schnauze so unglaublich voll von dir. Ich sollte dir dein krankes Hirn hier und jetzt aus dem Schädel schießen. Dann ist diese Stadt ihre größte Plage los.«

Obwohl die Nase von Raske jetzt schon mindestens drei Zentimeter höher als vorher war, blieben seine Augen ruhig.

Wie ein klarer kalter Gebirgssee nach einem Regenschauer, wenn gerade wieder die Sonne rauskommt. Klar und glatt, keine Unruhe an der Oberfläche. Kein Blinzeln, kein Pupillensprung, nicht die geringste Unruhe.

»Jetzt beruhigt euch doch wieder, ich will hier kein beschissenes Blutbad«, sagte Skull.

»Dann heißt der Laden wenigstens zu Recht Massakre«, sagte Aasen, und mir hatte der auch schon auf der Zunge gelegen.

»Verdammte Scheiße, Aasen, jetzt leg die Pistole weg«, sagte Skull. »Es muss doch irgendwann aufhören.«

It's gotta end someday.

»Ihr kotzt mich alle an«, sagte Aasen, und ich hoffte, dass dies nicht sein Fazit war, bevor er uns alle umbrachte.

»Reiß dich zusammen, du Idiot«, sagte Skull.

»Bitte, Gunarr, mir zuliebe«, sagte ich, und es war mir, als hätte der Mandel dabei leise abfällig gelacht, aber als ich zu ihm hinsah, saß er vor seinem offenen Laptop und schaute auf das Pentagramm an der Wand.

»Leckt mich doch alle am Arsch.« Aasen redete einfach weiter. »Ihr seid doch die größten Feiglinge. Alle wie ihr da sitzt, seid ihr unfähig, euch zu entwickeln! Ihr seid überflüssig geworden. Black Metal ist überflüssig geworden. Euch und eure scheiß Musik vermisst doch keiner.«

»Gunarr, bitte nicht«, sagte ich, weil ich jetzt Angst hatte.

»Leckt mich doch alle am Arsch«, sagte Aasen und zog die Glock aus Raskes Nase, um sie zu entsichern.

You can all go'n fuck yourself.

»Grüß Odin, falls du ihn triffst«, sagte Aasen. Er trat ein paar Schritte zurück und zielte auf Raske. Und dann war er da, der Schuss. Er klang, als würde man mit einem Riesenhammer auf einen Haufen Blech hauen. Ich hatte instinktiv den

Kopf einzogen und die Augen geschlossen. Als ich sie wieder aufmachte, saß Raske leblos auf seinem Stuhl. Aasen steckte die Pistole in den Bund seiner Hose und verließ das Pentagramm-Zimmer. Mindestens eine Minute lang sagte niemand ein Wort. Ein leicht bitterer Geruch lag in der Luft. Myklebust bewegte ganz langsam den Autoschlüssel zwischen seinen Fingern hin und her. Raske starrte jenseitig lächelnd durch uns alle hindurch. Skull stand mit hängenden Armen hinter Raske und atmete schwer. Dazwischen hörte man das vereinzelte Klicken der Maus vom Mandel. Er starrte abwechselnd auf seinen Laptop und dann wieder an die Wand, so als hätte er den Schuss gar nicht wahrgenommen. Raskes jenseitiges Lächeln verhärtete sich. Dann stand er auf und schüttelte sich, als er hätte er etwas Unappetitliches erlebt.

»Hast Glück gehabt, dass er dich nicht getroffen hat, so ungünstig, wie du stehst«, sagte er zu Skull.

Auch Myklebust war jetzt aufgestanden und legte dem Mandel den Autoschlüssel auf den Tisch. Der Mandel schaute kurz vom Computer auf, und Myklebust lächelte ihn an. Der Mandel nickte väterlich.

»Ich freu mich auf euren Artikel«, sagte Raske, dem man nicht anmerkte, dass gerade jemand ein 9mm-Geschoss haarscharf neben ihm in die Wand gefeuert hatte.

»Deinen Artikel kannst du dir in den Arsch schieben«, sagte ich, und Raske musste lachen. Der Mandel klappte den Computer zu.

Skull, der die ganze Zeit gestanden hatte, ließ sich auf einen Stuhl fallen, streckte die Beine aus und rülpste. Es war der Rülpser der Erleichterung, nicht umgenietet worden zu sein.

»Gute Reise«, sagte Raske, und Myklebust hob zum Abschied die Hand, als die beiden den Raum verließen. Man hörte noch, wie vorne im Eingangsbereich die Tür zufiel.

»Alles Idioten«, sagte Skull und zündete sich eine Zigarette an. Der Mandel, der seit einer Viertelstunde nichts mehr gesagt hatte, gab ihm mit einer Geste zu verstehen, dass er auch eine wollte. Skull warf ihm die Packung Marlboro Light zu, aus der sich der Mandel sofort eine Zigarette anzündete. Fast noch im Fangen.

»Wollen wir los?«, fragte ich den Mandel.

»Wohin fahrt ihr?«, fragte Skull.

»Nach Hause«, sagte ich.

»Verstehe. Gute Fahrt. Und wegen unserem Streit neulich: Ich hatte nur eine scheiß Laune. Nimm's mir nicht übel. Ich steh unter Stress zurzeit.«

»Schon gut, nix passiert«, sagte ich. Trotz der Versöhnung war ich froh, den Totenschädelmann nie mehr wiedersehen zu müssen. Der Mandel saß da und rauchte.

»Kommst du?«, fragte ich ihn und fing an, meinen Laptop abzubauen.

»Ist der Boden neu gemacht oder nur gebleicht?«, fragte der Mandel.

»Wie kommst du darauf?«, fragte Skull.

»Sieht so sauber aus. Da, die Ritzen zwischen den Steinplatten sind vollkommen weiß.«

»Was meinst du damit?«, fragte Skull.

»Da, direkt neben dem Scheinwerfer kann man es sehen. Ich bin kein Experte, aber es riecht auch ein bisschen nach Chlor.«

Jetzt fiel es mir auch auf.

»Hab nur ein bisschen geputzt, sonst nichts«, sagte Skull.

»Wann hast du geputzt?«, fragte der Mandel.

»Keine Ahnung, irgendwann letzte Woche oder so.«

»Und warum?«, fragte der Mandel.

»Irgendwann muss man ja mal sauber machen.«

»Ich will jetzt nach Hause«, sagte ich.

»Du wolltest die Spuren von der Aftershow-Party beseitigen«, sagte der Mandel zu Skull, und das war ganz offensichtlich keine Frage.

»Was für eine Aftershow-Party?«, fragte ich dafür.

»Hast du nicht Anfang der Woche gesagt, es wäre seit Jahren keiner mehr hier gewesen?«, fragte der Mandel unbeirrt weiter.

»Hab ich das?«, sagte Skull.

»Wovon redet ihr eigentlich?«, fragte ich. »Was für eine Aftershow-Party?«

»Die nach dem Konzert. Die, auf der auch Cristian Hallberg war«, sagte der Mandel.

»Woher weißt du von einer Aftershow-Party?«, fragte ich.

»Vielleicht ist Party auch nicht der richtige Ausdruck. Auf jeden Fall waren ein paar Leute hier, darunter auch Baalberith. Mir ist es schon aufgefallen, als ich das erste Mal hier war. Da stand noch ein Aschenbecher auf dem Tisch, in dem jede Menge Zigaretten lagen. Und es hat noch nach Rauch gerochen, als wir das erste Mal unsere Rechner aufgestellt haben. Und der Boden war auch nicht so sauber«, sagte der Mandel.

»Das waren meine Zigaretten. Ich gehe hier manchmal zum Rauchen rein«, sagte Skull.

»Das waren mindestens drei verschiedene Marken«, sagte der Mandel.

»Ich rauch alles Mögliche«, sagte Skull, und seine Augen waren jetzt ganz nach vorne gekommen und rollten zwischen dem Mandel und mir hin und her wie ein Bewegungssensor.

»Du meinst, du rauchst neben den Marlboro Lights zur Abwechslung auch mal was Stärkeres?«, fragte der Mandel.

»Kann schon sein«, sagte Skull und rieb sich die Hände.

»Eine HB zum Beispiel?«, fragte der Mandel.

»Was weiß ich«, sagte Skull.

»Eigentlich hatte ich es schon fast wieder vergessen, aber in dem Aschenbecher lagen auch ein paar HB-Zigaretten, und das ist schon eine Seltenheit, denn wer raucht heutzutage HB, noch dazu in Norwegen? Gibt es die hier überhaupt zu kaufen? Dann bin ich neulich erneut auf eine HB-Schachtel gestoßen, als ich im Gasthof der Myklebusts nach Zigaretten gefragt habe und man mir eine liegen gebliebene Schachtel HB anbot. Und es ist ja noch nicht so lange her, dass Baalberith in Fykse gewesen ist, angeblich für das Fotoshooting. Aber der Zusammenhang ist mir erst aufgefallen, als wir eben bei Tomas Hagelin waren und ich gesehen habe, was mir schon bei meinem ersten Besuch hätte auffallen sollen: die leeren HB-Schachteln. Und jetzt verstehe ich auch, warum man HB raucht, obwohl man die Zigaretten vermutlich aus Deutschland importieren muss«, sagte der Mandel und aschte seine Marlboro Light in dem Aschenbecher ab. Er wirkte sehr entspannt. Langsam wurde er mir unheimlich.

»HB. Wie Hall und Berg. Hallberg«, sagte ich, weil ich es jetzt auch verstand.

»Er war neulich mal auf eine Zigarette hier. Das war aber schon vorletzte Woche«, sagte Skull.

»Das stimmt nicht«, sagte ich jetzt. »Balrog hat gesagt, du hättest Cristian nach Jahren das erste Mal wieder auf dem Dark-Reich-Konzert gesehen.«

»Das ist doch alles Bullshit. Ich will, dass ihr geht. Ihr habt hier schon genug Unheil angerichtet. Verpisst euch in euer scheiß Deutschland«, sagte Skull.

Fuck off to fuckin' Germany.

An dem von uns angerichteten Unheil war wahrscheinlich sogar etwas dran, und eigentlich wollte ich nichts lieber, als nach Hause zu fahren, aber jetzt hatte mich der Mandel am Ende doch noch ein wenig neugierig gemacht.

»Lass unseren Poirot ruhig mal ausreden«, sagte ich zu Skull.

»Wen?«, fragte Skull.

»Vergiss es«, sagte ich.

»Es ist doch so, dass Cristian Hallberg nach dem Konzert noch im Massakre war, zumal Myklebust mir erzählt hat, er hätte nach dem Konzert einen mit euch getrunken«, sagte der Mandel.

»Raus jetzt, oder ich prügel euch verfickt noch mal raus!«

Diese Angewohnheit mit den vielen Schimpfwörtern war auf die Dauer nervenaufreibend. So redete doch sonst nur Lars Ulrich.

»Na gut, dann komm ich jetzt zum Punkt«, sagte der Mandel und lächelte genauso führungsseminarmäßig wie Raske vorher.

»Nach dem Dark-Reich-Konzert warst du mit Cristian Hallberg und Utgang noch hier in dem Pentagramm-Zimmer. Und hier habt ihr ihn auch umgebracht.«

»Und ich wette, wenn man hier einen Polizeitechniker reinholt, dann findet der im UV-Licht Spuren von Blut. Baalberiths Blut«, sagte ich dramatisch, um der Theorie vom Mandel Nachdruck zu verleihen, ohne bereits ganz davon überzeugt zu sein. Aber UV-Licht wirkt immer. Überhaupt der technische Fortschritt. Der schüchtert die Leute ein.

»Ihr könnt diesen beschissenen Scheißdreck nicht beweisen, und ihr holt ganz sicher nicht die verdammte Polizei, sonst müsstet ihr denen auch erklären, was ihr gestern Nacht bei der brennenden Kirche gemacht habt«, sagte Skull, und unter seinem weißen Hemd zeichneten sich tellergroße gelbe Schweißflecken ab.

»Das Kreuzigungsfoto ist echt«, sagte der Mandel. »Es ist nur nicht in Fykse entstanden, sondern hier. Der Hintergrund ist zwar unscharf, aber da ist ganz am Rand von dem Foto ein Farbverlauf zu sehen, den ich in der Höhle von Utgang nicht wiedererkannt habe. Es ist der obere linke Zipfel von dem Pentagramm hier. Die Kreuzigung war echt, und sie hat hier stattgefunden, nicht in Fykse.«

Der Mandel zeigte mit dem Finger auf das Pentagramm an der Wand.

»Genau hier habt ihr Cristian Hallberg ans Kreuz geschlagen.«

Skull atmete tief ein. Als wollte er es jetzt einfach über sich ergehen lassen, bis es vorbei war, das investigative Gewitter. Aber der Mandel kam erst richtig in Fahrt.

»Für Utgang war es die beste Chance, sich einen Namen zu machen, und sie konnten eine Grenze überschreiten, die andere Bands nie überschreiten würden. Aber was war dein Motiv? Cristian war doch mal dein Freund, oder?«, fragte der Mandel und sah Skull an, wie er seine Interviewpartner früher immer angeschaut hatte, wenn er sie zu der letzten doch eher missglückten Platte befragte. Vertraulich, aber doch streng. Und natürlich so, als wüsste er längst die Antwort.

Skull öffnete zwei Knöpfe an seinem weißen Hemd. Er fasste sich mit der linken Hand unter die schweißgetränkte rechte Achselhöhle und wischte sich die Hand an seiner Hose ab. Ich schwor mir, ihm zum Abschied nicht die Hand zu geben. Er schaute ein paar Sekunden an die Decke, bevor er seinen Blick wieder auf den Mandel richtete. Langsam bekam ich eine Idee davon, was eigentlich passiert war. Und warum es passiert war. Und diese Idee wollte ich nicht für mich behalten, immerhin war das auch mein Fall.

»Skull hat sein ganzes Dasein nur auf die Musik ausgerichtet. Der Plattenladen, das Magazin, die Konzerte und seine Freunde aus der Szene, mehr gibt und gab es doch nie bei ihm.

Und dann kommt Baalberith und verrät Raske an die Polizei, verhindert dadurch aber nicht, dass der gute alte Hades mitsamt der alten Stabkirche abfackelt. Hades ist tot, Raske geht ins Gefängnis, das ganze Land schreit empört auf, und damit ist die Bewegung endgültig kriminalisiert und gestoppt. Skulls heile Welt liegt in Trümmern. Nichts wird mehr so sein wie in den glorreichen Neunzigern. Aber jetzt, nach all den Jahren, erfährt Skull erst, dass Baalberith der Maulwurf war, der das alles angerichtet hat«, sagte ich.

Ich schaute zum Mandel, der gerade in aller Ruhe seine Zigarette in dem Aschenbecher auf dem Tisch ausdrückte.

»Das wusste ich schon lange«, sagte Skull und sprach jetzt langsam und trotzdem undeutlich, als hätte er zu viel getrunken. »Alle haben sich beschissen eigensinnig und verfickt rücksichtslos gegenüber unserer Sache, gegenüber unserer Musik verhalten. Man hätte alle umbringen müssen, und zwar schon vor langer Zeit, um dieses Affentheater zu verhindern. Aber letztlich haben alle diese beschissenen Egomanen, Hades, Therion und Baalberith, eines gemeinsam. Ohne sie und ihre beschissenen Riesenegos hätte es die Bewegung überhaupt nicht gegeben.«

»Warum nicht in Fykse?«, fragte der Mandel, und ich wusste erst nicht, was genau er damit meinte.

Skull stand auf und ging hinüber zum Mandel. Für einen Moment dachte ich, jetzt will er den auch umbringen, aber dann schaltete er den Strahler aus. Es war jetzt fast ganz dunkel. Nur aus dem Raum mit den CDs drang durch den Türspalt noch ein matter Schimmer, gerade hell genug, um die Umrisse des Gegenübers zu sehen. Skull setzte sich wieder auf den Stuhl.

»Zu grell«, sagte er.

Der Mandel saß da und wartete auf seine Antwort. Er wartete einfach, er war sich sicher, dass er sie bekommen würde. Die Frage schwebte immer noch im Raum.

Why not in Fykse?

»Es sollte tatsächlich am Freitag in Fykse stattfinden, weil es da ja auch abgeschieden ist. Am Karfreitag, noch vor dem Konzert. Aber dann konnte ich nicht, weil eine große Lieferung von wiederveröffentlichten Dark-Reich-Alben eintraf. Der Vertrieb hatte gemeint, die Scheiße käme erst nach Ostern, aber dann haben sie für den Merchandise-Stand beim Konzert einen Sonderkurier bestellt, der auch am Karfreitag ausgeliefert hat.«

»Ich versteh immer noch nicht, warum«, sagte der Mandel, dabei hatte ich es doch vorher erklärt.

»Ihr habt verdammt noch mal keine Ahnung. Cristian hatte einfach keine Lust mehr«, sagte Skull. »Er verabscheute den Svarte Sirkel und verabscheute die Bürgerlichkeit, er fand keine verdammte Mitte. Weder im scheiß Licht noch im scheiß Dunkeln hat es ihm gefallen. Er gehört nicht in diese Welt, hat er gesagt. Sein Blut verklumpt auf dieser Welt, hat er gesagt. Weil er gar nicht von hier ist. Der hatte einfach keine beschissene Lust mehr. Er ist mein verdammter Freund gewesen. Immer schon. Selbst in den letzten Jahren mit dem Zahnarzt war er immer noch mein beschissener Freund. Er hat meine Hilfe gebraucht.«

Der Mandel saß im Dunkeln, nur der Schimmer aus dem CD-Raum legte einen milchigen Lichtfilm auf sein Gesicht. Von Skull sah man nur die Umrisse.

»Es war alles seine Idee«, sagte er. »Er wollte auf dem Weg nach draußen noch eine junge, vielversprechende Band groß rausbringen. So wie die Wrestler das machen. In ihrem letzten Match darf ein Nachwuchswrestler sie besiegen und dadurch zum neuen Star werden.«

»Soll das heißen, er wollte, dass ihr ihn umbringt?«, fragte ich.

Skull legte den Kopf in den Nacken und sagte nichts.

»Aber man hätte ihn ja nicht so brutal behandeln müssen, wenn er einfach nur sterben wollte. Kreuzigung, das ist ja Wahnsinn«, sagte ich.

»Er hat nichts mehr gemerkt. Wir hatten Betäubungsmittel aus der Praxis. Damit haben wir ihn vorher schon ...«, sagte Skull.

»Welche Praxis?«, unterbrach ich, aber dann fiel es mir gleich selbst ein. Der Zahnarzt. Er hatte doch noch gesagt, dass etwas fehlte.

»Das ist kompletter Irrsinn. So einen Irrsinn hab ich noch nie gehört. Wie habt ihr das übers Herz gebracht?«, fragte ich.

Skull saß nur da in seiner Festtagshemd-Silhouette, von hinten schwach angeleuchtet von dem Türspalt, und rieb sich die Augen, als wäre er müde.

»Komm, lass uns gehen«, sagte der Mandel.

»Jetzt will ich es aber doch wissen!«, schrie ich, und ich weiß auch nicht, warum ich plötzlich schrie.

Skull würde nichts mehr sagen. Warum sollte er sich noch mehr belasten? Und außerdem waren wir nicht die Polizei und noch viel weniger die Mordkommission. Trotzdem konnten wir doch nicht einfach so weggehen und das ganze Grauen auf sich beruhen lassen, oder?

»Jetzt komm, Sigi«, sagte der Mandel und legte seine Hand sanft auf meine Schulter.

»Das kann doch alles nicht so stehen bleiben. Du hast doch damit angefangen«, sagte ich.

»Ich wollte nur wissen, ob ich recht habe. Wir können nichts tun«, sagte der Mandel.

Ich schlug seine Hand von meiner Schulter, und ich weiß nicht, wieso, aber ich hätte beinahe geweint.

»Komm, los jetzt, Sigi«, sagte der Mandel. »Fahren wir heim.«

Wir standen auf und ließen Skull sitzen, den Kopf im Nacken, an die Decke starrend. In seinem festlichen weißen Hemd. In der halben Dunkelheit des Pentagramm-Zimmers.

Draußen, hinter dem Scheibenwischer vom Ford Focus, den Myklebust auf der anderen Straßenseite im absoluten Halteverbot geparkt hatte, klemmte ein Strafzettel über 700 Kronen.

»Wie viel ist das in Euro?«, fragte ich.

»Ungefähr neunzig«, sagte der Mandel.

»Die haben doch den Arsch offen«, sagte ich und war jetzt doch froh, dass wir fuhren.

28: CALYPSO

Wir sind anders heimgefahren, als wir gekommen sind. Nämlich über Schweden. Die üblichen Streitereien wegen der Musik, an welchem Rastplatz wir halten sollen, wie weit hinterm Nullpunkt der Tanknadel wir tanken, ob der Mandel sich in letzter Zeit nur noch von Schokoriegeln ernährt und warum das Navigationsgerät nicht die neueste Version der Schwedenkarte hat – all das ersparten wir uns und fuhren einfach nur nach Hause. Der Ford Focus verbrannte Kilometer um Kilometer, so viele Kilometer lagen zwischen Bergen und unserer Stadt, dass ich mich anfangs nicht getraut habe, auf das Navigationsgerät zu schauen, wo rechts unten die verbleibenden Kilometer angezeigt werden. Der Mandel ist die meiste Zeit gefahren, aber das war gut für uns beide. Er hat intensiv auf die Straßen gestarrt, als würde es nichts anderes auf der Welt geben als die Straßen. Nur ihn, das Auto und die Straßen. Und ich habe geschlafen, die halbe Fahrt. Auf der Fähre nach Rostock hat es geregnet und geregnet und wollte überhaupt nicht mehr aufhören. Trotzdem hat der Mandel draußen an der Reling gestanden mit seiner Seewolfjacke wie ein Mann aus einem anderen Jahrhundert. An einer Raststätte kurz nach Rostock hat der Mandel seinen einzigen vollständigen Satz der gesamten Rückreise gesagt.

»Ich glaube, wenn man einen ganzen Tag an ein und derselben Raststätte bliebe, könnte man einige sehr merkwürdige Dinge beobachten.«

»Mir reichen schon zehn Minuten«, habe ich geantwortet, und es blieb unser einziges Gespräch.

Ein paar Tage später saßen wir im Büro, und der Mandel hatte mir freiwillig für eine Woche den Platz mit der guten Sicht aufs Nordufer überlassen, was mir unheimlich war. Ich hatte dennoch vor, ihn für mindestens drei Wochen nicht mehr herzugeben. Sobald das Telefon klingelte, bekam ich es mit der Angst zu tun. Auch der Mandel schaute genau auf das Display, ob nicht jemand mit einer norwegischen Vorwahl anrief. Doch es war nur der Sascha, der wissen wollte, welchen Verwendungszweck er auf die überteuerte Rechnung schreiben sollte, die er fürs Hacken der Dark-Reich-Website gerade stellte und die wahrscheinlich an uns hängen blieb. Ein anderes Mal war der Bruder vom Mandel dran, der fragte, ob wir am 7. Mai da wären, da käme er in die Stadt, und wir könnten ja alle zusammen ins Sägewerk gehen und einen draufmachen. Ein Dozent von der Sicherheitsakademie wollte vom Mandel wissen, ob er als bei ihnen erfolgreich ausgebildeter Privatdetektiv nicht einmal eine Stunde in dem Einführungskurs »Ermittler, IHK-Zertifikat« halten wolle. Quasi aus der Praxis berichten. Der Mandel sagte ab und fragte noch nicht einmal, ob ich das nicht hätte machen wollen. Irgendwann telefonierte ich mit Winter. In einem ruhigen Moment, als der Mandel in der Mittagspause im Deichgraf auf einen Strammen Max saß und ich alleine im Büro blieb. Der Winter hatte diesen Staatsanwalt an der Hand, der ganz gut für detektivische Arbeit bezahlte, wie bei *Ein Fall für zwei*, ich hatte es ja eingangs schon erwähnt. Ich notierte mir die Nummer, weil ich nicht Arbeitnehmer beim Blaumachen bespitzeln wollte.

Seitdem wir wieder zu Hause waren, lasen weder ich noch der Mandel norwegische Websites, und dennoch stieß ich auf einer deutschen Nachrichtenseite eines Morgens auf die Meldung, dass ein norwegischer Terrorist aus dem nationalheidnischen Umfeld – ich habe bis heute nicht genau verstanden, was das sein soll – vorgehabt hatte, einen Bombenanschlag auf das Fantoft-Hostel zu verüben. Eine Durchsuchung des Hauses des in einer anderen Sache unter Mordverdacht stehenden Mannes hatte einen geheimen Keller offenbart, in dem größere Mengen Kunstdünger, weitere Zutaten für eine Bombe und die Pläne des Studentenhostels in Fantoft gefunden wurden. Der betreffende Mann war bereits wegen einer Brandstiftung mit Todesfall längere Zeit inhaftiert gewesen. Er war zudem ein bekannter Heavy-Metal-Musiker und vermeintlicher Satanist namens Aksel Raske, bekannt auch unter dem Pseudonym King Therion.

»Der Typ wollte eine Bombe in dem Studentenheim zünden?«, sagte ich zum Mandel. »Das ist ja bestialisch. Und dem haben wir die Hand geschüttelt.«

Der Mandel sah mich mit leeren Augen an und sagte nichts.

»Wenn wir nicht so tief drinstecken würden, hätten wir jetzt eine Riesenreportage verkaufen können. Sollen wir eigentlich noch den Artikel über Utgang schreiben?«, fragte ich. Der Mandel sah mich an, als hätte ich ihm vorgeschlagen, seinen rechten Arm amputieren zu lassen.

Ungefähr zwei Wochen, nachdem wir aus Norwegen zurückgekommen waren, brachte der Postbote einen Brief, der an mich adressiert war. Der Absender war Vilde Hallberg.

Lieber Sigi,
es tut mir leid, euch in diese Sache mit hineingezogen zu haben. Ich hoffe, es geht euch gut, und ihr werdet nicht von der Polizei belästigt. Ich habe euch mit keinem Wort erwähnt, und Håvard hat es mir auch versprochen. Ich bin noch immer in der Wohnung meiner Mutter und treffe mich hin und wieder mit Gunarr – wir verstehen uns wieder besser. Mein Freund bei der Bergener Staatsanwaltschaft hat mir ein Überwachungsvideo von der Mariakirken in der Nacht des Dark-Reich-Konzerts gezeigt. Bisher konnte die Identität des anderen Mannes nicht ermittelt werden. Es wurden übrigens jede Menge Aufputschmittel und Substanzen in Håvards Büro an der Universität gefunden. Darunter auch Flunitrazepam, falls dir das was sagt. Ich wünsche dir eine schöne Zeit, grüß mir Max ganz lieb, und vielleicht sehen wir uns mal, wenn ich in der Stadt bin. Ich vergess euch nicht!
Alles Liebe,
Vilde

Ich wusste nicht, was ich mit diesem Brief anfangen sollte. Dass sie sich wieder mit Aasen traf, war fast so entsetzlich wie die Tatsache ihrer S&M-Affäre mit Håvard, aber eigentlich konnte sie einem wirklich leidtun bei dem Händchen für Männer. Den Satz mit dem *anderen Mann* verstand ich nicht. Noch weniger den Hinweis auf das Flunitrazdings. Ich schlug im Internet Flunitrazepam nach und stieß auf folgenden Eintrag:

In Kombination mit Alkohol oder Opioiden kann es zu einer Amnesie (Gedächtnislücke) kommen,

> daher hat Flunitrazepam den Ruf einer Date-Rape-Droge: Opfer von Vergewaltigungen oder anderen Straftaten können sich oft an keine Details zum Hergang erinnern.

»Von wem ist der Brief?«, fragte der Mandel ausgerechnet jetzt, wo ihn meine Post doch sonst nicht interessiert.

»Von meiner Mama«, log ich, konnte aber dafür sicher sein, dass der Mandel nicht weiter nachfragte. Mir kam indessen der fürchterlichste Gedanke. Ich holte aus der untersten Schreibtischschublade Håvards Telefon heraus, das ich versehentlich mit nach Deutschland genommen, aber seit dem Notruf vom Mandel nicht mehr eingeschaltet hatte. Ich öffnete den Bereich Videos und fand zu meinem Entsetzen genau das, was ich nicht hatte finden wollen.

Das Video fing unvermittelt an. Die Kamera filmte eine nächtliche Straße. Die Einstellung war nicht besonders scharf, aber dank der Straßenbeleuchtung konnte man erkennen, wie die Kamera des Telefons die Mariakirken hinauf, und wieder zurück auf die nasse Straße schwenkte. Die nächste Einstellung war mit Nachtsicht aufgenommen, und sie zeigte in diesem grünen, phosphorartigen Licht das Innere einer Kirche, das erkannte man auch an dem riesigen Kreuz, das an der Decke hing. Stühle standen überall herum, und einmal streifte der Blick der Kamera eine prunkvolle Kanzel, die majestätisch zwischen zwei Torbögen angebracht war. Die Kamera richtete sich auf mich in der Leichenschminke, wie ich quer über zwei Kirchenstühlen lag und mich nicht bewegte. Dann filmte Håvard sich selbst und sein geschminktes Gesicht. Er riss den Mund auf und fletschte die Zähne. Offensichtlich stellte er danach das Telefon auf einen der Stühle, damit er sich selbst dabei filmen konnte, wie er einen Haufen Gebetbücher stapelte und mit einem Feuerzeug einzelne Seiten in Brand setzte. Dann ein abrupter Schnitt, und die Kamera war wieder auf meinem Gesicht. Es sah so aus, als wäre ich eingeschlafen. Håvard schlug mir mit der flachen Hand ins Gesicht, und ich riss die Augen weit auf, was in dem grünen Licht der Nachtsicht ziemlich grotesk aussah. Dann war das Video zu Ende. Ich schaltete das Telefon aus und legte es zurück in die Schreibtischschublade. Ich schaute über den Monitor nach drüben zum Mandel, ob er etwas bemerkt hatte.

»Was ist denn?«, fragte der Mandel.

»Nichts«, sagte ich.

»Warum schaust du dann so?«, fragte der Mandel und zündete sich eine blaue Gauloise an, während er die Beine auf den Doppelschreibtisch legte, sodass seine italienischen Lederstiefeletten in meine Tastatur ragten. Er klickte auf der Maus herum, bis ein Südsee-Getrommel anfing, in das ein jazziger Bläsersatz hineinpolterte.

»Was ist denn das jetzt?«, fragte ich.

»Attila the Hun«, sagte der Mandel, als müsste man das kennen. »Calypso.«

»Calypso?«, fragte ich.

»Karibische Protestmusik aus den Dreißigern«, sagte der Mandel.

Lang ging das nicht mehr gut mit uns.